포르노그라피아

Pornografia

세계문학전집 102

포르노그라피아

Pornografia

비톨트 곰브로비치

임미경 옮김

민음사

차례

제1부

1

내가 겪은 일을 또 하나 이야기하겠다. 그건 결코 잊을
수 없는 일이었다.

1943년이었다.[1] 그 무렵 나는 폴란드 바르샤바에 있었는
데, 이미 지난 일이긴 하지만 당시 그곳은 점령당한 상태
였다. 모두들 숨죽이고 살았다. 조디악, 지에미안스카, 입
스 같은 카페에 드나들며 토론을 벌이곤 하던 내 오랜 친
구와 동료들 가운데도 잡혀가거나 몸을 숨긴 이들이 있었
다. 남아 있는 사람들은 매주 화요일마다 크루차 거리에

---

1) 1943년 당시 폴란드는 나치 독일의 지배하에 있었다. 1939년 폴란드
를 침공한 독일은 점령 기간 동안 대량 학살을 통해 폴란드 문화의 말
살을 꾀했다. 이 시기에 나치 민족 이론의 실험장이 된 폴란드는 600만
명 이상의 인명을 잃었다.

있는 작은 아파트에 모여들었다. 거기서 우리는 늘 하던 대로 독한 술을 홀짝거리면서 예술에 대한 해묵은 대화들을 펼쳐놓곤 했다. 그렇게 해서라도 우리가 여전히 화가이고 작가이고 사상가라는 걸 확인하고 싶었던 것이다. 그 방 안에 자욱하던 담배 연기가 생각난다. 우리는 긴 의자에 걸터앉았거나 거의 눕듯이 몸을 기대고 있었다. 암담한 처지를 입증이나 하듯 하나같이 비쩍 마르고 초췌한 얼굴이었지만, 모두들 큰 소리로 떠들어댔다. 한 사람이 신에 대해 목청을 높이면 옆의 사람은 예술에 대해 이야기했다. 또 한 사람이 인민이라고 말하면 곧이어 누군가가 프롤레타리아라고 외쳤다. 숨차게 떠들다 보면 이 모든 것들—신, 예술, 인민, 프롤레타리아—은 원점으로 되돌아갔고, 거기서부터 또다시 같은 말이 시작되곤 했다. 그러던 어느 날 한 남자가 그곳에 나타났다. 나이는 서른에서 마흔 사이로 보였고, 거무스름한 피부에 호리호리한 몸집, 매부리코를 하고 있었다. 그는 둘러앉은 사람들 각각에게 이런저런 인사말을 갖춰 자기소개를 했고, 그런 다음부터는 거의 입을 열지 않았다.

누군가가 보드카 한 잔을 내밀자 남자는 아주 정중한 태도로 감사를 표했다. 그러고는 역시 정중하게 "실례지만 성냥을 좀 얻을 수 있을까요?"라고 말한 다음 다시 입을 다물고 진지하게 성냥을 기다리는 자세를 취하더니, 마침내 성냥을 받아 들자 담배에 불을 붙여 물었다. 우리의 토론—신, 예술, 인민, 프롤레타리아—은 열기를 띠며 무르익고 있었다. 그사이 고약한 냄새가 모여 앉은 사람들 사이로 슬금슬금 퍼지기 시작했다. 누군가가 물었다. "무슨 바람이 불어서 이렇게 오셨습니까, 프레데릭 씨?" 남자가 주저 없이 대답했다. "에바를 통해서 피엔탁이 여기 자주 온다는 이야기를 들었죠. 그래서 그를 만나려고 온 겁니다. 토끼 가죽 넉 장과 구두창 하나를 팔아볼까 해서요." 그러면서 남자는 자기 말을 증명이라도 하려는 듯 종이 꾸러미를 꺼내 토끼 가죽 넉 장을 펼쳐놓았다.

사람들이 남자에게 차를 권했다. 그가 마시고 내려놓은 찻잔의 받침 접시에 설탕 조각 하나가 남아 있었다. 남자가 설탕을 집으려고 팔을 뻗었다가 겸연쩍었는지 손을 거둬들였다. 하지만 일단 내밀었던 손을 다시 거둬들이는 건 한층 어색한 일이어서 그는 결국 다시 손을 뻗어 설탕 조각을 입속에 넣었다. 그러고는 자신이 방금 한 행동이 이와 혀를 놀려 단맛을 음미하기 위해서가 아니라, 설탕에 혹은 우리들에게 예의를 갖추기 위해서였다는 듯 공손하게 설탕을 입에 물고만 있었다. 남자도 자기가 불편한 인상을 주고 있다는 걸 알아차리고는 헛기침을 했다. 이어서 호주머니에서 손수건을 꺼내듦으로써 자신의 기침을 뒷받침할 소품을 마련하긴 했는데, 그걸 차마 코로 가져가지는 못하고 다리의 자세만 한 번 바꾸어 앉았다. 이렇게 다리를 한 번 움직인 것도 그로서는 꽤나 무안한 일이었던지, 그다음부터는 입을 꾹 다물고 꼼짝도 하지 않고 앉아 있었다. 남자의 이런 유별난 행동(사실 그는 무대에 오른 배우처럼 '행동하기만' 했고, 그것도 쉴 새 없이 '행동하고 있었던' 것이다.)은 처음부터 나에게 호기심을 불러일으켰고, 그로부터 몇 달간 내가 그와 이야기를 트게 된 계기가 되었다. 알고 보니 그는 교양도 어느 정도 갖춘 데다가, 또 예술에 대해 아주 문외한인 것도 아니었다.(한때 그는 연극 공부를 한 적이 있다고 했다.) 하여간 그렇게 해서 우리 두 사람은 생계비나마 몇 푼 벌어볼까 싶어 보따리 장사 일을 함께 하게 되었는데, 이 사업은 별로 오래가지 못했다. 히포, 그러니까 내 친구인 히폴리트 S가 어느 날 내게 편지 한 장을 보내왔던 것이다. 산도미에르 인근에 영지를 갖고 있는 히폴리트는 편지에서 내게 프레데릭을 데리고 자신을 방문해달라고 했다. 자기 농장의 수확물을 바르샤바에 내다 파는 일에 우리의 도움이 필요하니, 그 문제에 대해 서로 이야기 해보자는 것이었다. "여기야 두말할 것도 없이 조용한 편이지. 가끔 몰려와서 약탈해 가는 무리도 있지만, 알다시피 여긴 사람을 그리 빡빡하게 졸라매는 분위기는 아니거든. 두 사람이 함께 와주게. 서로 도우면 좋은 일이지."

갈까? 그런데 둘이 함께? 이 여행이 좋은 기회가 될 거라는 생각이 들긴 했지만, 그러면서도 뭔가 썩 내키지 않았다. 문제는 프레데릭과 같이 간다는 데 있었다. 어떻게 보면 자기 혼자 연극이라도 하고 있는 것 같은 이 남자의 모습을 그 시골까지 가서 계속 보아야 한단 말인가……? 게다가 그 몸뚱이, 정말이지…… 정말이지 특이한 느낌을 자아내는 그 몸뚱이에 붙어 앉아 여행을 한다고……? 아무말 없이 있을 때라도 뭔가 질펀한 신음을 내지르는 것처럼 끊임없이 신경을 거스르는 이 인물과 함께……? 그런 좋지 않은 평판이 떠도는 남자와 동행한다는 건 아무래도 위험

10

하지 않을까……? 그가 어디선가 말했다는 이야기들이 내 귀에 들려오고 있었다. 그런데 대체 누구와 더불어 그런 이야기를 했다는 건가? 어느 이야기든 내가 직접 들은 건 아니지 않은가? 그를 두고 수완이 좋다고들 하는데, 무슨 수완인지는 들은 바 없다. 엉큼하고 처세에 능하다고? 그러고 보니 사실 그에 대한 그 어떤 소문도 확실한 것은 아니었다. 한편으로 생각하면 그에게도 호감이 가는 면이 있었다. 당시 우리가 꾸려가던 공통의 드라마, 즉 끝없이 이어지는 토론——신, 인민, 프롤레타리아, 예술——도중에 그가 한결같이 보여주는 연기는 유별난 것이었다. 말하자면 그가 하는 행동들이란 그 자리에 도무지 어울리지 않는, 기어이 딴청을 부리거나 겉도는 것이어서, 나는 때로 그의 그런 모습을 바라보며 팽팽히 당겨진 토론의 긴장감을 풀기도 했던 것이다. 그러니 이런 점으로 보더라도 그를 비난해야 할 이유는 없다. 오히려 용의주도하고 절제력이 있다고 해야 할 것이다. 그렇다면 망설일 것 없지 않은가? 가자. 둘이 같이 가는 게 한결 유쾌한 여행이 될 것이다. 결국 우리 두 사람은 열차 칸에 몸을 싣는 데 성공했다. 열차 바퀴가 요란한 마찰음을 내며 천천히 구르기 시작했다.

오후 3시. 안개 낀 날씨였다. 프레데릭은 옆에 서 있는 한 중년 여자의 투실투실한 몸에 거의 짓눌리듯 끼어 있었다. 여자가 안고 있는 어린애의 발이 그의 턱 밑으로 드나들었다. 보는 사람이 민망해질 만큼 난처한 자세였지만 그는 늘 그렇듯 몸을 꼿꼿이 세우고 있었다. 프레데릭은 아무 말도 하지 않았다. 나도 마찬가지였다. 열차가 덜컹거렸다. 그때마다 우리는 중심을 잃고 앞사람의 가슴으로 돌진해야 했다. 열차 안의 모든 것이 뒤엉켰다. 나는 포개진 사람들 틈으로 고개를 내밀고 창밖의 푸른 들판을 바라보았다. 마치 잠든 것 같은 그 고요한 평원을 우리가 탄 열차가 요란한 소음을 흩뿌리며 가로질러 갔다. 드넓게 펼쳐지다가 뿌연 지평선으로 끝나는, 지금까지 몇 번이나 보아 왔던 것과 똑같은 들판이었다. 울타리를 둘러친 경작지, 저 멀리 몇 그루 나무, 집 한 채, 가까이 왔다가 멀어지는 여인의 모습. 그건 늘 보던 것과 같은, 그러니까 예상할 수 있는 풍경들이었다. 아니다! 그건 같은 것이 아니었다. 왜냐하면 그 풍경들은 정확하게 똑같은 것으로 느껴졌기 때문이다. 무엇인가가 같게 느껴진다는 것은 자신이 그것을 예상 못 했고, 몰랐으며, 게다가 이해도, 생각조차도 못했다는 걸 의미한다. 어린아이가 울며 보채기 시작했다. 여자가 재채기를 했다.

코를 찌르는 역한 냄새……. 기차 여행에는 영원히 끝나지 않을 것 같은 슬픔이 배어 있다. 이것은 가슴으로 알게 되는 슬픔이다. 아래로 위로 끝없이 오르내리며 이어지는 전선들이나 길게 굽이진 도랑의 굴곡을 눈으로 쫓고 있으면 별안간 차창 밖으로 나무 한 그루, 전봇대, 오두막이 차례로 다가오고, 그사이 풍경은 뒤쪽으로 빠르게 미끄러져 끊임없이 모습을 감춘다. 그러면 지평선 위로 또 하나의 굴뚝, 또 하나의 언덕……이 나타나고, 또 이 모든 것들이 길게 소용돌이치다가 다시금 사라져버리는 것이다.

프레데릭은 내게서 두세 사람 건너에 서 있었다. 하지만 모두들 거의 몸을 맞대다시피 하고 있어서 나하고의 거리는 아주 가까웠다. 눈만 들면 그의——여전히 입을 다문 채 이 여행에 온통 정신을 집중하고 있는——모습이 눈에 들어왔다. 낯선 사람들의 뻔뻔하고 염치없고 성가신 육체들에 둘러싸여 있으려니 이처럼 그와 말 한마디 없이 얼굴을 마주하고 있는 일이 한층 불편하게 느껴졌다. 맙소사, 이게 무슨 꼴인가, 이자와 함께 여행할 생각을 하다니, 내가 미쳤지! 나는 속으로 중얼거렸다. 사실 그 역시 겹겹이 포개진 육체들 가운데 끼어 있는 하나의 육체일 뿐이었다. 하지만 어쨌든 그는 거기 있었다. 그가 거기 있다는 사실을 어떻게 해볼 도리는 없는 것이다. 나는 그를 피할 수도, 무시할 수도, 내 앞에서 치워버릴 수도 없었다. 게다가 그의 처지에서 여행을 한다는 건, 거주 지역을 바꾼다는 건 다른 사람들의 경우와는 전혀 달랐다. 그러니까 이건 사정이 한층 심각한, 어쩌면 위험해질지도 모르는 여행이었다.

때때로 그는 나를 향해 미소를 지어 보였고 몇 마디 말을 건네기도 했다. 자신을 향한 내 반감을 누그러뜨리려는 게 분명했다. 별안간 나는 알아차렸다. 이 남자를 도시에서 끌어내어 시골이라는 열린 공간에 던져놓는 게 얼마나 위험천만한 일인지를. 탁 트인 환경에 놓이면 그의 내면에 잠재해 있는 그 기이한 자질이 마음껏 날개를 펼칠 수 있을 것이다. 그 역시 이러한 사실을 감지하고 있었음이 틀림없다. 왜냐하면 그는 어느 때보다도 더 조용히, 자신을 억제하고 있었기 때문이다. 어느덧 해가 저물었다. 어둠은 서로 엉켜 있는 형체들을 삼켰다. 그의 모습도 더 이상 분간할 수 없었다. 밤을 가로질러 요동치며, 전속력으로 내달리는 열차는 매 순간, 존재하지 않는 것들의 세계로 빠져 들어가는 듯한 착각을 자아냈다. 하지만 이런 느낌조차 그가 거기 있다는 사실을 지우지는 못했다. 그는 다만 눈에 보이지 않을 뿐이었다. 어둠 뒤에 몸을 웅크린 채, 그는 여전히 같은 자리에 버티고 있었다. 별안간 불이 들어온 객차 전등이 그를 어둠 속에서 끌어냈다. 그의 턱, 주름 잡힌 입 꼬리, 귀……. 그는 천장에 매달린 손잡이를 꽉 움켜잡고 전혀 흔들림 없이 버티고 서 있었다. 열차가 또 한 번 섰다. 검문이었다. 내 뒤쪽으로부터 웅성거림이 시작되더니 외침 소리, 군화 발소리가 다가왔다. 한데 엉킨 승객들이 이리저리 쏠렸다. 나도 사람들에게 떠밀려 숨이 막혀왔다. 무엇인가가 지나갔다. 하지만 프레데릭은 여전히 거기 있었다. 다시 출발했다. 이미 캄캄한 밤이었다. 기관차가 불티를 토해 냈다. 열차는 긴 꼬리를 지어 어둠 속을 달려 나갔다. 나는 속으로 중얼거리고 있었다. 내가 왜 저자와 함께 올 생각을 했을까? 저 성가신 몰골이라니. 휴식은커녕 짐만 짊어진 꼴이군. 사서 고생을 하다니, 내가 돌았지. 시간이 흘렀다. 잠 속으로 빠져 들다가 다시 깨다가 하는 사이 열차는 몇 군데 역에 정차했고, 또 몇 번의 검문을 받았다. 어디론가 끝없이 가기 위해 이렇게 달리고 있다는 착각이 들었다. 또 졸았다. 그러다 마침내 흐멜로프 역에 도착했다. 우리는 가방을 찾아 들고 철로 옆 플랫폼에 내려섰다. 기차 소리가 점차 멀어져 갔다. 사방이 다시 조용해졌다. 가벼운 바람 한 줄기. 하늘에는 별이 깔려 있었다. 어디선가 귀뚜라미가 울었다.

　나는 혼잡한 열차 칸에서 급작스럽게 몸을 빼내느라 잠시 얼이 빠져 있었다. 팔에 외투를 걸치고 내 옆에 말없이 서 있는 프레데릭이 눈에 들어왔다. 여긴 어디지? 어떻게 된 거야? 나는 중얼거렸다. 이 고장에 처음 와본 건 아니었다. 바람의 감촉도 친숙했다. 그런데 대체 여긴 어딜까? 비스듬히 바라다보이는 건물이 흐멜로프 역사일 것 같았다. 어둠 속에 몇 개의 램프가 흔들리고 있었다. 그런데도 어딘가 낯선 별에 떨어진 것 같은 느낌은 사라지지 않았다. 내가 두리번거리는 사이 프레데릭은 그냥 서 있기만 했다. 우리는 역사를 향해 걸음을 옮겨놓았다. 내가 앞장을 서고 그가 뒤에 따라왔다. 말과 마차, 마부가 보였다. 마차는 눈에 익었다. 손님을 향해 모자를 벗어 보이는 마부의 몸짓도 친숙했다. 하지만 그런 것들을 유심히 관찰하고 있어봤자 무슨 소용이 있겠는가? 나는 마차에 올라탔다. 이어서 프레데릭도 탔다. 마차가 출발했다. 밤하늘의 희미한 빛이 모랫길을 비춰주었다. 길 양편으로 크고 작은 나무들이 검은 무리를 이루고 있었다. 우리가 탄 마차가 브주스토바 마을을 가로질러 갔다. 석회를 바른 담벼락들이 이어졌다. 어디선가 개 한 마리가 짖어댔다…… 왜 짖는 걸까……? 눈앞에 마부의 등이 보였다…… 믿어도 괜찮을까……? 프레데릭은 조용히, 공손하게, 내 옆 자리를 지키고 있었다. 마차가 지면의 굴곡을 따라 덜컹거렸다. 우거진 나무들 사이로 뚫린 검은 구멍마다 짙은 어둠이 가득했다. 그 너머로는 아무것도 보이지 않았다. 나는 마부에게 말을 붙였다. 내 목소리로라도 여하간 사람 말소리를 듣고 싶었다.

"여기는 사정이 어때요? 조용합니까?"

마부의 대답이 들려왔다.

"당장은 그럭저럭 괜찮죠……. 숲에 비적 놈들이 우글거리긴 해도……. 요 근래엔 그다지 설쳐대지 않습디다."

마부의 얼굴은 볼 수 없었지만 그 목소리는 똑같은 것이었다. 그렇다면 저건 똑같은 게 아니라는 의미 아닌가. 내 앞에 놓여 있는 거라곤 마부의 등뿐이었다. 잠시 몸을 내밀어 그 등이라도 자세히 살펴보고 싶었다. 하지만 나는 곧 단념했다. 프레데릭이 옆에 앉아 있었다. 그는 이상하게도 말이 없었다. 이런 인물을 옆 자리에 앉혀놓고 누군가 다른 사람을 살피려 하다니……. 불현듯 나는 옆에 앉은 이 인물이 침묵에서마저도 지독하리만큼 과격하다는 사실을 깨달았다. 그렇지, 이자는 극단론자 아닌가! 무의식에서까지 극단적인 인간. 아무래도 평범한 인물은 아니었다. 그에겐 아주 공격적인, 팽팽하게 당겨진 뭔가가 있었다. 하지만 나는 그때까지도 그게 어떤 성격의 것인지 도무지 감을 잡을 수 없었다. 갑자기 주눅 든 심정이 되었다. 그냥 잠자코 앉아서 내 앞에 산처럼 버티고 있는 마부의 등만을 바라보았다. 마차는 고르지 못한 지면을 따라 계속해서 요동쳤다. 밤하늘의 별 몇 개를 제외하고는 사방이 어둠에 싸여 아무것도 분간할 수 없었다. 우리는 내내 말 한마디 없이 길을 갔다. 마침내 마차가 저택 진입로로 접어들었다. 긴 오솔길이었다. 말들이 발걸음을 재촉했다. 대문을 지났다. 집지기와 개들이 뛰어나왔다. 저택의 현관문은 닫혀 있었다. 빗장을 푸는 둔탁한 소리가 들렸다. 손에 램프를 든 히포가 모습을 나타냈다. 그가 외쳤다.

"드디어 오셨군!"

정말 그인가? 나는 깜짝 놀랐다. 터질 듯 부풀어 오른 그의 붉은 뺨을 보자 나도 모르게 멈칫했다. 뺨뿐만이 아니었다. 몸 여기저기가 부풀어 균형을 잃고 있었다. 피둥피둥한 살이 사방에서 비어져 나와서 마치 붉은 살이 분출하는 화산 같았다. 승마용 장화를 끼운 그의 두 다리는 끔찍할 만큼 굵었다. 비곗살 깊숙이 박힌 그의 두 눈이 벽에 낸 작은 창으로 바깥을 살피듯이 우리를 응시했다. 그러면서도 그는 내게 다가와 두 팔로 나를 끌어안았다.

"몸이 불었어……. 빌어먹을……. 이 비곗살들이 어디서 생겨난 건지 모르겠어. 뭐든 살로만 가거든."

겸연쩍은 듯이 작은 소리로 말한 그가 소시지처럼 통통한 자신의 손가락들을 못마땅한 눈으로 내려다보았다. 그러고는 나직이 혼잣말처럼 중얼거렸다.

"어디서 생겨난 살들인지, 뭐든 살로만 간다니까."

그러더니 우렁찬 소리로 "여긴 내 아내라네!"라고 소개를 하고는, 마치 그 자신이 확인이라도 하듯 목소리를 낮춰 "내 아내란 말이야."라고 되풀이했다.

이어서 또 큰 소리로 외쳤다.

"이 아이는 내 딸 헤니아야." 그리고 들릴 듯 말 듯한 목소리로 한 번 더 중얼거렸다. "내 딸 헤니아, 어여쁜 내 헤니아!"

그는 만족감이 흠뻑 밴 태도로 우리를 향해 몸을 돌렸다.

"정말 잘 왔네. 그런데 비톨트, 자네 친구를 우리 부부에게 소개해 줘야지."

이 말을 하는 히폴리트의 눈은 거의 감기다시피 했는데, 그러면서도 입술은 계속해서 움직였다. 프레데릭은 꽤나 정중한 태도로 안주인의 손에 몸을 숙였다. 희미하게 떠도는 미소가 우수를 자아내는 여자였다. 가늘고 우아한 몸매가 가볍게 떨고 있는 듯한 착각을 불러일으켰다. 우리는 서로 간에 관계를 쌓기 위한 몸짓을 열심히 하기 시작했다. 히폴리트 부부는 우리 두 사람을 집 안으로 안내했다. 우리는 자리를 잡고 앉았다. 부부는 듣기 좋은 말을 건넸다. 우리 둘은 적절한 예의를 갖춰 화답했다. 이 길고 긴 절차를 치르는 내내 석유램프에서는 몽롱한 불빛이 퍼져 나왔다. 하인 한 명이 와서 식사 준비가 되었다고 알렸다. 프레데릭과 나는 눈꺼풀이 들러붙을 지경이었다. 보드카 잔이 돌아갔다. 우리는 밀려오는 졸음과 싸우면서 오가는 이야기에 귀 기울였고, 또 말귀를 놓치지 않으려고 애썼다. A. K.[2], 독일군, 비적 떼, 행정 관리, 폴란드 경찰, 징용 등 온갖 우환들이 화제에 올랐다. 어디든 공포와 폭력이 어슬렁거리고 있다는 걸 주고받은 말을 통해 감지할 수 있었다. 쇠창살을 덧댄 창문들, 굵은 빗장을 가로지른 문들, 집 안 한쪽 구석에서 둔탁한 광채를 흘리고 있는 무기

---

2) 아르미아 크라요바(Armia Krajowa) : 폴란드 국내의 대독일 저항군.

들이 이런 사실을 증명해 주었다. "시에네호 일가는 집이 불타버렸어. 루드니키의 소작인도 당했지. 놈들이 그의 두 다리를 으깨놓았거든. 일전에 포즈난에서 피난 온 사람들을 이 집에 재워준 적이 있었지. 온 집 안이 사람들로 가득 찼었어. 제일 고약한 건 무슨 일이 일어날지 통 알 수가 없다는 거야. 오스트로비에츠, 보제호프처럼 노동자들이 득시글거리는 곳에서는 무슨 꼬투리가 생기기만 기다리고 있거든. 지금이야 조용하지. 아직까지는 조용했어. 하지만 전선이 이쪽으로 밀려오면 곧장 일이 터질 거야. 일이 터질 거라고! 살육하고 파괴하고 폭죽을 터뜨릴 테지! 폭죽이라고!" 히폴리트가 고함치듯 말소리를 높였다. 그러더니 생각에 잠긴 듯 나직이 중얼거렸다.

"폭죽이라……."

그의 목소리가 올라갔다.

"제일 고약한 건 어디든 달아날 데가 없다는 사실이지!"

그러고는 입속으로 한 번 더 중얼거렸다.

"제일 고약한 건 어디든 달아날 데가 없다는 거라고!"

석유램프가 그을음을 피워 올렸다. 저녁 식사는 끝나지 않을 것처럼 계속 이어졌다. 나는 밀려오는 잠을 이기지 못했다. 들러붙는 눈꺼풀 때문에 히포의 거대한 몸뚱이가 흐릿하게 보였다. 저만치 그의 아내가 앉아 있었고, 프레데릭이 보였다. 램프에 부딪히는 나방들. 램프 유리 갓 안에서 퍼덕거리는 나방들. 램프에 또 부딪히는 나방들. 침실로 올라오는 작은 계단의 삐걱거림, 초 한 자루, 그다음은 생각나지 않는다. 나는 침대에 쓰러져서 잠이 들었다.

다음 날, 햇살이 벽에 무늬를 만들고 있었다. 창 너머로 누군가의 목소리가 들려왔다. 나는 일어나 창문을 열었다. 아침이었다.

2

나무 숲 사이로 여러 갈래의 오솔길이 부드럽게 휘어지며 뻗어 있었다. 완만한 내리막을 이루던 정원은 참나무들이 촘촘히 서 있는 곳에서 끝났고, 그 너머 있는 연못의 거울 같은 수면이 나무들 사이로 언뜻 빛났다. 아, 이슬을 머금고 반짝이는 이 초목! 아침 식사 후에 우리는 안뜰로 나갔다. 전나무와 측백나무 울타리에 둘러싸인 이중 경사 지붕의 흰 이층집이었다. 집 둘레에 펼쳐진 화단 사이로 작은 산책로가 나 있었다. 그 변함없이 고풍스러운 정경은 우리에게 지난 시절, 그러니까 전쟁이 일어나기 전으로 되돌아간 듯한 놀라움을 안겨주었다. 이 느낌은 전쟁보다 훨씬 더 생생한 현실인 듯 다가왔다. 하지만 그와 동시에 우리는 이것이 진짜일 수 없다는 걸, 현실과 어울리지 않다는 걸 자각하고 있었고, 때문에 그 장면은 우리 눈에 마치 연극의 무대 장치처럼 비쳤다. 집, 정원, 하늘, 그리고 들판은 연극 무대이자 동시에 현실이었다. 이 연극 무대이자 현실인 집을 배경으로 거대한 몸집의 집주인이 등장했다. 그는 부푼 몸통 위로 초록색 조끼를 걸치고 있었고, 멀리서부터 우리를 향해 손을 흔들며 잘 잤는지 물었다. 지난 시절의 인사 방식 그대로였다. 우리는 느긋하게 이런저런 말을 주고받으며 저택 대문을 나서서 들판으로 나갔다. 드넓게 펼쳐진 밭의 이삭들이 바람에 흔들리고 있었다. 히포는 수확과 작황을 화제 삼아 프레데릭과 이야기를 나누며 때때로 작은 흙덩이를 발로 밟아 으깼다. 우리는 다시 집 쪽으로 발걸음을 옮겼다. 히포의 아내가 현관 계단에 나와 우리에게 인사말을 건넸다. 아마도 찬모의 아들일 한 어린 소년이 때맞춰 풀밭을 가로질러 뛰어갔다. 이렇게 그날 아침 우리는 지난 시절의 정경을 재현해 보려고 애쓰고 있었다. 하지만 이건 그리 간단한 일이 아니었다. 사실 아침나절의 일상을 예전 그대로 연기하는 중에도 어떤 느닷없는 무력감이 그 풍경에 배어들었고, 그걸 바라보는 나는 이 모든 것이 똑같아 보이면서도 동시에 다르다는 걸 또다시 자각했던 것이다. 머릿속에 피어오르는 이런 어두운 생각을 나는 내색하지 않았다. 프레데릭이 내 옆에서 발걸음을 옮겨놓고 있었다. 내리쬐는 햇볕이 그의 귓구멍에 난 털한 올 한 올, 창백하고 잔주름 잡힌 살갗의 땀구멍 하나하나를 그대로 드러냈다. 허리를 구부정하게 굽힌 활기 없는 육체, 코 위에 걸친 안경, 끊임없이 신경질적으로 실룩대는 입술, 호주머니에 찔러 넣은 두 손……. 그의 모습은 시골에 데려다 놓은 도시의 먹물, 바로 그것이었다. 그러나 시골 풍경과 도시 지식인의 이런 대비 속에서 시골은 더 이상 예전의 활기를 띠지 못했다. 나무들은 흐느적거리고 하늘빛은 탁했으며 암소는 맥없이 처져 있었다. 모든 것이 모호하고 상처받은, 피폐함의 분위기를 풍겼다. 그리고 프레데릭은, 그렇다, 지금 프레데릭은 땅에 돋아난 한 포기 풀보다 한층 현실감 있게 보였다. 한층 현실감 있다고? 나는 끝없이 꼬리를 무는 상념에 빠져 들어갔다. 성가시고 초조하게 만드는, 한마디로 기분 더러운 생각들. 다소 히스테리에 가까운, 사람을 잡아 흔들어 진을 빼놓는 생각들……. 머릿속에서 프레데릭에 대한 생각이, 혹은 전쟁, 혁명, 점령에 대한 생각이 서로 엇갈리며 뒤엉켰다. 하지만 내 혼란과 동요에도 불구하고 프레데릭은 나무랄 데 없이 행동하고 있었다. 히폴리트를 향해 농사는 잘 되고 있냐고 묻더니, 이어서 이 주제를 붙잡고 지극히 적절하고 상투적인 대화를 이어나가기 시작했다. 별안간 헤니아의 모습이 눈에 들어왔다. 히포의 딸은 풀밭을 가로질러 우리 쪽으로 오고 있었다. 햇볕이 우리들 살갗 위로 따갑게 내리꽂혔다. 눈이 따끔거리고 마른 입술이 갈라졌다. 헤니아가 말했다.

"엄마가 준비 다 되셨대요. 마차에 말을 매라고 시킬게요."

"교회 미사에 가자는 이야기야. 일요일이잖아." 히포가 우리에게 설명했다. 그러고는 자기 자신에게도 확인시켜 줄 필요가 있다는 듯 목소리를 낮춰 "교회 미사에 가자는 거지."라고 한 번 더 중얼거린 다음, 거드름을 섞어서 말했다.

"함께 미사에 갈 생각이 있다면 환영이네만, 꼭 그래야 하는 건 아냐. 나는 종교를 강요하는 사람은 아니거든, 안 그래? 나야 교회에 나가지, 암, 내가 살아 있는 동안에는

나가고말고! 교회가 있는 한 나는 교회에 갈 거야, 내 아
내와 딸을 데리고! 마차를 타고 가는 거지. 숨길 필요가
뭐가 있어? 오히려 여봐란듯이 갈 테야. 볼 테면 보라지.
맘대로 감시하고, 사진도 찍어 갈 테면 찍어 가라고 해!"

그러고는 입속말로 또 중얼거렸다. "사진도 찍어 갈 테
면 찍어 가라고!"

우리도 미사에 따라가겠다고 프레데릭이 서둘러 대답했
다. 일행은 마차에 올랐다. 바퀴가 푹푹 빠지는 모랫길을
달리며 마차는 무거운 신음 소리를 냈다. 고갯마루로 올라
서자 넓게 펼쳐진 저지대가 한눈에 들어왔다. 잔잔한 파도
처럼 낮게 웅크린 평원 위로 하늘이 유난히 높아 보였다.
멀리 철길이 보였다. 나는 갑자기 웃고 싶어졌다. 마차,
말들, 마부, 후덥지근한 땀 냄새, 마차의 니스 칠 냄새, 먼
지, 햇볕, 내 얼굴 주위를 맴도는 파리 한 마리, 모랫길 위
를 삐걱거리며 굴러가고 있는 마차 바퀴. 어느 것 하나도
변함없는, 옛날부터 알고 있는 그대로의 모습들! 고갯마루
에는 시원한 바람이 불어왔다. 눈 아래 펼쳐진 평원의 끄
트머리에 성 십자가 산이 뿌옇게 떠올랐다. 별안간 나는
깨달았다. 지금 이 나들이가 얼마나 우스꽝스러운 것인지
를. 우리는 오래된 가족 앨범의 누렇게 바랜 사진에서 막
빠져나온 것 같은 꼴을 하고 있었다. 고개 꼭대기로 기어
올라 그 구닥다리 몰골을 사방 먼 곳으로까지 거침없이 드
러낸 마차 때문에 이 평원은 극히 냉소적으로, 잔인한 비
웃음을 머금은 듯이 보였다. 마차는 천천히 나아갔다. 지
나간 시절을 재현한 우리의 마차 나들이는 길 양편에 펼쳐

지는 초록색 풍광을 비틀린 희극성으로 채색했다. 프레데릭은 마차 뒷좌석 히폴리트의 아내 옆에 앉아 사방으로 고개를 두리번거리며 주변 경치에 빠져 있었다. 그는 미사에 간다는 사실을 아주 즐기고 있는 것 같았다. 나는 그처럼 친절하고 상냥한 그의 모습을 한번도 본 적이 없었다. 길은 골짜기를 따라 다시 내리막이 되었다. 비탈길을 내려오자 마을이 나타났다. 이제부터 길은 진창이었다.

　기억하건대 그때 나를 사로잡고 있던 감정은(이건 앞으로 할 이야기를 위해 꼭 짚고 넘어가야 한다.) 뭔가 텅 비어 있다는 느낌이었다. 나는 전날 밤처럼 마부의 얼굴을 확인하고 싶어 마차 문 밖으로 몸을 내밀었다. 하지만 등을 돌리고 있는 마부의 얼굴을 우리 자리에서 본다는 건 불가능했다. 그런 상태로 마차는 계속 달렸다. 이윽고 그로홀리체 마을로 접어들었다. 길 왼편에는 실개울이 흘렀고 오른편에는 울타리를 둘러친 집 몇 채가 서 있었다. 닭과 거위, 돼지 여물통, 수채 구덩이, 개 한 마리, 주일 옷을 차려입고 교회를 향해 종종걸음을 치는 농부와 아낙이 띄엄띄엄 눈에 들어왔다. 일요일을 맞은 마을에는 햇빛과 정적이 가득했다. 개울물에 마차가 비쳤다. 마치 우리의 죽음이 수면 위로 자신의 모습을 비춰 보는 것 같았다. 우리가 탄 마차는 옛 시절의 케케묵은 말발굽 소리를 흩뿌리며 시간이 증발해 버린 마을을 가로질렀다. 알고 있었다. 시간이 사라진 듯한 이 정적은 무엇인가를 숨기려는 가면일 뿐이었다. 숨긴다고? 무엇을? 전쟁, 혁명, 폭력, 파렴치, 가난, 기아, 저주 혹은 축복…… 온갖 의미가 이 투명한 목가적

외관 아래 웅크려 있었다. 하지만 그것들은 너무 희미해서 우리가 전원에 대해 오래전부터 품고 있는 이 낡고 뻔한 이미지를 흔들지는 못했다. 프레데릭은 히포의 아내와 꽤나 다정하게 이야기를 나누고 있었다. 나는 생각했다. 저 과장된 다정함은 자신의 입에서 *다른 것*이 새어 나오지 않게 하기 위해서, 자신이 지루한 대화를 참고 있다는 걸 감추기 위해서가 아닐까? 이윽고 교회 담벼락 앞에 도착한 우리는 마차에서 내리기 시작했다. 나는 뭐가 뭔지 정신이 하나도 없어서, 교회 현관까지 밟고 올라간 계단이 어떤 모양새를 하고 있는지도 눈에 들어오지 않았다. 프레데릭이 쓰고 있던 모자를 벗어 들고 히포의 아내에게 팔을 내밀었다. 그러고는 호기심에 찬 눈들이 지켜보는 가운데 정중한 태도로 그녀를 교회 안으로 에스코트했다. 그런데 이렇게 한 것 역시도 뭔가 *다른 행동*을 하지 않기 위해서가 아니었을까? 그들 뒤로 히포가 마차 문짝에서 간신히 빠져나와서는, 모여 있는 사람들을 그 거대한 몸집으로 밀쳐내며 따라갔다. 그는 이 사람들이 다음 날이면 폭도로 변해 자신을 돼지 멱따듯이 끝장낼 수도 있으리라는 걸 알고 있었다. 그러나 그는 체념한 듯 음울한 얼굴빛으로, 쏟아지는 온갖 증오를 맞받으며 한 걸음씩 옮겨놓았다. 당당한 영주의 태도였다. 하지만 그 역시도 *다른 무언가*가 아니기 위해서 그런 태도를 취하지 않았겠는가.

　우리 일행은 어두컴컴한 교회 안으로 들어갔다. 몇 개의 양초가 판자 위로 튀어나온 못 같은 몰골로 타고 있었다. 뒤숭숭하던 성가 소리는 사람들이 안으로 밀려 들어오면서부터 점점 높아졌다. 남루한 차림새, 굳은 낯빛의 사람들이 제단 앞에 무릎을 꿇었다. 모든 것이 모호해 보이기만 하더니 곧 제자리를 찾아 들어갔다. 마치 인간보다 훨씬 강력한 어떤 힘이 보이지 않는 손을 휘둘러 예배의 신성한 질서를 단번에 바로잡아 놓은 것 같았다. 소작인들에게 밀리지 않기 위해 그때까지 거만하고 사나운 지주의 품새를 잃지 않고 있던 히폴리트는 지방 유력 인사들을 위해 마련된 자리에 앉은 다음부터는 별안간 침착하고 고상한 태도로 돌아갔다. 그는 맞은편에 앉은 자신의 마름 이카니아 일가를 향해 고개를 끄덕여 보였다. 여전히 미사는 시작되지 않고 있었고, 제단 주위에서는 신부의 코빼기도 볼 수 없었다. 군중은 자기네끼리 나직이 찬송가를 읊조렸다. 소박하고, 부드럽고, 서툴면서도 가슴을 후비는 그 찬송가는 그러나 그들을, 마치 목줄 매인 순둥이 개처럼, 완벽히 장악하고 있었다. 진정과 위안이 번져 나갔다. 이곳, 돌로 지은 교회 안에서 농부는 다시 농부가, 지주는 다시 지주가, 미사는 다시 미사가, 돌은 다시 돌이 되어 있었다. 모든 것이 원래대로 돌아가 있었던 것이다.

히폴리트 옆 자리에 앉아 있던 프레데릭이 기도대에 무릎을 꿇었다. 그의 그런 행동에 어느 정도 과장이 섞여 있다는 걸 알아차린 나는 줄곧 신경이 쓰였다. 그가 무릎을 꿇은 게 무릎 꿇는 것 말고 뭔가 다른 행동을 하지 않으려고 그런 거라는 생각을 떨칠 수 없었다. 작은 종이 딸랑거리더니 신부가 성배를 받쳐 들고 나타났다. 신부는 성배를 제단 위에 내려놓은 다음 허리를 깊숙이 숙였다. 종소리가 한 번 더 울렸다. 갑자기 어떤 힘이 내 존재의 깊고 어두운 구석으로 밀려 들어오는 것 같았다. 나는 맥없이, 반은 넋이 나간 상태로 무릎을 꿇었다. 그러고는 앞으로 기어나가, 마치 세상에 홀로 내던져진 사람처럼 기도를 올리기 시작했다……. 그런데 프레데릭은 대체 뭘 하는 것인지! 그는 여전히 무릎을 꿇고 있었다. 그도 역시 '기도를 하고 있는' 게 아닌가 하는 의심이 들었다. 그렇다. 그의 비겁함을 잘 아는 나로서는 그가 지금 기도를 하는 체하는 것이 아니라 정말로 '기도를 하고 있다'는 걸 확신했다. 말하자면 그는 다른 사람들에게만 속임수를 쓰고 있는 게 아니라, 자기 자신에게도 속임수를 쓰고 있었다. 그는 다른 사람들의 눈을 속여 넘기기 위해, 그리고 자기 자신의 눈을 속이기 위해 '기도를 하고 있었다.' 하지만 그의 기도는 자신이 기도를 하지 않는다는 엄청난 사실을 가리기 위한 위장에 불과했다……. 따라서 그 기도는 우리를 이 교회 바깥으로 몰아내 절대적인 무신앙의 무한한 공간으로 던져 넣는 하나의 추방 행위이자, 끝없이 중심에서 벗어나게 하는 '편심력'이었다. 그것은 어떤 거부의 몸짓, 부정의 표현이었다. 그래서 무슨 일이 일어났던가? 참으로 믿을 수 없는 일이 시작되고 있었다. 이제껏 본 적 없는, 또한 그럴 수 있으리라고 생각도 못해 본 일이었다. 하지만 그것이 정확히 무엇이었냐고 묻는다면 아무 일도 아니라고 말할 수밖에 없다. 어떤 손이 뻗어 나와 진행되고 있던 미사의 알맹이를 순식간에 걷어가 버린 듯한 느낌이었으니까. 신부는 미사를 이끌어나가기 위해 계속해서 애를 썼다. 그가 꿇어앉았다가 다시 일어나 제단 한쪽 끝에서 다른 쪽 끝으로 옮겨 갔다. 성가대 아이들이 작은 종을 울려 댔고 향로에서는 연기가 피어올랐다. 하지만 터진 풍선에서 가스가 새어 나가듯 내용물이 사라지고 껍데기만 남은 미사는 더 이상 앞으로 나아가지 못한 채 끔찍할 정도로 무기력하게 축 늘어져 버렸다. 무언가를 빚어낼 능력이 없음을 노출하면서! 미사의 알맹이가 이런 식으로 사라져버린 건 미사와는 상관없이, 미사에 참석한 우리와는 상관없이 외부로부터 어떤 것이 소리 내지 않고, 그러나 치명적으로 개입한 결과였다. 즉 한 미사 참석자가 이 의식에 가한 논평에 의해 저질러진 일종의 파괴 행위인 것이다. 이에 대해 미사는 아무런 방비책도 갖고 있지 않았다. 이것은 이 의식 자체의 문제가 아닌, 전적으로 바깥에서 덧붙인 하나의 해석에 의거해서 일어난 일이었기 때문이다. 사실상 이 교회 안의 그 누구도 미사에 저항할 힘은 없었다. 프레데릭조차도 지극히 착실하게 미사에 참여하고 있었다. 그러므로 그가 미사에 행한 일이란 말하자면 저주 삼아 허수아비에 바늘을 꽂아 넣는 짓에 불과했다. 하지만 그가 미사를 바라보는 방식은 별개로 치더라도, 여기서 그가 취한 태도는 잔인성의 소산이었다. 신랄하고 냉정하며 날카롭고 가차 없는 어떤 의식이 빚어낸 결과물……. 나는 별안간 깨달았다. 이 남자를 교회로 끌어들인 건 미친 짓이었다는 사실을. 정말이지 이것만은 무슨 수를 써서든 피해야만 했다. 교회야말로 그에게는 가장 혐오스러운 장소가 아니겠는가!

하지만 이미 엎질러진 물! 내 눈앞에서 펼쳐지는 미사 의식은 현실을 날것 그대로 드러냈다. 구원은 이제 물 건너간 일이었다. 그러므로 그 어떤 것도 거기 모인 사람들, 푸줏간 진열창에 되는대로 던져놓은 허드레 고깃덩어리 같은, 이 초라한 몰골의 역겹고 얼빠진 얼굴들을 구원할 수 없었다. 이들은 더 이상 '인민'도, '농민'도 아니었고, '사람'으로조차 보이지 않았다. 그들은 그냥 그렇고 그런 어떤 것들이었다. 갑작스레 신의 은총이 삭제된 그들 본래의 더러움이 고스란히 눈앞에 드러났다. 그런데 이 무질서한 야수 떼의 수많은 머리 옆에는 그것에 대응해서 우리 자신의 얼굴이, 한층 오만한, 늘 '지성적'이거나 '교양' 있거나 혹은 '섬세'하기를 포기하지 않는, 마치 제각각 희화화된 캐리커처 같은 이 뻔뻔한 얼굴들이 별안간 코앞에 쑥 들이밀어진 벌거벗은 엉덩이들처럼 놓여 있었다. 미사는 계속 진행됐다. 신부가 손을 올려 무엇인가를 축원하는 몸짓을 했다. 무엇을? 대체 무엇을 축원한다는 말인가? 그 몸짓은 텅 비어 있었다. 지주의 얼굴과 농민의 얼굴이라는 이 두 개의 뒤틀린 형상이 그 공허한 몸짓 속에서 겹쳐졌다.

이제 그곳은 더 이상 교회가 아니었다. 거기에는 검은 공간이 밀려 들어와 있었다. 이 지상의 것이 아닌 어떤 우주적 공간이. 혹은 이 지구 전체가 텅 빈 우주에 매달린 하나의 별이 된 듯, 그 광막한 우주가 아주 가깝게 다가오더니 우리를 덥석 삼켜버렸다. 흔들리던 촛불, 채광창으로 비쳐 들던 햇빛까지도 먹물을 탄 것처럼 흐릿해졌다. 교회로부터, 마을로부터, 이 땅으로부터도 벗어나서 우리는 우주 어딘가를 그 희미한 빛 덩어리와 함께, 그러나 현실에 부합하는 모습으로, 그렇다, 진실을 흉내 내며, 정처 없이 떠다녔다. 이 무한한 공간에서 우리는 자신과 더불어, 그리고 서로 간에, 마치 허공을 향해 갖은 인상을 지어 보이는 원숭이들처럼 기이한 일들을 벌이고 있었다. 그것은 끝없는 성운 어느 한 귀퉁이에서 일어나는 색다른 공연, 어둠 속에서 괴상한 몸짓과 표정으로 허공을 향해 나부대는 인간들의 아우성이었다. 하지만 우리 존재는 이렇게 무한한 공간에 잠김으로써 뜻밖에도 어떤 구체성을, 생생한 현실감을 얻고 있었다. 인간은 이 우주에 돌이킬 수 없이 던져져서 샅샅이 규명된 어떤 것이었다. 거양 성체를 알리는 종이 울렸다. 프레데릭이 다시 무릎을 꿇었다.

무릎을 꿇는 그의 이번 몸짓은 모가지가 비틀려 내동댕이쳐지는 암탉을 연상하게 했다. 미사는 이제 치명적 일격을 받아 푹 꼬꾸라지기 직전, 술 취한 사람처럼 휘청거리고 있었다. *Ite, missa est.*[3] 그렇다면…… 아, 이겼다. 이 미사에 대해 승리를 거둔 것이다. 자부심이 밀려왔다. 마치 오래전부터 원했던 종착점에 도달한 듯한 생각이 들었다. 마침내 나는 혼자였다. 그 누구도, 그 어떤 것도 없는, 오직 나만이 존재하는 완전한 암흑……. 나는 내가 가 닿을 수 있는 극한점, 신이라는 빛이 없는 절대적 어둠에 도달했던 것이다. 씁쓸한 지향점, 쓰디쓴 종말. 승리의 맛도 쓰라렸다. 그러나 그것은 마침내 자율성을 획득한 정신,

---

3) '가라, 미사는 끝났다.'라는 뜻의 라틴어.

그 가열한 성숙이 가져온 현기증 나는 자랑스러움이었다. 그 어디에도 의지할 데 없이 홀로 서서, 두려운 심정으로, 나는 내 속에 도사린 어떤 괴물의 존재를 느꼈다. 그것은 나라는 존재를 빌려 그 어떤 일도 해치울 수 있을 전능한 괴물이었다. 메마른 자부심. 응고된 흥분. 엄격한 자기 단속. 그리고 공허함. 그러고는? 그리고 또 뭐가 있는가? 미사가 막 끝이 났다. 나는 몽롱한 상태로 사방을 두리번거렸다. 피곤했다. 어서 이 교회를 벗어나서 집으로, 왔던 모랫길을 되짚어 포부르나로 돌아가고 싶었다. 눈이 무겁게 내리 감겼다. 그런데 문득 무엇인가, 흐릿하게 풀린 내 시선을 붙잡는 것이 있었다. 유혹적이고도 당당한 그것. 그 놀라운 물체는 우리가 어지러운 꿈속에서 마주치게 되는 어떤 장소들과 닮아 보였다. 둘레에 베일이 쳐져 있어 안쪽이 들여다보이지 않고, 들여다보고 싶어도 가까이 가지 못하는 탓에 견딜 수 없는 갈망으로 소리 없이 비명을 내지르며 그 주위를 맴돌게 되는 그런 곳들 말이다.

그렇게 나는 그 유혹적인 것의 주위를 맴돌았다. 여전히 겁을 내며, 얼마간 미심쩍은 심정으로…… 하지만 이미 달콤한 격정이 나를 흔들어놓고 있었다. 나는 나긋한 노예처럼 그 흥분에 몸을 맡겼다. 절대적 어둠 속에 홀로 버티고 있을 때 난데없이 솟아오른 이 관능. 불현듯 기적이라는 말이 떠올랐다. 만약 신이 있다면 그건 하늘에 있는 어떤 존재가 아닌 바로 이런 기적이겠구나 싶었다.

그런데 대체 뭘까? 이토록 유혹적인 그것은?

그것은 우리로부터 몇 걸음 떨어진 곳, 예배를 보는 무리 속에 섞여 있는 누군가의 뽀얗게 떠오른 뺨과 살짝 드러난 목덜미였다.

믿을 수 없는 일이었다. 그것은…….

(사내아이)야.

(사내아이)라고.

그것이 (한 소년)에 불과하다는 걸 알아차린 순간, 아득하게 취해 있던 정신이 돌아오기 시작했다. 게다가 내 자리에서 보이는 것은 겨우 한 뺨 크기만큼의 뺨과 목덜미가 전부였다. 그런데 별안간 그것이 조금 움직였고, 그 미미한 움직임이 나를 흔들어놓았다. 믿을 수 없을 만큼 매혹적이었다.

하지만 (사내아이)라니까.

그저 (사내아이)일 뿐인걸.

전혀 인정하고 싶지 않았지만 나는 어쩔 줄 모르고 있었다. 열여섯의 성싱한 목덜미, 짧게 자른 머리카락, 가볍게 튼 자국이 있는, (소년답게) 풋풋한 살갗, 그리고—그 나이 또래 다른 소년들과 조금도 다르지 않은—(젊은) 두상이었다. 그런데도 대체 왜 이렇게 가슴이 진정되지 않는 것일까? 아, 이제 콧날이 보인다. 그가 얼굴을 약간 왼쪽으로 돌린 덕분이다. 별다를 것 없는 선이다. 곧이어 (소년의) 평범한 얼굴이 힐끗 비껴 가며 눈에 들어온다. 하지만 완벽히 그 또래다운, 바로 그런 평범함이 아닌가! 무지렁이 소작인의 아들 같지는 않았다. 학생일까? 어느 공증 사무실의 견습생이 아닐까? 그 얼굴에서 특징이라고 할 만한 건 없었다. 아직 풍파에 노출된 적 없는, 세상과 부딪혀

닳기 이전의, 연필 꼭지를 입에 물고 잘근잘근 씹거나 공을 차고 놀거나 러시아식 당구를 치는 게 어울릴 법한 젊은 얼굴. 셔츠 깃이 파묻힐 만큼 바싹 여며 입은 겉옷 위로 비죽이 나온 목덜미는 갈색으로 그을려 있었다. 그렇지만 내 심장은 너무도 격렬하게 뛰었다. 그 얼굴, 뜨거운 열기의 근원이자 빛나는 미풍. 그것은 이 텅 빈 끝없는 암흑 속에서 눈부실 만큼 매혹적으로 빛났다. 마치 신처럼. 아름다웠다. 나는 그 아름다움의 이유를 찾아보았지만 대답할 수 없었다. 어째서 그처럼 평범한 형상이 갑자기 의미심장한 모습으로 다가온 것일까?

프레데릭은? 그도 저 소년을 보았을까? 그도 역시 알아차렸을까? 갑자기 주위가 웅성거렸다. 미사가 끝나 있었다. 사람들이 천천히 출구를 향해 몰리기 시작했다. 나도 함께 움직였다. 헤니아가 내 앞에서 걸어 나가고 있었다. 그녀의 등과 뒷목의 선은 여전히 소녀의 것이었다. 내 눈은 그녀의 목으로 가득 찼다. 그런데 그녀의 목이 조금 전에 보았던 또 다른 목과 아주 자연스럽게 만나는 게 보였다. 그녀의 목과 또 다른 목이 내 눈앞에 나란히 있었다. 그렇다. 두 개의 목. 이 둘은…….

그러니까, 어떻게 설명하면 좋을까, 그녀의 (소녀다운) 목이 마치 그것만 몸에서 빠져나와 조금 전에 본 그 (소년의) 목으로 달려가는 것 같았다. 하나는 끌려가고 다른 하나는 끌어당기는 것처럼. 내 표현이 서투른 걸 이해해 주기 바란다. 이렇게 말해 놓고 보니 뭔가가 영 거북하다. (게다가 나는 지금 왜 소년과 소녀라는 단어에 괄호를 치고 있는 걸까? 이것도 역시 나중에 해명해야 할 문제다.) 출구로 우르르 몰려 나가는 무리에 섞인 그녀의 움직임을 나는 뒤따라가면서 지켜보았다. 헤니아의 몸짓은 그녀가 그와 모종의 '관계가 있다'는 걸 보여주고 있었다. 이리저리 밀쳐대는 사람들 가운데 파묻혀서도 그녀는 그의 몸짓 하나하나에 열렬하게, 간절하게 반응했다. 정말일까? 혹시 잘못 본 게 아닐까? 팔을 내려뜨린 채 사람들에게 빽빽이 둘러싸여 떠밀리던 그녀가 겨우 손을 들어올려 수줍게 그의 손을 잡았다. 그렇다. 그녀의 모든 행동은 '그를 향하고' 있었다. 그는 사람들 속에 파묻혀 침착하게 앞으로 나아가고 있었지만, 그의 몸도 그녀로 인해 팽팽하게 긴장했다. 비록 몸을 돌리지는 않았어도 그의 모든 신경은 그녀를 향하고 있다는 걸 나는 알아차렸다. 둘은 사람들 사이에 뒤섞여 말없이 앞으로 나아갔다. 하지만 그것은 무관심을 가장한 사랑, 거침없는 갈망이었다! 아, 그랬다! 그때서야 나는 알 것 같았다. 그를 처음 본 순간 내가 어째서 그토록 매혹당했는지.

우리는 교회 밖 햇볕이 내리쬐는 마당으로 나왔다. 사람들이 어느 정도 흩어진 덕분에 그와 그녀의 모습을 잘 볼 수 있었다. 그녀는 흰 깃이 달린 밝은 색 블라우스와 푸른 바다색 치마 차림새로 조금 떨어진 구석에 혼자 서 있었다. 부모가 나오기를 기다리면서 그녀는 기도서 겉장에 달린 잠금 고리를 다시 채웠다. 그는…… 담벼락 쪽으로 몇 발자국 걸어가더니 발끝을 세우고 서서 어딘가 다른 쪽을 쳐다보았다. 그들은 서로를 의식했을까? 비록 각자 거리를 둔 채 딴청을 부리며 서 있었지만, 두 사람 사이에 오가는 심상치 않은 열기를 나는 분명히 감지했다. 그 둘은 서로를 위해 존재하고 있었던 것이다. 나는 눈을 가늘게 떴다. 흰빛으로 가득한 교회 앞마당, 주위를 둘러싼 초록색과 푸른색. 더운 날씨였다. 부신 눈을 몇 번 깜박거렸다. 두 사람은 그렇게 떨어져 서서 짧은 눈길조차 나누지 않았지만, 분명 그는 그녀를 위해, 그녀는 그를 위해 그 자리에 있었다. 보이지 않는 것이 던져주는 그 인상이 너무 강렬했는지, 나는 갑자기 기이한 상상에 사로잡혔다. (소년)의 입술이 그녀의 입술만이 아니라 그녀의 온몸을 더듬는, 그리고 그녀의 (소녀)다운 몸이 (소년)의 두 다리 사이에 끼여 흔들리는 상상 말이다.

하지만 이 마지막 생각은 지나치게 멀리까지 나간 것인 듯싶다. 그냥 간단히, 그 두 사람이 유난히 궁합이 맞아 보였다고 말하는 게 낫지 않을까? 이건 단지 한 사람은 남자고 한 사람은 여자이므로 성적인 측면에서 잘 어울렸다는 이야기인 것만은 아니다. 우리는 흔히 한 쌍의 남녀를 두고 궁합이 맞는다는 말을 한다. 하지만 지금의 경우 두 사람의 조화, 그러니까 둘이 마치 한 쌍처럼 붙어 있다는 그 느낌은, 글쎄, 어떻게 설명하면 좋을까……. 그것이 미성숙한 것이었기 때문에 한층 더 두드러졌다……. 그 미성년의 관능성은 그들이 서로에게 있어 최고의 행복, 가장 소중한 보물인 까닭에 색다른 광채로 빛났다. 그런데 지금 이 교회 앞마당, 햇볕이 내리쬐는 이 자리에서, 그들은 왜 서로에 대한 무관심을 가장하고 있는 것일까? 왜 가까이

다가가지 않고, 그녀 따로, 그 역시 따로, 멀찍이 떨어져 서 있는 것일까? 나는 궁금했다.

일요일, 시골 마을의 한낮, 더위, 나른함, 교회 앞마당. 어느 누구도 집으로 서둘러 돌아갈 생각은 하지 않았다. 여기저기에 사람들이 끼리끼리 모여 섰다. 히폴리트의 아내는 화장이 들뜨는 게 신경이 쓰이는 듯 손가락 끝으로 얼굴을 두드렸다. 히폴리트는 마름 이카니아와 나란히 서서 공출 할당량을 채우는 문제를 의논했다. 그들 곁에서 프레데릭은 웃옷 주머니에 손을 찌른 채 상냥한 웃음을 지어 보이고 있었다. 세상만사가 무척이나 재미있다는 표정이었다. 그의 모습을 보자 나를 혼란스럽게 사로잡고 있던 그 관능의 불꽃이 순식간에 사그라졌다. 그때부터는 단 한 가지 생각이 나를 불편하게 했다. 프레데릭이 눈치를 챘을까? 두 사람 사이를 그도 알아차렸을까? 하는 생각.

과연 프레데릭은?

히폴리트가 마름에게 묻는 소리가 들렸다.

"그리고 감자는? 그건 어떻게 해결하지?"

"뭐, 감자는 아무 때고 50킬로그램가량은 내놓을 수 있습죠."

그 (소년)이 우리를 향해 다가왔다. 마름이 말했다.

"이 아이가 제 아들 카롤입니다."

그가 자기 아들의 어깨를 잡아 프레데릭 쪽으로 떠밀었다. 프레데릭이 소년의 손을 잡아 흔들었다. 소년은 둘러선 한 사람 한 사람 모두에게 인사를 했다. 헤니아가 자기 엄마에게 말했다.

"저기 좀 봐요! 갈레츠카 부인이 벌써 다 나왔나 봐!"

"다들 잠깐 신부님한테 인사나 하러 갈까?"

히폴리트가 이렇게 말을 꺼내더니 곧이어 입속말로 중얼거렸다.

"뭐, 그래 봤자 무슨 소용이 있겠어."

그러고는 목청을 높여 소리를 질렀다.

"가자, 얘들아. 이제 그만 집에 가는 게 좋겠다!"

우리는 이카니아와 악수를 나누고 다시 마차에 탔다. 카롤이 함께 올라타더니(무슨 일일까?) 마부 옆에 자리를 잡고 앉았다. 마차는 출발했다. 고무를 덧댄 바퀴가 울퉁불퉁한 길 위를 구르며 삐걱거렸다. 모랫길 위로 간간이 나른한 바람이 불어왔다. 금빛 파리 한 마리가 붕붕거리며 날아다녔다. 언덕 꼭대기쯤에 이르자 눈 아래로 불규칙한 바둑판 모양의 밭들이 펼쳐졌다. 저 멀리 철로가 보였다. 들판을 가로지르는 그 선을 경계로 거기서부터는 숲이 이어졌다. 마차는 천천히 앞으로 나아갔다. 헤니아 옆 자리의 프레데릭이 마차 밖으로 상체를 길게 빼서 내밀었다. 푸른 대기에 금빛이 섞여 있었다. 이 지방 특유의 이런 현상은 반짝이는 황토 입자 때문이라고 했다. 돌아가는 길을 그리 서둘 건 없었다. 우리는 굴러가는 마차와 함께 흔들리고 있었다.

3

마차가 덜컹거렸다. 카롤은 마부 옆 자리에, 헤니아는
마차 앞 좌석, 그러니까 내 맞은편에 앉아 있었다. 헤니아
의 머리 너머, 카롤의 머리가 마치 그녀 머리 위에 올라앉
은 것처럼 내다보였다. 우리를 등지고 있는 카롤의 얼굴은
보이지 않았다. 바람이 불어와 그가 입은 셔츠가 부풀어
올랐다. (소녀)의 얼굴 너머로 보이는 (소년)의 뒷머리, 등
을 돌린 카롤의 척추 위로 겹쳐진 헤니아의 얼굴은 하나의
존재가 둘로 나뉜 듯한 느낌을 불러일으켰다. 모호하고 열
기 띤 분신들……. 그녀도, 그도, 특별히 아름다운 용모를
지닌 건 아니었다. 보기 좋은 건 사실이었지만 그래 봤자
그 나이 무렵이면 누구나 보여주는 생기 이상은 아니었다.
하지만 두 사람이 함께 있을 때면 두 사람 사이에는 어떤
경이로운 공간이 만들어지는 것 같았다. 다른 사람은 도저
히 발을 들여놓을 수 없는 그 마법의 원 안에서, 서로에
대한 갈망과 기쁨 속에서, 그들은 아름다움 그 자체였다.
그들의 아름다움은 그들 자신을 위한 것, 정확히 말해 서
로를 위한 것이었다. 그토록 그들은 (젊었다.) 그러므로 내
게는 그들을 곁눈질할 권리가 없었다. 나는 그들을 쳐다보
지 않으려고 애썼다. 하지만 맞은편 헤니아 옆 자리를 차
지한 프레데릭을 보는 순간, 그가 두 사람 사이를 알아차
린 걸까? 하는 의문이 다시 고개를 들었다. 프레데릭도 두
사람이 손을 잡고 교회 문을 나서는 모습을 보았을까? 나
는 프레데릭의 눈길이 어디에 가 있는지 유심히 살피기 시

작했다. 그의 눈은 무관심을 가장하고 있었지만, 슬금슬금 더듬듯이, 탐욕스럽게 반질거리며, 두 사람을 훔쳐보고 있었다.

그렇다면 다른 사람들은? 히폴리트와 그의 아내도 알고 있을까? 두 사람을 보는 순간 내가 단번에 알아차린 일을 이 어린 아가씨의 부모가 모를 것 같지는 않았다. 그날 오후, 나는 외양간으로 가는 히폴리트를 따라나섰다. 그러고는 카롤에 대한 이야기를 슬쩍 꺼내보았다. 그 (소년)을 바라보면서 부끄럽게도 내 몸이 달아올랐었다는 사실이 걸려서인지, 맞대놓고 물어본다는 게 그리 쉬운 일이 아니었다. 하지만 히폴리트는 그 아이에게 별 관심이 없는 것 같았다. "카롤? 마름 집 아들 말인가? 좋은 아이지. 마키 나치[4]에 가담해서 루블린 근처까지 따라갔었는데, 거기서 사고를 쳤어……. 뭐 그리 심각한 건 아니지만 누군가를 거꾸러뜨렸다고 하더군. 자기 동료인지 상관인지는 모르겠는데. 하여간 별일은 아니었어도 거기 계속 있기는 어려웠던가 봐. 집으로 돌아왔지. 그런데 그 아이가 자기 아비하고는 마음이 영 안 맞거든. 매일같이 아옹다옹하는 처지니까 말이야. 그래서 내가 좀 데리고 있어볼까 하고 그 아이더러 여기 와 있으라고 했네. 그 아이가 총이나 쇠붙이 같은 것들을 좀 다룰 줄 알거든. 그런 걸 만질 줄 아는 사람이 집 안에 많으면 좋지 않겠나……. 만일의 경우에 대비해서…… 그렇지, 만일의 경우에 말이야."라고 히폴리트는

---

4) 독일에 저항하기 위해 결성된 지하운동 조직.

노랫가락을 흥얼거리듯이 마지막 말을 한 번 더 중얼거렸다. 그러고는 눈앞의 흙덩이를 발로 밟아 으깨더니 갑자기 화제를 바꾸어버렸다. 열여섯 살의 한 짧은 인생 역정이 길게 이야기할 만큼 중요하지 않다고 생각했던 걸까? 아니면 카롤이 저질렀다는 그 사고를 한때의 철부지 짓으로 돌려서라도 애써 피해 가려는 마음이었을까? 생각해 보았다. 같은 조직원을 거꾸러뜨렸다니, 상대를 죽였다는 말일까? 아니면 부상을 입혔다는 말일까? 하지만 그는 미성년자였다. 설령 살인이었다 한들, 그 일로 형사 책임을 지지는 않았을 것이다. 사실 그 나이 때는 무엇이든 자신의 의지와는 상관없이 망쳐놓기 일쑤 아닌가. 나는 헤니아와 카롤이 오래전부터 알고 지내온 사이인지 물어보았다. 히폴리트가 대답했다. "어릴 적부터 함께 어울리곤 했지." 그러고는 암소의 등을 가볍게 툭툭 두드리면서 덧붙였다. "네덜란드 혈통이야. 젖소로는 이만한 놈이 없는데, 그만 병이 들었어." 내가 히폴리트로부터 들은 이야기는 이것이 다였다. 결국 히폴리트나 그의 아내는 자신의 딸과 카롤의 관계에 대해 아무것도 눈치 채지 못하고 있는 게 분명했다. 만약 알았더라면 그건 그냥 넘길 수 없는 문제였을 테니까 말이다. 나는 생각했다. 두 사람은 자신들의 관계를 철부지 아이답지 않게, 어른처럼 꽤 능란하게 숨겨왔던 게 아닐까……. 하지만 그러기에는 아직 나이가 모자랐다.

프레데릭은? 그도 눈치를 챘을까? 교회에서 돌아온 다음, 그러니까 그렇게 미사의 목을 비틀어 내팽개치고 온 다음, 내가 무엇보다 궁금해서 견딜 수 없었던 문제는 과연 프레데릭이 두 사람의 사이를 알고 있을까 하는 점이었다. 그가 모르고 있다면 아마도 무척 실망하게 될 것 같았다. 머릿속이 혼란했다. 그러고 싶지는 않았지만 프레데릭과 연관이 되면 자꾸 불길한 생각이 피어올랐다. 그런 반면 카롤과 헤니아는 신선하고 열기 띤 기분으로 나를 흔들어놓고 있었다. 이 두 가지 완전히 이질적인 심리적 반응은 서로 별개의 것으로 내 안에서 공존하면서 충돌했다. 그런데 실제로 그 두 사람 사이에 아무것도 일어난 일이 없는 이상, 프레데릭이 뭔가를 알아차렸을 거라고 어떻게 기대할 수 있겠는가? 나는 그들 둘 다 서로를 끌어당기고 유혹하고 있으면서도 마치 그렇지 않은 것처럼 행동한다는 게 불가능하다는 생각이 들었다. 결국에는 자신들의 사랑을 사람들 눈에 노출시키고야 말 거라고 생각했다. 하지만 내 기대는 어긋났다. 믿을 수 없는 일이었지만, 그들은 서로에게 전혀 관심 없는 척 태연하게 꾸미고 있었다. 점심식사를 하는 내내 나는 카롤을 관찰했다. 아직까지 그는 분명 아이였다. 하지만 무엇인가 마냥 아이답지만은 않은, 어른들의 술수나 타락을 이미 엿본 듯한 태가 보였다. 그는 호감을 불러일으키는 인간 사냥꾼, 상냥하고 쾌활한 노예, 어린 병사였다. 거칠게 단련된 거죽 안에 남아 있는 연약하고 몰랑한 것이 느껴졌다. 어떤 잔인한, 아마도 피를 보는 일에 흥분해서 뛰어든 적이 있었을 거라는 짐작이 들었다. 입가에 여전히 수줍은 미소를 띠고 있는, 그러나 이미 어른들의 '손을 탄' 이 아이. 그에게는 어른들의 일에 너무 일찍 휘말린 아이에게서 볼 수 있는 말 없는 엄숙함이 있었다. 군사 훈련을 받고 전투에 내던져졌던 아이의 조용한 위엄. 빵에 버터를 발라 입에 넣고 우물거리는 그의 모습에서는 굶주림을 통해 배운 절제를 읽을 수 있었다. 그의 목소리는 때때로 침울하게 가라앉았고, 메마르게 갈라져 나오곤 했다. 나는 그를 바라보며 어떤 단단한 쇠붙이, 가죽 띠, 갓 잘라낸 나무 둥치를 떠올렸다. 첫인상은 지극히 평범한, 조용하고 상냥한, 다소곳하고 싹싹해 보이기까지 하는 모습이었다. (티 없는 순진함과 비정한 노련함이 뒤섞인) 그는 아직 아이이자 이미 다 큰 어른이었고, 동시에 아이도 어른도 아닌, 또 다른 연령으로 보였다. 격렬하며 자유분방한 젊음. 그를 잔인함과 억압, 복종으로 몰아갔던 것, 그래서 예속과 모욕을 안겨주었던 것은 바로 그 젊음이었다. 젊기 때문에 그는 열등했다. 젊기 때문에 그는 불완전했다. 젊기 때문에 그는 관능적이었다. 젊기 때문에 그의 육체는 아주 작은 감각에도 민감하게 열려 있었다. 젊기 때문에 그는 무엇이건 파괴하고 부정했다. 그리고 젊다는 그 사실로 인해 그는 하찮은 존재였다. 흥미로운 것은 그의 미소, 그 매혹적인 미소 역시 그의 젊음처럼 그를 위태로운 상태로 밀어 넣고 있다는 사실이었다. 빈번히 터뜨리는 웃음이 그 자신을 무방비 상태로 노출시켰다. 이 아이는 도무지 자기 자신을 방어할 줄 몰랐다. 이러한 젊음에 의해 그는 헤니아에게 달려들고 있었다. 마치 발정한 암캐에게 달려들듯이. 그는 그녀를 향해 몸이 달아 있었지만, 그것은 정말이지 '사랑'과는 전혀 다른 것이었다. 그건 거칠고 부끄러운 어떤 것, 말하자면 그 나이 또래의 유치한 열정이었다. 하지만 이와 나란히 그의 태도에는 열정과는 전혀 다른 것이 있었다. 그는 헤니아를 '어릴 적부터 알아온' 어린 숙녀로 대접했다. 그들의 대화는 자유로웠고 아무 거리낌이 없었다. "네 손이 왜 그래?" "좀 긁혔어, 통조림을 열다가." "로블레츠키가 바르샤바로 떠난 것 알고 있니?" 이런 식이었다. 이게 다였다. 주고받는 눈짓도 없었고, 말 속에 숨기는 것도 없었다. 이런 두 사람을 보면서 그들 사이에 뭔가가 있다고 어떻게 의심할 수 있겠는가? 자신을 향해 달려드는 카롤, 그의 돌진에 짓눌린(이런 표현이 적절한 걸까?) 헤니아는 사실상 *이미* 소년에 의해 능욕당한(그런데 이 말이 대체 어떤 의미를 지니고 있기나 한 걸까?) 상태였다. 하지만 이건 실제 경험과는 별개의 일이어서, 그녀는 자신의 순결을 조금도 잃지 않았다. 오히려 그녀는 이 소년의 미성숙한 포옹에 몸을 내맡김으로써 한층 순결했다. 이렇게 그녀는 선머슴애 티를 아직 완전히 벗지 못한 자신의 거북살스러운 청춘의 어둑한 구석 자리에서 카롤과 짝짓기를 하고 있었다. (험하게 살아온 아가씨들에 대해 흔히 쓰는 표현인) '남자를 안다'는 말은 헤니아에게는 적절치 않을 것이다. 그녀는 단지 '이 소년을 알고 있었다.' 이 말은 그녀가 더없이 순진하면서도 동시에 한없이 타락해 있음을 의미했다. 두 사람은 국수 가락을 먹었다. 나는 계속해서 그들을 지켜보았다. 그들은 어릴 적부터 서로 알아온, 그래서 둘이 함께 있는 것에 익숙한, 그리고 서로에 대해 아마도 약간은 싫증이 났을 한 쌍의 소년과 소녀로서 그 국수를 먹고 있었다. 하지만 이 모든 이야기는 내 머리가 지어낸 수치스러운 환영에 불과할지도 몰랐다. 그러니 프레데릭이 무엇인가를 알아차렸기를 기대한다는 게 얼마나 어처구니없는 일인가? 그날 오후 시간은 이렇게 흘러갔다. 어둠이 깔렸다. 저녁 식사가 준비되자 우리는 다시 식탁 앞으로 모여들었다. 천장에서는 석유램프 하나가 인색한 빛을 뿌리고 있었다. 덧창은 모두 닫고 문 앞마다 무거운 물건을 옮겨 바리케이드를 쌓은 채 우리는 치즈와 감자를 먹었다. 히포의 아내는 손가락 끝으로 냅킨의 가장자리를 훑어댔다. 히포가 붉게 달아오른 얼굴을 램프 불빛을 향해 치켜들었다. 사방은 고요했다. 하지만 우리를 보호해 주는 벽 너머로 간간이 알 수 없는 소음이 스치듯 들려왔다. 정원에서 나는 소리일 것 같았다. 그 정원을 넘어가면 전쟁이 난폭하게 유린한 들판이 펼쳐져 있을 것이고……. 오가던 이야기가 멈췄다. 자벌레나방한 마리가 석유램프의 유리 갓에 날개를 부딪고 있었다. 우리는 얼어붙은 듯 움직임을 멈추고 그 곤충을 응시했다. 홀의 한쪽 구석에서 카롤이 마구간에 갈 때 들고 다니는 랜턴을 선반에서 꺼내 닦았다. 셔츠를 꿰매고 있던 헤니아가 불현듯 몸을 굽혀 이로 실을 끊었다. 카롤의 온몸이 활짝 피어오르는 데는 그녀의 갑작스러운 이 동작, 실을 입술 사이에 끼웠다가 떼어내는 동작 하나만으로도 충분했다. 구석에 웅크린 소년이 환한 불빛을 내며 달아오르기 시작했다. 헤니아가 들고 있던 셔츠를 옆으로 치우고 팔을 식탁 위로 올려놓았다. 행실 반듯한, 어느 모로 보나 정숙한, 아직도 학생티를 벗지 못한, 아빠와 엄마한테 속해 있는 팔이었다. 하지만 식탁 위의 그 팔은 얌전히 놓여 있으면서 동시에 아무것도 걸치지 않은 팔이었다. 벗은 팔. 맨살을 드러내서라기보다, 가운데가 옴폭하게 파인 치마의 굴곡으로 그 존재가 노출된 무릎 때문에, 그리고 치마 아래로 슬쩍 내민 발 때문에 한층 벌거벗은 듯 느껴지는 팔. 이 음탕하면서도 순진한 팔로 헤니아는 카롤을 유혹하고 있었다. '터무니없이 젊은'(이런 형용사 외에 달리 어떻게 표현해야 좋을지 모르겠다.) 그러면서 난폭한 유혹. 헤니아는 귀에 나지막이 감겨드는 콧노래를 흥얼거렸다. 그녀의 난폭함을 실은 그 멜로디는 그들 두 사람을 둘러싼 대기에 미묘한 진동을 만들어냈다. 카롤은 계속해서 랜턴을 닦았다. 헤니아는 움직이지 않았다. 프레데릭은 빵 조각을 손끝으로 둥글게 뭉쳤다.

가구를 끌어다 바리케이드를 친 베란다 출입문, 쇠 빗장을 가로지른 덧창들. 그리고 램프 불빛을 둘러싸고, 식탁을 둘러싸고 흐르는 우리들의 침묵. 바깥에서 무슨 소리가 하나씩 날 때마다 우리들의 침묵은 점점 더 깊어졌다. 집 안의 집기들, 벽시계, 옷장, 선반이 동일한 생명체인 양 하나로 살아서 숨 쉬는 것 같았다. 이 침묵, 이 열기 속에서 헤니아와 카롤의 조숙한 관능은 유혹과 욕망의 닫힌회로 안에서, 마치 모든 것이 증폭되는 마법의 원 안에 휘말린 것처럼, 어둠에 의해, 본능에 의해 부풀어 올랐다. 그들은 아마도 밤을 가로질러 나가서, 문밖 들판을 배회하고 있는 길들여지지 않은 또 다른 열정을 끌어들이고 싶었을 것이다. 그만큼 그들은 격렬함에 목말라 있었다……. 하지만 이 모든 것에도 불구하고 두 사람은 조용했다. 어쩌면 졸고 있을지 모른다는 생각까지 들었다. 프레데릭은 반 정도밖에 마시지 않은 찻잔을 들어내고 받침 접시 위에 담뱃불을 천천히 비벼서 껐다. 그의 손가락이 오랫동안, 서두르지 않고 받침 접시 위에 머물렀다. 별안간 안뜰에서 개한 마리가 짖어댔다. 그의 손이 담배꽁초를 움켜잡았다. 히폴리트의 아내가 길고 갸름한 손가락 끝으로 섬세하고 연약해 보이는 자신의 손등을 마치 낙엽을 만지듯이, 시든 꽃의 향기를 맡듯이 어루만졌다. 헤니아가 몸을 움찔했다. 그 순간 우연히 카롤도 움직였다⋯⋯. 의도하지 않은 이 움직임은 불꽃처럼 솟구치며 두 사람을 서로에게로 이어놓았다. 내 눈앞에서 두 사람이 불꽃에 휩싸였다. 헤니아가 흰 무릎을 드러냈다. 그 흰 무릎이 (소년)을 곧장 무릎 꿇게 했다. 어두운 구석에서 꼼짝 않고 있던 그의 어두운 무릎이 휘청거리며 바닥을 향해 꺾였다. 히폴리트가 붉고 투박하며 피둥피둥한 자신의 두 손을 냅킨 위에 올렸다. 그는 털로 뒤덮인 그 손이 마음에 들지 않았겠지만, 그것이 자신의 것인 이상 참을 도리밖에 없었다. 그가 하품을 입에 물고 말했다.

"들어가서 자라."

그러고는 입속말로 중얼거렸다. "그만 가서 자."

이런, 정말이지 역겨운 일이군! 아무 일도, 아무 일도 없지 않은가! 그렇다, 모든 건 내가 그려낸 포르노 사진일 뿐이었다. 나는 내 상상을 통해 그들 두 사람을 즐기고 있었다. 아무것도 모르는 코흘리개 사내아이와 머리가 텅 빈 계집애를 가지고서 내가 무슨 짓을 한 건가. 이 둘 사이에 뭔가가 있다고 믿다니, 미쳤군. 나는 내가 저지른 영락없는 바보짓에 화가 났다. 아, 만약 두 사람이 두세 살만 더 많았더라면…… . 하지만 카롤은, 사내아이의 손과 발을 가진 카롤은 구석 자리에서 랜턴을, 그걸 손보는 일 외에는 달리 할 일이 없었기 때문에, 아주 열중해서 만지작거리고 있었다. 그런데…… 이렇게 나사나 죄고 있는 아이를 둘러싸고 욕망과 연정이 속살거린다고? 이 빌어먹을 미성년에 최상의 행복이 숨겨져 있다고……? 터무니없었다. 그는 다만 나사를 죄고 있을 뿐이었다. 게다가 헤니아는, 팔을 아무렇게나 식탁 위에 내던진 채 졸고 있었다…… . 아무 일도 아니잖아! 믿을 수 없어! 그렇다면 프레데릭은? 담뱃불을 눌러 끄고, 빵 조각을 둥글게 뭉치고 있는 프레데릭은? 그는 뭘 아는 걸까? 프레데릭이 알고 있을 거라고 짐작했던 것도 내 착각이었던가? 프레데릭, 프레데릭, 프레데릭! 나는 속으로 프레데릭을 다급히 불러댔다. 이 식탁, 이 집, 집 주위를 에워싼 한밤중의 이 들판, 이 열정 한가운데서, 프레데릭은 뭘 눈치 챈 걸까? 드러내지 않으려고 무척 애쓰고 있긴 했지만 그의 얼굴에는 분명 무엇인가 도발적인 것이 있었다. 프레데릭!

헤니아의 눈이 거의 감겼다. 그녀는 우리에게 인사말을 던지고 침실로 올라갔다. 조금 후 카롤이 흩어진 나사못을 종이에 쓸어 모았다. 그러고는 같은 인사를 하고 2층 자신의 방으로 올라갔다.

나는 석유램프 둘레로 퍼져 나가는 빛 무리를 바라보고

있다가 조심스럽게 말을 건넸다. "저 두 아이는 썩 잘 어울리는군!"

아무도 대꾸하는 사람이 없었다. 헤니아의 모친이 손가락 끝으로 냅킨의 가장자리를 훑으며 말했다. "별일이 생기지만 않는다면, 헤니아는 곧 약혼하게 될 거예요."

프레데릭이 둥글게 뭉친 빵을 계속해서 손가락 끝으로 굴리면서 물었다. 애써 체면을 차린 목소리였지만 호기심이 묻어 있었다.

"아, 그래요? 사윗감은 근처 사람인가요?"

"네……. 이웃이죠. 루다의 파슈코프스키 집안 아들이에요. 여기서 아주 가까운 곳이라서 그가 우릴 보러 자주 들르곤 하죠. 정말 좋은 사람이에요. 마음에 쏙 들어요." 이제 그녀는 손가락으로 눈썹을 두드렸다.

"그게 말이지, 그는 법률가이거든." 히폴리트의 음성에 생기가 돌았다. "자격증을 막 따려는 차에 전쟁이 터졌어……. 아는 것도 많고, 신중하고, 머리도 있고, 그러니까 그게 말이야, 배운 사람이라는 거지. 어미가 과부인데, 1,200에이커가량 되는 땅을 갖고 있어. 우리 땅에서 한 칠십 리 거리 되지."

"믿음이 깊은 여자예요."

"르부프 근처에서 이리로 시집온 여자야. 결혼 전의 성이 트셰셰프스카인데 그 집안은 고우호프스키 집안과 친척이지."

"헤니아가 아직 나이가 안 찬 건 사실이지만…… 이보다 더 좋은 혼처를 찾기란 쉽지 않아요. 그 청년은 책임감도

있고 재주도 좋은 데다가 유식하고 똑똑하고, 하여간 나무
랄 데 없는 신사죠. 장담하지만, 다음에 다시 오시게 되면
우리 사위가 아주 좋은 대화 상대가 되어드릴 거예요."

"게다가 아주 진지하지. 올바른 성격이야. 심지가 굳고.
그 집 어미도 똑같아. 훌륭한 여자야. 믿음도 깊고…….
성녀야. 그 여자 덕분에 루다 마을까지 칭송을 듣고 있어."

"아무래도 바탕이 평민은 아닐 거예요. 우리도 보는 눈
은 있어요."

"적어도 우리 딸을 누구에게 주어야 할지는 알지."

"그럼요!"

"하여간 헤니아의 혼처는 잘 고른 셈이야. 하여간 말이
지…… 혼처는 잘 고른 셈이라고." 히폴리트는 같은 말을
입속으로 한 번 더 중얼거리고는 별안간 생각에 잠긴 얼굴
이 되었다.

4

그날 밤은 아무 일 없이 지나갔다. 다행히 방을 혼자 썼
으므로 잠자리에서까지 프레데릭 때문에 신경을 곤두세울
일은 없었다. 아침에 덧창을 열자 햇살이 밀려 들어왔다.
이슬 젖은 푸른 정원이 햇살을 받아 말갛게 빛났다. 동쪽
하늘에 막 떠오른 해가 비스듬한 빛줄기를 사방에 퍼뜨리
면서 모든 것을 기울어 보이게 했다. 말도 비스듬히, 나무
도 비스듬히! 유쾌했다. 물질이 증발해 버린 듯 모든 것이

가벼웠다. 기울어진 지평선과 기울어진 사물들! 그 아침나절 나는 열에 들떠 있었다. 전날 밤 내내 열기에 몸을 내맡겼던 데다가 밝은 햇빛에 포위당하게 되자 거의 병이 날 지경이었다. 사실 그럴 수밖에 없는 것이, 이 모든 일들은 나로서는 끔찍하고 숨 막히는 몇 년간을 지내온 끝에 갑자기 맞닥뜨린 것이었기 때문이다. 그 몇 년은 사람을 지치고 우울하게 만드는, 터무니없고 괴상해서 머리가 돌아버릴 것 같았던 시간들이었다. 그 몇 년간 나는 아름다움이라는 것을 잊어버리고 살았다. 그 몇 년간 내가 호흡했던 것은 죽음의 악취뿐이었다. 봄날은 이제 지나가 버려 결코 돌아갈 수 없으리라 생각했었다. 그런데 별안간, 그 봄날의 가슴 설레던 목가가 내 귓가에 희미하게 울리고 있었던 것이다. 나를 사로잡고 있던 혐오감은 그 두 젊은이를 향한 호기심과 갈망에 밀려났다. 다른 건 더 이상 필요 없었다. 이 상황만으로도 머리를 싸매고 존재의 고뇌를 음미하기에 충분했으므로. 폴란드의 작가인 나 곰브로비치가 도깨비불을 쫓고 있었다. 마치 미끼를 향해 달려드는 물고기처럼. 그런데 프레데릭은 무엇을 눈치 챘을까? 그걸 확인하고 싶어 견딜 수가 없었다. 그가 알고 있는 것, 생각하고 있는 것, 그가 상상하고 있는 것을 알아야만 했다. 계속해서 그의 존재가 머릿속에 맴돌았다. 하지만 그의 곁에 줄곧 붙어 있어봐도 그가 무슨 생각을 하는지 헤아리기 힘들었다. 직접 물어볼까? 그런데 어떻게 물어본단 말인가? 어떻게 그런 이야기를 꺼낼 수 있겠는가? 아니다. 그를 그냥 내버려 두자. 그 역시 은근한 호기심을 품고 두 사람을 훔쳐보고 있을 것이다. 그러다가 결국에는 못 참고 흥분을 노출하고야 말겠지……

이런 내 예상은 들어맞았다. 오후 새참을 먹은 뒤 프레데릭과 나는 베란다로 나와 앉았다. 나는 큰 하품을 해 보이고는, 잠시 들어가 낮잠을 청해야겠다고 말했다. 그리고 방으로 들어가는 척하면서 거실 커튼 뒤에 몸을 숨겼다. 이런 식으로 행동하는 데는 어느 정도 용기가…… 아니, 그보다 뻔뻔스러움이 필요했다. 그때 내 기분은 어떤 종류의 도발을 행할 때와 비슷했기 때문이다. 하지만 그 역시 무엇인가로 끊임없이 내 신경을 건드리고 있었다. 그러니 내 행동은 말하자면 '도발자를 도발하는' 셈이었다. 커튼 뒤에 몸을 숨김으로써 나로서는 처음으로 우리 둘 사이의 우정의 규칙을 위반했다. 이 명백한 배신을 통해 프레데릭과 나의 관계는 다소 불법적인, 새로운 단계로 접어들고 있었다.

프레데릭은 내가 자신을 훔쳐보고 있다는 걸 전혀 눈치채지 못한 듯 골똘히 무슨 생각에 빠져 있었다. 그런 그를 보면서 나는 비열한 범죄를 저지르다가 현장에서 붙잡힌 죄인 같은 기분이 들었지만, 그래도 커튼 뒤에서 나올 마음은 없었다. 프레데릭은 한동안 베란다 의자를 떠나지 않았다. 그는 다리를 벌리고 앉아 나무를 바라보았다.

그가 몸을 움직여 의자에서 일어났다. 천천히 안뜰로 걸어 나가 이리저리 적어도 세 바퀴 정도는 돌아본 다음 넝쿨을 올린 산책로로 들어섰다. 산책로는 정원과 과수원의 경계를 따라 뻗어 있었다. 나는 멀찍이 떨어져서, 그를 시선에서 놓치지 않을 만큼의 거리만을 유지하며 따라갔다. 뭔가가 이 미행의 끝에서 기다리고 있을 거라는 묘한 기대감과 흥분이 나를 앞질러 들뜨게 했다.

거기엔 그럴 만한 이유가 있었다. 헤니아가 과수원에 있었던 것이다. 그녀는 과수원에 가서 해야 할 일이 있다고 말했었다. 프레데릭은 그녀를 보러 가고 있는 걸까? 아니었다. 그는 샛길로 빠져 연못가로 가더니 물 위에 멍한 눈길을 던져두고 한참이나 서 있었다. 그의 얼굴은 그야말로 저택의 손님, 경치 구경 나온 사람의 표정이었다. 그렇다면 그는 그냥 산보를 즐기고 있었을 뿐이란 말인가? 나는 그만 돌아서서 가려고 했다. 결국 내 자신의 상상력에 스스로 속아 넘어간 거라는 생각이 들었다.(나는 프레데릭이 헤니아와 카롤을 둘러싸고 벌어지는 이런 종류의 일들에 있어 눈치가 아주 빠른 인간이라는 막연한 느낌을 가지고 있었다. 따라서 그가 아무런 낌새도 알아채지 못했다면, 그건 정말로 아무 일도 없었던 거라고 할 수밖에 없었다.) 그때였다. 그가 왔던 길을 되짚어 다시 산책로로 들어서는 모습이 눈에 들어왔다. 나도 그의 뒤를 따라갔다.

그는 천천히 걸었다. 이따금 멈춰 서서 길가의 키 작은 나무들을 주의 깊게 들여다보기도 했다. 생각에 잠긴 듯한 그의 옆얼굴이 잎사귀들 위로 모호하게 기울었다. 산책로 주위는 조용했다. 내 머릿속에서 피어오르던 의심은 다시금 뒷걸음질 치기 시작했지만 한 가지 궁금증만큼은 고개를 들고 있었다. 혹시 그도 헤니아를 보러 가고 싶은 자신의 욕망과 싸우는 게 아닐까? 정원 여기저기를 기웃거리는 그의 행동에 무언가 과장된 것이 엿보였기 때문이다.

　내 짐작은 틀리지 않았다. 망설이듯 방향을 바꿔 두 번이나 더 샛길로 빠져 든 끝에 결국 그는 과수원으로 돌아왔다. 서너 걸음 어슬렁거리다가 그 자리에 멈춰 서서 하품을 하며 주위를 둘러보는 그를 내 눈이 뒤쫓았다. 그리고…… 헤니아가 보였다. 100미터가량 떨어진 자리, 저장고 앞에서 그녀는 캐낸 감자를 고르고 있었다. 말 위에 올라앉았듯 자루 하나를 타고 앉아서! 프레데릭의 시선이 무심한 듯 그녀 쪽으로 미끄러져 갔다.

　그가 하품을 했다. 세상에! 대단한 연극이군! 누구의 눈을 속이자는 걸까? 왜 저런 속임수가 필요한 거지? 그가 보여주는 조심성은…… 그 자신도 욕망이 시키는 대로 따라하자니 마음에 걸리는 게 있어서 자꾸 발을 빼고 있다는 의미 아닐까? 하지만 아무리 생각해 봐도 그의 발걸음이 결국 그녀를 향하고 있다는 사실, 주위를 어슬렁거리는 척하면서 조금씩 더 가까이 다가가고 있다는 사실은 분명했다. 잠깐, 지금 그가 집 쪽으로 가고 있군. 아냐, 저건 밭으로 통하는 길이야. 그가 저만치 걸어가더니 멈춰 섰다. 그러고는 주위를 이리저리 둘러보았다. 자기는 지금 한가롭게 거니는 중이라는 듯……. 하지만 그 다음 순간 그는 몸을 돌려 창고 건물이 있는 쪽으로 가고 있었다. 틀림없었다. 그는 곧장 그리로 가고 있었다. 그가 향하고 있는 곳이 창고 쪽이라는 확신이 들자 나는 덤불을 가로질러 재빨리 달려갔다. 숨어서 살펴보기 좋은 장소를 미리 물색해야 했다. 근처 헛간 하나를 골라 그 뒤편에 자리 잡는 게 좋을 것 같았다. 발밑에서 잔가지들이 부서졌다. 덤불을 지나고, 죽은 고양이들을 던져 넣곤 하는 도랑을 건너뛰었다. 개구리들이 뛰어 올랐다. 덤불과 도랑을 헤치고 다니는 일은, 이런 장소를 꺼림칙하게만 여기던 나로서는 처음이었다. 창고 뒤편에 도달했다. 프레데릭은 이미 와 있었다. 두엄을 실은 수레 뒤에 몸을 숨기고 있는 그의 모습이 보였다. 수레에 매어놓은 말들이 갑자기 움직였다. 수레가 몇 걸음 앞으로 끌려갔고, 그 바람에 프레데릭 앞이 훤하게 뚫리고 말았다. 그의 맞은편, 마당 한쪽 구석에 있는 카롤의 모습이 내 눈에 들어왔다. 소년은 작은 헛간 앞에서 농기구를 손질하고 있었다.

몸을 가려주던 수레를 놓친 프레데릭과 그가 훔쳐보고 있던 인물 사이에는 휑하니 빈 공간밖에 없었다. 자신을 고스란히 노출하게 된 프레데릭은 행여 상대방에게 들킬새라 재빨리 근처의 건초 더미 뒤로 뛰어 들어갔다. 멈춰 선 그가 숨을 헐떡였다. 다시 몸을 숨기긴 했어도 갑작스러운 이 상황은 그를 겁먹게 만든 것 같았다. 그는 빠른 걸음으로 그 자리를 벗어나 저택으로 향하는 길로 올라섰다. 나도 길로 올라갔다. 길 위에서 우리는 서로를 마주보며 걸어갔다.

마주치는 걸 피할 생각은 없었다. 나는 그가 카롤을 훔쳐보는 현장을 붙잡은 셈이지만 이런 사정은 그 역시 마찬가지였다. 그는 내가 자신의 뒤를 밟고 있었다는 사실을 알아차렸을 것이다. 그를 향해 다가가면서도 솔직히 말해 마음이 그리 편치 않았다. 프레데릭과 나 사이에 무엇인가가 이제는 돌이킬 수 없이 변해 갈 것이기 때문이었다. 혜니아와 카롤의 관계를 그가 알고 있었다는 사실을 나는 알게 되었다. 그 역시 내가 자신의 속마음을 알아차렸다는 사실을 이젠 알고 있었다. 내 머릿속에서 이런 상황이 복잡하게 뒤엉킬 때, 여전히 멀찍이 떨어진 거리에서 프레데릭이 나를 향해 큰 소리로 말했다.

"아, 친애하는 비톨트 씨, 잠깐 바람이라도 쐬러 나오신 건가요?"

지극히 연극적인 장면이었다. 그의 입에서 나온 "아, 친애하는 비톨트 씨."라는 말이 몹시도 가식적으로 울렸다. 그는 나를 한번도 이렇게 부른 적이 없었다. 나는 기어 들어가는 목소리로 대답했다.

"네, 바람 쐬러⋯⋯."

그가 다가와 내 팔을 붙잡고는(이것 역시 예전 같으면 결코 하지 않을 행동이었다.) 자못 명랑한 어조로 말을 건네 왔다.

"기분 좋은 저녁인데요. 나무들이 향기를 풍기는군요! 내가 이 저녁 산보에 함께 따라나서도 될까요?"

"그럼요, 좋죠. 그래 주신다면 대단히 기쁜 일이죠."

대답하는 내 어조도 그의 것 못지않게 유쾌했다. 이런 연극 무대에서는 감염되기가 쉬운 법이다.

우리는 저택 쪽으로 방향을 잡았다. 하지만 그렇게 걷고 있었다고는 해도 평소 같지는 않았다. 마치 다른 존재로 새로 태어나 정원으로 되돌아오는 기분이었다. 음악 소리에 맞춰 의식을 치르듯이⋯⋯. 나는 그가 조금 전 무엇인가 마음먹은 게 있을 거라는 생각이 들었다. 아마도 나를 자신의 계략에 끌어들이려는 것이리라. 대체 우리 두 사람에게 무슨 일이 벌어진 것인가? 처음으로 나는 그에게서 나를 향한 어떤 적의를 느꼈다. 경계심이 솟아올랐다. 그는 여전히 내 팔을 붙잡고 있었지만, 이 행동에는 무언가 냉소적인 것이 담겨 있었다. 우리는 저택을 지나쳐서 계속 걸어갔다.(그는 노을의 '오묘한 색조'에 대해 쉴 새 없이 감탄을 늘어놓았다.) 잔디밭을 가로지르면서, 나는 지금 우리가 접어든 방향이 그녀…… 그 소녀가 있는 과수원으로 가는 제일 빠른 지름길이라는 사실을 깨달았다. 서서히 내려 덮이기 시작한 어둠과 미처 사라지지 않은 빛 조각들로 가득한 정원은 마치 커다란 꽃다발 같았다. 램프처럼 뾰족하게 솟아오른 전나무, 잣나무 꼭대기들이 마지막 석양빛을 머금고 있었다. 우리는 헤니아를 향해 다가갔다. 그녀가 우리를 쳐다보았다. 그녀는 주머니칼을 손에 든 채, 여전히 감자 자루에 걸터앉아 있었다. 프레데릭이 말을 걸었다.

"우리가 귀찮게 하는 거 아니니?"

"아뇨, 거의 끝나가요. 이 감자들만 하면 돼요."

프레데릭이 엉거주춤 고개를 숙여 보이며 데면데면하게 말했다.

"사랑스러운 아가씨께 우리의 외로운 산책에 동행해 주십사 하고 청해도 될까요?"

그녀는 몸을 일으키며 앞치마를 벗었다. 그런 온순한 행동은 단지 어른에 대한 예의였을 것이다. 나이 든 남자의 다소 과장된 말투이기는 했지만 프레데릭의 말은 어쨌거나 단순한 산책 제의일 뿐이었다. 하지만 나는 헤니아를 대하는 그의 태도, 그녀에게 접근하는 방법에서 지극히 추잡한, 외설적인 무엇을 감지했다. 불현듯 머릿속에 '이자가 이 아이를 데려가서 희롱하려 하는구나.'라는, 아니 그보다 '이 아이가 이렇게 끌려가서 능욕당하고 말겠구나.'라는 생각이 스칠 정도였다.

우리는 잔디밭을 가로지르는 지름길을 따라 걸어갔다. 창고와 마구간이 있는 방향이었다. 그녀가 물었다. "말을 보러 가시는 거예요?" 프레데릭은 대답하지 않았다. 나무와 잔디밭 사이로 이리저리 뻗어 나간 산책로와 오솔길들이 그의 의도를 한층 종잡을 수 없게 만들었다. 우리가 어디로 가고 있는 건지, 그녀를 어디로 데려가는 건지, 좀처럼 입을 열지 않고 있는 프레데릭을 보면서 나는 또다시 의심이 들었다. 아직은 아이인데……. 열여섯 살 먹은 계집아이일 뿐인데……. 하지만 우리는 이미 마구간과 곳간, 창고들로 둘러싸인 농장 안마당에, 밟아 다진 그 맨땅 위에 발을 들여놓고 있었다. 한쪽 구석에 놓인 말구유 옆, 단풍나무들이 늘어선 뒤편으로 채를 땅바닥에 박고 있는 빈 수레들이 보였다. 나는 여전히 머릿속으로 되뇌었다. 아직 아이야, 어린아이라고……. 그런데 그곳, 헛간 아래, 또 다른 아이가 있었다. 마찬가지로 싱싱한 사내아이가. 소년은 아까 만지고 있던 연장을 여전히 손에 든 채, 수레바퀴를 만드는 목수와 한창 이야기를 나누는 중이었다. 그의 둘레에 나무판자, 막대기, 톱밥이 어지럽게 널려 있었다. 자루를 실은 수레 한 대가 보였고 잘게 썬 밀짚 냄새가 코끝에 풍겨 왔다. 우리 세 사람은 경사진 맨땅을 밟아 그가 있는 쪽으로 다가가서 섰다.

해가 넘어가고 있었다. 나무 둥치, 마른 나뭇가지 울타리에 난 구멍, 경사진 지붕이 마지막 햇살을 받아 아주 세밀한 구석까지 또렷이 드러났다. 노을빛에 물든 대기는 개개의 사물들을 이렇게 분명히 드러내면서도 그 윤곽을 한꺼번에 뒤섞어 지워버리는 특성이 있다. 연장을 넣어두는 창고 건물들 앞도 누런 맨 흙바닥이었다. 카롤은 헛간 지붕을 떠받친 기둥에 아무렇게나 등을 기댄 채 느긋한 태도로, 시골 젊은이다운 몸짓을 섞어 목수에게 뭐라고 떠들어 댔다. 그는 다가오는 우리를 발견하고서도 이야기를 멈추지 않았다. 헤니아를 가운데 세우고 걸어와 그의 앞에 멈춰 선 프레데릭과 나는 마치 그녀를 그에게로 데리고 온 것 같은 모양새가 되어 있었다. 우리는 둘 다 입을 열지 않았다. 헤니아 역시 아무 말도 하지 않았다. 그녀의 침묵에서 수치심이 배어 나왔다. 카롤은 들고 있던 연장을 내려놓고 우리에게 다가왔다. 그가 향하는 사람이 누구인지, 헤니아인지, 프레데릭이나 나인지 정확히는 알 수 없었다. 순간 그 역시도 마음을 정하지 못한 듯 잠시 어색하게 멈칫거렸으니까. 하지만 결국 그는 헤니아 양편에 서 있는 우리 두 사람에게로 자연스럽게 시선을 고정시키고는, 풋풋하고 쾌활한 표정까지 지어 보였다. 하지만 그 누구도 먼저 말을 꺼내지는 못했다. 우리 모두가 서투르게 허둥거렸다. 그리고 몇 초간의 침묵……. 이것만으로도 충분했다. 내 머릿속에서 막막한 절망감, 운명과 숙명의 회한과 온갖 애수가 무겁고 악몽 가득한 꿈을 꾸는 것처럼 두 아이 위로 쏟아져 내리는 데는.

나는 헤니아를 내려다보았다. 그녀의 호리호리한 체구에 나른한 우수가 떠돌았다. 이 우수, 이 아름다움을 카롤이 아직 남자가 아니라는 사실을 빼고는 어떻게 설명할 수 있을까? 한 여자를 한 남자에게 인도하듯이 우리는 헤니아를 그에게 데려왔다. 하지만 그는 아직도 한 사람의 남자가 아니었다……. 그는 장성한 수컷이 아니었다. 그러므로 그는 지배자가 아니었다. 그는 주인이 아니었다. 따라서 그는 소유할 수 없었다. 아무것도 그에게 속해 있지 않았으며, 그는 어떤 것도 가질 권리가 없었다. 그는 여전히 봉사하고 복종해야 하는 존재였다. 그의 연약함, 그의 유연함이 이 농장 안마당, 어지럽게 널린 나무판자와 막대기들 사이에서 빛나고 있었다. 그리고 그녀, 헤니아 역시 똑같은 연약함과 유연함으로 그에게 화답했다. 돌연히 이 두 사람이 하나로 보였다. 남자와 여자로서의 결합이 아니라, 뭔가 다른 종류의 일체성, 그러니까 어느 이방의 신, 예를 들어 어떤 몰록[5] 앞에 바쳐진 한 쌍의 어린 제물 같은……. 그들은 하나로 묶였으되 서로를 소유할 수 없고, 단지 자신을 바칠 수만 있는 존재들이었다. 둘 사이에 남성과 여성으로서의 조화는 희미하게 지워지고, 그 자리에 또 다른 조화, 분명 더 잔인하고 더 아름다운 무엇이 대신 자리 잡았다. 하지만 이런 인상은 단지 몇 초간 나를 사로잡았을

---

5) 고대 중동에서 아이를 제물로 바쳐 모신 신.

뿐, 실제로는 아무 일도 일어나지 않았다. 우리 네 사람은 굳은 듯이 그냥 서 있었다. 프레데릭이 카롤의 바지를 손가락으로 가리키며 말했다. 사내아이들이 입는 그 바지는 너무 길어서 끝 자락이 땅에 끌렸다.

"저런, 바짓가랑이를 좀 걷어 올려야겠다."

"그렇네요." 카롤이 대답하며 몸을 숙였다.

"잠깐만."

손을 바지 자락에 가져가는 카롤을 프레데릭이 불러 세웠다. 그냥 무심결에 부른 건 분명 아니었다. 프레데릭은 카롤과 헤니아로부터 몸을 조금 돌려 딴청을 부리듯 눈앞 허공을 응시하며 말했다.

"아냐, 잠깐만, 헤니아한테 해달라고 해."

목이 갑자기 잠기기라도 한 듯 쉰 소리가 났지만, 또렷이 알아들을 수 있는 말이었다. 그가 한 번 더 되풀이했다.

"헤니아한테 해달라고 해."

무단 침입과도 같이 두 사람 사이에 불쑥 들이민 이 추잡하고 불순한 요구. 하지만 나는 고백하지 않을 수 없다. 이것이 내가 원하던, 내 욕망이 원하던 것이었다. 이렇게 해서 프레데릭은 이 두 사람을 우리의 욕망, 프레데릭과 내가 이들을 향해 품고 있는 욕망의 공간 안으로 데리고 들어왔다. 아무 말 없이 서 있던 두 사람에게서 아주 짧은 순간, 떨림이 느껴졌다. 이어서 벌어진 일은 너무나 간단하고 쉬운, 그렇다, '쉬운' 일이라서 나는 아득한 현기증을 느꼈다. 딛고 선 발아래가 갑자기 갈라지면서 심연이 입을 벌린 것처럼.

헤니아는 아무 대꾸도 하지 않았지만, 그래도 말없이 땅바닥에 몸을 굽히고 카롤의 바짓가랑이를 접어 올렸다. 카롤은 미동도 하지 않았다. 두 사람의 육체가 발산하는 침묵은 너무나 완강했다.

농가 안마당, 꽁무니를 하늘로 치켜든 짐수레들, 쪼개진 말구유, 얼마 전 지붕 이엉을 새로 엮어 올린 곳간, 군데군데 허옇게 들뜬 흙바닥, 구석에 쌓아놓은 장작. 이 벌거벗은 풍경 가운데 서 있는 일이 별안간 고통스럽게 느껴졌다.

"그만 갑시다." 프레데릭의 말소리가 정적을 깨뜨렸다. 프레데릭과 나 그리고 헤니아는 왔던 길을 되돌아 다시 저택 쪽을 향했다. 한층 노골적으로 드러내고 만 우리의 뻔뻔함. 사실 프레데릭과 나, 우리 두 사람이 안마당 헛간 앞까지 가서 했던 일이란 단 한 가지, 헤니아로 하여금 카롤의 바짓단을 접어 올리게 한 것뿐이었다. 그런 다음 프레데릭과 나, 헤니아는 곧장 그 자리를 떠났다. 저 멀리 저택이, 아래층 위층으로 나란히 늘어선 창문들과 베란다가 시야에 들어왔다. 우리 세 사람은 말없이 걸었다.

누군가 뒤편 풀밭을 가로질러 뛰어오는 소리가 들렸다. 카롤이 어느새 우리 일행을 따라잡고 있었다. 숨이 차 헐떡거리면서도 그는 우리 옆에 나란히 서서, 일행의 속도에 맞춰, 평온하고 조용한 걸음으로 함께 걷기 시작했다. 카롤의 행동은 조용했지만 뜨거운 열기에 차 있었다. 아마도 그는 우리가 벌인 놀이가 재미있었던 걸까? 그래서 기꺼이 이 놀이에 끼기로 한 걸까? 숨차게 뛰어와서는 아무 말도 덧붙이지 않고 보조를 맞추고 있는 걸 보면, 그도 이 놀이의 규칙이 신중함이라는 사실을 이해한 것 같았다. 주위 사물들은 점점 내려 덮이는 밤과 함께 희미하게 사라져갔다. 우리—프레데릭, 나, 헤니아, 카롤—는 어슴푸레한 어둠 속으로 나아가고 있었다. 색정의 기이한 조합, 야릇하고 관능적인 사중주단처럼.

5

생각해 보았다. 일이 어쩌다가 그렇게 되었을까? 나는 풀밭에 자리를 깔고 누워 있었다. 지면의 축축한 습기가 코로 올라왔다. 무슨 의미일까, 헤니아가 카롤의 바짓단을 접어 올렸다는 것은? 물론 할 수 있으니까 그렇게 했던 거지. 그래, 바짓단을 접어 올리는 정도야 그냥 해줄 수 있는 일이잖아⋯⋯. 하지만 헤니아는 알고 있었다. 자신이 그 순간 무슨 행동을 하고 있는지를. 그녀는 자신의 행동이 프레데릭을 위해서라는, 그러니까 프레데릭을 즐겁게 하기 위해서라는 사실을 의식하고 있었던 것이다. 그녀는 프레데릭이 자신을 희롱한다는 걸 알고 기꺼이 그의 상대가 되어주었다⋯⋯. 그런데 그녀만 그런 게 아니었다. 카롤도 마찬가지였다⋯⋯. 헤니아와 카롤. 문제는 바로 여기 있었다! 헤니아는 자기네 둘이서 프레데릭을, 적어도 그만은 흥분시키고 유혹할 수 있다는 사실을 알고 있었다. 또한 카롤 역시도, 우리의 놀이에 끼어들었던 것으로 봐서,

그걸 알고 있었다……. 그렇다면 그 두 사람은 프레데릭과 내가 기대하는 것만큼 순진하지 않다는 이야기였다. 자신들이 감미로운 맛을 가졌다는 걸 스스로 의식하고 있다니! 젊다는 건 어떤 면에서 보면 어리석다는 의미이다. 그런데도 불구하고 그들이 자신들의 매력을 알고 있다는 건 이런 일을 감지하는 데 있어서 젊은이가 나이 많은 사람보다 훨씬 민감하다는 이야기였다. 그들은 자신들의 조숙한 육체, 조숙한 피, 조숙한 감정을 본능적으로 파악하고 있는 일종의 전문가들이었다. 이런 상황에서 가장 어설펐던 연기자는 그들이 아니라 바로 나였다. 그런데 어째서 그들은 서로에 대해서만은 아이들처럼, 그처럼 순진한 태도로 행동하고 있는 걸까? 제3의 배역이 무대에 끼어들자마자 그들은 자신들의 순진함을 접어버렸고, 지극히 세련된 방식으로 이 새로운 등장인물에게 대응해 보이지 않았는가? 마음을 가장 불편하게 한 건 그들 사이에 끼어든 악당이 보통때는 그처럼 신중하고 조심성 많은 프레데릭이라는 사실이었다. 그는 마치 뭔가에 도전하듯, 군사 작전을 펴듯, 느닷없이 지름길로 달려가서는 그 소녀를 소년에게 바쳤다. 이 일은 무엇을 의미하는가? 그의 이런 행동을 유발한 사람이 바로 나라는 게 아닌가? 나는 그를 몰래 엿봄으로써 숨어 있던 그의 욕망을 밝은 곳으로 끌어냈고, 이를 통해 그는 모호한 상태로 잠복해 있던 자신의 욕망을 드러낼 수 있게 되었다. 그리고 일단 우리에서 풀려나온 그의 은밀한 꿈은 내 욕망과 합세하여 고삐 풀린 망아지처럼 기분 내키는 대로 설쳐댔던 것이다! 이것이 지금의 상황이었다. 그리고 이런 이상, 우리 네 사람 모두는 한 망측한 범죄, 말로 설명할 수 없는, 그러면서 수치심으로 가슴을 짓누르는 범죄의 소리 없는 공범자들인 셈이었다.

그 무릎, 그들의 무릎, 바지에, 치마에 감싸여 있던 네 개의 (젊은) 무릎……. 그날 오후, 지난밤에 이야기를 들었던 알베르트 파슈코프스키가 모습을 나타냈다. 잘생긴 남자였다. 훌륭한 체격과 차림새. 흠잡을 데 없어 보였다. 다소 강해 보이긴 해도 섬세한 코, 자주 벌름거리는 콧구멍, 얼굴에 올리브 열매를 하나씩 박아놓은 것 같은 두 눈, 굵은 목소리. 예민해 보이는 그 코와 두툼한 자줏빛 입술 사이에는 가지런히 손질한 콧수염이 누워 있었다. 여인네들은 이런 유형의 미남들에게 호감을 느끼곤 한다. 우아한 손의 가늘고 긴 손가락과 잘 손질한 손톱 같은 세부적인 것의 귀족적인 섬세함에 앞서 우선 전체적인 풍모에 눈길을 주기 때문이다. 그러므로 이 인물의, 목이 올라간 고급품 노란 구두 속에 꽉 죄여 있는, 발등이 활 모양으로 굽은 기품 있는 발 모양새라든가, 너무 크지도 작지도 않으면서 탐스럽게 빠진 두 귀는 여인네들의 관심을 그다지 끌지 못하고 넘어갈 때가 많을 것이다. 하지만 이마 양옆으로 펼쳐진 두 개의 작은 모래톱, 이 인물의 지적인 성향을 웅변해 주는 그 두 개의 귀는 내 흥미를 끌었고, 말하자면 유혹적이기까지 했다. 게다가 그의 흰 안색은 중세 음유 시인을 연상시켰다. 정말이지 잘생긴 신사였다. 당당한 지주이자 솜씨 좋은 변호사! 처음 보는 순간부터 나는 그를 미워하기 시작했다. 혐오감이 뒤섞인 증오. 그가 매력적이고 고상하다는 사실은 부인할 수 없었기 때문에, 어떻게 설명하기 힘든 이 격렬한 증오심에 나 자신조차 당황할 정도였다. 사실 내가 그의 자잘한 결함들, 예를 들면 다소 둥글게 부풀어 오른 두 뺨이라든가 염주 알을 이어 붙인 듯한 손가락들, 볼록 솟은 배, 그리고 마찬가지로 부풀어 오른 듯 느껴지는 가슴 같은 것에 대해 혐오감을 품었던 것 같지는 않다. 그건 공정한 태도도 아니고 정당하지도 않았다. 아마도 나는 지나치게 섬세한, 그래서 자꾸만 색정적으로 느껴지는 그의 신체 기관들이 못마땅했을지 모른다. 맛을 음미하는 일에 익숙할 것 같은 입, 무슨 냄새이건 킁킁거리며 감지해 낼 듯한 코, 만지고 쓰다듬는 일에 능란해 보이는 손가락들. 하지만 이런 것들이야말로 그를 사랑에 빠진 남자로 만들어주는 미덕들 아닌가! 그보다는 벌거벗은 몸을 상상하기가 불가능하다는 점, 그가 내게 불러일으킨 반감은 분명 이것 때문이었다. 내 눈앞에 있는 것은 빳빳한 깃과 커프스단추, 손수건, 모자를 갖춰야만 하는 육체였다. 그것은 구두를 갖춰 신은 육체, 화장품과 장신구가 필요한 육체였다. 하지만 무엇보다 내 신경을 거스른 것은 이 인물이 자신의 몇몇 결함들, 그러니까 이제 막 시작된 탈모증이라든가 슬금슬금 엿보이는 비만의 징후를 우아함과 기품의 표식으로 바꿔놓고 있다는 점이었다. 거칠고 투박한 농부라면 육체를 거침없이 드러내고 있더라도 스스로는 그 점을 전혀 의식하지 않는다. 따라서 그의 육감적인 몸은 그다지 신경을 자극하지 않으며 심미안을 거스를 일도 없다. 하지만 자신의 몸을 애지중지 돌보는 남자는 자신의 육감적인 외관을 과시하면서 만족감을 얻으며, 스스로 자신의 관능을 즐긴다. 이렇게 되면 그가 지닌 결함들 하나하나가 치명적인 것처럼 보이기 시작하는 것이다. 그런데 나는 어째서 갑자기 다른 사람의 육체에 그처럼 민감해졌던 것일까? 어째서 그다지도 집요하게 남의 육체를 엿보았던 것일까?

그렇지만 새로 등장한 이 인물이 아주 지적이며 어느 정도 품격도 갖추고 있었다는 걸 이야기하지 않을 수 없다. 그는 거드름과는 거리가 멀었고, 말을 할 때는 목소리가 다소 올라가곤 했다. 그는 아주 공손한 사람이었다. 예절 바르고 겸손한 그의 태도는 그가 좋은 교육을 받았음을 알게 해주었다. 하지만 또한 이는 타고난 것임이 분명했다. 경박한 구석이라고는 찾아볼 수 없는 성격. 이런 그의 성격은 '내가 당신을 대우해 주므로 당신도 나를 대우해 달라.'고 말하는 듯한 그의 눈빛 속에 고스란히 드러났다. 그렇다고 그가 자만심에 젖어 있는 건 아니었다. 그는 자신의 결점들을 알고 있었고, 자신이 우월하다고 여기기보다 분명 남들과는 다르다고 생각하는 듯했다. 하지만 그는 나름대로 건방진 구석도 있었고, 자신의 지적 능력과 자존심을 미처 가리지 못하고 드러내곤 했다. 그러니 겉으로 보기에는 부드럽고 섬세할지 몰라도 어떤 집요함을, 그러니까 억센 고집 같은 걸 갖고 있음이 틀림없었다. 만약 유약한 성격이었다면 그처럼 세련되고 균형 잡힌 행동거지가 나올 수 없었다. 그것은 타인을 대하는 데 있어서 스스로 의무로 삼은 어떤 확고한 원칙, 아마도 어떤 정신적 태도에서 비롯된 것이었다. 동시에 이런 정제된 행동들은 그가 어떤 부류에 속하는 인물인지, 추구하는 삶의 방식이 무엇인지를 명백하게 드러내주었다. 아마도 그는 예민함이나 섬세함, 부드러움 같은 자신이 숭배하는 가치들을 지키겠노라 마음먹은 적이 있었을 것이다. 그리고 이 결심에 따라 그 가치들을 열심히, 역사가 그런 가치들을 무자비하게 파괴하고 있는 만큼 한층 더 맹렬하게 지켰을 것이다. 이 인물이 등장하면서 우리의 작은 세계에 몇 가지 눈에 띄는 변화가 일어났다. 우선 늘 말을 머뭇거리고 더듬던 히폴리트가 달라졌다. 알베르트가 오자 그는 든든한 안전판을 만난 듯했다. 무슨 말을 한 뒤에 늘 한 번씩 더 중얼거리던 나지막한 독백이 사라졌다. 혼자 침울하게 생각에 빠져 들던 모습도 보이지 않았다. 마치 그동안 걸치고 있던 우아한 구식 양복을 이젠 벗어도 좋다는 허락이라도 받은 것 같았다. 그는 다시 목소리 크고 유쾌하며 인심 좋은 시골 귀족으로 돌아갔다. 아무런 경계심도 찾아볼 수 없었다. "어서 오게, 잘 지냈지? 뭔가 새로운 소식이라도 있나? 얼음통에 재워둔 보드카가 있는데, 어때, 한번 마셔볼까?" 히폴리트의 아내는 여전히 창백하고 우울한 표정을 짓고 있는 중에도 마치 춤을 추듯이 발걸음을 하늘하늘 떼어놓았다. 그러고는 가느다란 손가락을 쉴 새 없이 꼼지락거리면서 동원할 수 있는 모든 사치를 다해 이것저것 세심하게 배려했다.

프레데릭은 알베르트가 깍듯하게 대접해 주자 자신도 최대한 예의를 갖춰 그를 대했다. 거실로 옮겨 갈 때는 알베르트에게 먼저 들어가라고 양보하기까지 했고, 결국 자신이 먼저 걸음을 떼어놓으면서도 이렇게 하는 건 한사코 사양하는 상대방을 못 이겨서일 뿐이라는 단호한 몸짓을 해 보였다. 말하자면 루이 14세 시대의 궁정이 재현된 것이다. 그런 다음 예의범절의 진정한 경연이 시작되었는데, 재미있는 것은 그들 개개인이 경의를 표하는 대상이 상대방이 아니라 바로 자기 자신이라는 점이었다. 알베르트는 자신이 상대하는 남자가 상당한 식견을 가진 인물이라는 사실을 첫마디에서 알아차렸지만, 그렇다고 속마음을 내비칠 만큼 풋내기는 아니었다. 그럼에도 이런 평범치 않은 상대와 마주하고 있다는 사실이 이 신사의 자존심을 부추겼는지, 우아한 예절을 한껏 펼쳐 보이며 자신도 상대방 '못지않음'을 과시하려 했다. 프레데릭은 이런 귀족적 행동 방식을 기꺼이 따라해 보더니 곧 거만한 태를 부리기 시작했다. 그러면서 때때로 대화에 끼어들어 한마디씩 보탰는데, 그 태도는 마치 자신이 계속 입을 다물고 있으면 사람들이 실망할까 봐 인심이라도 써주는 것처럼 보였다. 처음에 그는 자신의 예의범절이 혹시 틀린 것이 아닐까 걱정스러워 하는 기색도 보였지만 별안간 그런 조바심은 우월감과 거만함으로 바뀌고 말았다. 헤니아(사실 알베르트가 보러 온 사람은 그녀 아닌가.)와 카롤은 그 자리에서 있으나 마나 한 존재들이었다. 헤니아는 창가 의자에 앉아 말 잘 듣는 어린 소녀 같은 표정을 짓고 있었다. 카롤은 그런 얌전한 헤니아를 오빠가 누이동생을 바라보듯 보다가, 자신의 손이 너무 더럽지나 않은지 슬쩍 살피곤 했다.

손님 접대는 극진했다. 케이크와 잼까지 식탁에 등장했으니 말이다. 식사를 마친 뒤 우리는 정원으로 나갔다. 햇살이 가득한 정원에는 정적이 감돌았다. 알베르트와 헤니아가 우리보다 몇 걸음 앞서 걸었다. 우리는 그들과 조금 거리를 두고 뒤따라갔다. 이 한 쌍의 남녀를 방해하지 않으려는 배려였다. 히폴리트와 그의 아내는 뿌듯한 만족감 때문인지 평소보다 들떠 있었다. 두 사람 양옆으로 나와 프레데릭이 나란히 걸었다. 프레데릭은 계속해서 베네치아에 대한 이야기를 늘어놓았다.

알베르트가 헤니아에게 아마도 뭔가를 묻고, 또 설명하는 듯했다. 헤니아는 진지하고 다소곳하게 알베르트 쪽으로 고개를 약간 기울인 채 풀잎을 만지작거렸다.

카롤은 멀찍이 떨어져서 길 옆 풀밭을 밟으며 걷고 있었다. 누이동생에게 딴 남자가 구애를 해오자 가슴 아파진 오빠처럼. 하지만 이 자리에서 그가 해야 할 일은 아무것도 없었다.

"이렇게 걷고 있으니까 전쟁 전 그 시절 같은 기분이 나는데요." 나는 히폴리트의 아내에게 말했다. 대답 대신 그녀의 손이 가볍게 춤을 추었다. 우리는 연못으로 갔다.

카롤이 산책로를 제멋대로 벗어났다가 돌아오는 일이 점점 더 빈번해졌다. 그의 행동이 눈에 띄게 예민해 보였다. 어쩔 줄 몰라하고 있음이 분명했다. 뻣뻣해진 저 걸음걸이는 상심 때문일까? 그의 몸짓 하나하나가 초조하게 억눌려 있었다. 그와 동시에 헤니아가 카롤에게 건네는 말들, 우리에게는 들리지 않는 그 모든 말들이, 아주 천천히, 카롤을 향하기 시작했다. 헤니아가 존재하는 방식은, 은밀하게, 그 (소년)과 다시금 이어졌다. 이건 아마 그녀가 의도한 바는 아니었을 것이다. 왜냐하면 그녀는 고개를 돌려보지 않았고, 카롤이 우리와 함께 있다는 것도 몰랐을 것이기 때문이다. 그녀가 이미 약혼녀가 된 듯한 태도로 알베르트와 함께 엮어가고 있던 이 다정한 한때는 이렇게, 뒤에 그 (소년)이 따라가고 있다는 사실로 인해 급작스럽게 의미를 훼손당하고 말았다. 그러면서 헤니아 자신도 심상치 않은 분위기를 발산하기 시작했다. 그것은 일종의 사악함이었다. 사랑에 열중한 알베르트가 헤니아에게 산사나무 꽃가지 하나를 꺾어 바쳤다. 그녀는 꽃가지를 받아들어 머리에 꽂았다. 감사의 말을 했고, 아마도 감동 섞인 표정까지 지어 보이는 것 같았다. 하지만 헤니아는 이런 감동을 단지 알베르트에게만 표현하고 끝낼 생각은 없는 듯했다. 그녀는 카롤을 향해 달려갔다. 그러고는 카롤을 따라잡아 그와 함께 선 헤니아는 한사코 어린, 미성년의, 애매하고 종잡을 수 없는 모습으로 되돌아갔다…… . 그들의 사랑이 그것의 진짜 무게를 잃고 천박하고 저급한 감정으로 바뀌는 순간이었다. 열등한 수준에서, 그러니까 열여섯 살 소녀와 열일곱 살 소년의 수준에서 이루어지는 사랑. 그들의 불충분, 그들의 젊음에 어울리는 하찮은 사랑. 우리 일행은 연못가 개암나무 숲 사이로 산책을 계속했다. 그때 한 여자의 모습이 눈에 들어왔다.

그 여자는 연못가에 웅크리고 앉아 옷을 빨고 있었다. 우리를 발견한 그녀가 놀란 듯 눈을 번득이며 벌떡 일어섰다. 한창때를 벌써 넘긴, 더럽고 못생긴 여자였다. 넓적한 엉덩이에 늘어진 젖가슴, 심술궂은 작은 눈. 추잡하게 먹은 나이가 기름 더께가 되어 전신에 들러붙은 것 같았다. 그녀는 손에 빨랫방망이를 든 채 우리를 빤히 쳐다보았다.

　카롤이 일행에서 떨어져 나와 그 여자 쪽으로 다가갔다. 뭔가 할 말이 있나 보다고 생각했다. 그런데 갑자기 그가 여자의 치마를 걷어 올렸다. 한순간 여자의 허연 아랫배와 검은 음모 뭉치가 우리 눈앞에 드러났다. 여자는 요란한 비명을 질러댔다. 이 악동은 음란한 몸짓 하나를 덧붙인 뒤 몸을 돌려 다시 우리가 있는 곳으로 돌아왔다. 마치 아무 일도 없었다는 듯 성큼성큼 풀밭을 가로지르는 소년의 등 뒤에다 여자가 욕설을 퍼부어댔다.

　우리는 벙어리가 된 것처럼 말문을 닫고 걸음만 옮겨놓았다. 조금 전의 느닷없는, 우리를 아연실색하게 만든 그 추잡한 장난이 너무나 강렬한 인상으로 남아 있었다. 그러나 카롤은 이미 우리 옆에서 지극히 차분한 표정으로 걷고 있었다. 앞서 가던 알베르트와 헤니아는 이야기에 열중했는지 길이 꺾이는 데서부터는 보이지 않았다. 아마도 두 사람은 방금 전의 일을 전혀 보지 못했겠지? 우리는 두 사람이 간 길을 조용히 따라갔다. 히폴리트, 당황한 표정을 채 지우지 못한 그의 아내, 프레데릭…… 그런데 이 일을 어떻게 이해하면 좋을까? 나를 질겁하게 한 것은 조금 전의 그 어처구니없는 장난 자체보다는, 그 해괴하고 엉뚱한 짓이 만약 다른 경우 다른 분위기였더라면 즉시로 아주 자연스러운 행동이 될 수도 있었을 거라는, 그리고 카롤이 여전히 우리 옆에서 전보다 더 큰 매력, 늙은 여인네들에게 고약한 장난을 쳐대는 한 악동으로서의 특별한 매력을 발산하면서 함께 걷고 있다는 사실이었다. 카롤에게서 느끼는 매력의 정체를 이해하게 되자 그것은 더욱 강하게 나를 조여왔다. 한 늙은 여자를 상대로 행한 그런 추잡한 장난이 이 소년에게 매력을 부여하다니, 이게 가능한 일인가? 카롤은 이 이해할 수 없는 매력으로 정말이지 광채가 났다. 프레데릭이 내 어깨에 손을 올리며 나직이 탄성을 질렀다. 들릴 듯 말 듯한 소리였다.

"세상에, 세상에."

하지만 한숨 같은 그의 탄성은 곧 솔직하고 분명한 감상으로 바뀌었다. 들뜬 목소리로 그가 말했다.

"세상에, 대단하군. 비톨트 씨, 뭔가 말씀 좀 해보시죠."

"아뇨, 아무것도. 할 말이 뭐가 있겠습니까, 프레데릭 씨."

내가 대답했다. 히폴리트의 아내가 우리를 돌아보았다.

"아메리카 측백나무를 한 그루 보여드릴게요. 제가 직접 심은 거예요."

이건 한 쌍의 젊은 연인을 방해하지 않으려는 속셈이었다. 우리가 측백나무를 감상하고 있을 때 농장의 어린 일꾼 하나가 급한 일이 생겼다는 몸짓을 하며 뛰어왔다. 히폴리트가 소년에게로 다가서며 물었다. "무슨 일이냐?" "오파토프에서 독일군이 왔어요." 그러고 보니 저 멀리 마구간 앞이 사람들로 부산했다. 히폴리트가 뻘겋게 상기된 얼굴로 달려갔고 그의 아내도 쫓아갔다. 자신이 독일어를 할 줄 아니까 도울 게 있을 거라고 생각한 프레데릭도 그들을 뒤따라갔다. 하지만 나는 되도록 이 일에 끼어들고 싶지 않았다. 독일군이라면 진저리가 났다. 도처에 깔려 있는 억압과 위협들……. 그들은 악몽 같은 존재였다. 나는 집 쪽으로 발길을 돌렸다.

집 안에는 아무도 없었다. 텅 빈 공간을 차지하고 앉은 집 안의 물건과 가구들이 살아 있는 듯이 훨씬 생생하게 느껴졌다. 나는 기다렸다. 마구간 앞에서 벌어지고 있을 독일군과의 협상이 끝나기를. 그러다 문득, 알베르트와 헤니아가 산책로 모퉁이를 돌아가면서부터 보이지 않았다는 데 생각이 미쳤다. 두 사람이 집으로 돌아올지도 몰랐다. 나는 기다렸다……. 별안간 프레데릭이 떠올랐다. 인기척 없는 집 안에서 프레데릭이라는 존재가 폭음처럼 반향을 일으켰다. 프레데릭은 어디 있을까? 정말 독일군과 함께 있는 걸까? 장담할 수 없었다. 어딘가 다른 곳, 그러니까 연못가에, 우리가 한 쌍의 비둘기를 떨어뜨려 놓고 온 그 장소에 있는 게 아닐까……? 거기 있을 것이다. 틀림없다. 그리로 되돌아가서는 두 사람을 몰래 엿보고 있을 것이다. 몰래! 그런데 그가 보고 있는 게 뭘까? 질투심이 일었다. 나도 그가 볼 수 있을 것을 모두 보고 싶었다. 결국 나는 텅 빈 집 안을 쫓기듯 빠져나왔다. 처음에는 그런 자신을 스스로 변명하느라 독일군이 있는 곳으로 가봐야겠다는 구실을 떠올렸지만, 막상 바깥으로 나오자 내 발은 곧바로 연못으로 향했다. 덤불을 가로질러 도랑을 따라 걸어갔다. 인기척이 들리자 개구리들이 도랑으로 뛰어들었다. 도랑물이 풍덩거리는 소리가 살갗에 들러붙는 듯 불쾌했다. 연못가를 한 바퀴 돌아 나왔다. 들판으로 이어지는 산책로의 끝, 거기 벤치에 그들—알베르트와 헤니아—이 앉아 있었다. 날은 이미 어둑했다. 대기에는 축축한 습기가 배어 있었다. 프레데릭은 어디 있을까? 분명 그 자리에 프레데릭이 있을 것 같았다. 내 예감은 틀리지 않았다. 저편 버드나무 숲 아래 움푹하게 들어간 덤불 한가운데 그가 웅크리고 있었다. 그의 모습은 가까스로 식별할 정도였지만, 그의 두 눈이 크게 열려 이쪽을 주시하고 있다는 건 알 수 있었다. 망설일 것도 없었다. 나는 소리 없이 그에게로 다가가서 그 옆에 자리를 잡았다. 프레데릭은 꼼짝도 하지 않았다. 나 역시 움직이지 않았다. 거기 끼어들어 함께 엿보고 싶다는 욕망으로 나는 그가 꾸민 음모의 공범자가 되고 말았다. 벤치에 앉은 두 사람은 무엇인가 이야기를 나누는 것 같았다. 그러나 우리가 숨어 있는 자리까지 그들의 말소리가 들리지는 않았다.

　내 눈앞에 보이는 장면은 헤니아의 배신, 가증스러운 배신이었다. 지금 그녀는 지조 없이 (그 소년)을 멀리 내팽개쳐 둔 채 애송이 변호사에게 알랑거리고 있지 않은가……. 이런 생각이 들자 나는 몹시 불쾌했다. 마치 이 세상에서 기대할 수 있는 아름다움의 마지막 가능성이 무너지는 느낌이었다. 그렇게 되면 세상은 산산이 분해되어 파멸과 고통, 공포만이 남게 될 것이다. 얼마나 추악한가! 알베르트가 헤니아를 품에 안는 걸까? 그녀에게 청혼을 한 것일까? 그녀에게 보여주는 그의 몸짓은 얼마나 역겹고 혐오스러운

가! 그때 별안간 어떤 예감, 꿈속에서 종종 경험하는 것과 같은, 곧 무엇인가와 마주치게 되리라는 예감이 엄습해 왔다. 나는 고개를 돌렸다. 그러고는…… 보았다. 몸이 얼어붙을 만큼 놀라운 일을.

프레데릭은 혼자가 아니었다. 그의 옆에서 몇 걸음 떨어진 자리, 잡초 덤불에 카롤이 파묻혀 있었다.

카롤이 여기 있다고? 프레데릭과 함께? 그런데 프레데릭은 어떻게 그를 이 자리까지 끌어들였을까? 무슨 구실로? 프레데릭이 어떤 수를 썼든 간에 카롤은 여기 있었다. 나는 알 것 같았다. 카롤이 여기 온 것은 프레데릭 때문이지 헤니아 때문이 아니라는 것을. 그가 온 것은 벤치 위에서 일어나고 있는 일을 염탐하기 위해서가 아니었다. 그 역시 여기 자리 잡고 있는 프레데릭에게 유인당했던 것이다. 이건 설명하기 힘든, 미묘하고 모호한 문제였다……. 나는 생각했다. 프레데릭이 (이 소년)에게 여기로 오라고 권하지는 않았을 것이다. 카롤이 온 것은 다만 우리의 감각을 더 뜨겁게, 더 생생하게…… 보다 고통스럽게 자극하기 위해서였다. 분명히 저 성숙한 남자, 프레데릭이 저 계집아이의 배신에 흥분하며 눈을 크게 뜨고 그녀를 바라보고 있는 동안, 이 어린 남자, 카롤은 소리 없이 덤불을 헤치고 나와서 프레데릭 옆에 자리 잡았을 것이다. 말 한마디 없이……. 얼마나 꾸밈없고 대담한 행동인가! 사방에 밤이 내리덮였다. 우리 세 사람은 어둠 속에 파묻혀 거의 알아볼 수 없었다. 터질 듯한 침묵이 흘렀다. 세 사람 가운데 그 누구도 말소리를 내지 않았다. 현실이라고 받아들일 수 없을 만큼 추하고 파렴치한 우리의 행동은 이렇게 어둠과 침묵에 싸여 무(無) 속으로 스며들었다. 게다가 (이 소년) 이 같은 자리에 있다는 사실이 우리의 파렴치를 지워주고, 우리를 거의 무죄로 만들어주었다. 그의 가벼움, 그의 날렵함을 빌려 우리는 용서받았다. 참으로 (아이답게) 다정하고 동정심 넘치는 그는 자신을 그 누구와도 하나로 묶을 수 있었던 것이다…….(이 괄호들의 의미는 나중에 밝혀질 것이다.) 별안간 카롤이 일어나더니 올 때처럼 쉽게, 소리 없이 가버리고 말았다.

우리 옆에 있던 카롤은 이렇게 그림자처럼 아무 존재감도 없었지만, 그럼에도 벤치를 지켜보는 우리는 심장을 비수로 찔리는 느낌이었다. 마치 유령인 양 나타났다가 가버린 그 성난 (소년)! 그리고 그사이, (저 소녀)는 그를 배신하고 있었던 것이다! 세상의 모든 상황이란 해독해야 할 암호와도 같아서 진지하게 달려드는 사람에게는 그 감춰진 의미를 드러내게 마련이다. 하지만 그 자리에서 벌어지고 있던 일은 지독히 의미심장하면서도 의미를 드러내기를 거부했다. 세상은 예측할 수 없는, 기이한 방향으로 돌아가고 있었다. 그 순간 마구간 쪽에서 한 발의 총성이 울렸다. 우리는 소리 나는 방향으로 달려갔다. 한데 뒤섞여 달리다 보니 알베르트가 내 옆에 있었다. 프레데릭 옆에서 뛰고 있는 헤니아의 모습이 보였다. 프레데릭은 위험하다 싶은 순간에는 말이 없어지는 대신 한층 적극적이고 대담해지는 사람이었다. 그가 창고 뒤에서 방향을 바꿔 다른 길로 들어섰다. 나머지 사람들도 그의 뒤를 따랐다. 우리는 끔찍한 광경을 예상하고 있었지만 눈앞에 펼쳐진 건 전혀 달랐다. 술에 취한 독일군 한 명이 재미 삼아 비둘기들을 쏘아대고 있었다. 몇 분 후 자신들이 타고 온 트럭에 다시 올라탄 독일군들은 우리에게 손을 흔들어 보이고는 떠났다. 히폴리트가 화난 얼굴로 우리를 쳐다보았다. 두꺼운 살 사이에 움푹 파묻힌 그의 눈이 심상치 않게 빛났다.

"날 그냥 내버려 둬."

히폴리트는 집 안으로 들어가 모든 문과 창문들을 거칠게 닫아걸었다.

그날 밤 식탁에서 히폴리트는 감정이 북받쳐 붉게 상기된 얼굴로 우리의 잔에 보드카를 따랐다.

"자, 한잔하세. 알베르트와 헤니아를 위해서. 두 사람이 마침내 결혼하기로 했어."

프레데릭과 나는 축하의 말을 건넸다.

6

술. 다시 술. 취하고 또 취하기. 큰 잔 가득 보드카가 출렁거렸다. 잔을 비우면 또 다른 잔이 돌아왔다. 이 술잔치는 걷잡을 수 없이 굴러 떨어지게 되는 내리막길이었고, 그 끝에는 불결과 방종, 쾌락의 진창이 입을 벌리고 있었다. 하지만 어떻게 마시지 않을 수 있었겠는가? 이 시대에 음주는 우리의 보건학이 되어 있었다. 각자가 의무처럼 마셔댔다. 나 역시 그랬다. 다만 나는 이 술잔치 중에도 학자의 태도를 유지함으로써 체면의 찌꺼기만은 남겨놓으려 애썼다. 그 어떤 상황에서건 탐구하는 자세를 놓치지 않는, 술에 취하는 것도 연구를 위해서인 학자 말이다. 그러니까 나는 목구멍에 술을 퍼부어대면서도 무엇인가를 찾고 있었다.

알베르트는 아침 식사 후에 떠났다. 가기 전에 그는 우리 모두를 루다로 초대했고, 우리는 이틀 후에 가기로 약속했다.

카롤이 현관 계단 앞까지 마차를 몰고 왔다. 공업용 알코올을 구하기 위해 오스트로비에츠로 가려고 나선 길이었다. 내가 함께 가겠다고 했다.

프레더릭도 같은 말을 꺼내려던 참이었다. 이미 첫마디를 발음하려고 입을 열고 있는 그의 얼굴에 당혹스러움이 떠올랐다. 이유는 알 수 없지만 그에게서 종종 보게 되는 표정이었다. 그가 말없이 입을 다물었다. 그러더니 다시 말을 해야겠다는 듯 한 번 더 입을 열었다. 하지만 그 순간 마차는 카롤과 나 두 사람을 태우고 출발하고 있었다. 입을 벌린 채 두 발이 땅에 붙어버린 듯 서 있는 프레더릭의 모습이 눈에 잡혔다가 멀어졌다.

빠른 걸음에 맞춰 씰룩거리는 말 엉덩이, 모랫길, 드넓은 지평선, 겹겹이 포개진 낮은 구릉들……. 그날 아침 그 공간에 내가 그 아이와 함께, 그 아이 곁에 있었다. 포부르나 고개를 넘자 눈앞이 확 트였다. 멀리서도 우리를, 그의 옆 자리를 염치없이 차지하고 앉은 내 모습을 알아볼 수 있을 정도였다.

내가 말을 꺼냈다. "자, 카롤, 이야기 좀 해봐. 어제저 녁 연못가에서 무슨 생각으로 그 여자한테 그런 짓을 한 거니?"

그는 다소 경계하는 얼굴로, 마치 내 질문을 잘 이해하 지 못하겠다는 듯이 되물었다.

"무슨 말씀이죠?"

"하여간 모두가 목격한 일이야."

말은 처음부터 모호하게 풀려나갔다. 이야기를 나누는 데는 차라리 이편이 좋았다. 카롤이 느닷없이 웃음을 터뜨 렸다. 긴장을 좀 누그러뜨리려는 게 분명했다. 그가 말했 다. "아무려면 어때요?" 그러고는 지극히 무관심한 태도로 말채찍을 한 번 휘둘렀다. 나는 애써 어이없다는 표정을 지어 보이며 대꾸했다. "여자가 봐줄 만하기라도 했으면 말도 안 해. 하지만 그런 천박하고 늙은 여자를?" 카롤이 아무 대답도 하지 않았으므로 나는 좀 더 강하게 밀고 나 갔다.

"넌 주로 늙은 여자들을 상대하는가 보구나, 그렇지?"

카롤은 길옆의 키 작은 나무를 채찍으로 휘갈겼다. 경쾌 하면서도 건방진 몸짓이었다. 그러고는 내 질문에 대한 대 답은 바로 이거라는 식으로 말들을 채찍으로 세차게 내리 쳤다. 말들이 펄쩍 뛰어오르며 앞으로 내달았고, 그 바람 에 하마터면 마차가 뒤집힐 뻔했다. 비록 말로 옮길 수 있 는 건 아니었지만 카롤이 대답 대신 보여준 이 행동이 무 슨 뜻인지 나는 알 것 같았다. 한동안 우리는 빠른 속도로 길을 재촉했다. 얼마 후 카롤이 고삐를 당겨 말들의 발걸음을 늦췄다. 그러고는 히죽 웃으며 말했다. 반짝이는 그의 치아가 활짝 드러났다. "여자가 젊든 늙든 무슨 차이가 있죠?"

그러고는 거침없이 웃기 시작했다.

그의 이런 반응은 나를 불안하게 만들었다. 서늘한 기운이 등줄기를 타고 흘렀다. 그와 나는 나란히 앉아 있었다. 대체 그는 무슨 말을 하고 싶은 걸까? 무엇보다 내 눈을 잡아끈 것은 그의 치아였다. 그 흰 치아는 카롤 내면의 순수함을 보여주는 것 같았다. 그것은 그의 말보다 더욱 인상적이었다. 말을 대신해 주는 하얀 이. 카롤은 아무 말이나 농담 삼아, 기분 내키는 대로 던질 수 있었다. 아무리 추잡한 말도 자신의 하얀 이 덕분에 용서된다는 것을 알고 있었던 것이다. 나는 생각했다. 옆에 앉아 있는 이 아이는 대체 어떤 존재인가? 나와 같은 종류인가? 전혀 아니다. 그는 나와는 본질적으로 다른 인간이다. 사랑스러운 존재. 꽃피는 나라에 속한, 사람을 천천히 사로잡는 매력과 아름다움으로 가득한 인간. 왕자이자 시인. 그런데 어째서 이 왕자는 연못가에서 빨랫감을 두들기는 늙은 여자들에게 달려들곤 하는 걸까? 궁금한 건 이거다. 그리고 이 아이는 어째서 그런 일에 재미를 느끼는 걸까? 왕자이긴 해도 여자에게 굶주려 있는 만큼, 아무리 추한 여자를 봐도 욕망이 동하더라는 사실을 그 자신도 즐기고 있는 걸까? (헤니아와 약혼한) 그 아도니스는 자신의 용모에 너무 자신감을 가진 탓에 헤니아가 정작 누구에게 끌리고 있는지에 대해서는 영 무관심한 것일까? 이 일에는 아무리 생각을 해봐도 뭔가 풀리지 않는 게 있었다. 우리는 고갯길을 내려왔다. 나는 카롤한테서 떠도는, 쾌활함과 뒤섞인 일종의 불경스러움을 감지했다. 그것은 그의 영혼, 그의 절망이 빚어내는 불경이었다.

(아마도 나는 탐구자의 면모를 유지하려는 단 하나의 목적으로 이런 사색에 몰두하고 있었던 것 같다. 사실 그와 나란히 앉아 마차를 타고 가는 일도 흐드러진 술자리와 비슷했다.)

나는 생각했다. 이 아이가 그 여자의 옷을 걷어 올렸던 건 자신이 군인이라는 걸 다짐하기 위해서였을까? 그건 영락없는 군인의 동작 아닌가?

(화제를 바꾸어) 카롤을 향해 물었다.(사실 나는 은근히 체면이 걱정되기 시작했던 터라 신중해졌다.) "그런데 네 아버지하고 마음이 안 맞는 이유는 뭐니?" 이 갑작스러운 질문에 카롤은 망설이며 무슨 말인가 입속으로 중얼거렸다. 히폴리트에게서 늘 봐오던 모습 그대로였다. 마침내 그가 대답했다.

"엄마를 못살게 굴거든요, 그 개자식이 말이에요. 제 아버지가 아니었다면 벌써……."

완벽하게 균형 잡힌 대답이었다. 이 한마디 대답으로 그는 어머니에 대한 애정을 고백했고, 그러면서 동시에 아버지에 대한 증오를 내비침으로써 감상에 빠질 위험을 피해 가고 있었다. 하지만 나는 그를 좀 더 몰아붙이기로 결심하고는 대뜸 물어보았다. "어머니를 많이 사랑하니?"

"그럼요. 엄마잖아요……."

아들이라면 자기 엄마를 사랑해야 하는 이상 자기도 그

러는 게 당연하지 않냐는 대답이었다. 하지만 여전히 미심쩍은 데가 있었다. 그의 대답을 곰곰이 따져보면서 나는 호기심이 발동했다. 조금 전 이 아이는 도덕이고 규범이고 다 무시하고 늙은 여자에게 달려들어 치근댐으로써 순수한 무정부주의를 구현하고 있었다. 그런데 지금은 관습에 충실한 인물이 되어 효도라는 법에 복종하고 있지 않은가. 그렇다면 그가 추종하는 건 무엇일까? 무정부주의인가? 아니면 관습과 법인가? 그가 관습을 고분고분하게 따랐다고 치자. 하지만 그것은 자신을 가치 있는 인물로 내세우기 위한 게 아니었다. 반대로 그것은 자신이 어머니에게 품고 있는 사랑을 지극히 평범하고 하찮은 것으로 만들어버리기 위해, 즉 자신에게서 그 어떤 가치 있는 것도 모두 떨어내버리기 위해서였다. 무슨 이유로 그는 매번 이처럼 자기 자신을 비하하는 걸까? 스스로 타락하고자 하는 이 맹렬한 의지는 어디서 오는 걸까? 이런 상념을 쫓아가는 일이 나는 몹시도 흥미로웠다. 카롤과 함께 있을 때 머릿속에 떠오르는 것들은 어째서 늘 매혹적이거나 아니면 혐오스러운 것이란 말인가? 어째서 그와 함께 있으면 생각나는 것마다 극단적이고 열기에 차 있단 말인가? 나는 순도 높은 술을 목구멍에 들이부었을 때처럼 취하는 느낌이었다. 그로홀리체 마을을 통과했다. 오르막길이 펼쳐졌다. 길을 따라 왼편에 길게 늘어선 감자 저장용 굴의 황토벽이 보였다. 말들은 보통 걸음으로 달리고 있었다. 사방이 조용했다. 별안간 카롤이 말을 꺼냈다. "바르샤바에 가시면 제 일자리를 알아봐 주실 수 없을까요? 신분 같은 건 묻지 않고 사람을 쓰는 곳도 아마 있겠죠? 드러내놓고 일할 처지는 못 되니까. 만약 일자리를 얻을 수 있다면 엄마한테 보탬이 좀 될 거예요. 아비라는 자는 요즘 날 못 잡아먹어 안달이 죠. 하는 일 없이 세월만 보낸다는 건데, 그 잔소리도 지 긋지긋해요!" 이야기가 돈벌이와 구체적인 생활에 대한 것 으로 흐르면서 카롤은 말이 많아지기 시작했다. 이 문제에 대해서라면 카롤로서도 자신의 속내를 서슴없이 털어놓을 수 있었다. 게다가 그가 내게 이런 이야기를 꺼낸다는 건 아주 자연스러운 일이었다……. 그런데 그 일이 실제로 그 렇게 자연스러웠던가? 좀 더 간단히 말해 보면, 그것은 나 라는 성년 남자와 '접촉'하기 위한, 내게 접근하기 위한 구실이 아니었던가? 물론 상황이 어려울 경우라면 소년은 자신보다 능력 있는 어른들의 도움을 받아야만 한다. 또한 그러기 위해 소년 자신이 갖고 있는 매력을 동원해 호소하 는 수밖에 없다. 그러나 아직 다 크지 않은 사내아이의 교 태는 아직 다 크지 않은 계집아이의 교태보다 더 복잡하고 미묘한 법이다. 분명 카롤은 무의식적으로, 순진하게, 이 런 계산을 했다. 그는 내게 자신을 도와달라고 곧장 손을 내밀었지만, 사실 자신이 바르샤바에서 어떤 일자리를 얻 을 수 있으리라고는 별로 기대하지 않고 있었다. 그는 단 지 내가 관심을 갖고 염려해 줄 대상의 역할을 하고자 했 던 것이다. 우리 둘 사이에 있던 서먹서먹함을 깨뜨리기 위해서……. 그러면 나머지 일은 저절로 뒤따라올 것이었 다……. 둘 사이의 어색한 분위기를 없애기 위해서였다고? 어떤 의미에서 그렇다는 것인가? 그리고 저절로 따라올 그

'나머지 일'이란 무엇이었던가? 내가 알게 된 것은, 혹은 막연히 짐작하고 있었던 것은 단지 카롤이라는 미성년, 그의 미성숙이 성년인 나, 나의 성숙과 접촉을 시도하고 있다는 사실이었다. 또한 나는 알았다. 그가 예민한 감각의 소유자라는 것을, 그가 자신의 허기, 즉 욕망으로 인해 타인에게 쉽사리 자신을 열어놓곤 한다는 것 역시⋯⋯. 그의 숨겨진 속내가 내게 접근하려는 것임을 알아차리자 나는 몸이 떨렸다. 그가 속한 세계 속으로 갑작스레 휘말려 들어가는 듯한 느낌이었다. 어떻게 표현해야 좋을까. 한 성년 남자와 한 소년이 말하자면 원조와 협력이라는 기술적 차원에서 거래를 트다가 좀 더 직접적으로 의사를 교환하는 순간 그 거래의 외설성이 노골적으로 드러났다고 할까. 이 젊은 존재는 자신의 젊음으로 나를 유혹하려 하고 있었고, 성년인 나는 그 유혹에 돌이킬 수 없이 빨려 들어갈 참이었다.

그러나 '젊음'이란 단어를 직접 사용하는 일은 그에게 금지되어 있었다.

우리는 고갯길 꼭대기에 도달했다. 같은 풍경이 눈 아래 펼쳐졌다. 끝없이 이어지는 구릉들. 구름 사이로 비스듬히 새어 나온 햇살이 지표의 둥근 파도 위에 머물고 있었다.

"일자리를 구하기보다는 부모님 곁에 머물면서 도와드리는 게 더 나을 거야."

내 말은 명령처럼 울렸다. 실제로 훈계하는 어른의 어조로 말하고 있었으니까. 나는 하던 말을 무심히 이어나가는 체하면서 슬쩍 한마디 던져보았다.

"헤니아는 어때? 헤니아는 마음에 드니?"

가장 꺼내기 어려운 질문이었지만 의외로 쉽게 튀어나왔다. 그런 내게 장단을 맞추듯 카롤도 스스럼없이 대답했다.

"그럼요. 헤니아는 좋은 애예요."

카롤은 말채찍으로 지평선의 어느 한 지점을 가리키며 덧붙였다.

"저기 덤불숲이 보이죠? 저건 리시니 계곡이에요. 우거진 나무 꼭대기들이 덤불숲처럼 보이는 거죠. 저 계곡을 따라가면 보제호프 삼림 지대로 이어지는데, 거긴 비적들이 자주 출몰하죠." 그러면서 카롤은 한쪽 눈을 짓궂게 찡긋해 보였다. 우리는 계속해서 길을 갔다. 스쳐가는 오른편으로 그리스도의 십자가 상이 있었다. 이유는 알 수 없지만 그가 별안간 침묵했다. 덕분에 나는 조금 전에 했던 말을 자연스레 이어가는 척하며 이야기를 다시 헤니아에게로 돌릴 수 있었다.

"그런데 넌 헤니아를 사랑하지는 않니?"

한층 도발적이 된 이 질문은 우리의 대화를 위험하게도 한곳으로 몰아갔다. 집요하게 따라붙는 후렴처럼 그것은 나의 은밀한 흥분, 나와 프레데릭이 품고 있는 음침한 열광을 훤히 노출할지도 몰랐다. 불안감이 덮쳐 왔다. 잠든 호랑이를 쓰다듬는 기분이었다. 하지만 이런 기분을 느낄 뚜렷한 이유가 있는 건 아니었다.

"아-아-니요, 우린 어릴 적부터 알고 지낸걸요!"

마음속에 뭔가 감춘 흔적이라곤 전혀 없는, 아주 담백한 대답이었다. 그가 그처럼 쉽게 대답할 수 있다는 건 예상밖이었다. 얼마 전, 헛간 앞에서 우리 네 사람이 은밀한 공범자가 되었던 그 일은 개의치 않는다는 말인가.

그랬다. 카롤에게 있어 그 상황은 분명 내가 생각하는 것과는 다른 것, 그러니까 자신과는 아무 관계도 없는 일이었다. "아-아-니요."라고 말꼬리를 길게 끄는, 경솔하고 무책임한, 어떻게 보면 놀리는 듯도 한 대답이 그걸 말해 주고 있었다. 카롤이 침을 뱉었다. 이렇게 침을 뱉음으로써 마침내 그는 장난기 많은 개구쟁이로 돌아갔다. 그러고는 곧장 웃음을 터뜨렸다. 다른 궁리 같은 건 없어 보이는, 사람의 경계심을 풀어놓는 웃음이었다. 그가 장난꾸러기 같은 표정으로 나를 곁눈질했다.

"누군가 저한테 마음을 둔 사람이 있다면 그건 차라리 걔네 엄마일걸요……."

뭐라고! 그럴 리가! 처량맞을 만큼 비썩 마른 히폴리트의 아내가? 아닐 것이다. 그렇다면 어째서 카롤은 이런 말을 한 걸까? 혹시 그녀에게도 같은 장난을 친 적이 있다는 말일까? 늙은 여자의 치마를 걷어 올리는……. 하지만 무엇 때문에 그가 그녀의 치마를 들쳐본단 말인가! 정말이지 어처구니없는, 이해할 수 없는 문제였다. 하지만 인간의 행위 가운데는 아무런 의미 없는 것들이 있고, 이런 의미 없는 행위들이야말로 한 사람을 정의한다는 점에서 인간에게 꼭 필요하다는 사실(이것은 내가 문학을 통해 구현하고 있던 인간 이해의 기본 원리 가운데 하나였다.)을 나는 알고 있다. 예를 들어 스스로 겁쟁이가 되는 게 싫어서 아무짝에도 쓸모없는 어떤 미친 짓을 저지르는 사람의 경우가 그렇다. 젊은이들은 이런 방식으로라도 자신을 정의하려는 욕구를 느끼곤 하지 않는가? 말고삐와 채찍을 들고 내 옆 자리에 앉아 있는 이 소년의 말과 행동 대부분은 분명 이러한 '자기 시험' 행위였을 것이다. 또한 우리의 시선, 나와 프레데릭의 은밀하면서도 아첨 섞인 시선이 그로 하여금 자신도 모르는 사이에 자기 자신과 이런 유희를 벌이도록 부추겼을 것이다. 그렇다. 어제 그는 우리와 함께 산책을 했고, 지루해졌고, 별달리 할 일을 찾지 못하고 있었다. 그래서 그는 늙은 여자의 치마를 들쳐 올림으로써 그 자신 음탕한 기분에 빠져 들고자 했다. 그는 스스로 욕망의 대상에서 욕망의 주체로 옮겨 가기 위해 그런 짓을 했던 것이다. 말하자면 이 개구쟁이는 줄 위에서 아슬아슬한 균형을 잡을 줄 알았다. 그렇다면 지금은 왜 헤니아의 엄마가 자신에게 '마음이 있을' 거라는 말을 슬쩍 흘린 걸까? 이 말에는 무언가 예리하게 날을 세운 의도가 감춰져 있는 게 아닐까?

"나더러 그 말을 믿으라고?" 내가 말했다. "헤니아보다 부인이 더 좋다는 말이니? 대체 그게 무슨 의미인지 설명 좀 해봐." 나는 그를 채근했다.

그가 대답했다. 고집스러운 표정으로, 그 훤한 대낮에.

"네, 그래요."

터무니없는 이 대답. 거짓말이었다! 하지만 왜, 무슨 속셈으로 이런 거짓말을 한단 말인가? 우리는 벌써 보제호프로 들어서고 있었다. 멀리 오스트로비에츠 제철소의 고로가 보였다. 어째서, 어째서 카롤은 헤니아에 대해 코웃음을 치고 있을까, 어째서 그녀에게 몸 달아하지 않을까? 나는 모르면서도 알 것 같았고, 이해할 수 없으면서도 뭔가 짐작이 갔다. 카롤 같은 젊은 나이에는 성숙한 사람에게 실제로 더 큰 흥미를 느끼는 걸까? 그도 '어른들과 어울리고' 싶어 하는 아이들 가운데 하나란 말인가? 곧이곧대로 믿을 수 없는 그의 대답, 그의 예민함, 그 흥미로운 성격에 자극을 받은 내 생각은 곧장 아무 실마리나 붙잡고 달려 나갔다. 사실 나는 이 소년의 이상한 나라에 발을 들여놓은 뒤 오직 나의 직관과 순간적 충동에 따라서만 움직이고 있었던 것이다. 이 잘난 체하는 코흘리개가 의도하는 것이 과연 우리 성숙한 어른들의 영역에 끼어든 일일까? 소년이란 예쁜 소녀에게 반해야 지극히 정상적인 일이 아닌가. 이렇게 자연스러운 이끌림을 통해 이들 사이에 연애 감정이 생겨나는 법 아닌가. 그러나 이 소년은 아무래도 다른 생각을 품고 있는 것 같다. 더 큰, 더 대담한 생각…… 이 아이는 단지 '한 소녀와 어울리는 소년'이기보다 '어른들과 어울리는 소년'이고 싶어 한다. 성숙의 세계 속으로, 무단 침입자처럼, 단번에 들어서고 싶은 것이다. 이런 의도에는 어쩐지 패륜의 냄새가 난다. 이 소년은 전쟁과 혼란을 이미 경험했다. 나는 그 상황을 모르고, 알 수도 없다. 나는 그런 일들이 이 소년에게 어떤 영향을 끼쳤는지도 모른다. 이 아이는—낯익은 듯하면서도 도무지 낯설기만 한—이 고장의 풍경만큼이나 속을 모호하게 감추고 있다. 단 하나 내가 분명히 알 수 있는 것은 이 악동이 이미 오래전에 코흘리개 철부지 시절을 벗어났다는 사실뿐이다. 하지만 그렇게 해서 결국 그는 함정에 빠져버린 게 아닌가? 그게 어떤 함정이라고 말하기란 불가능하다. 그가 누구를 더 좋아하고, 무엇에 더 마음이 끌리는지를 어떻게 분명하게 알 수 있겠는가. 그는 헤니아와 어울리고 싶은 게 아니라 우리 어른들과 어울려 즐기고 싶어 한다. 바로 이 목적을 위해서 그는 나이 차이가 장애가 될 수 없다는 걸 내게 설득하려 한 게 아닐까……? 나는 생각을 계속 밀고 나갔다. 그래, 바로 그거야. 그는 지루해하고 있었어. 즐길 거리를 찾고 싶었던 거야. 미처 경험해 보지 못한 어떤 놀이를 해보고 싶었던 거지. 권태 때문이든 무관심 때문이든 게으름 때문이든, 이건 지금까지 그 자신도 생각해 보지 못했던 놀이일 거야. 헤니아가 아니라 우리 어른들과 벌이는 놀이. 그러고 보면 우리 추한 어른들은, 가해지는 제약이 적은 덕분에, 그를 좀 더 멀리까지 데려가 줄 수 있지. 그러니까 지금 그는 (헛간 앞에서 있었던 일로 미루어 볼 때) 자신이 어린애가 아니라는 사실을 내게 애써 알리려고 하고 있는 것이다……. 그래, 바로 이거다. 그의 아름다움이 나의 추함과 사귀어보려고 다가서고 있는 것이다. 나는 구역질이 치밀어 올랐다. 화제를 바꾸었다.

"교회에 나가지? 신이 있다고 믿니?"

잠시 흐트러진 질서를 다시 바로잡고, 이 소년의 속임수 가득한 경박함에 맞서 나 자신을 방어해 보려는 질문이었다.

"신이오? 쳇, 아저씨도 알잖아요. 신부들이 하는 말이란다……."

"신부들 말고 신 말이야, 신을 믿느냐고?"

"물론이죠. 하지만……."

"하지만 뭐?"

카롤은 입을 다물었다.

나는 이렇게 물어야만 했었다. "그래도 교회에는 가잖아?" 그러나 스스로도 의식 못하는 사이 나는 이렇게 묻고 있었다. "그런데 여자들도 만나러 가곤 하니?"

"가끔."

"여자들이 너한테 미치기도 해?"

그가 곧장 웃어 젖혔다.

"아뇨. 설마! 저는 아직 그럴 나이는 아니에요."

아직 그럴 나이는 아니다……라는 대답에 담긴 것은 부끄러움이었다. 그는 꽤 결연한 표정으로 스스로 아직 '그럴 나이는 아니'라는 말을 함으로써 자신이 창피해하고 있음을 털어놓은 것이었다. 그러나 조금 전 이 소년 때문에, 거의 몽롱한 상태에서 그로테스크하게도 신과 여자들을 뒤바꿔 버렸던 내게는 '아직 그럴 나이가 아니'라는 이 대답이 기이한 경고처럼 들렸다. 그래, 여자들을 찾아다니기에도 신을 믿기에도 아직은 너무 어리지. 그 어떤 일을 하기에도 아직은 어려. 어쨌거나 아직 어린 그가 신을 믿든 믿지 않든, 여자들을 손에 넣든 못 넣든 무슨 문제란 말인가. 그가 무엇을 하건, 무슨 말을 하건, 어떻게 느끼건, 전혀 문제 될 게 없다. 왜냐하면 그는 미완성이기 때문이다. 왜냐하면 그는 '아직 어리기' 때문이다. 그는 헤니아와 어울리기에는, 그리고 그 자신과 그녀 사이에서 생겨나는 모든 것을 감당하기에는 '아직 어리다.' 또한 그는 프레데릭을 상대하기에도, 나를 상대하기에도 '아직 어리다'…….
이토록 허약한 이 미성숙이란 대체 어떤 것인가? 이것은
의미도 무게도 없는 것이다! 그런데 어떻게 내가, 성년인
내가, 진지함이 결여된 이 미성숙한 존재를 지극히 진지하
게 대하게 되는 걸까? 아무런 영향력도 없는, 보잘것없는
소년의 말에 온몸을 전율하며 귀 기울이게 되는 걸까? 나
는 눈을 돌려 주변 풍경을 바라보았다. 우리가 있는 고갯
길 정상에서부터는 카미엔나 강의 물줄기를 식별할 수 있
었다. 보제호프 역으로 들어서는 기차 소리가 희미하게 들
렸다. 우리 발아래로 보제호프가 한눈에 들어왔다. 가운데
난 대로를 따라 좌우에 초록과 노랑의 바둑판 같은 평원이
지평선 끝까지 펼쳐져 있었다. 잠든 듯이 보이는 아득한
풍경. 그러나 그것은 재갈 물리고 짓눌리고 목 졸린 세계
였다. 그 풍경에는 숨 막히게 만드는 타락의 냄새가 배어
있었다. 그리고 그 타락, 그 죄악 속에 내가 있었다. '아직
어린', 너무 가벼운, 무게를 지니지 못한, 그래서 그 부족
함과 미완성을 통해 원천적인 힘을 행사하는 이 소년과 함
께……. 하지만 어떻게 나 자신을 보호할 수 있겠는가? 이
소년의 매력에서 벗어날 방법이 없는데.

　우리는 마차를 몰아 큰길로 내려갔다. 쇠로 테를 두른
마차 바퀴가 요란하게 삐걱거렸다. 길에는 많은 행인들이
오가고 있었다. 우리는 사람들 사이를 헤치고 나아갔다.
말 한 마리가 끄는 수레가 우리의 마차 앞을 가로질러 갔
다. 수레에는 한 가족의 살림으로 보이는 봇짐들이 실려
있었다. 조금 떨어진 곳에서 한 여자가 우리를 불러 세웠

다. 그녀는 길 한가운데 버티고 서 있다가 우리에게로 다가왔다. 시골 아낙들이 걸치고 다니는 세모꼴 숄로 감싼 예쁘장한 얼굴이 눈에 들어왔다. 밤나들이 옷처럼 가슴이 깊이 파인 상의에 검은색 비단 치마를 입고 있었다. 약간 짧은 듯한 치마 아래로 목이 긴 남자 신발을 신은 큰 발이 삐죽이 보였다. 그녀는 손에 신문지로 싼 꾸러미 하나를 들고 있었다. 그녀가 우리에게 흔들어 보인 물건이었다. 여자는 무언가 말을 하려다가 입술을 꼭 다물었다. 그러고는 다시 말문을 떼기 위해 멈칫거리더니 뭔가 실망이라는 듯한 손짓을 해 보이고는 뒷걸음질쳤다. 우리는 그녀 앞을 지나쳤다. 여자는 그 자리에 붙박인 듯 서서 멀어지는 우리를 오랫동안 바라보고 있었다. 뭐가 재미있는지 카롤이 키들거렸다. 마침내 우리는 오스트로비에츠에 도착했다. 거리는 몹시도 소란스러웠다. 길은 울퉁불퉁해서 마차 위에 올라앉은 우리의 뺨이 흔들릴 정도였다. 우리는 제철소 앞에서 보초를 서고 있는 독일군 헌병들 앞을 지나갔다. 도시는 변함없이 같은 모습이었다. 줄지어 늘어선 용광로 굴뚝들, 담장, 카미엔나 강을 가로지르는 다리, 이리저리 미로처럼 뻗어 나간 철로들. 대로를 따라가다 보면 광장이 나오고, 그 광장 한 귀퉁이에 말리노프스키 카페가 여전히 자리 잡고 있었다. 하지만 무엇인가 빠진 것이 느껴졌다. 유대인들. 그 어디에도 유대인들의 모습이 보이지 않았다. 그래도 거리에는 사람들이 나와 있었고, 어디선가 활기마저 풍겨 나왔다. 문 앞을 빗자루로 쓰는 아낙, 커다란 노끈 꾸러미를 짊어진 남자, 식료품 가게 앞에 줄 서 있는 몇 사람. 조약돌을 집어 든 한 꼬마가 굴뚝 위에 내려앉은 참새를 겨누고 있었다. 우리는 공업용 알코올을 꽤 넉넉히 사서 마차에 실었다. 그리고 몇 가지 물건을 더 산 다음 오스트로비에츠를 서둘러 떠났다. 이 도시가 발산하는 왠지 모를 적의 때문이었다. 마차가 큰길을 벗어나 지방 도로의 부드러운 흙바닥 위로 올라섰을 때에야 우리는 비로소 편안하게 숨을 내쉬었다. 그런데 그동안 프레데릭은 뭘 하고 있었을까? 그렇게 혼자 남겨졌을 때 어떤 모습이었을까? 잠을 잤을까? 거실 한쪽 구석에 자리 잡고 앉아 시간을 보냈을까? 산책을 나섰을까? 나는 프레데릭이 어느 경우에든 자세를 흐트러뜨리지 않기 위해 얼마나 신경을 쓰는지 알고 있었다. 그러므로 확신했다. 만약 그가 거실에서 시간을 보내기로 했다면 신중에 신중을 기해 행동하고 있을 거라고. 하지만 정작 그의 관심이 어디로 가 있을지에 대해서는 감이 오지 않았다. 나는 불안해지기 시작했다. 카롤과 내가 집에 도착해서 우리를 위해 차려진 식탁 앞에 앉았을 때 그 자리에 프레데릭의 모습은 보이지 않았다. 히폴리트의 아내는 그가 정원에서 잡초를 뽑고 있다고 알려주었다. 세상에, 그가 정원 산책로의 잡초를 뽑고 있다는 것이었다.

"그분이 이곳 생활을 지루해하시는 게 아닌가 싶어요." 그녀가 걱정스러운 얼굴로 말했다. 전쟁 전 좋았던 시절, 손님을 초대해 놓고 이것저것 신경 쓰던 안주인의 모습을 보는 것 같았다. 히폴리트도 한마디 거들었다.

"자네 친구가 정원에서, 그러니까…… 잡초를 뽑고 있어."

내가 프레데릭을 자신의 집에 데려온 것이 이제 슬슬 부담스러워지는 모양이었다. 그가 우울하고 난처한 표정을 지었다. 나는 프레데릭을 찾으러 바깥으로 나갔다. 다가오는 나를 보자 그는 들고 있던 호미를 내려놓고 습관이 된 깍듯한 태도로 잘 다녀왔느냐고 물었다. 그런 다음 딴 곳을 바라보는 척하면서 조심스러운 말로 이제 그만 바르샤바로 돌아가는 게 어떻겠느냐고 물었다. 우리가 여기 있어 봤자 이 집에 아무런 도움도 되지 않을뿐더러, 우리 사업이라는 것도 이윤을 남길 가능성이 도무지 없어 보인다는 것이었다. "사실 이번 여행은 좀 성급했습니다. 아무래도 돌아가는 것이 좋지 않을까요……." 처음에는 자신도 미처 결심이 서지 않는다는 듯 슬쩍 내 생각을 떠보는가 싶더니 점점 더 간곡하게, 그러고는 마침내 확고하게 결단을 요구했다. 짐을 꾸려 바르샤바로 돌아가는 것 외에 다른 수가 없다고, 그는 자기 자신을 설득하고, 나를 설득하고, 정원의 나무들을 설득하고 있었다. 어떻게 해야 할까? 그가 말했다. "한편으로 생각하면…… 물론 시골 생활도 매력이 전혀 없는 건 아니지요……. 하지만, 어쨌든 내일이라도 떠날 수는 있겠지요?" 이렇게 묻는 그의 목소리에서 어떤 집요함이 묻어 나왔다. 별안간 나는 깨달았다. 그는 내가 마차를 타고 오가는 길에 카롤의 입을 열게 했을 거라고 짐작하고 있었다. 그는 내가 과연 카롤의 속마음을 알아냈을지 궁금해했고, 그걸 자신에게도 알려줄 것을 요구하고 있었다. 알베르트의 귀여운 약혼녀가 언젠가는 카롤의 풋풋한 팔에 안기게 되리라는 희망이 아직도 남아 있는지,

프레데릭이 궁금한 것은 바로 이 점이었다. 그러면서 그는, 비록 풀기 힘든 암호 같은 방식을 통해서이긴 했지만, 나로 하여금 분명히 깨닫게 해주었다. 이 일에 대해 그가 아는 것도 고작해야 그 정도의 환상을 품을 수 있을 만큼이라는 사실을.

그와 내가 연출하고 있던 그 추한 장면을 묘사하기란 쉽지 않은 일이다. 자신이 원하는 바를 은밀히, 그러나 기어이 얻어내려는 욕구에 사로잡힌 한 나이 든 남자의 얼굴. 그 얼굴이 갖가지 감정으로 자꾸 일그러지는 표정을 감추려고, 혹은 적어도 그다지 역겹게 비치지는 않도록 스스로를 수습하려고 애쓰고 있었다. 조금 전, 기대했던 이야기를 내게서 들을 수 없다는 사실을 깨닫자마자 그에게서 모든 매력, 모든 희망, 모든 열정이 남김없이 빠져나가기 시작했던 것이다. 촘촘히 잡혀 있던 주름살들이 축 늘어져서 마치 시체 위를 기어 다니는 구더기들처럼 얼굴 표면에서 구물거렸다. 스스로의 추악함이 그 자신을 점령해 버리자 그는 곧장이라도 부서져 내릴 것 같은 가증스러운 몰골을 드러냈다. 그가 풍기는 고약한 부패의 냄새는 내게로 옮겨 왔고, 그러자 내 구더기들 역시 동요하고 흥분해서 얼굴을 온통 뒤덮으며 우글거렸다. 하지만 추악함은 거기서 끝나지 않았다. 우리가 빚어내던 그 상황은 음산하면서도 희극적이었다. 우리 두 사람은 다른 한 쌍의 연인에게 각자 실연당하고 상심한 나머지 서로를 찾아온 또 다른 한 쌍 같았던 것이다. 우리는 지칠 줄 모르고 서로를 애무하면서 채워지지 않은 흥분을 탐했다. 절정의 환희가 그와 나의 몸을 타고 흘렀다. 그 순간 거기에는 우리 두 사람만 남아 있었다. 어떤 것도, 누구도, 그 교합의 절정에 끼어들지 못했다. 서로가 서로를 혐오하면서도 우리 두 사람은 함께 촉발한 그 관능적 쾌감 속에서 서로를 붙잡고 뒹굴면서 허덕일 수밖에 없었다. 그러므로 우리는 최소한 상대방의 눈만은 바라보지 않으려고 노력했다. 햇볕이 따갑게 쏟아지고 있었다. 잡초 덤불에서 독한 냄새가 피어올랐다.

이 은밀한 집회 끝에 나는 깨달았다. 아쉽게도 카롤과 헤니아는 의심할 바 없이 서로에게 무관심했다. 이 사실에 프레데릭과 나는 충격을 받았다. 계집아이는 단지 알베르트의 약혼녀일 뿐이었고, 그것에 대해 사내아이는 전혀 가슴 아파하지 않고 있었다. 그리고 젊음으로 인한 두 사람의 무분별이 이런 상황을 모호하게 흐려놓았던 것이다. 결국 우리를 흥분시키던 모든 환상은 막을 내렸다!

나는 프레데릭에게 대답했다. 돌아가자는 생각에 나 역시 찬성이며, 사실 너무 오래 바르샤바를 떠나 있어도 우리 사업에 지장이 있을 거라고. 내가 동의하자 그는 즉시로 이야기를 매듭지었다. 이제 우리 두 사람은 마치 도망자와도 같은 초조한 기색을 풍겼다. 저택으로 돌아오면서 우리는 방금 내린 결정을 재차 확인했다.

그런데 저택의 모퉁이를 돌아 서재로 통하는 길 위에서 우리는 두 사람과 마주쳤다. 손에 유리병 하나를 들고 있는 헤니아. 그녀의 얼굴을 빤히 쳐다보고 있는 카롤. 두 사람은 무언가 이야기를 나누는 중이었다. 유년의 정경. 두 사람을 감싸고 있는 것은 이제는 돌아갈 수 없는 유년

시절이었다. 유치원생 헤니아, 코홀리개 개구쟁이 카롤. 그들의 선명한 유년이 우리의 눈을 때렸다.

프레데릭이 그들을 향해 말을 걸었다: "무슨 일이 있니?"

헤니아: "마개가 병 속으로 들어가 버렸어요."

카롤이 햇빛에 병을 비춰보면서: "철사를 가져와서 마개를 꺼내줄게!"

프레데릭: "쉽진 않을 거야."

헤니아: "다른 마개를 찾아와야겠어."

카롤: "그럴 필요 없어⋯⋯. 내가 꺼내줄게."

프레데릭: "병 주둥이가 너무 좁구나."

카롤: "들어가기도 했으니 나오기도 할 거예요."

헤니아: "그러다가 코르크가 다 부서지면 어떻게 해? 주스를 버리게 될 거야."

프레데릭은 입을 다물었다. 카롤은 긴 다리로 버티고 서서 멍청한 표정으로 몸을 좌우로 흔들었다. 그리고 그 옆에 헤니아가 있었다. 그녀가 병을 손에 든 채 말했다: "찬장에는 병마개가 없어. 선반에 있는지 찾아봐야겠어."

카롤: "내가 꺼내준다니까."

프레데릭: "병 주둥이가 너무 좁아서 어려울 거야."

헤니아: "모두 찾아봐요, 어딘가 병마개가 있을 거예요."

카롤: "그건 뭔지 알아? 옷장 안에 있는 병들 말이야."

헤니아: "몰라, 약병 아닐까."

프레데릭: "뭐든 씻어서 쓰면 되지."

새 한 마리가 날아올랐다.

프레데릭: "저건 무슨 새니?"

카롤: "꾀꼬리예요."

프레데릭: "여기 꾀꼬리가 많이 있니?"

헤니아: "이것 좀 봐! 크기도 하지, 이 지렁이는!"

카롤은 다리를 벌리고 서서 여전히 몸을 흔들고 있었다. 헤니아가 한쪽 발을 추켜올려 자신의 장딴지를 긁었다. 갑자기 소년이 신발 뒤꿈치를 들어 지렁이를 으깼다. 뒤꿈치가 미처 다 닿지 않아서 반쯤 온전하게 남은 지렁이의 몸통이 뒤틀리며 격렬하게 꿈틀거렸다. 소년은 남은 부분을 마저 으깨는 건 이제 귀찮다는 듯 발꿈치를 떼고는 꿈틀거리는 반 토막 몸통을 흥미롭게 지켜보았다. 만약 프레데릭이 탁해진 눈길로 지렁이를 응시하며 고통스러운 신음 소리를 토해 내지 않았더라면, 그건 그저 그런, 아무렇지 않은 장면이었을 것이다. 끈끈이에 달라붙어 다리를 비비적거리는 파리, 혹은 램프 불 속에 뛰어든 한 마리 나방의 죽음처럼. 프레데릭은 화가 난 것 같았다. 하지만 사실 그 순간 프레데릭에게는 죽어가는 생물의 몸부림, 그 고문을 끝까지 견뎌내야 한다는 마음밖에 없었다. 그는 온몸이 마비된 듯 말없이 버티고 서서 발아래 지렁이의 고통을 자신의 것으로 빨아들여 목구멍 깊숙이 밀어 넣고 있었다. 카롤은 발꿈치를 한 번 더 들어 올려 지렁이의 나머지 부분을 뭉개는 대신, 그런 프레데릭의 모습을 힐끗 곁눈질했다. 파랗게 질린 프레데릭의 표정이 소년에게는 의심할 바 없는 히스테리로 비치는 것 같았다.

헤니아의 창이 얇은 구두가 허공에 들리더니 지렁이의 꿈틀거리는 몸통을 밟아 으깼다.

하지만 이번에도 역시 다른 편 끝 부분만 뭉갰을 뿐, 가운데 몸통은 고스란히 남겨놓았다. 양끝이 터진 지렁이 몸통은 고통스럽게 꿈틀거리며 기어갔다.

그게 다였다. 별일 아니었다. 지렁이 한 마리를 발로 밟아 으깼을 뿐 다른 일은 없었다.

카롤: "르부프 쪽으로 가면 새들이 많아요."

헤니아: "난 감자 껍질 벗기는 일이 아직 남았는데."

프레데릭: "안됐구나. 그런 일은 아무래도 싫증이 나지……."

우리는 몇 마디 말을 더 나누면서 집 안으로 들어왔다. 문득 프레데릭이 보이지 않는다는 걸 알았다. 미처 눈치채지 못하는 사이에 어디론가 숨어 들어간 것 같았다. 하지만 나는 그가 그렇게 들어박혀 무슨 생각에 골몰해 있을지 알 것 같았다. 조금 전 우리가 목격했던 일. 꿈틀거리던 지렁이의 몸통을 번갈아 짓이기던 그 두 개의 천진한 다리. 둘은 잔인한 공범자였다. 그런데 잔인하다고? 그것이 정말 잔인한 일이었던가? 차라리 의미 없는 행동이라는 편이 옳지 않을까. 사람들이 길을 걸어갈 때 아무 이유 없이, 그냥 거기 있기 때문에 지렁이를 밟게 되는 것처럼 말이다. 이런 방식으로 우리는 날마다 얼마나 많은 지렁이를 밟아 으깨는가! 그렇다, 그 둘의 행동은 잔인한 것이 아니라 분별없는 것이었다. 그러니까 그들은 죽음의 고통을 호기심에 찬 어린아이의 눈으로, 재미있다는 듯, 아무런 가

책 없이 응시하고 있었을 뿐. 단말마의 고통이라는 것이 그 아이들에게 무슨 중요성이 있었겠는가? 하지만 프레데릭에게는? 사물과 현상의 밑바닥을 들여다보는 데 익숙한 정신에게는? 타인의 고통을 피부로 느낄 수 있는 사람에게는? 그런 사람에게는 카롤과 헤니아의 그 행동이 혈관 속의 피가 얼어붙을 만큼 끔찍해 보이지 않았겠는가? 사실 몸뚱이가 으깨지는 고통이란 지렁이가 됐건 식인귀가 됐건 마찬가지로 견디기 힘든 것일 테니 말이다. 우주 공간이 하나이듯 고통도 '하나'다. 고통이란 작은 조각으로 분할할 수 없다. 그러므로 고통이 엄습해 올 때 우리는 매번 극도의 혐오감을 느끼게 된다. 카롤과 헤니아는 고통을 야기했고 괴로움을 창조했다. 두 사람은 그 지렁이의 평온한 존재를 자신들의 구두창으로 눌러 혐오스럽고 끔찍한 것으로 만들었다. 이것보다 더 큰 범죄, 더 큰 죄악은 없을 것이다. 죄악…… 죄악…… 그렇다. 그건 죄악이었다. 죄악이되, 혼자서가 아닌, 함께 저지른 죄악이었다. 꿈틀거리던 지렁이 몸뚱이를 번갈아 짓이기던 그들의 다리.

나는 프레데릭, 그 미치광이가 무슨 생각을 하고 있을지 알 것 같았다. 그 미치광이는 카롤과 헤니아를 생각하고 있을 것이다. 그는 이 두 사람이 지렁이를 밟아 죽인 것이 '카롤을 위해서'였다고 생각을 몰아가고 있을 것이다. 카롤에게 이렇게 말하는 헤니아를 상상하고 있을 것이다. "으스댈 것 없어. 우리 사이에 공통점이 하나도 없다는 생각은 하지 마……. 너도 잘 봤잖아. 우리 가운데 한 사람이 지렁이를 밟았어……. 그러자 남은 한 사람도 곧장 똑같이 따라했지. 우리가 그렇게 한 건 너를 위해서야. 지렁이를 밟아 죽인다는 동일한 죄를 저지름으로써 우리는, 네 앞에서, 너를 위해, 하나가 되고자 했던 거야." 그렇다, 프레데릭은 이렇게 생각하고 있을 것이 분명하다.

그런데 혹시 지금 프레데릭은 내 머릿속에서 벌어질 일을 추측한다는 구실로, 그러니까 내가 바로 이런 걸 상상하고 있으리라는 핑계를 붙여 이 생각 속에 빠져 들고 있는 게 아닐까? 나 역시 내 생각 대신 그의 생각을 빌리고 있지 않은가. 이렇게 우리는 각각 상대방의 생각을 빌려 자신의 생각에 빠져 들고 있구나……. 문득 재미있다는 기분이 들었다. 나는 큰 소리로 웃었다. 그러고는 그 역시 아마도 나처럼 웃고 있을 거라는 생각을 했다.

"너를 위해 우리는 그 일을 했어. 같은 죄를 저지름으로써 네가 보는 앞에서 하나가 되기 위해서……."

바로 이런 것이 발로 지렁이를 짓이기는 그 거침없고 잔인한 행동을 통해 그 두 사람이 우리에게 전하려 한 은밀한 메시지라면……. 그래, 그들은 단번에 성공한 것이지. 우리는 말귀를 아주 잘 알아들으니까 말이야! 나는 또다시 웃었다. 아마도 이 순간 프레데릭 역시 지금 내가 그를 빌려 생각하고 있는 것을 나를 빌려 생각하면서 웃고 있을 거라는 사실을 떠올렸던 것이다. 나는 상념을 이어나갔다. 지금쯤 그는 바르샤바로 돌아가려던 애초의 계획을 까맣게 잊어버렸겠지. 또다시 코를 킁킁대며 사냥감을 쫓는 개가 되어 있을 거야. 별안간 불씨가 되살아난 희망에 부풀어서, 머리끝까지 흥분해서 말이지.

'죄악'이라는 이 짧은 단어가 숨기고 있는 희망, 가능성이란 경이로운 것이었다. 만약 그 사내아이와 계집아이가 결국 죄악에 빠지는 일이 생긴다면…… 둘이 함께…… 그리고 그 두 사람이 우리와 함께……. 아, 어디선가 두 손으로 머리를 감싸고 같은 상념에 잠겨 있을 프레데릭. 나는 그의 모습을 눈으로 보는 것 같았다. 내 눈앞에서 그가 혼잣말로 중얼거리고 있었다. 죄악이란 내면 가장 깊은 곳까지 파고들며, 뜨거운 애무만큼이나 두 사람을 서로에게 묶어놓는 것이라고. 한 개인이 마음속으로 은밀히 저지른 수치스러운 죄악은 그로 하여금 다른 사람의 존재 속으로 깊숙이, 마치 사랑의 행위를 할 때 육체를 통해 상대방의 몸속으로 깊숙이 들어가는 만큼이나 깊숙이 파고들게 해준다고. 그렇다면…… 이런 결론이 가능하다. 프레데릭이(프레데릭의 상념 속에서는 '비톨트'가)…… 그러니까 우리 둘 모두…… 그 두 어린 존재와 어울리지도 못할 만큼 늙은 것은 아니다. 말하자면 우리도 그 아이들에게 가까이 다가가서 그 젊음을 맛볼 수 있다. 그들과 우리가 함께 저지른 죄악만 있으면 된다. 일부러 죄를 하나 짓는 것이다. 젊고 아름다운 그들 한 쌍이, 그 둘만큼 매력 있고 탐스럽지 못한, 그러니까 더 나이 든, 더 진지한 자와 은밀히 맺어지도록 하기 위해 일부러 저지르는 죄악……. 미덕의 세계에서 그들은 우리에게 닫힌 존재, 접근하기 어려운 존재이다. 하지만 일단 한번 죄악 속으로 발을 들여놓으면 그들은 우리와 함께 진흙 속에서 뒹굴 수 있다…… 그 순간 프레데릭을 사로잡고 있을 것은 바로 이런 생각이었다! 골똘히 열중한 표정으로 손톱을 잘근잘근 깨무는 프레데릭, 상상할 수 있는 온갖 종류의 죄악을 떠올리면서 그중에서 자신의 목적에 가장 적합한 것을 고르는, 아니면 내가 그런 죄악을 찾고 있으리라고 생각하는 그의 모습이 눈앞에 생생했다. 우리 각자는 서로의 모습을 비추는 거울이었다. 내 속에는 그가, 그의 속에는 내가 투영되어, 상대방의 입장에서 각각의 꿈들을 엮어나감으로써, 마침내 우리는 무엇인가를 바라고, 실행하려는 의도를 품게 되었다. 그런 의도들 가운데 그 어떤 것도 자신의 것이라고 인정할 수는 없는 상태로.

다음 날 아침 우리는 루다에 가기로 예정되어 있었다. 길을 떠나는 데 필요한 온갖 세세한 문제들——말은 어떤 놈들로 고를지, 어떤 마차를 타야 할지, 어느 길로 갈지——에 대해 한참이나 의논이 오간 끝에, 마침내 내가 헤니아와 함께 틸버리[6]에 타기로 했다. 프레데릭에게 그녀 옆자리에 타라고 권했지만 그가 사양하는 바람에 제비를 뽑았고, 그 결과 내가 그녀 옆에 앉게 되었던 것이다. 아침나절, 이런저런 준비로 시간을 한참이나 잡아먹은 끝에 마침내 우리는 출발했다. 기복이 심한 대지 위로 구불구불한 길이 이어지고 있었다. 노란 담장이 길게 늘어선 깊숙한 골목들. 드문드문 나타나는 관목 덤불, 나무 한 그루, 암소 한 마리. 앞에 가는 마차가 모습을 보였다가 언덕 아래로 다시 사라지곤 했다. 카롤이 모는 마차였다. 나들이옷

---

6) 지붕 없는 2인승 이륜마차.

을 입고 먼지를 막기 위해 흰 망토를 어깨에 두른 헤니아의 모습은 영락없는 약혼녀, 자신의 약혼자를 만나러 가는 약혼녀였다. 나는 언짢은 기색을 숨기고 몇 마디 의례적인 칭찬을 늘어놓은 다음 이렇게 말했다.

"축하한다. 곧 결혼을 하고 가정을 꾸리겠구나, 아이들도 낳게 되겠지."

그녀가 대답했다.

"네, 아이를 가지게 될 거예요!"

이렇게 대답하는 그녀의 태도란! 다소곳하게, 열의에 차서, 어머니에게서 배운 것을 암송하고 있는, 자기 자신의 아이들을 갖게 될 거라는 생각에 다시금 온순한 계집아이가 되어버린 젊은 아가씨의 표본. 말들이 빠르게 내닫고 있었다. 말들의 커다란 엉덩이와 꼬리가 눈앞에서 힘차게 흔들렸다. 그렇다! 이 계집아이는 그 변호사와의 결혼을 원하고, 그 녀석의 아이를 낳고 싶어 한다. 그리고 뻔뻔하게도 이 자리에서 그런 자신의 마음을 털어놓고 있다. 백여 미터밖에 떨어지지 않은 곳에 자기 애인의 모습이 보이는데도 말이다!

길가에 쌓여 있는 한 무더기의 건물 잔해가 보였다. 아카시아 나무 두 그루를 지나친 후 나는 또다시 물었다.

"카롤을 좋아하니?"

"물론이죠……. 우린 서로 잘 아는 사이인걸요."

"그래, 어릴 적부터 알고 지냈지. 그런데 내가 알고 싶은 건 네가 그 아이에 대해 아무 감정도 느끼지 않느냐는 거야."

"제가요? 저는 개를 무척 좋아해요."

"무척? 그 이상은 아니고? 그렇다면 어째서 둘이 함께 지렁이를 밟았던 거지?"

"지렁이라뇨?"

"게다가 그의 바짓단도 걷어주었잖아? 헛간 앞에서."

"바짓단이라고요? 아, 맞아, 그랬죠. 바짓단이 땅에 끌렸죠. 그런데 그 일이 어쨌다는 거예요?"

빤히 들여다보이는 이 매끄러운 거짓의 벽. 하지만 헤니아는 진심으로 말하고 있었다. 거짓말을 한다는 느낌 없이 그냥 말하고 있었다. 그렇다면 어떻게 해야 이 아이, 내 옆에 앉은 이 경박하고 모호한, 한 사람의 여자도 아닌, 단지 여자가 될 하나의 전조에 불과한 이 존재로 하여금 진실을 말하게 할 수 있을까? 더 이상 자신이 아니기 위해서만, 더 이상 자신이 아닌 시간만큼만 존재하는 이 임시적인 개체, 타인의 개입 없이 스스로 자신을 죽여가고 있는 이 존재에게서 진실을 들으려면 어떻게 해야 할까?

"카롤은 너를 사랑하고 있어!"

"걔가요? 그 아인 절 사랑하지 않아요. 저를 사랑하는 것도 아니고, 다른 여자를 사랑하는 것도 아니에요. 그가 원하는 건 고작해야…… 같이 자는 일뿐인걸요. 네, 그것뿐이라니까요!" 그러면서 그녀는 눈에 보이게 유쾌한 티를 내며 몇 마디를 덧붙였다. "걔는 아직 개구쟁이 꼬마고, 게다가 아저씨도 아시겠지만……. 하여간 이 이야기는 그만하는 게 좋겠어요!"

헤니아는 카롤의 험난했던 과거사를 넌지시 내비치고 있

음이 분명했지만 그럼에도 불구하고 나는 그녀의 말 속에서 희미한 온정, '체질적인' 공감의 흔적을 읽은 것 같았다. 이런 공감은 아마도 그 두 사람을 이어주는 동료 의식에서 나오는 것일 듯했다. 어쨌거나 그녀의 말 속에 카롤을 비난하는 기색은 없었다. 오히려 이런 이야기가 즐겁다는 듯, 목소리에서 약간의 장난기마저 배어 나왔다. 알베르트의 약혼녀로서 그녀는 카롤에 대해 엄격한 태도를 보일 수밖에 없었겠지만, 그러면서도 그녀는 전쟁의 위협 아래에서 태어난 자신들 세대가 공통적으로 떠안은 험난한 운명을 통해 카롤과 자신을 같은 편으로 인식하고 있는 것이었다. 나는 즉시 이런 점을 붙잡고 늘어졌다. 그녀의 어조에서 묻어나는 장난기에 은근히 맞장구를 치면서도 무심한 척, 마치 친구가 이야기를 걸듯이 이렇게 말했던 것이다. 너 역시 카롤의 이런저런 면을 겪어왔을 것이고, 또 네가 성녀가 아닌 건 분명하니까, 그렇다면 틀림없이 너도 그와 자본 적이 있을 것 같은데, 그렇지 않니? 그녀는 예상했던 것보다 쉽게, 심지어 반기는 기색까지 실어, '자본 적이 틀림없이 있을 것'이라는 내 말을 수긍했다. 아니면 유별난 온순함이었을까. 그녀는 털어놓았다. 그건 이미 지난해, 자신의 집에 피신해 있던 A. K. 대원 한 사람과 해봤던 일이라고. "물론 우리 아빠 엄마한테 일러바치지는 않으실 거죠?" 어째서 그녀는 내게 그처럼 순순히 자신의 비밀을 가르쳐준 것일까? 그것도 알베르트와 약혼한 직후에 말이다. 나는 그녀의 부모가 (그 A. K. 대원이라는 자에 대해서) 아무 의심도 하지 않더냐고 물었다. 그녀가 대답했다.

"의심이야 좀 하겠죠. 우리가 그런 짓을 하고 있는 걸 들키기까지 한걸요. 하지만 *사실은* 아무 눈치도 못 챘을 거예요."

'사실은'이라니, 얼마나 멋진 단어인가! 이 단어만 있으면 그 어떤 것도 말할 수 있고 그 어떤 것도 말하게 할 수 있다. 모든 것을 흐릿하게 지워버리는 이 마술의 단어. 우리는 참나무가 늘어선 길을 따라 브주스토바 마을로 내려오고 있었다. 가로수 그림자가 드리워진 경사로. 발걸음을 늦추는 말들. 말들의 목 언저리에서 느슨하게 흔들리는 마구. 마차 바퀴 밑에서 모래가 바스락거렸다.

"그렇군! 그렇단 말이지! 그런데 어째서 아니라는 거니? 다른 남자와 같이 잤다면, 카롤과 그렇게 하지 못할 이유가 없잖아?"

"아뇨."

여자들은 '아니'라는 말을 얼마나 쉽게 하는가. 뭔가를 부인하는 데 있어 여자들은 고도의 재능을 갖고 있다. 이 '아니'라는 말을 여자들은 늘 속주머니에 따로 넣어 다니며, 또 일단 이 말을 꺼내 든 다음에는 가차 없이 냉정해지곤 한다. 그런데…… 헤니아는 알베르트를 사랑하는 것일까? 그것이 그녀가 정조를 지키는 이유일까? 나는 그녀에게 내 생각을 넌지시 말했다. 만약 알베르트가 너의 '과거사'를 알게 된다면 큰 충격을 받을 거라고. 그는 너를 무척이나 존중하는 데다가, 또 원칙을 지키고 신앙심을 갖고 있지 않냐고. 그러고는 이렇게 덧붙였다. 너의 지난 이야기를 알베르트에게 절대 하지 말라고. 그는 자신과 네가

정신적으로 조화를 이루고 있다고 굳게 믿고 있는 만큼 정
말이지 너의 그런 경험은 덮어두는 편이 낫다고…… . 헤니
아가 화난 표정으로 내 말을 잘랐다.

"아저씨는 대체 무슨 생각을 하시는 거예요? 제가 아무
런 도덕심도 없는 애라고 생각하시는 건가요?"

"내 말은 알베르트가 가톨릭 신자로서의 도덕심을 갖고
있다는 뜻이야."

"저 역시 그래요. 저도 가톨릭 신자예요."

"뭐라고? 영성체를 했다는 말이니?"

"그럼요!"

"신을 믿니? 말 그대로 가톨릭 신자로서 믿느냐고."

"만약 제가 신을 믿지 않는다면 고해하러 가는 일도 더
이상 없겠죠. 아저씨가 믿는 건 뭐예요? 저는 알베르트의
도덕적인 신조가 마음에 들어요. 그리고 그이 어머니는 제
어머니나 마찬가지인 분이라고요! 그이네 식구가 된다는
게 저한테는 얼마나 자랑스러운 일인데요."

잠시 침묵을 지키던 그녀가 말고삐를 가볍게 잡아당기며
말했다.

"어쨌거나 그 사람과 결혼하는 이상, 전 아무한테나 가
랑이를 벌릴 생각은 없어요."

모래. 길. 오르막.

이 마지막 말의 천박함. "아무한테나 가랑이를 벌릴 생
각은 없어요."라니. 이 계집아이는 왜 구태여 이런 말을
쓴 걸까? 하려고만 했다면 그녀는 이보다 더 조심스러운
표현을 고를 수 있었을 것이다. 하지만 그녀의 이 말은 두

가지 의미를 담고 있었다. 그녀는 순결하고자, 위엄을 지키고자 하는 자신의 욕망을 드러내면서, 동시에 이 욕망을 저급하고 비속한 말로 표현하여 그녀 자신 카롤과 동류가 되어 보임으로써 또 한 번 나를 흥분시키려 했던 것이다. 그리하여 다시금 나는, 카롤에게 희롱당한 그 늙은 여자처럼, 순간적으로 분노에 사로잡혔다. 정말이지 이제는 이 두 사람에 대해 알 것 같았다. 이들이 말하는, 생각하는, 느끼는 모든 것은 단지 서로를 자극하고, 도발하고, 유혹하기 위한 놀이에 불과했고, 또한 서로의 유혹에 가장 먼저 괴로워하는 것도 이들이었다. 이 계집아이…… 매혹으로 빚어진, 교태 넘치며 온순하고 나긋하며 부드러운 이 계집아이, 그녀가 지금 내 옆 자리에 앉아 있었다. 작은 망토로 몸을 감싼 채 앙증스러운 손을 꼼지락거리면서. "어쨌거나 그 사람과 결혼하는 이상, 전 아무한테나 가랑이를 벌릴 생각은 없어요." 이 말을 할 때 그녀의 어조에는 엄격한 다짐이 배어 있었다. 말하자면 알베르트를 위해, 알베르트가 불러주는 대로 따라 부르는 후렴. 하지만 이 말은 또한 그녀 자신의 연약함을 스스럼없이 털어놓는, 어쩐지 내 마음을 설레게 만드는 고백이기도 했다. 정숙한 그녀, 그러면서도 마녀처럼 도발적인 그녀…… 우리 앞쪽 멀리, 언덕길을 올라가는 마차가 눈에 들어왔다. 그 마차의 마부석에 앉아 있을 카롤……. 저 멀리, 언덕 꼭대기, 마차를 몰고 가는 카롤……. 그가 '저 멀리' 모습을 나타냈기 때문이었을까? 아니면 그가 '언덕 꼭대기'에 있었기 때문이었을까? 카롤의 이 갑작스러운 출현, 그의 느닷없는 개입이 내 심사를 무척이나 사납게 만들었다. 나는 손가락으로 그를 가리키며 말했다.

"하지만 넌 저 아이와 함께 지렁이를 터뜨리며 노는 걸 좋아하잖아, 그렇지?"

"아저씨도 참! 이제 그만 해요. 지렁이가 뭐 어떻다는 거예요? 카롤이 지렁이를 발로 뭉개기에 제가 마저 밟은 것뿐인걸. 그게 다예요."

"그 작은 생물이 고통으로 몸을 비트는 걸 너도 똑똑히 보고 있었잖아."

"그래서 어쩌라는 거예요?"

또 한 번 나는 혼란에 빠지고 말았다. 그녀는 내 옆에 앉아 있었다. 한순간 나는 이 모든 일을 포기하고 후퇴할까 하는 생각을 했다. 내가 처한 상황, 이 두 사람의 에로티시즘에 이런 방식으로 빠져 뒹구는…… 이 상황을 계속할 수는 없었다! 나는 최대한 빨리 다른 관심거리를, 내 나이에 좀 더 어울리는 관심거리를 찾아야만 했다. 그리하여 진지한 일들에 몰두해야만 했다. 평상시의 내 상태, 다른 문제에 정신을 빼앗겨 어린애들과의 이런 사소한 유희 따위는 곧잘 경멸해 버리는 정상적인 나 자신으로 되돌아오는 일이 그리 어려운 일이었을까? 하지만 사람이 들뜨고 흥분해 있으면 그 자신의 흥분을 사랑하게 되는 법이다. 들뜬 흥분감 자체가 그를 자극하고, 그래서 자신의 열광을 제외한 다른 모든 것에 완전히 흥미를 잃어버리는 것이다. 나는 점잖지 못하게 손가락으로 한 번 더 카롤을 가리키며 말했다. 그녀를 끝까지 밀어붙여 속을 털어놓도록 만들고야 말겠다는 심정으로, 집요하게.

"너는 자유로운 몸이 아냐. 누군가의 것이 될 운명이지. 그리고 그 누군가란 바로 카롤이야. 넌 카롤의 것이야!"

"제가요? 카롤의 것이라고요? 말도 안 돼!"

그녀가 웃음을 터뜨렸다. 아, 계속해서, 끝없이 이어지는 웃음소리. 그녀의 웃음, 그의 웃음. 귓가에 울리는 웃음소리가 모든 것을 모호하게 만들었다. 나는 절망했다.

웃는 그녀⋯⋯. 웃음이라는 방법으로 그를 거부하는 그녀. 그러나 나의 환청과는 달리 그녀는 곧 웃음을 멈추었다. 사실 그건 웃어보려는 흉내에 불과한 것이었다. 하지만 그녀가 웃던 그 짧은 순간, 나는 카롤의 웃음을, 희고 가지런한 치아가 반짝이던 똑같은 입모습을 보았다. '예쁜'⋯⋯. 가슴 쓰리게도 '예쁜' 그 모습. 그 두 사람은 '예뻤다.' 바로 이 이유 때문에 그녀는 그를 원하지 않았던 것이다!

7

두 대의 마차는 루다에 도착했다. 우리 일행은 현관 층계 앞에 내려섰다. 알베르트가 나타나더니 자신의 약혼녀에게로 달려와 집 안으로 맞아들였고, 그 와중에도 몸에 밴 예의범절로 우리에게 인사를 건넸다. 대기실에서 우리는 한 나이 든 부인의 작고 메마른 손에 입을 맞추었다. 부인의 손에서는 카밀레 향과 약품 냄새가 났다. 부인은 우리의 손끝을 일일이 정성스럽게 감싸 쥐었다. 집 안은 사람들로 가득했다. 르부프 가까이 사는 친척들이 그 전날 아무 예고 없이 이곳으로 피신해 왔다고 했다. 그들이 머무는 방이 2층에 따로 마련되어 있다고는 했지만, 침대 몇 개는 거실로까지 나와 있었다. 침모들이 불어난 일거리를 떠안고 분주하게 돌아다녔다. 열어젖힌 가방들과 옷 보따리들 사이로 아이들이 바닥에 앉아 놀고 있었다. 사정이 이러했으므로 우리는 그날 밤에 포부르나로 돌아가기로 결정했다. 알베르트의 모친이 "그러실 수는 없어요. 좀 비좁기는 하지만 아무럼 주무실 자리가 없겠어요?"라며 간곡하게 만류했다. 그러나 잠자리 이외에 다른 일들을 고려해 봐도 빨리 돌아가는 게 좋을 듯싶었다. 비밀을 지켜달라는 말과 함께 알베르트가 털어놓은 사실인데, A. K. 대원 두 사람이 이 저택을 야간 은거지로 쓰고 있다고 했다. 그 대원들이 흘린 이야기에 따르면 머지않아 이곳에서 어떤 작전이 벌어지리라는 것이었다. 이런 말을 듣자 우리는 긴장하지 않을 수 없었다. 우리는 넓은 거실의 안락의자에 자리 잡고 앉았다. 여기저기 창이 나 있었는데도 실내는 어두웠다. 노부인이 프레데릭과 내게 바르샤바에서의 생활에 대해 많은 것을 물었다. 쪼글쪼글하고 메마른 그녀의 머리가 꼿꼿한 목 위로 별처럼 올라앉아 있었다. 평범하지 않은 여인임이 분명했다. 더구나 이 집 안에 떠도는 분위기에서는 어떤 특별한 품격이 느껴졌다. 이런 찬사는 과장이 아니다. 우리 앞에 앉아 있는 사람은 신앙심에 푹 절어 사는, 시골 마을에 우글대는 그런 평범한 여인네가 아니었다. 비상한 힘이 그녀를 감싸고 있었다. 그런 힘이 어디에서 오는 건지 한마디로 이야기하기란 어렵다. 그녀가 사람을 대할 때 보여주는, 알베르트에게 배어 있는 공손함과 비슷하지만 그보다 훨씬 심오한 어떤 존중심. 가장 섬세하고 가치 있는 의미에서의 예의. 예지로 가득 찬, 그러나 동시에 놀라운 소박성을 지닌 우아함. 흔치 않은 올곧음. 요컨대 그것은 이 집에 감도는 어떤 우월한 이성, 모든 의혹을 단번에 잠재우는 절대 이성의 엄정한, 단호한 힘이었다. 이렇게 정신성으로 고양된 이 집이 나로서는 오아시스를 만난 것처럼 무척이나 쾌적하고 편안했다. 분명 프레데릭도 나와 같은 심정이었을 것이다. 어떤 형이상학적인 원리가 이곳을 지배하고 있었다. 그것은 육신의 예속을 벗어난 하나의 원리, 한마디로 말해 육체적 욕망에서 해방된, 우리와 어울려 숲과 덤불을 가로지르며 카롤과 헤니아의 꽁무니를 쫓아다니기에는 너무나 위엄 있는 가톨릭의 신이었다. 문득 이 지적인 여성의 손이 우리의 뺨을 후려치는 듯한 느낌이 들었다. 줄 바깥으로 빠져나와 있던 우리를 제자리에 돌려놓기 위해서. 그러자 순식간에 모든 것이 정상적인 균형을 되찾았다. 헤니아와 카롤, 카롤 그리고 헤니아는 다시금 원래 그들의 모습으로, 그냥 두 사람의 젊은이로 되돌아갔다. 헤니아와 알베르트가 가운데 자리에 앉혀졌다. 그러나 그건 단지 그들이 서로 사랑하며 머잖아 결혼할 것이라는 사실에 의거한 것이었다. 한편 우리 성인들은 성년으로서의 우리의 가치에서 존재 이유를 되찾았고, 그러자 불현듯 그 가치 속에 꼼짝없이 그리고 돌이킬 수 없이 파묻혀서, 젊은 아이들로부터 오는, 저 아래 저급한 세계로부터 오는 그 어떤 위협에도 더 이상 개의치 않게 되었다. 한마디로 말해 우리는 갑자기 명철해졌다. 이것은 알베르트가 포부르나를 방문했던 날 이미 경험한 일이었지만, 지금은 그때보다도 훨씬 선명한 자각을 동반하고 있었다. 그때는 젊은 아이들의 무릎이 우리 가슴에 얹혀 무겁게 짓눌렀지만 이제는 그 압박을 덜어낼 수 있었다.

프레데릭은 활기를 되찾은 것처럼 보였다. 그 빌어먹을 젊은 발들을 가슴에서 치워버린 그는 다시 자신감을 얻기 시작했고——그리고 숨을 내쉬었고——곧 공작새의 깃털을 펼쳐 보였다. 그의 입에서 나오는 말들이 사람을 단번에 반하게 만드는 종류의 것은 결코 아니었다. 그것들은 단지 대화를 계속 이어나가는 것이 목적인 보통의 문장들이었다. 하지만 지극히 사소한 내용, 평범한 단어들조차도 그가 거기에 자신의 성격, 감정, 통찰력을 덧씌우는 순간 중요한 것이 되었다. 예를 들어 일상적인 단어인 '창문', '빵', 혹은 '감사'는 자신이 하는 말을 완전히 파악하고 있는 그의 입술을 통해 나오면서부터 전혀 다른 맛을 냈다. 그가 지나가는 말처럼 "나는 삶의 사소한 즐거움들을 사랑합니다."라고 말했다. 그러자 이 말은 즉시 그가 그런 즐거움들을 중요하게 여긴다는 고백이 되어 의미심장하게 울렸다. 그의 독특한 화법이 한층 두드러지면서 별안간 기이한 호소력을 띠고 다가왔다. 만약 한 사람이 차지하는 무게가 그가 스스로를 얼마나 중요하게 생각하는가에 따라서만 좌우되는 문제라면, 거기 우리 앞에 있는 프레데릭은 엄청난 무게를 지닌 인물이었다. 사실 그는 예외적인 현상을 빚어냈고, 그 자신 분명 그걸 의식하고 있었다. 여기서 예외적이라는 말의 의미는 사회적 가치 체계에서 벗어나 있다는 의미가 아니라, 존재 방식이 특별하다는 의미이다. 마치 벌판에 홀로 서 있는 큰 나무처럼. 그리고 알베르트와 그의 모친은 프레데릭이 연출하는 이 고독한 위대성을 열렬히 환영했다. 누군가에게 보일 수 있는 존경이야말로 자신들의 가장 고상한 기쁨이라는 듯이 말이다. 심지어 그 자리의 주인공으로 대접받아야 할 헤니아조차 뒷전으로 밀려났고, 모든 것은 프레데릭을 중심으로 돌아가고 있었다.

노부인이 프레데릭을 향해 말했다.

"점심 식사까지는 시간이 조금 남는군요. 그사이에 테라스의 경치를 보여드리고 싶은데, 함께 가보시겠어요?"

프레데릭에게 반해 버린 그녀는 헤니아와 히폴리트 부부, 그리고 내가 거기 함께 있다는 사실은 까맣게 잊어버렸는지 오직 프레데릭에게만 말을 건네고 있었다. 그래도 우리는 그들 두 사람을 따라 테라스로 나갔다. 대지가 층을 이루며 펼쳐지다가 저 멀리 보일 듯 말 듯 잔잔한, 마치 죽은 듯이 보이는 수면과 만나 끝나고 있었다. 추한 경치는 아니었다. 하지만 프레데릭의 입에서 나온 말이란,

"저 술통은······."

무심결에 이렇게 말해 놓고 그는 당황했다. 경치에 대한 감탄사 대신 그처럼 하찮은, 나무 아래 모로 쓰러져 있는 술통이라는, 아무 흥밋거리도 되지 못하는 것을 언급했으니 말이다. 그도 자신이 어떻게 해서 이 말을 입에 올리게

되었는지, 이제 어떻게 해야 이 곤경에서 빠져나올 수 있을지 모르고 있었다. 그 순간 노부인이 메아리처럼 같은 말을 따라했다.

"저 술통은……."

그녀의 목소리는 아주 나지막했으나 의미심장한 울림을 띠고 있었다. 그가 보는 앞에서 별안간 전적인 지지를 보이며 칭찬하는 듯한, 자신도 그와 같은 마음이라고 털어놓는 듯한 목소리. 그건 마치 자신 역시 평소에 뜻밖의 대상에 대해 예기치 않은 말을 꺼내기도 하고 뜻하지 않은 관심을 쏟기도 한다는 걸 고백하면서, 요컨대 그 어떤 대상이건 우리가 관심을 보이는 한에서 중요해지는 게 아니겠냐고 주장하는 것 같았다. 오…… 정말이지 이 두 사람은 서로 통하는 데가 있었다. 우리는 식탁으로 가서 앉았다. 피난 온 친척과 아이들이 우리와 함께 둘러앉았다. 이 한 떼의 무리. 주인은 어색해했고 손님들은 불편해했다. 아이들이 쉼 없이 떠들어댔다. 급히 만들어낸 음식들이 식탁에 놓였다. 식사는 불쾌하고 피곤했다. 독일군의 패배가 나라 전체에 야기한 상황에서부터 이 지방의 사정에 이르기까지 '현 상황'이 끊임없이 화제에 올랐다. 나는 어리둥절해 있었다. 내가 바르샤바에서 익숙해져 있던 대화 주제들과는 아주 다른 내용이었던 데다가, 사투리 때문에 사람들이 하는 말의 반은 알아들을 수 없었던 것이다. 하지만 무슨 뜻이냐고 되묻지 않았고, 물어볼 마음도 없었다. 사실 그런 수고를 할 이유가 없지 않은가. 현재 상황들이야 어떤 방식으로든 조만간 알게 될 터인데 말이다. 대신에 나는 그와글거림에 몸을 파묻고 독한 술을 홀짝였다. 문득 이 집 안주인의 모습이 눈에 들어왔다. 노부인은 바싹 마른 작은 머리를 꼿꼿이 쳐들고 음식이 제대로 나오는지 살폈고, 그런 와중에도 쉴 새 없이 프레데릭에게 신경을 쓰고 있었다. 너무 예민한 게 아닌가 싶을 만큼 세심한 배려였다. 마치 사랑에 빠진 여자처럼. 사랑? 아니. 그건 차라리 프레데릭의 명철한 의식이 빚어내고 있는 무궁무진한 마법, 나 자신 역시 숱하게 경험한 적이 있는 마법이었다. 프레데릭은 명민했다. 그에게는 상황을 단번에 꿰뚫는 통찰력이 있었다. 알베르트의 모친은 분명 보통을 능가하는 명상과 영적 수련을 통해 단련된 정신력의 소유자였고, 그래서 그녀는 누가 자신과 어울리는 짝인지 금방 눈치 챘던 것이다. 프레데릭은 결코 착각하거나 방심하는 일 없이 사물의 결정적인 의미를 포착해 내는 놀라운 집중력을 지닌 인물이었다. 그는 극단적으로 진지했고, 그래서 그의 옆에 있으면 누구나 다 아이처럼 보였다. 이런 프레데릭을 발견한 부인은 이 남자가 자신을 어떻게 생각할지, 즉 자신이 그동안 경건하게 품어온 진리를 그가 인정할지 아니면 거부할지를 꼭 알고 싶었다.

그녀는 프레데릭이 신을 믿지 않는다는 사실을 짐작했다. 그건 그녀가 신중하게, 애써 거리를 유지하려 하고 있는 것만 봐도 눈치 챌 수 있는 일이었다. 그녀는 자신과 프레데릭 사이에 건널 수 없는 낭떠러지가 있다는 사실을 알았다. 하지만 그럼에도 불구하고 그녀는 바로 이 남자로부터 인정과 확인을 얻어내고 싶어 했다. 그때까지 그녀가 가깝게 지내온 사람들은 모두 신자였지만 그렇다고 그들이 신앙심의 밑바닥까지 내려가 본 것은 아니었다. 그러나 프레데릭은 무신론자로서의 한없는 깊이에 도달해 있었다. 그래서 그녀는 생각했다. 그 역시 그렇게 깊은 곳까지 내려간 사람인 이상, 그녀 자신이 도달해 있는 믿음의 깊이를 인정하지 않을 수 없으리라고. 그는 '끝'까지 간 사람이므로 자신이 자리 잡고 있는 '끝'을 이해할 것이라고, 그는 '알고' '이해하고' '느낄' 수 있는 사람이 아니겠냐고, 그녀는 이렇게 기대했다. 이 노부인이 원하는 것은 결국 자신의 극단적 신앙을 그의 극단적 무신앙과 대질시키는 일이었다. 내가 생각하기에 그때 그녀의 심리 상태는 생애 처음으로 자신의 작품을 안목 있는 비평가에게 선보일 기회를 잡은 시골 화가와 어느 정도 닮아 있었다. 그런데 그녀의 작품이란 그녀 자신, 그녀의 삶이 아닌가. 이렇게 그녀는 프레데릭으로부터 자기 삶의 가치를 인정받고 싶어 했다. 물론 그녀는 자신의 그러한 바람을 표현할 수 없었다. 설령 프레데릭이 무신론자라는 사실이 그녀를 가로막지 않았다 해도 아마 그녀는 그렇게 할 수 없었을 것이다. 하지만 단지 옆에 있는 타인의 깊이를 감지한다는 사실만으로도 그녀는 자신이 도달한 그 깊이에서 자극받고 동요되었다. 그래서 그녀는 적어도 그를 향한 환대의 몸짓과 심리적 긴장감을 통해서라도 그에 대한 자신의 집착을, 그리고 자신이 그에게 기대하고 있는 모든 것을 그에게 전달하고자 애쓰고 있었던 것이다.

　프레데릭은 여느 때와 마찬가지로 요령 있게 행동했다.

그러나 그가 노부인의 열성적인 태도를 의식하면서부터 천박함이, 전날 그가 잡초를 뽑는다며 정원 산책로에 나가 있을 때, 그러니까 그가 도망칠 결심을 성급히 털어놓았을 때 내가 그에게서 똑똑히 목격했던 것과 같은 그 천박함이 조금씩 모습을 드러내기 시작했다. 그것은 무력하기 때문에 어쩔 수 없이 노출하게 되는 천박함이었다. 이런 상황은 짝짓기 장면을 자꾸만 생각나게 했다. 물론 정신적인 교미 말이다. 노부인은 프레데릭이 그녀의 신을 인정하지는 않더라도 적어도 자신의 믿음만큼은 인정해 주기를 요구하고 있었다. 하지만 프레데릭이 그런 고상한 차원의 정신에 도달한다는 건 불가능했다. 존재하는 것이 빚어내는 영원한 공포감을 어쩔 수 없이 견뎌야 할, 그 무엇도 온기를 불어넣을 수 없는 차디찬 정신. 그는 존재하는 그대로의 그 자신에서 한 걸음도 앞으로 나아가지 못하는 인간이었다. 그러므로 그는 알베르트의 모친이 존재하는 그대로의 그녀 자신임을 확인한 다음부터 그녀를 관찰하는 일에 지루함을 느끼고 있었다. 이런 프레데릭의 태도는 노부인의 열정과 비교해 볼 때 일종의 정신적 임포텐츠처럼 보였다. 프레데릭의 무신론은 노부인의 자신감 넘치는 유신론과 대면해서 한층 과격해져 있었다. 그들의 대립은 결코 치유될 수 없는 것이었다. 게다가 이러한 극도의 정신적 대결을 벌이면서도 그는 자신이 육체를 가진 인간이라는 걸 확인하곤 했다. 예를 들면 쥐었다가 폈다가 끊임없이 비틀고 꼼지락거리던 그의 손. 나는 그의 손이 지극히 손다워지는 것을, 손 아닌 모든 것을 차츰 지워버리고 오직

손 그 자체가 되는 것을 보았다.(그걸 보면서 어째서 그 지
렁이의 모습을 떠올렸던 것인지는 나도 모를 일이다.) 심지어
나는 그의 어떤 눈길, 마치 한 소녀를 탐하는 돈 후안의
눈처럼 노부인의 몸을 더듬으며 옷을 벗겨내던 그의 시선
한 가닥을 포착하기까지 했다. 저 여자를 다 벗겨놓으면
어떤 모습일까, 하는 궁금증이 고스란히 내비치던 그 시
선. 그건 분명 색정적인 갈망은 아니었다. 다만 자신과 맞
서고 있는 상대방을 좀 더 알고 싶다는 마음이었을 뿐. 프
레데릭의 이 시선을 받은 노부인은 별안간 하던 말을 끊고
몸을 움츠렸다. 결국 그녀는 깨달았던 것이다. 자신은 그
에게 단지 눈에 보이는 모습으로만 존재할 뿐 그 이상도
이하도 아니라는 것을, 그는 보이는 것만을 볼 뿐 결코 그
너머를 곁눈질하지 못한다는 것을.

　지금 말한 대로 내가 프레데릭의 그 시선을 포착한 것은
점심 식사 후의 일이었다. 우리는 모두 테라스로 나와 있
었다. 노부인이 의자에서 일어나며 프레데릭에게 말했다.

　"정원을 한 바퀴 돌아보고 싶은데 함께 가주시겠어요?"

　그녀는 프레데릭의 팔에 몸을 기댔다. 아마도 그녀는 이
러한 몸의 접촉을 통해 그를 길들이고, 그의 '물질성'을
이겨보려 했을 것이다. 두 사람은 사랑에 빠진 연인처럼
몸을 꼭 붙인 채 앞서 걸어갔다. 나머지 여섯 사람이 행렬
을 지어 뒤를 따랐다. 이 장면도 영락없이 한 편의 목가였
다. 며칠 전 우리는 같은 방식으로 헤니아와 알베르트를
따라 걷지 않았던가?

　한 편의 목가, 그러나 그건 슬픈 사랑의 노래였다. 내

생각이지만, 노부인은 그때 자신의 옷을 들쳐 보는 프레데릭의 시선을 가로막으면서 얼음처럼 차가운 전율이 살갗을 타고 흐르는 것을 느꼈을 것이다. 그때까지 그런 방식으로 그녀를 대한 사람은 없었다. 아주 젊었던 시절부터 그녀 주위의 사람들은 누구나 그녀에게 오직 존경과 사랑만을 보여왔었다. 그녀는 생각했다. 이 남자가 나를 감히 이런 식으로 대하다니, 도대체 이자가 아는 것은 무엇이며, 그 앎의 본질이란 어떤 것일까? 그녀는 흔들림 없이 확신하고 있었다. 자신이 그동안 사람들의 호의와 존경을 받은 것은 정신에 기울여 온 노력 때문이며, 그 정신적 수련이야말로 한 치도 의심할 여지 없이 가치 있는 것이라고. 따라서 그 때, 어떤 다른 세계관이 나타나 자신의 세계관과 맞서던 그 순간, 그녀가 두려움을 느꼈던 것은 자신을 위해서가 아니라 자신을 존경하는 세상 사람들을 위해서였다. 사실 그 낯선 세계관 역시도 극단적 입장들 위에 구축한, 그러니까 유사한 어느 방어 진지에서 작성된 것으로, 그녀의 것만큼이나 진지하고 중대했기 때문이다.

이렇게 심각한 표정으로, 프레데릭과 노부인은 나란히, 서로의 팔에 의지한 채, 넓은 풀밭을 가로질러 걸어갔다. 벌써 기울기 시작한 태양이 붉게 부풀어 오르고 있었다. 우리 뒤로 따라오는 그림자들이 점점 더 길어졌다. 헤니아는 알베르트와 함께였고, 히폴리트는 자기 아내 곁에 붙어 있었다. 나는 그들 가까운 곳에서 혼자 걸었다. 그리고 카롤이 있었다. 앞서 가는 프레데릭과 노부인은 이야기에 열중했다. 베니스에 대한…… 아무 의미 없는 대화.

별안간 부인이 멈춰 섰다.

"주위를 한번 둘러보세요. 아름답다고 생각하지 않으세요?"

프레데릭이 대답했다.

"네, 그럼요. 아름답습니다."

메아리처럼 되돌아온 말.

그녀는 몸을 떨었다. 갑자기 초조한 마음이 들었다. 이건 그녀가 건넨 말에 대한 대답이 아니었다. 아주 예절 바르게, 비록 연극배우의 것일지언정 어느 정도의 감정까지 실려 되돌아온 말이었지만, 사실은 이를 통해 진짜 대답을 피해 가려는 것일 뿐이었다. 반면 그녀는 주님의 작품인 이 석양 무렵의 풍경을 프레데릭이 진지하게 감상해 주기를, 그리고 마음으로부터가 아니라면 적어도 행동으로나마 신에게 감사하기를 바랐다. 이건 그녀의 맑은 영혼이 투영된 소망이었다.

"진정으로 바라보면 진정으로 대답하실 수 있을 겁니다. 이 풍경이 아름답지 않나요?"

훈계를 들은 프레데릭은 이번에는 집중력을 발휘했다. 그는 애써 감동적인 어조를 되살려, 최대한 진지하게 대답했다.

"정말이지 저는 이 풍경에 취했습니다. 정말 아름답군요, 멋집니다!"

그녀로서도 더 이상 그를 탓할 수 없었다. 그가 성의를 보이고 있다는 건 금방 눈에 보였다. 그가 무언가 말을 시작했다. 그러자 곧장 그녀는 그가 다른 것을 말하지 않기

위해 그 말을 하고 있다는 인상을 받았다. 이런 직관은 그
녀가 지닌 숙명적 재능이었다. 아멜리아(노부인의 이름이었
다.)는 생각했다. 어떻게 해야 할까? 그녀는 솔직하게 물어
보기로, 그리고 직접 확인하기로 마음먹었다.

"선생님은 무신론자인가요?"

이렇게 예민한 문제에 대해 대답을 해야 할 처지가 되자
프레데릭은 일단 눈을 좌우로 굴렸다. 먼저 세상을 확인할
필요가 있다는 듯이. 그러고는 대답했다. 그녀가 던진 질
문 속에 이미 대답이 포함되어 있는 이상 달리 어떻게 해
볼 도리가 없었으므로.

"저는 무신론자입니다."

하지만 그녀는 느꼈다. 또 한 번 그는 다른 대답을 하지
않으려고 이런 대답을 했다고! 그녀는 침묵했다. 논쟁을
벌여볼 가능성은 전부 닫히고 말았다. 만약 그가 정말로
무신론자라는 생각이 들었다면 그녀는 그와 겨뤄볼 수 있
었을 것이다. 그녀는 그에게 자신의 생각을 설득하고 자신
이 도달한 결론이 훨씬 심오하다는 것을 입증해 보였을 것이
다. 간단히 말해 그녀는 대등한 위치에서 그와 맞붙어볼
수 있었을 것이다. 하지만 그녀가 보기에 그가 하는 말들
은 다른 것을 감추기 위한 위장에 불과했다. 과연 그는 어
떤 인간인가? 유신론자도 무신론자도 아니라면, 그는 대체
어떤 편에 속한단 말인가? 그가 어떤 사람이건 간에 '자신
과는 다르다'는 직감. 이 기이한 '타자'와 대면한 그녀 앞
에 어두컴컴하고 모호한 균열이 입을 벌리고 있었다. 그녀
는 당황해서 어찌할 바를 몰랐다.

그녀는 몸을 돌려 저택 쪽으로 걷기 시작했다. 우리는 모두 그녀를 따라갔다. 풀밭 위로 길게 뻗어 나간 우리의 그림자들이 저 멀리, 그루터기만 남아 있는 밭 언저리까지가 닿았다. 놀라우리만큼 고요하고 투명한 저녁이었다. 아멜리아는 이제 심각하리만큼 두려움에 휩싸여 있었다.(나는 그렇게 확신한다.) 그녀는 빠르게, 종종걸음으로 걸었다. 옆에 있는 프레데릭에 대해서는 더 이상 아랑곳하지 않겠다는 듯. 하지만 그 역시 그녀를 따라 분주한 걸음을 옮겨놓았다. 마치 충실한 개처럼. 아멜리아는 당황해하고 의기소침해 있었다. 그녀 자신의 믿음에 대해 공격받은 건 아니었으므로 그 믿음을 변호할 필요는 없었다. 하지만 지금 그녀의 신은 단지 위장에 불과한 프레데릭의 무신론에 부딪혀 아무 쓸모도 없어지고 말았다. 그녀는 외로웠다. 신을 잃어버리고 자기 자신으로 움츠러든 그녀는 어떤 알 수 없는 원칙에 휘둘리는 인간 존재, 파악할 수 없는 이 존재 상황과 맞닥뜨리고 있었다. 이런 존재 상황이 자신의 이해 능력을 벗어난다는 게 그녀를 돌이킬 수 없이 절망하게 만들었다. 사실 이런 일은 가톨릭의 정신적 토대가 어떤 미지의 것, 이해할 수 없고 예측할 수 없는 것과 끊임없이 부딪칠 위험이 있다는 사실을 입증했다. 별안간 그녀는 자기 자신이 누군가에 의해 완전히 엉뚱한 방식으로 파악되고 있다는 느낌에 사로잡혔다. 그리고 이 느낌에 힘입어 그녀는 자기 자신이 되었고, 자신이 전혀 이해할 수 없는 그 누군가의 역할은 프레데릭에게 떠넘겨졌다.

　　우리 행렬은 노을빛으로 물든 풀밭을 한 마리 뱀처럼 가로질렀다. 헤니아와 알베르트가 왼편으로 비스듬히 조금 뒤처져서 따라오고 있었다. 지극히 온순하고 예의 바른 두 사람. 이 두 사람은 모두 자신의 가족 속에 단단히 매여 있었다. 어머니의 아들로서, 부모의 딸로서. 알베르트는 지금처럼 두 명의 어머니와 한 명의 아버지가 이 열여섯 살 소녀를 둘러싸고 있을 때 그녀가 한층 편안하게 여겨지 곤 했다. 카롤은 옆에 떨어져서 두 손을 호주머니에 찌른 채 혼자 걷고 있었다. 어쩌면 지루해하는 것처럼 보이기도 했다. 그의 다리가 왼쪽, 오른쪽, 마치 움직이기 귀찮다는 듯 풀밭 위를 스쳤다. 왼쪽, 오른쪽, 다시 왼쪽, 다시 오른 쪽……. 고즈넉이 잠든 초원. 간간이 산들바람이 불었지 만, 낮게 걸린 해는 여전한 열기로 지상을 데우고 있었다. 카롤은 여기저기 한번씩 툭툭 차보듯 다리를 내지르다가, 천천히 어슬렁거리다가, 또다시 빠르게 발을 놀려 (아멜리 아를 따라가는) 프레데릭을 마침내 따라잡았다. 프레데릭과 카롤은 한동안 아무 말 없이 걸음만 떼어놓았다. 카롤이 입을 열었다.

"양복저고리 한 벌만 주세요."

"왜?"

"그게 필요해요. 물물 교환하는 건 어때요?"

"나는 관심 없어."

"저는 양복저고리가 필요해요!"

"한 벌 사 입으면 되잖아!" 프레데릭이 대꾸했다.

"돈이 없어요."

"나도 없어."

"지금 입은 이 저고리를 주시면 되잖아요."

아멜리아가 걸음을 재촉했다. 프레데릭이 그녀를 쫓아 걸었다. 카롤 역시 재빨리 따라갔다.

"지금 입은 이 저고리를 주시면 되잖아요!"

"그 저고리를 그에게 주세요!"

헤니아였다. 그녀가 자신의 약혼자를 몇 걸음 뒤에 놓아 두고 카롤 옆으로 와 있었다. 카롤과 나란히 발맞춰 걸으면서 헤니아가 말했다. 카롤과 같은 목소리로.

"그 저고리를 얘한테 줘요!"

"그 저고리를 저한테 줘요!"

프레데릭이 발을 멈추고 허공을 향해 희극 배우 같은 몸짓으로 팔을 치켜들었다.

"날 좀 가만히 내버려 둬, 얘들아!"

아멜리아는 뒤도 돌아보지 않고 걸음을 점점 더 빨리 옮겨놓았다. 마치 프레데릭과 카롤에게 쫓기기라도 하는 듯이. 어째서 그렇게 단 한번도 고개를 돌리지 않고 걸어갔던 것일까? 그건 실수였다. 그녀는 영락없이 그 두 아이의 응석을 피해 달아나는 것처럼 보였던 것이다.(그러는 동안 그녀의 아들은 뒤편에 물러나 있었다.) 그런데 실제로 그녀는 누구로부터 달아나려 했던 걸까? 두 아이? 아니면 프레데릭? 아니면 두 아이와 프레데릭 모두로부터? 그녀가 두 아이의 모호한 관계를 눈치 챘을까? 그럴 가능성은 거의 없었다. 그런 종류의 일을 냄새 맡는 데 있어서 그녀는 다소 둔할 게 틀림없었다. 그리고 그 두 사람이 그녀의 관심을 붙들 만한 상황도 아니었다. 그녀에게 헤니아는 알베르트와 묶여서만, 그러니까 장래의 며느리로서만 의미 있는 존재였을 뿐, 카롤과 나란히 놓았을 때는 그저 소년과 소녀, 아이들에 불과했다. 그러므로 그녀가 달아나고 있었던 대상은 분명 프레데릭, 더 정확히 말해 카롤이 이 남자에게 보이는, 그녀로서는 이해할 수 없는 친근한 태도였다. 그녀는 생각했다. 프레데릭이 그녀 자신에게 과시하기 위해 그 자리에서 일부러 소년의 격의 없는 행동을 허용한 거라고. 사실 프레데릭은 소년이 그처럼 버릇없이 말을 걸어오자 지금껏 그녀를 대하던 그 진지한 태도를 단번에 걷어치웠던 것이다. 게다가 아들의 약혼녀까지 조심성 없는 말투로, 거리낌없이 이 일에 끼어들어 신경을 거스르다니! 점점 더 빨라지는 아멜리아의 걸음걸이는 이렇게 그녀가 이 모든 장면을 똑똑히 보았으며, 또 마음속에 담아두겠다는 일종의 시위였다.

앞서 걸어간 노부인과의 거리가 꽤 멀어지자 두 아이는 프레데릭을 졸라대는 일을 그만두었다. 왜? 노부인이 이제 멀리 가버려서? 아니면 더 이상 장난칠 거리를 생각해 내지 못해서? 프레데릭은 아파치 무리로부터 기적적으로 도망쳐 낯선 땅에 떨어진 사람 같은 표정을 짓고 있었다. 분명 그도 두 아이가 달려들어 성가시게 졸라대자 당황했었던 것이다. 하지만 비록 그렇긴 해도 그는 전혀 체면을 잃는 법 없이 아주 신중했고, 아이들의 도발에 대응해서 그어떤 약점도 보이지 않았다. 프레데릭은 곧장 히폴리트 부부에게로 다가가서 이야기를 늘어놓기 시작했다. 마치 방금 전에 있었던 이 엉뚱하고도 무례한 일을 말의 홍수로 덮어버리려는 듯이. 게다가 알베르트를 소리쳐 불러서는 해도 좋고 안 해도 좋을 평범한 대화를 쉴 새 없이 이어나갔다. 그날 저녁 내내 프레데릭은 지혜롭게 처신했다. 헤니아에게도, 카롤에게도, 함께 있는 두 사람에게도 눈길을 돌리지 않았고, 예민한 상황을 피해 가고자, 긴장된 분위기를 다시 누그러뜨리고자 애썼다. 그는 분명 두려워하고 있었다. 자기 내부 깊숙이 있는, 아멜리아가 기어이 건드려보려고 애쓰던 그 어떤 것들이 다시 깨어나게 될까 봐. 그는 그것들이 이 두 미성년자의 가벼움과 결합해서 만들어낼 위험한 복합물을 겁냈다. 자신의 근저, 그 깊숙한 곳에 들어앉은 것들이 이 소년과 소녀의 피상적이고도 생기 넘치는 경박함과 공존할 수 없다는 걸 잘 알고 있었기 때문에……. 그건 양립 불가능한 두 개의 다른 세계였다. 그러니까 그는 모종의 폭발, 어떤 것의 돌연한 출현을 두려워하고 있었던 것이다. 그런데 어떤 것? 어떤 위험한 현상인가. 그렇다. 그는 (헤니아 더하기 카롤)에 의해 증대된 이 A(아멜리아), 미성년의 질서와 뒤섞여 부풀어 오른 성숙한 어른의 질서, 폭발성을 내재한 이 혼합물을 두려워했다. 그러므로 두 귀는 접고, 꼬리는 내려뜨리고, 조심, 말조심! 조심성을 발휘하는 일에 프레데릭이 얼마나 열심이었는지는, 그가 저녁 식탁 앞에서(르부프에서 피난 온 친척 가족은 먹을 것을 자신들의 방으로 가져갔기 때문에, 식사는 오붓한 분위기였다.) 결혼을 앞둔 한 쌍의 행복을 기원하며 주저 없이 술잔을 쳐들어 건배를 제의한 것만 봐도 알 수 있다. 더할 나위 없이 올바르고 건전하게. 그런데 여기서 그 기이한 메커니즘, 이제 그만 물러서려고 애쓰는 순간부터 그 자신 점점 더 깊이 빠져 들고 마는 그 기제가 불행하게도 한 번 더, 게다가 이번에는 그 어느 때보다도 격렬하게, 극적인 방식으로 작동했다. 그가 건배를 하기 위해 몸을 일으켰다는 사실, 우리 모두의 앞으로 나섰다는 사실만으로도 이미 그 자리에는 어떤 기대감이 퍼져 나갔다. 히폴리트의 아내는 예민해진 신경을 견디지 못하고 "아."라는 감탄사까지 토해 냈다. 사실 우리는 그가 무슨 말을 할지, 무슨 말을 할 수 있을지 몰랐으므로 그런 기대감은 당연했다. 처음 몇 마디는 지극히 관습적인, 어느 정도 재치까지 느껴지는 말들이었다. 우리는 잠깐의 흥분을 가라앉히면서 다시 편안하게 그의 말에 귀 기울였다. 냅킨을 만지작거리면서 그는 계속했다. 이 젊은 한 쌍이 기쁘기 한량없는 빛나는 약혼을 통해 서글픈 독신이라는 자신의 처지를 되돌아볼 수 있게 해준 것에 감사한다고. 그러고는 아주 완곡한 표현으로, 호의를 담아, 이 젊은 한 쌍에 대한 인상을 늘어놓았다. 물론 늘 하는 소리였다……. 이렇게 서서히, 얼마간 이야기가 이어진 다음, 그가 말하고 있는 것 뒤편에서 그가 말하지 않고 있는 것이 고개를 쳐들기 시작했다. 말 없는, 말을 벗어난 진짜 말. 단어들로는 옮길 수 없는 어떤 의미가 실린 그것. 결국 프레데릭의 입에서 흘러나오는 문장들은 그 진짜 말로부터 우리들의 주의를 돌리기 위한 것에 불과한 듯, 말하는 그 자신도 질겁할 만큼 겉돌기 시작했다. 잘 다듬고 포장한 상투어 틈으로 노출되고 만 이 남자의 본성. 어떤 제어할 수 없는 냉혹성을 표현하던 그 얼굴, 그 눈. 프레데릭도 그 순간 자신이 끔찍한 모습으로 비친다는 걸 느끼고 있었다. 이건 프레데릭 자신에게도 위험한 일이었다. 그는 상냥하고 온화한 외양을 뒤집어쓰기 위해 갖은 애를 썼다. '사회의 최소 단위로서의 가정', '민족의 전통적 유산' 등에 대한 온갖 수사법이 펼쳐졌다. 날카로운 모서리는 전부 깎아내고 듣기 좋은 교훈을 듬뿍 채워 넣고 가톨릭 정신에 흠뻑 적신 그 말의 치장들. 하지만 그의 얼굴은 이미 가차 없이 본색을 드러낸 뒤였다. 환상을 벗겨낸 그 얼굴은 아멜리아를 비롯한 나머지 사람들에게 마치 모욕을 당한 듯한 느낌을 안겨주었다. 이 일장 연설의 파괴력은 엄청났다. 식탁을 둘러싸고 앉은 사람들은 이 의도하지 않았던 힘에 고조된 연설자가 마침내 스스로 자기 자리에서 벗어나는 광경을 목격하고야 말았다.

프레데릭은 약혼한 한 쌍의 행복을 기원하며 말을 맺었다.

"여러분, 이 두 사람은 행복할 자격이 있습니다. 그러므로 두 사람은 행복할 것입니다!"

지극히 틀에 박힌 수사법. 그래서 그의 이 마지막 문장은 '나는 그저 말해야 했으므로 말했을 뿐입니다.'라고 하는 것처럼 들렸다.

아멜리아는 서둘러 고마움을 표현했다.

"감사합니다. 정말 감동적인 말씀입니다."

그 자리에 은근히 스며들었던 불안감을 잔들이 부딪치는 소리가 흩어놓았다. 아멜리아는 안주인으로서 해야 할 역할에만 몰두했다. "냉육을 좀 더 드시죠. 보드카 한 잔 더

드릴까요?" 저마다 쉴 새 없이 떠들어대기 시작했고 그러면서 자기 자신의 목소리를 들으려고 귀를 세웠다. 웅성거리는 소리가 점점 커지면서 불편하던 분위기도 가셨다. 디저트로 치즈 케이크가 나왔다. 식사가 끝나갈 무렵 아멜리아가 자리에서 몸을 일으켜 기도를 하러 갔다. 술 때문에 이미 어느 정도 얼굴이 달아오른 나머지 사람들은 유쾌하게 이야기를 나눴다. 우리는 헤니아를 붙들어 앉혀놓고, 간혹 식탁의 음식들을 만족스럽게 바라보기도 하면서, 전쟁 이전 시절에는 약혼식 피로연이 어땠는지 떠들었다. 카롤이 수시로 웃어댔고, 그러면서 술잔을 점점 더 자주 입으로 가져가고 있었다. 아멜리아가 기도를 끝내고 돌아왔다. 나는 자리에 다시 앉는 그녀의 행동이 이상하게도 굳어 있다는 사실을 눈치 챘다. 처음에는 의자 옆에 그냥 뻣뻣이 서 있더니 누군가의 지시에 마지못해 복종하는 사람처럼 의자 위로 몸을 굽혔던 것이다. 그 다음 순간이었다. 미처 놀랄 겨를도 없이 그녀의 몸이 바닥에 쓰러졌다. 모두들 그녀에게로 달려들었다. 바닥에 넓게 번진 핏자국이 눈에 들어왔다. 부엌 쪽에서 큰 비명 소리가 터져 나왔다. 안뜰의 적막을 뒤흔들며 한 발의 총성이 울렸다. 아마도 히폴리트인 듯싶은 누군가가 웃옷을 벗어 램프 위로 던졌다. 사방이 캄캄해졌다. 우리는 어둠에 잠겨 있었다. 총성이 또 한 번 울렸다. 우리는 서둘러 문 앞에 바리케이드를 쌓아놓고 아멜리아를 소파 위로 옮겨 눕혔다. 모두들 어둠 속에서 움직였다……. 램프를 덮고 있던 양복 웃옷에 불이 옮겨 붙기 시작했다. 두엇이 달려들어 불길을 발로 밟았다. 다시 사방이 조용해졌다. 모두가 귀를 쫑긋 세웠다. 알베르트가 내 손에 총 한 자루를 쥐여주고 거실 창가로 데려갔다. 그가 낮은 소리로 말했다. "총안(銃眼)을 여세요." 창밖의 어둠에 정적이 두껍게 깔려 있었다. 달빛이 밀려 들어왔다. 창문 쪽으로 뻗은 나뭇가지에 반쯤 마른 나뭇잎 하나가 매달려 은빛으로 반짝였다. 나는 총을 잡은 손에 힘을 주었다. 미미한 움직임까지도 놓치지 않기 위해 눈을 크게 뜨고 축축한 나무 둥치들이 드리운 짙은 그늘 속을 응시했다. 하지만 나무 사이에서 움직이는 것이라고는 참새 한 마리뿐. 그렇게 시간이 얼마나 지났을까. 문이 열리는 소리가 나고 누군가의 고성이 들렸다. 그러고는 곧장 다른 목소리들이 터져 나왔다. 공포의 순간은 지나갔다는 걸 알 수 있었다.

히폴리트의 아내가 내 곁으로 다가왔다. "응급 처치 할 줄 아세요? 좀 와주세요. 부인이 위독해요. 칼에 찔렸어요. 의학에 대해 좀 알고 계시죠?"

사람들이 소파에 몸을 눕힌 아멜리아의 머리 뒤에 쿠션을 괴어놓았다. 실내 여기저기서 바스락거리는 소음이 들렸다. 르부프에서 피난 온 가족, 하인들……. 그들은 못 박힌 듯 한 자리를 지키고 있었다. 꼼짝 않고 있는 그들을 보자 나까지 몸이 굳을 정도였다. 무기력함이 그들에게서 배어 나왔다.(그건 때때로 프레데릭의 표정에 떠오르던 것과 같은 무력감이었다.) 그들은 모두 그렇게 한쪽 구석에 웅크린 채 죽어가는 사람을 지켜보고만 있었던 듯했다. 사실 그들이 할 수 있는 일이란 아무것도 없었다. 옆으로 돌린 아멜리아의 얼굴은 바위처럼 미동도 하지 않았다. 알베르트와 프레데릭, 히폴리트가 그녀를 둘러싸고 서 있었다…… 숨이 멎기까지 오래 끌 것인가? 바닥의 대야에는 피범벅이 된 솜뭉치가 수북이 담겨 있었다. 그런데 그 방에 내동댕이쳐져 있는 육체는 아멜리아의 것만이 아니었다. 구석진 바닥에 또 하나의 몸뚱이가 놓여 있었다. 나는 그것이 무엇인지, 어떻게 거기 놓이게 되었는지 몰랐다. 게다가 그 형체조차 잘 분간할 수 없을 정도였지만, 그러면서도 어쩐지 색정적이라는…… 뭔지는 모르지만 색정적인 것이 끼어들어 와 있다는 느낌을 받았다. 문득 카롤이 궁금했다. 그를 찾아 두리번거렸다. 주위를 둥글게 에워싼 사람들 사이에 섞여 의자 등받이에 몸을 기대고 앉아 있는 카롤이 보였다. 헤니아는 소파에 팔꿈치를 괸 채 바닥에 무릎을 꿇고 있었다. 모두들 아멜리아에게서 눈을 떼지 않았다. 때문에 나 역시 방구석에 길게 누워 있는 어떤 물체, 느닷없이 등장한 그 또 하나의 몸뚱이를 좀 더 자세히 살펴보기 위해 드러내놓고 눈길을 돌리기가 거북했다. 움직이는 사람은 없었다. 모두들 아멜리아를 뚫어져라 지켜보고 있었다. 마치 그녀가 어떻게 죽어가는지 관찰하는 사람들 같았다. 사실 사람들이 그녀의 죽음에 뭔가 평범하지 않은 게 있으리라 기대하는 건 당연했다. 그녀의 아들과 히폴리트 부부, 헤니아가 기다리는 건 그런 특별한 장면이었다. 프레데릭마저도 그녀로부터 눈을 떼지 않았다. 이무슨 역설인지! 모두가 그녀 단 한 사람의 어떤 행동을 원하고 있었지만 그녀는 움직일 수 없는, 그럴 능력을 상실

한 사람이었고, 그럼에도 불구하고 거기 모여 있는 이들 가운데서 유일하게 움직임이 허용된 사람이었으니 말이다. 그녀도 이런 상황을 알고 있었다. 히폴리트의 아내가 갑자기 밖으로 달려 나가더니 십자가를 가지고 들어왔다. 그 행동은 죽어가는 여자에게 마치 이제부터 움직여 보라고 신호를 보내는 것 같았다. 실내를 짓누르던 기다림의 무게가 한결 가벼워졌다. 우리는 기다리는 일이 곧 일어나리라는 걸 알고 있었다. 히폴리트의 아내가 십자가를 손에 들고 소파 발치를 지켰다.

그리하여 무슨 일인가 벌어지기 시작했다. 극히 미미해서 알아차리기도 힘들 정도였지만 그럼에도 불구하고 참으로 수치스러운, 그래서 우리 모두를 충격에 빠뜨린 일이. 죽어가는 여자의 시선이 가까스로 움직여 가더니 십자가를 지나쳐서 프레데릭을 향해 그대로 못 박혀버린 것이다. 이럴 수가! 믿을 수 없는 일이었다. 그녀가 십자가를 이런 식으로 무심하게 대할 수 있으리라고, 그래서 그 십자가가 지금처럼 히폴리트 아내의 두 손 사이에서 우스꽝스러운 무용지물이 되어버리리라고 누가 예상했겠는가? 프레데릭의 눈을 붙잡고 놓지 않는 아멜리아의 시선은 그것이 십자가를 무관심하게 외면해 버린 덕분에 오히려 의미심장한 것이 되었다. 그녀는 그를 뚫어질 듯이 응시했다. 죽어가는 사람의 눈, 그 위험한 시선에 붙들린 가엾은 프레데릭. 차려 자세로 서 있는 그의 표정이 창백하게 굳어 있었다. 두 사람은 서로의 얼굴을 마주 보았다. 계속해서 십자가를 쳐들고 흔들어대던 히폴리트의 아내도 시간이 지남에 따라

시들해졌는지 마침내 손을 내려뜨렸다. 초라하게, 아무 쓸모 없이 방기된 십자가. 이 신앙심 깊은 여자도 죽는 순간에는 그리스도보다 프레데릭이 더 중요해졌던 걸까? 그녀는 정말로 프레데릭을 사랑하게 되었던 걸까? 아니다, 그건 사랑이 아니라, 보다 개인적인 차원의 어떤 감정이었다. 그녀는 프레데릭이 자신의 심판자가 될 수 있으리라 기대하고 있었다. 그녀는 그로부터 찬사를 받아내기 전에는, 자신 역시 그와 마찬가지로 '끝까지 가본 사람'이라는 걸 그에게 입증해 보이기 이전에는, 자신이 도달한 그 궁극 역시 본질적 현상이고 중요하다는 것을 인정받기 전에는 죽음을 받아들일 수 없었다. 그녀에게는 프레데릭의 평가가 이처럼 절실한 문제였다. 그녀는 자신의 존재, 자신이 살아온 삶에 대한 인정과 확인을 그리스도에게 갈구한 것이 아니라, 그저 명민한 의식의 소유자일 뿐 한 인간에 불과한 프레데릭에게서 얻어내려 함으로써 사상의 어떤 놀랄 만한 이단성을 노출했다. 그것은 삶을 위해 절대를 포기하는 일이었고, 한 인간의 심판자는 신이 아니라 또 다른 인간이어야 한다는 신념을 고백하는 일이었다. 그 순간에는 물론 나도 그것을 지금처럼 명확하게 이해하지 못했다. 하지만 한 인간의 두 눈을 뚫어지게 응시하는 그녀의 시선을 본 순간 전율이 내 몸을 타고 흘렀다. 그리고 그러는 동안 히폴리트의 아내 손에 들려 있던 신은 무용지물이 되어 잊혀져 있었다.

아멜리아의 상황은 솔직히 말해 별다른 진전이 없었지만, 그녀 한 사람에게로 집중된 우리의 관심과 기다림 때문인지 그 임종은 점점 더 선명한 긴장감을 띠었다. 우리의 팽팽해진 신경이 모두 그녀의 죽음을 에워싸고 짓누르는 것 같았다. 프레데릭을 어느 정도 아는 나로서는 그가 죽음이라는 이 특별하고 익숙하지 않은 사건 앞에서 어떤 무례를 저지르지나 않을까 걱정스러웠다. 그러나 그는 여전히 꼿꼿하게, 차려 자세로, 마치 교회에 온 사람처럼 서 있었다. 나무랄 데 없는 태도였다. 다만 한 가지, 때때로 그 자신도 미처 의식하지 못하는 사이, 그의 시선이 자신에게 꽂힌 아멜리아의 눈길을 뿌리치고 달아나 거실 구석, 또 다른 육체가 누워 있는 자리로 향하는 것을 빼고는. 나도 그 알 수 없는 몸뚱이의 정체가 궁금했지만, 내가 있는 자리에서 그쪽을 쳐다보려면 표 나게 얼굴을 돌려야 했기 때문에 눈치가 보였다. 하지만 점점 더 빈번하게 그 구석 쪽을 더듬는 프레데릭의 시선이 나를 자극했다. 마침내 마음을 먹었다. 직접 가서 내 눈으로 확인해야겠다고……. 나는 구석으로 다가갔다. 거기에는 (한 소년)의 날씬한 몸뚱이, (카롤)의 날렵하고 매끈한 육체와 똑같이 닮은 것이 누워 있었다. 갑자기 두려움이, 격렬한 불안감이 밀려들었다. 그 육체는 숨을 쉬고 있었다. 섬세한 윤곽, 연한 금발 머리, 크고 검은 눈을 가진 모습으로 그것은 살아 있었다. 바닥에 아무렇게나 펼쳐놓은 벗은 팔다리가 검게 그을린 피부색 때문에 한층 야성적으로 보였다.

금발의 야생아, 한 마리 고양이, 맨발의 매혹적인 촌뜨기……. 땟국이 꾀죄죄한 눈부신 우상. 바닥에 펼쳐진 그 육체에서는 미처 성숙하지 못한 것의 시고 떫은 매력이 퍼져 나왔다. 그런데 누구일까? 여기서 무얼 하는 걸까? 어떻게 해서 이 자리에 누워 있는 걸까? 그 육체는…… 카롤을 그대로 다시 빚어놓은 것 같았다. 좀 더 거칠게, 좀 더 육감적으로……. 별안간 젊음이, 그 공간 안에서, 팽창했다. 단지 사람의 수가 늘어났다는 의미(사실 젊은 사람이 세 명일 때와 두 명일 때가 같을 수는 없는 법이다.)로서만이 아니었다. 그건 질적으로 달라진, 더욱 거칠고 천박한 젊음이었다. 그러자 즉시로, 마치 연쇄 반응처럼, 카롤의 육체가 활기를 띠면서 돌연 생생하게 두드러졌다. 경건하게 무릎을 꿇고 있던 혜니아, 그 희디흰 육체가 이 두 개의 육체와 불가사의하게, 은밀하게 공모하여 내 눈앞으로 몰려왔다. 그와 동시에 죽어가는 아멜리아의 고통은 불순물이 들러붙은 수상쩍은 것이 되었다. 의문이 고개를 쳐들었다. 그녀의 임종과 이 소년은 무슨 관계일까? 그녀가 죽어가는 이 순간, 이 소년은 무엇 때문에 여기 온 걸까? 그녀가 죽어가게 된 정황은 생각할수록 너무나 모호했다.

프레데릭이 잠깐 방심한 듯 두 손을 호주머니 속에 찔러넣었다가 즉시 빼내서 바지 솔기에 대고 문질렀다.

알베르트가 무릎을 꿇고 기도하고 있었다.

히폴리트의 아내가 십자가를 흔들었다. 사실 그걸로 달리 할 일이란 없었던 것이다. 그걸 손에서 내려놓는다는 건 생각조차 못할 일이었다.

아멜리아의 손가락 하나가 경련을 일으키더니 무언가 신호를 보냈다. 프레데릭을 향한 것이었다. 그가 천천히 다가갔다. 그녀는 계속해서 손가락을 까닥였다. 프레데릭은 결국 몸을 굽혀 머리를 그녀의 입술 가까이 갖다 대지 않을 수 없었다. 그러자 그녀가 말했다. 놀랄 만큼 힘 있는 목소리였다.

"가지 마시오. 자, 보아요. 당신 눈으로 보아야 합니다. 모든 걸. 끝까지."

프레데릭이 휘청하더니 뒤로 물러섰다.

그때서야 그녀는 십자가로 눈길을 돌렸다. 그러고는 뭔가를, 분명 기도를 웅얼거리기 시작했다. 그녀의 입술이, 거의 눈에 띄지 않을 정도였지만, 달싹거리고 있었던 것이다. 십자가, 그녀의 기도, 임종 앞에서의 우리의 엄숙한 표정. 결국 모든 것이 제자리를 찾아 돌아온 셈이었다. 이 상황은 꽤 오래갔다. 시간이 지나도 십자가를 향한 그녀의 열기 띤 기도는 그치지 않았다. 이 움직임 없는 몰입, 이미 생명은 꺼졌으나 다만 육체의 질긴 관성으로 경련 같은 입술의 달싹임만이 남은 이 기도가 죽어가는 여자를 성스럽게 했다. 알베르트, 히폴리트와 그의 아내, 헤니아, 집 안에 있던 사람들이 무릎을 꿇은 채 그녀를 따라 기도했다. 프레데릭 역시 무릎을 꿇었다. 하지만 헛된 행동이었다. 아멜리아가 죽음을 눈앞에 두고 십자가에 온 정신을 빼앗기고 있다 해도, 그녀가 프레데릭에게 했던 말은 여전히 강력한 힘을 발휘하고 있었다. 모든 것을 끝까지 지켜보라, 이것이 그녀의 요구였다. 그런데 그녀 자신의 죽음을 프레데릭이 끝까지 지켜보는 것이 그녀에게 무슨 의미가 있었을까? 그녀는 최후의 노력으로 그를 개종시키려 했던 걸까? 그에게 가톨릭 신자로서의 죽음이란 어떤 것인지를 보여주려 했던 걸까? 그 요구의 의미가 무엇이었든 간에 그녀는 자신의 말 한마디를 통해 그리스도가 아닌 프레데릭에게 최후의 심판자 역할을 맡겨버렸다. 그녀가 그리스도에게 기도를 하고 있다 한들 그건 프레데릭을 향한 기도였다. 그러므로 프레데릭으로서는 무릎을 꿇고 기도를 따라 해봤자 헛수고일 뿐, 달라질 건 없었다. 그녀가 지금 겪고 있는 죽음의 고통이 프레데릭을 위한 것인 한, 이 자리에서는 그리스도가 아니라 프레데릭이 바로 최후의 심판자이자 신이었다. 얼마나 거북스러운 상황인가. 프레데릭이 결국 두 손으로 자신의 얼굴을 감싸 쥐고 만 건 당연했다. 그렇게 시간이 흘러갔다. 우리는 알고 있었다. 흘러가는 매 순간마다 아멜리아의 생명이 꺼져가고 있다는 것을. 하지만 그녀는 여전히 기도를 계속하고 있었다. 마치 줄을 끝까지 팽팽하게 당겨서 마침내 툭 끊어지게 하려는 듯이. 또 한 번 그녀의 손가락이 움직이기 시작했다. 이번에는 알베르트를 향하고 있었다. 알베르트가 헤니아를 껴안고 모친 곁으로 다가갔다. 아멜리아의 손가락이 두 사람을 똑바로 가리켰다. 이어서 쫓기는 듯한 소리가 터져 나왔다.

"자, 맹세해라. 어서, 서로 사랑하고 충실하겠다고. 어서 빨리."

두 사람은 경건하게 몸을 숙여 그녀의 손에 입을 맞추었다. 헤니아가 울음을 터뜨렸다. 하지만 아멜리아의 손가락은 이미 또 다른 방향을 가리키며 경련하고 있었다. 이번에는 그 어두운 구석을 향해서⋯⋯. 그녀가 부르고 있는 것은 구석에 쓰러져 있는 그 몸뚱이였다. 몇 명이 구석으로 가서 그 몸뚱이를 일으켜 세웠다. 나는 소년이 상처를 입었다는 걸 알아차렸다. 아마도 허벅지 부근 같았다. 소년이 죽어가는 여자 앞으로 이끌려 나왔다. 그녀가 입술을 달싹였다. 나는 기대했다. 이제 곧 알 수 있겠구나. 어째서 이 (소년)이 그녀처럼 상처를 입은 채 여기 와 있는지를, 이 두 사람 사이에 무슨 일이 있었는지를……. 그러나 아멜리아는 호흡이 끊기는지 가쁜 숨을 몰아쉬었고, 또 한 번 격한 숨을 토해 놓더니 안색이 새하얗게 변했다. 히폴리트의 아내가 십자가를 더 높이 쳐들었다. 아멜리아의 눈이 절망적으로 프레데릭을 찾았다. 그리고 그 시선이 간신히 그에게로 가 닿았다 싶은 순간, 그녀는 숨을 거두었다.

제2부

8

무릎을 꿇고 있던 프레데릭이 몸을 일으켜 거실 한가운
데로 걸어 나갔다. "고개 숙여 애도합시다!" 이렇게 외친
그는 꽃병에서 장미 몇 송이를 뽑아 소파 발치에 던졌다.
그런 다음 알베르트에게 손을 내밀며 말했다. "부인의 영
혼은 천국으로 가실 거요. 우리에게 남은 일은 겸허하게
고개 숙여 부인을 기리는 겁니다." 이 말이 만약 우리들
가운데 누군가 다른 사람의 입을 통해 나왔다면 가식으로
들렸을 것이다. 하지만 그의 이 말은 연극적인 몸짓까지
곁들여졌음에도 불구하고 무게 있게 우리를 휘어잡았다.
그는 온몸으로 비장함을 발산하는 군주 같았고 이를 통해
서 평소보다 격앙된 수준의 감정을 자연스러움의 새로운
표본으로 만들어놓고 있었다. 그는 이 추도 의식의 집행자

였다. 알베르트는 프레데릭이 연출하는 엄숙하고 비장한 분위기에 고양된 나머지 자신도 몸을 일으켜 프레데릭의 손을 다정하게 감싸 쥐었다. 프레데릭이 이렇게 요란하게 앞으로 나선 것은 방금 전 아멜리아의 임종을 불순하게 흐려놓았던 그 기이하고 엉뚱했던 일들을 덮어버리고, 그녀가 받아 마땅한 칭송을 온전히 그녀에게 돌려주려는 의도로 보였다. 그가 오른쪽 왼쪽으로 번갈아 몇 걸음씩 발을 떼어놓았다. 어떻게 하면 우리를 애도의 눈물바다로 몰아넣을 수 있을까 궁리라도 하는 것처럼. 그러더니 바닥에 누워 있는 그 (소년)에게로 다가가 명령조로 말했다. "무릎을 꿇어라! 무릎을 꿇어!" 이 말은 어떻게 들으면 조금 전 자신이 우리들 앞에서 늘어놓았던 비장한 대사를 말을 바꿔 반복하는 것 같기도 했다. 하지만 다른 한편으로 생각하면 이건 무척이나 어설픈 대사였다. 부상으로 움직일 수 없는 사람에게 한 말이었기 때문이다. 그의 행동이 서툴렀다는 건 다음 순간 좀 더 분명해졌다. 알베르트와 히폴리트, 카롤이 프레데릭의 위엄에 눌린 나머지 그 (소년)에게 달려들어 억지로 무릎을 꿇게 하려 했던 것이다. 그렇다, 그럴 필요까지야 없었다. 당황한 프레데릭이 머뭇거렸다. 카롤이 두 손으로 누워 있는 소년의 어깨를 잡아 일으켰다. 프레데릭은 풀 죽은 표정으로 입을 다물고 말았다.

　나는 얼이 빠져 있었다. 북받치는 감정을 감당하느라 피곤했다. 하지만 프레데릭이 어떤 인물인지 아는 나로서는 그에게 신경을 곤두세우지 않을 수 없었다. 그는 무언가 새로운 놀이, 우리들과 벌일, 그리고 자기 자신과 벌일 놀이를 생각해 낸 게 틀림없었다. 눈앞에 놓인 시신이 자아내는 긴장감 속에서 그가 보여준 수수께끼 같은 행동은 오직 그의 상상력만이 알고 있을 어떤 목적을 위해 일부러 행해진 것이었다. 모든 게 의도적이었다. 그 의도가 무엇인지는 어쩌면 그 자신조차 명확히 몰랐을지도 모르지만 말이다. 사실 그가 아는 것이라고 해봤자 처음 자신의 머릿속에 떠오른 어떤 생각의 씨앗이 전부였을 것이다. 정말로 아멜리아의 죽음을 애도하는 것이 그의 목적이었을까? 아니다. 그보다는 아마도 우리의 관심을 부상당한 그 소년에게 돌려보려는, 어딘지 불길하고 위태로운 그 소년의 존재를 우리에게 환기시키려는 의도가 아니었을까? 그의 존재를 '부각'시키고 밝은 곳으로 끌어내서는, 헤니아 그리고 카롤과 '엮어'보려는 의도. 그런데 이들을 대체 어떤 종류의 관계로 엮을 수 있다는 말인가? 물론 나이로만 보자면(그 소년 역시 열여섯 살가량으로 보였다.) 이 금발 야생아가 우리의 한 쌍과 어울리지 않는 건 아니었다. 그러나 이 점을 제외하곤 그들 사이에서 그 어떤 공통점을 찾기는 어려웠다. 프레데릭도 마찬가지였을 것이다. 하지만 이건 이성적으로 설명할 수 있는 문제가 아니었다. 프레데릭도 그랬겠지만 나 역시도 어렴풋한 감정, 그러니까 누워 있는 그 소년이 헤니아와 카롤을 한 쌍으로 확고하게 묶어놓을 고리일 거라는 모호한 예감에 빠져서 허우적대고 있었다. 그를 통해서 두 사람을, 말하자면 '악마로 만들' 수 있을 거라는 예감……. 바로 이것 때문이었다. 프레데릭이 그 소년 앞에 헤니아와 카롤에게로 통하는 길을 놓아주려고 애를 쓴 이유는.

다음 날(장례 준비로 하루 종일 분주한 날이었다.)이 되어
서야 나는 이 끔찍한 사건의 상세한 정황을 들을 수 있었
다. 그건 지극히 혼란스럽고 기이한, 믿기 어려운 이야기
였다. 전날 있었던 사건들을 차례로 다시 짜 맞추기란 쉬
운 일이 아니어서, 아무리 해도 메울 수 없는 빈틈들이 생
겨났다. 게다가 유일한 증인인 그 금발 소년 올렉 스쿠지
악과 늙은 하녀 발레리아는 자신들의 희미하고 엉성한 기
억을 헤집으면서 끊임없이 혼동을 일으키곤 했다. 어쨌거
나 말을 모아보면, 기도를 마치고 나오던 아멜리아는 부엌
으로 통하는 계단에서 무슨 소리가 나자 그쪽으로 발걸음
을 옮겼던 것 같다. 거기서 그녀는 올렉을 보았던 것이다.
올렉은 먹을 것을 훔치려고 집 안에 숨어 들어온 참이었
다. 올렉은 아멜리아가 다가오는 소리를 듣고 눈에 띄는
대로 아무 방문이나 열고 뛰어들었는데, 그것이 발레리아
의 방이었다. 자다가 소스라쳐 깨어난 발레리아는 얼른 성
냥불을 켰다고 했다. 그 다음에 일어난 일도 이 늙은 하녀
가 뒤죽박죽 늘어놓는 이야기로 대강이나마 알 수 있었다.
"성냥을 긋고 보니까 거기 누가 있는 거예요. 등골에 식은
땀이 흐르는데, 꼼짝도 할 수 없었어요. 성냥이 다 타도록
쥐고 있는 바람에 아직도 손끝이 화끈거리는걸요. 그런데
그 아이 맞은편에 마님이 서 계시더라고요. 바로 문 앞이
었죠. 그렇게 버티고 서서는 꼼짝도 않으시더군요. 그 순
간에 성냥불이 꺼졌어요. 다시 캄캄해졌죠. 덧문까지 닫아
놓았으니 빛이 새어 들어올 데가 있어야지요. 저는 그냥

침대에 있었어요. 보려고 해도 시커먼데 뭐가 보여야 말이죠. 마룻바닥이 삐걱거리는 소리라도 들렸으면 일이 어떻게 돌아가는지 짐작이나 해본다지만 전혀 기척도 없고, 아무도 없는 것 같았다니까요. 전 숨도 못 쉬고 그저 주님만 찾고 있었죠. 그렇게 쥐 죽은 듯이 조용하기에 방바닥을 보니까 타다 남은 성냥이 불똥만 빨그레한데 그것마저도 금세 꺼지니까, 또 아무것도 없죠. 암만 생각해도 거기 있던 두 사람이 숨은 쉬었을 텐데 어쩌면 그렇게도 기척 하나 없었는지, 이쪽도 저쪽도 꼼짝을 않더군요. 그런데 갑자기…… (혀가 느닷없이 굳기라도 했는지 늙은 하녀는 말을 멈칫했다.) 갑자기…… 어찌된 건지는 모르겠지만…… 글쎄 마님이 그 아이한테 달려드는 게 아니겠어요! 그래요, 그렇다니까요! 몸 위로 덮쳤어요. 아니면 두 다리를 움켜잡으려 하셨거나……. 하여간 둘이 뒤엉켜서 바닥에 구르는데……. 맙소사, 뭐가 어떻게 돌아가는지, 두 사람 다 말한마디 없이 뒤엉켜서 구르기만 하는 거예요. 소리 하나 내지 않고. 몸을 일으켜 마님을 도우려 했죠. 그런데 그만 정신을 깜박 놓친 것 같은데, 곧장 고깃덩이에 칼을 찔러 넣는 소리가 나더군요. 한 번, 두 번, 또다시 고깃덩이를 칼로 저미는 소리가 나고는, 둘 다 달아났는지 더 이상 보이지 않더군요. 그리고는 아예 정신을 잃었죠. 아예!"

"말도 안 되는 소리야!" 알베르트가 말했다. "있을 수도 없는 일이에요! 어머니가 그랬다는 걸……. 그런 행동을 했다는 걸 어떻게 믿으란 말입니까! 이 멍청한 할멈이 뭔가를 혼동하고 있어요. 저 둔한 머릿속에서 전부 뒤죽박죽을 만들어놓은 거란 말입니다. 저 이야기를 믿느니 암탉이 꼬꼬댁거리는 소리를 믿지. 차라리 암탉의 꼬꼬댁 소리를 믿겠다고!"

마지막에는 결국 소리를 버럭 내지르고 만 알베르트가 손으로 이마를 짚었다.

그러나 스쿠지악에게서 나온 이야기도 이 늙은 하녀의 증언과 일치했다. 소년의 진술에 따르면, 부인이 자신에게 달려들더니, 두 발을 잡아채 '자빠뜨렸다'는 것이었다. 부인은 한 손에 칼을 쥐고 있었다고 했다. 소년은 옆구리와 허벅지에 입은 상처 말고도 목덜미와 두 손을 내밀어 보였다. 거기에는 물린 자국들이 선명하게 나 있었다. "마님이 저를 이렇게 물었어요. 그러다가 제가 칼을 빼앗자 마님이 제 몸을 덮쳐눌렀고, 전 밑에 깔려서 넘어졌어요……. 일은 그렇게 된 거예요. 그리고 저 사람들이 쓰러져 있는 저를 여기로 데려온 거고요."

소년의 말대로라면 아멜리아가 소년이 빼앗아 든 칼 위로 몸을 던졌다는 것이었지만, 어쨌거나 이 이야기를 믿으려 하는 사람은 아무도 없었다. "그건 거짓말이야!"라고 프레데릭이 말했다. 그러고는 고개를 돌려 아는 체하고 나섰다. "하지만 사람을 문다는 건, 그러니까 그게 말이지요, 생명을 걸고 싸울 때나 경련성 발작을 일으킬 때, 무장 강도와 맞닥뜨렸거나(실제로 그 순간 칼을 들고 있었던 사람은 이 소년이지 부인이 아니었잖아요.)…… 또 히스테리를 일으킬 경우에도 있을 수 있는 일이지요……. 그리 놀랄 일은 아닙니다. 이건 본능이죠. 알다시피 자기 방어 본능이라는 건데……." 하지만 아무리 그렇다 하더라도 아멜리아가 누군가를 물었다는 건 여하튼 기이한, 사람들 사이에 추문거리가 될 만한 일이었다. 칼과 연관된 문제에 있어서는 상황이 아주 복잡했다. 그 칼은 발레리아가 빵을 자를 때 사용하는, 날이 길고 끝이 뾰족한 부엌칼이었는데, 이 칼이 그때 마침 하녀의 침대 머리맡 탁자에 놓여 있었고, 바로 그 옆에 아멜리아가 서 있었다고 했다. 그러므로 아멜리아가 탁자 위를 더듬어 칼을 찾아 쥐고는 소년에게 달려들었던 것 같았다.

아멜리아를 칼로 찌른 그 소년은 맨발을 드러내놓고 있었다. 그 소년을 쳐다볼 때마다 두 가지 색——사실 아주 흔한 색이었다——이 내 눈 속으로 인상 깊게 들어와 박히곤 했다. 밝은 금색과 검은색. 이마를 덮은 금발 머리카락 아래로 깊은 숲 속의 늪을 연상시키는 검은 두 눈이 불길하게 자리 잡고 있었다. 이 색조들을 한층 두드러지게 하는 건 희게 빛나는——그 맑은 광채를 보면서 번번이 누군가를……. 그러니까 또 다른 한 소년을 떠올리지 않을 수 없었던——그의 치아였다.

하여간 모든 정황을 종합해 볼 때, 어둠 속에서 이 (소년)과 맞닥뜨린 아멜리아가 미처 차분하게 사태를 해결할 여유도 없이 그 긴장된 상황을 견디지 못하고…… 그래서 손이 미치는 자리에 놓여 있던 칼을 더듬어 쥔 거라는 결론이 나왔다. 그러고는 일단 칼을 손에 잡자 그녀 자신도 억제하지 못하는 난폭한 충동에 휩싸여서는 소년에게 달려들어 죽이려고 했고, 두 사람은 뒤엉킨 채 바닥에 굴렀고,

그녀가 소년을 깨물기 시작했다는 이야기였다. 그런데 과연 이런 행동을 그녀가, 이 경건하고 성스러운 여인이 했단 말인가? 그 나이에? 독실한 신자로서의 삶의 신조와 평생에 걸친 경건한 생활 태도, 굽힘 없는 정신력으로 사람들의 귀감이 되어온 이 여인이? 아무래도 터무니없어 보였다. 이건 하녀와 불량배 소년이 자신들의 이해력을 뛰어넘는 모호하고 어렴풋한 현실 앞에서 각자의 둔한 머리로, 그저 자신들이 상상할 수 있는 한도 내에서 되는대로 지어낸 이야기가 아닐까? 하녀의 방에 드리운 어둠은 이 둘의 상상력에 켜켜이 내려앉은 어둠으로 인해 몇 배나 더 짙어지고 말았다. 알베르트는 무엇 하나 확실하지 않은 이런 상황에 머리를 감싸 쥔 채 어찌할 바를 몰랐다. 두 명의 증인으로부터 흘러나온 이 모든 난감한 이야기들이 칼에 찔린 그 치명적인 상처보다도 더 확실하게 그에게서 어머니를 빼앗아가 버렸다. 그녀를 오염시키고 흉한 모습으로 바꾸어놓은 것이다…… 알베르트는 당황했다. 어머니의 치아가 열여섯 살 난 소년의 몸에 남겼다는 상흔, 그녀가 맹렬하게 휘두른 칼에 의해 생겼다는 그 상처에 새겨져 있는 것은 분노에 떠는 광포한 여인의 형상이었다. 어떻게 하면 자신의 어머니를 그런 이미지로부터 구출해 낼 수 있을까. 그녀가 맞이한 죽음의 모습은 그녀가 살아온 생애 전체를 망쳐놓았다. 프레데릭은 알베르트의 기운을 북돋아 주려고 애썼다. "그들이 증언이라고 둘러대는 말을 심각하게 생각할 필요는 없지요. 우선 그들은 아무것도 보지 못했어요. 어두웠잖아요. 게다가 모친께서 도저히 그랬을 것 같지는 않아요. 평소 그분의 모습과 어울리지 않거든요. 우리가 확신할 수 있는 건 이 사건의 진상이 그들이 이야기하는 내용과는 다를 거라는 사실입니다. 틀림없이 다를 거예요. 어두웠잖아요. 어두운 장소에서야 누구든 잘 볼 수 없는 게 당연한 이치지요……. 그렇고말고요……. 하지만 아무래도 어두운 곳에 있게 되면……. ("그래서요? 그래서 뭐죠?" 프레데릭이 말을 망설이자 알베르트가 채근했다.) 당신도 무슨 말인지 이해할 겁니다. 밤이라는 게…… 어둠이라는 게 말이죠…… 어둠은 우리 속에 잠재해 있는 예측할 수 없는 행동들을 이끌어내거든요……. 생각해 보세요. 우리가 살고 있는 이 현실 세계가 어둠 속에서는 사라지죠. 그렇잖아요? 무슨 말이냐 하면 우리를 둘러싸고 있던 사람과 사물이 사라져버리고 자기 자신하고 대면하게 된다는 거죠. 당신도 알 겁니다. 흔히 경험하는 자연스러운 현상이지만 불이 꺼져 캄캄할 때 그 어둠이 우리를 아주 눈 멀게 하는 경우가 있거든요, 그러니까 무슨 말이냐 하면……. 하지만, 똑같이 어두운 상황이라 하더라도 당신 모친이라면 여전하셨을 겁니다. 그분이 다른 어떤 모습이 된다는 건 있을 수 없는 일이죠, 그렇잖아요? 여하튼 이런 경우 어둠이라는 건 그러니까 말하자면……. ("그러니까 뭐죠? 말씀해 보세요." 알베르트가 재촉했다.) 아닙니다, 아무것도 아니에요. 그야말로 어처구니없는 생각인걸요……. ("대체 뭐냐고요?") ……아무것도 아니라고요, 정말입니다……. 다만…… 그 친구는 거친 데다가, 아마도 읽고 쓸 줄도 모를 테니……. ("그가 글을 알건 모르건, 그게 이 일과 무슨 상관이에요?") ……관계없죠. 아무 관계도 없어요. 내가 말하고 싶은 건 다만 이번 경우에는 어둠이 감추고 있었던 것이 젊음이라는 점입니다……. 맨발의 소년이 어둠 속에 몸을 감추고 있었어요……. 그런 행동이란 어린 사람을 상대로 할 때가 훨씬 쉬운 법이죠……. 다시 말해 상대가 좀 더 무게 있는 사람이었다면, 그랬다면……. ("그랬다면 어떻다는 거죠?") 아니, 하여간 내 말은 상대가 젊은 사람일 때 그렇게 하기가 더 쉽다는 겁니다. 그럼요, 더 쉽죠. 물론 어둠 속이어야 한다는 건 당연하고. 어른에게 그러기보다는 어린 사람에게 그렇게 하는 게 더 쉽고, 그리고……. 그만 하겠습니다. 더 이상 말하고 싶지 않아요. 그러니까 자꾸 묻지 마세요." 프레데릭이 소리쳤다. 그는 정말로 겁이 난 것 같아 보였다. 그의 이마에 식은땀이 배어 있었다. "내 말은 그냥 추측일 뿐입니다. 하나의 가정일 뿐이라고요……. 혹시 당신 모친께서…… 아닙니다, 이건 정말 정신 나간 소리예요. 얼토당토않은 미친 소리! 그렇지, 카롤? 어떻게 생각하니, 너는?"

어째서 카롤의 증언까지 끌어들이려는 걸까? 그렇게 겁을 내고 있으면서도 무엇 때문에 여전히 그를 건드려보려고 하는 걸까? 하지만 프레데릭이란 인물은 불행을 피하고 싶어 하면서도 도리어 그걸 재촉하고야 마는 사람이었다. 불행에 대한 두려움이 불행을 끌어들이고 확대하고 새로운 불행을 만들어내는 사람. 언제든 불행의 싹을 보기만 하면, 즉시로 그는 그것을 슬슬 자극하고 부추겨놓고야 말았다. 프레데릭이 위험한 의식의 소유자인 건 그에게 있어

의식이라는 것이 명료성과는 거리가 먼 어둡고 모호한 어떤 것이기 때문이었다. 그에게 의식은 본능만큼이나 맹목적인 요소였다. 그는 의식을 신뢰하지 않았고, 스스로 그것에 구속당한다고 느꼈다. 그러면서도 그는 어디로 향하는지도 모르는 채 의식이 자신을 인도하는 대로 내맡겨 두고 있었다. 그는 사람들의 심리를 꿰뚫어 보는 뛰어난 능력을 지녔지만, 과도한 지성과 상상력 때문에 번번이 엉뚱한 길로 빠져 들곤 했다. 인간을 바라보는 그의 확장된 시각은 비정상으로 보이는 그 어떤 것도 포용할 준비를 갖추고 있었다. 그래서 그는 이번 아멜리아의 일에 대해서까지 납득하기 어려운 상황들을 상상해 내기에 이르렀던 것이다. 그날 오후 알베르트는 '경찰과 협의하기 위해' 시내로 나갔다. 혹시나 경찰이 이 사건을 문제 삼을까 봐 어느 정도의 금전으로 미리 막아두려는 것이었다. 이렇게 미리 손을 썼는데도 당국이 참견해 올 경우에 대해서는 사실 별다른 대책이 없었다. 장례는 다음 날 아침에 치러졌다. 간소한, 허겁지겁 서두른 기색이 역력한 장례식이었다. 하루 뒤에 우리는 포부르나로 다시 출발했다. 알베르트는 뒷일을 집사에게 맡겨놓고 우리와 동행했다. 그가 자신의 집을 하인에게 맡기고 우리를 따라나서는 게 뜻밖이라는 생각은 들지 않았다. 힘든 상황인 만큼 헤니아를 혼자 내버려 두고 싶지 않은 그의 심정을 이해했던 것이다. 히폴리트 부부와 헤니아, 알베르트가 함께 탄 마차가 앞장섰고, 카롤이 모는 틸버리가 그 뒤를 따랐다. 나와 프레데릭은 틸버리에 탔는데, 이 2인승 마차에는 우리 말고도 한 사람이 더 있었다. 바로 올렉이었다.

우리는 일단 이 소년을 데리고 출발할 수밖에 없었다. 그를 어떻게 해야 할지 무척 난감했던 것이다. 그를 놓아 줄 것인가? 그는 살해범이었다. 더구나 아무런 명분이 없는 상황에서 그를 풀어준다는 건 알베르트로서는 선뜻 결심하기 어려운 일이었다. 죽음의 정황을 완전히 밝히지도 못한 채 사건을 그만 덮어버릴 수는 없는 노릇 아닌가. 무엇보다 알베르트 자신이 여전히 기대를 버리지 않고 있었다. 이 소년을 계속 추궁하다 보면 모친의 죽음에 관한 보다 합당한, 그러니까 덜 부끄러운 증언을 얻어낼 수 있으리라는 기대를. 이렇게 해서 이 소년 살인자는 우리가 탄 틸버리의 마부석, 카롤의 발이 놓이는 자리에 짚을 깔고 눕혀졌다. 마부석에 앉은 카롤은 몸을 옆으로 비스듬히 틀어 두 발을 마차 흙받기 위에 올려놓았고, 그 뒤로 프레데릭과 내가 자리를 잡았다. 고갯길을 수없이 올라갔다가 내려가는 여정이 다시 시작되었다. 움직이지도 않으면서 파도치는 이 대지. 길 양옆으로 탁 트인 풍경이 펼쳐졌다가 내리막길을 따라 다시 닫히곤 했다. 말들이 종종걸음으로 달렸다. 피어오르는 흙먼지 사이로 추수를 앞둔 밀밭의 후끈한 향내가 끼쳐 왔다. 뒷자리에 앉은 프레데릭은 두 사람, 카롤과 올렉을 내려다보고 있었다. 눈앞에 새로 조합된 한 쌍이 놓였고, 또 다른 조합이 있다는 사실은 잠시 잊혀졌다. 또한 우리 모두가, 즉 한 고갯마루에서 또 다른 고갯마루로 기어 올라가고 있는 2인승 마차에 탄 우리 네 사람 역시도 하나의 기이한 조합, 어떤 의미심장한 공식,

묘한 병렬 형태를 이루고 있었다. 길은 조용했고, 우리 중 누구도 그다지 입을 열지 않았다. 말들은 계속 앞으로 내달렸다. 그리고 이렇게 시간이 지날수록 우리는 마차 안에 형성된 이 야릇한 구도 속으로 점점 더, 마치 강박증처럼, 빠져 들었다. 카롤은 뜻밖에도 얌전했다. 겁에 질린 미성년자. 이 비극적인 사건의 충격으로 그는 젊은이 특유의 자신감을 잃어버린 듯이 보였다. 거의 말을 하지 않으면서, 고분고분 온순하게…… 경우에 맞게 검은 넥타이까지 찾아 매고는……. 하지만 어쨌든 그들 둘 다 거기 있었다, 마차 앞쪽 마부석, 프레데릭과 내가 앉아 있는 위치에서 50센티미터 떨어진 자리에. 말들은 계속해서 종종걸음으로 내달았다. 프레데릭의 얼굴이 두 소년 쪽을 향하고 있었다. 그들을 바라보면서 프레데릭이 찾고 있었던 건 대체 무엇일까? 그 두 미성년자의 형체는 내 눈에 마치 단 하나의 형상처럼 비쳤다. 같은 나이에서 오는 둘의 동질감이 그만큼이나 둘을 끈끈하게 이어놓고 있었다. 그러나 고삐와 채찍을 손에 들고, 맨발이 아닌 신발을 신고, 그 발 위로 바짓단을 높이 걷어 올린 카롤, 그가 다른 편을 지배했다. 그 두 소년 사이에는 그 어떤 공감도 합의도 없었다. 다만 한 소년이 다른 소년에게 내보이는 무뚝뚝함, 거기 그들의 구석진 공간에서 서로에게 노골적으로 드러내는 일종의 적의가 있었을 뿐. 카롤이 우리, 그러니까 프레데릭과 나에게 연대감을 느낀다는 건 잘 알 수 있었다. 그는 같은 계층의 사람들인 우리와 한편이었고, 자신이 감시할 임무를 맡은 이 하층민 소년을 적으로 돌렸다. 모랫길(때로

넓고 평탄하게 열렸다가, 곧이어 석회암 골짜기로 들어서면서 좁아지곤 했다.)을 달리는 그 긴 시간 동안 프레데릭과 나는 이 두 소년을 줄곧 눈앞에 놓아두고 있었다. 우리 앞에서 그들은 둘이었지만, 그냥 둘이기만 했던 건 아니었다. 움직임이 있었고, 무언가가 만들어졌고, 그 무언가가 둘을 하나로 묶었다. 그사이, 저기 멀리 고갯길 꼭대기에 그녀…… 약혼녀를 태우고 가는 마차가 이따금씩 모습을 드러냈다가 다시 사라졌고, 그런 다음 잊어버릴 만하면 어김없이 나타나곤 했다. 비뚤배뚤한 바둑판처럼 펼쳐진 들판, 길을 따라 이어진 풀밭. 우리를 둘러싼 풍경도 넓게 펼쳐졌다가 다시 가로막히고 또다시 펼쳐졌다. 지루한 이 대지. 저 멀리 덧없이 사라지는 지평선. 이 모든 풍경 한가운데, 이 모든 풍경을 두 조각으로 나눠놓는 프레데릭의 얼굴이 있었다. 바로 내 가까이, 앞을 향해 시선을 고정시킨 그 옆얼굴이. 무슨 생각을 하는 걸까? 과연 무엇을? 우리는 헤니아가 탄 마차 뒤에서, 그 마차를 따라갔다. 그런데 카롤, 검은 눈과 금발 머리, 더러운 맨발을 한 또 한 명의 소년을 자신의 발밑에 품고 있는 그에게서 점차 어떤 화학적인 변화가 일어나고 있는 것 같았다. 마치 정해진 궤도를 따라 움직이는 별처럼 계속해서 앞의 마차를 쫓아가면서도, 카롤은 이미 이 소년, 발끝에서부터 그 자신과 뒤섞이기 시작한 이 소년과 연결되어, 그와 함께, 동지로서, 존재했다. 그리고 이 둘이 이렇게 함께 있다는 사실은 너무나 당연해 보여서, 나는 그 순간 그들이 갑자기 달려들어 함께 버찌를 먹어치우거나, 서로를 바라보며 사과를

와삭와삭 베어 물었다고 해도 전혀 놀라지 않았을 것이다. 말들은 여전히 내달렸다. 그렇다, 바로 이것이었을 것이다, 그들을 바라보며 프레데릭이 하고 있던 생각이란. 혹은 그도 역시 이런 방식으로 내 생각을 읽고 있었을까? 나란히 앉아 앞을 바라보던 우리. 프레데릭의 옆얼굴이 내 옆얼굴과 너무 가까이 있어서였을 것이다. 나는 내 머릿속을 떠도는 생각들이 그에게서 시작된 것인지 내게서 시작된 것인지, 내게 반사된 그의 생각인지 그에게 전염된 내 생각인지 가늠할 수 없었다. 어쨌거나 긴 여정 끝에 포부르나에 도착했을 때, 카롤과 금발 소년은 프레데릭과 내게 있어 이미 헤니아와 연관해서 나누어 생각할 수 없는 하나의 대상, 즉 '헤니아에 대응하는 결합체'가 되어 있었다. 이렇게 되어버린 건 그 먼 길을 오는 내내 이 두 어린 친구가 우리의 눈과 앞서 가는 헤니아 사이에 끼어 있었던 결과일 것이다.

우리는 창문이 쇠창살로 막힌 작은 광에 이 죄수를 집어넣었다. 그의 상처가 그리 심한 건 아니었기 때문에 혹시 달아날까 염려스러웠던 것이다. 오랜 시간 마차 위에서 시달리느라 지쳐버린 우리는 서둘러 잠자리를 찾아 들어갔다. 이튿날 아침 나는 해가 꽤 높이 떠오를 때까지 깊은 잠에 빠져 있었다. 그런 다음 나를 엄습한 것은 명확하게 설명하기는 어려운, 그러나 코앞에서 붕붕거리는 파리처럼 성가신 어떤 느낌들이었다. 낚아채려 했지만 요리조리 빠져나가면서 계속 귀찮게 맴돌던 그 모호한 느낌들은 대체 무엇이었을까? 이런 이상한 느낌이 들기 시작한 건 점심 식사 시간이 되기 전 히폴리트와 이야기를 나누고 나서부터였다. 나는 그에게 알베르트의 집에서 있었던 사건과 관련하여 한 가지 궁금해진 것을 물어보았다. 그냥 지나쳤던 어떤 자잘한 일에 대해서였다. 대답하는 그의 어조가 분명 달라져 있었다. 거만하다고는 말하기는 좀 뭣한, 단지 약간 도도한 혹은 무관심한 듯한 어조. 마치 자신은 벌써 이 문제에 대해 싫증이 났다는 듯, 이거 말고도 다른 신경 쓸 거리가 있지 않느냐고 반문하는 것처럼 보였다. 다른 신경 쓸 거리라니, 살인 사건이 있었는데도 이런 말을 할 수 있는 걸까? 나는 알베르트의 말투 속에도 어떤 새로운 기분이 배어 있다는 걸 간파했다. 냉정하고 건조한, 어쩌면 자부심에 차 있다고도 말할 수 있을 어조였다. 그런데 자부심이라니, 어떻게 자랑스러울 수 있다는 것인가? 모친의 그런 죽음을 겪고 겨우 이틀밖에 지나지 않았는데, 어떻게 알베르트가 이런 허세를 부릴 수 있다는 말인가? 그의 이런 변화는 무척 미묘하면서도 상당히 거슬리는 것이었다. 나는 신경이 날카로워졌다. 분명 어디론가 기압의 중심이 옮겨 가서 새로운 바람이 불기 시작한 게 틀림없다는 생각이 들었다. 그렇다면 대체 무슨 일일까? 무엇인가 바뀌어 있었다. 어떤 방향 전환이 있었음이 분명했다. 이런 내 예감은 저녁이 되어서야 확증을 잡았다. 식당에 들어온 히폴리트가 (즉시 목소리를 낮추며) 이렇게 중얼거리는 소리를 들었던 것이다. "이런, 운도 정말 없군, 이거 참!" 그러고는 갑자기 의자에 걸터앉아 침울한 표정을 짓더니, 몸을 벌떡 일으켜 마차에 말을 매게 해서 어디론가 떠났다. 뭔가 새로운 사건이 터진 건 분명해 보였다. 하지만 당장에 누군가를 붙잡고 물어볼 마음은 들지 않았다. 밤늦은 시각, 프레데릭과 알베르트가 이야기를 나누며 잔디밭을 거닐고 있는 모습이 눈에 들어왔다. 나는 분위기가 이렇게 달라진 이유를 어쩌면 알 수도 있지 않을까 하는 기대를 품고 두 사람에게 다가갔다. 허사였다. 두 사람은 며칠 전 당한 상에 대해 또다시—여전히 전날처럼 심각한 어조로—이야기를 나누고 있었다. 두 사람 다 낮은 목소리였고 분위기는 아주 친밀했다. 프레데릭은 머리를 조금 숙여 발끝에 시선을 둔 채 이 살인 사건에 대해 조목조목 따지고 있었다. 끊임없이 자기 생각을 주장하고 증거를 찾고 분석하고 검토하고……. 그러다 결국 신경이 곤두선 알베르트로 하여금 우는소리를 하게 만들었다. "제발 숨 좀 쉬게 해주세요. 저를 이렇게 들볶으시다니, 참으로 지독한 분이군요!" "뭐라고요?" 프레데릭이 말을 받았다. "그게 무슨 말인가요?" 알베르트가 그에게 애원했다. "겨우 며칠이나 지났다고 이러시는 겁니까? 전 아직도 뭐가 뭔지 모르겠어요. 정말이지 생각도 못해 본 일이고, 너무 끔찍하다고요!" 그러자 프레데릭은 먹이를 덮치는 독수리처럼 알베르트의 영혼에 달려들었다.

어쩌면 이 비유가 지나친 과장일지도 모른다. 그러나 실제로 내 눈에는 알베르트의 영혼을 향해—높은 데서부터 내리꽂듯이—달려드는 프레데릭이 보이는 듯했다. 그의 말 속에 동정심이나 위로 같은 건 조금도 들어 있지 않다. 그런 것은 고사하고, 한 아들이 그 어머니의 죽음이라는 고통을 끝까지 참고 견디는 모습을 지켜보고자 하는 의도만 있었을 뿐. 마치 가톨릭 신자들이 예수 그리스도의 최후의 고통을 하나하나 음미해 보기를 갈망하듯이 말이다. 이처럼 알베르트의 고통을 마지막까지 쥐어짜서 맛보려는 것이 바로 프레데릭의 의도였다. 우선 그는 자신이 가톨릭 신자가 아니라는 걸 주지시켰다. 자신은 사람들이 말하는 윤리라는 것에 의미를 두지 않으며, 도덕이라는 것과는 담을 쌓은 사람이라는 것도 분명히 했다. "그렇다면 당신은 내게 묻고 싶겠죠."라고 프레데릭이 말했다. "어째서, 대체 무슨 명분으로 당신에게 이 고통을 끝까지 견디라고 요구하느냐고. 나는 이렇게 대답하겠습니다. 다름 아닌 성장을 위해서라고 말입니다. 인간이라는 게 뭡니까? 그 누가 인간을 다 안다고 나설 수 있겠습니까? 인간이란 수수께끼 같은 존재입니다……. (이런 진부한 말들이 그의 입에서 흘러나오고 있었다. 수치스럽고 역겨운 분비물처럼, 고통의 신음처럼.) 천사이자 악마인, 도무지 속을 헤아리기 힘든 구멍 같은, 거울보다도 더 종잡을 수 없는 존재란 말이죠! 하지만 우리는, 우리는 어쨌건 끝까지 가보아야만 합니다. ('해야만 한다'고 말하는 프레데릭의 어조는 마치 비밀이라도 털어놓듯 은근하고 심각했다.) 이건 피할 수 없는 의무예요. 우리가 성장해야 한다는 것도 바로 이 때문이죠. 우리 인간은 성장하지 않을 수 없어요. 그게 형벌이라 할지라도 말입니다. 이 법칙은 개개인의 삶에 적용되듯이 인류역사에도 마찬가지로 적용되는 건데요. 자, 생각해 보세요. 한 아이가 있습니다. 이 아이는 이제 막 시작한 겁니다. 이 아이는 아직 아무것도 아니죠. 그냥 한 아이일 뿐, 다시 말해 어떤 도입부, 서론이고, 그냥 개시일 뿐이죠……. 그리고 한 미성년자(그는 이 단어를 거의 경멸에 가까운 어투로 뱉어냈다.)를 생각해 보세요. 미성년자가 무엇을 알겠습니까? 그가 무엇을 느낄 수 있겠어요, 미성년, 배아, 유충에 불과한 이 존재가. 하지만 우리 어른은 어떤가요……? 우리는?" 하고 프레데릭이 소리쳤다. "우리는?"

잠시 숨을 돌린 프레데릭이 지나가는 말처럼 덧붙였다.

"처음 만난 순간부터 당신 모친과 나는 서로 통하는 데가 있었어요. 우리는 깊이 있는 대화를 나누었죠. 그게 가능했던 이유는 모친께서 가톨릭 신자여서가 아닙니다. 그건 그분이 진지한…… 그러니까 어떤 내적인 욕구를 따르고 있었기 때문이에요. 모친은 가볍지 않은 분이셨어요……."

프레데릭은 알베르트의 눈을 들여다보았다. 누군가로부터 이런 식의 응시를 받아본 적이 없는 알베르트는 몹시 불편해했지만, 그러면서도 프레데릭의 눈길을 감히 외면하지는 못했다.

"당신 모친께서는 늘…… 끝까지 가보려 했죠. 맨 밑바닥에는 뭐가 있는지 보려 했다는 겁니다."

"그래서 대관절 저더러 어쩌라는 말입니까?" 알베르트가 두 팔을 허공으로 치켜들며 소리쳤다. "대체 저더러 뭘 어쩌라고요?"

만약 상대가 프레데릭이 아닌 다른 사람이었다면, 알베르트가 이런 말투로 소리치고, 이런 식으로 팔을 치켜드는 행동을 하지는 못했을 것이다. 프레데릭은 한 손으로 알베르트의 팔을 붙잡고 걸음을 옮겨놓기 시작했다. 그리고 다른 한 손의 집게손가락으로 알베르트를 겨누며 말했다. "눈을 좀 더 높이 두었으면 좋겠습니다. 뭐든 당신이 하고 싶은 일을 해요. 하지만 뭘 하건 당신 모친께서 했던 대로, 조심성 있게, 진지하게 하기 바라요."

프레데릭은 계속해서 말했다. 진지함이란 성숙의 기본 조건이라고, 성숙이란 싼값에 얻을 수 있는 것이 아니며, 그 어느 것도 사물의 밑바닥을 꿰뚫어 보고자 하는 집요하고 엄정한 시선을 막아설 수 없을 거라고……. 알베르트는 이 훈계, 사실상 가차 없는 질책을 고스란히 듣고 있었다. 그는 자신의 입장을 어떤 식으로 변호해야 할지 몰랐다. 그렇지 않았더라면 그는 프레데릭이 연출하고 있는 심각한 태도를, 성실해 보이는 몸짓을 한번쯤 의심해 볼 수도 있었을 것이다. 하지만 프레데릭의 이 모든 연극이 그에게 짐짓 준엄하게 요구하는 사항은 자신의 의식이 완전하다는 사실을 받아들이라는, 즉 자신의 의식만으로도 사물을 그 밑바닥까지 파고들 수 있다는 자신감을 가지라는 것이었다. 그가 생각하기에도 이러한 요청이 비난받을 이유는 없어 보였다. 가톨릭교를 믿는 알베르트는 야만적인 무신론(신자의 눈에는 무신론자가 야만인으로 보이는 법이다.)에 대해 격렬한 거부감을 느끼곤 했다. 또한 그의 눈에 프레데릭이 주장하는 세계란 주인 없는, 따라서 법이 사라진 카오스, 오직 인간의 무한정한 자유 의지만이 횡행하는 혼돈의 장으로 비치는 것도 사실이었다. 하지만 알베르트는 가톨릭 신자로서의 의무에 충실했다. 그래서 어떤 도덕적 요청이 들어올 때 그것이 비록 불경하고 야만적인 자들이 요란하게 떠들어대는 것이라 해도 그냥 무시해 버릴 수 없었다. 게다가 알베르트는 자신이 어머니의 죽음을 빛바래게 할지도 모른다는 생각에 불안해했다. 자신이 아무리 노력해도 어머니의 삶이 도달한 수준에 미치지 못할까 봐, 그녀가 축적한 사랑과 존경에 어울리는 모습을 보이지 못할까 봐 두려웠다. 프레데릭의 불경함보다도 그를 더 겁먹게 한 것은 자신의 보잘것없음, 스스로 '삶을 한가롭게 영위하는' 변호사로 안주하게 할 그 자신의 범용함이었다. 그래서 알베르트는 프레데릭의 확고한 지적 우월성에 의지하여, 이 인물에게서 어떤 버팀대를 구하려 했다. 그는 생각했다. 아! 그렇다면 내 모친의 죽음을 하나하나 체험해 보자. 그 방식이 어떤 것이든, 누구의 도움을 빌리든, 하여간 이 죽음의 밑바닥까지 가보자! 그것을 낱낱이 해부해 골수까지 음미해 보자! 그러기 위해 알베르트는 이 시선, 야만적이지만 그러나 사물의 밑바닥을 훑어보는 프레데릭의 시선이 필요했다. 진지함에 대한 프레데릭의 이 맹렬한 열정이 필요했다.

"그럼 그 스쿠지악이라는 아이는 어떻게 해야 합니까? 생각을 말씀해 주세요." 알베르트가 말했다. "누가 그 아이를 재판하고 벌을 내려야 하죠? 우리에게 그를 가둬둘 권리가 있나요? 그 아이를 경찰에 넘기지 않은 건 정말이지 잘못이었어요. 저렇게 광에 무한정으로 가둬둘 수도 없는 노릇이잖아요!"

다음 날 히폴리트가 돌아오자 알베르트는 다시 이 질문을 꺼냈다. 하지만 히폴리트는 어깨를 으쓱해 보이며 단지 이렇게 말할 뿐이었다. "그거야 간단한 문제지! 신경 쓸 거 없잖아! 광에 가둬두든, 경찰에 넘기든, 마구 두들겨 패든, 그냥 풀어주든, 자네 마음대로 하라고!" 그렇지만 그 아이는 내 어머니의 살해범인데 이대로 넘어갈 수야 없지 않냐고 알베르트가 되묻자, 히폴리트는 화를 버럭 냈다. "살해범이라고? 그저 철없는 아이일 뿐이야. 아무것도 모르는 풋내기라고! 아무튼 그 일은 자네 마음대로 하고, 날 가만히 내버려 두게. 나는 따로 할 일이 있어." 히폴리트는 이야기를 그만 끝내고 싶어 했다. 그의 태도는 이 살인 사건에서 중요한 건 단지 아멜리아가 죽었다는 사실일 뿐, 그 범인이야 어떻게 되든 무슨 상관이냐는 의미로 비쳤다. 더구나 분명 다른 어떤 근심거리가 히폴리트를 사로잡고 있었다. 커다란 도기 난로에 기대고 서 있던 프레데릭이 뭔가 할 말이 있는 듯 갑자기 몸을 움직였다. 그러나 실제로 그의 입에서 흘러나온 건 "잠깐, 자─암깐!"이라는 속삭임이었다. 아주 나지막한, 옆 사람에게 그냥 속닥거리는 듯한 어조. 우리는 프레데릭이 이런 식으로 말을 꺼낼 줄 예상하지 못했기 때문에, 큰 소리로 이야기에 끼어든 것보다 더 긴장해서 그의 다음 말을 기다렸다. 그러나 프레데릭은 이렇게 두세 마디 중얼거려 놓고는 다시 입을 다물어버렸다. 이미 프레데릭의 태도에서 보이는 지극히 사소한 변화라도 알아차릴 지경이 된 알베르트가 그를 향해 물었다.

"뭐라고요? 뭔가 하실 말씀이 있는 거죠?"

말을 채근받은 프레데릭이 눈을 돌려 방 안을 한 바퀴 둘러보았다.

"그러니까…… 지금 문제는 그 아이를 어떻게 처리하느냐는 건데…… 어떻게 처리하든 상관없죠. 모든 게 다 가능해요."

"그 아이를 어떻게 하든 상관없다고요?" 히폴리트가 이해할 수 없는 화를 내며 버럭 소리를 질렀다. "대체 무슨 소리를 하는 겁니까?"

프레데릭이 조금 당황한 기색으로 말을 덧붙였다.

"그 아이야, 결국, 뭐라고 할까……. 어떻게 되어도 상관없는 그냥 아이일 뿐이잖아요? 아무 중요성도 없는 아이. 그러니 마음대로 해도 괜찮죠. 하고 싶은 대로 처리하면 되지 않겠습니까."

"며칠 전에 어머니에 대해 말씀하실 때도 지금과 같은 말을 하셨어요." 알베르트가 갑자기 끼어들었다. "어머니가 그 아이한테 칼을 들고…… 어떤 행동이든…… 왜냐하면 아이니까……."

알베르트가 말을 더듬었다. 수치심 때문인지 금세 얼굴이 눈에 띄게 붉어진 프레데릭이 중간에 나섰다.

"천만에, 그게 아닙니다, 내 말은 단지……. 아니, 이 이야기는 그만 합시다."

얼마나 능란한 배우인가! 눈앞에서 프레데릭의 공연이 펼쳐지고 있었다. 그는 자신이 지금 연기를 하고 있다는 걸 감추려고 하지도 않았다. 하지만 그에게도 역시 이런 일은 힘이 드는 듯했다. 자신이 맡은 역을 끝까지 밀고 나가면서도 안색이 '정말로' 창백해져서는 줄곧 몸을 떠는 게 보였다.

내가 보기에 그의 연기는 이 살인 사건과 살인자에게 최대한 모호한 성격을 부여하는 게 주된 내용이었다. 아마도 그가 의식적으로 그랬던 건 아닐 것이다. 이런 연기는 그 자신도 어쩌지 못하는, 그래서 창백한 얼굴로, 그 자신도 질겁해서 감내할 수밖에 없는 훨씬 강력한 욕구였을 것이다. 물론 이것은 연기였다. 하지만 이를 통해 프레데릭은 자신이 의도한 대로 일을 끌고 나가면서 상황을 유도했다. 결국 모두가 일종의 거북함을 느꼈다. 히폴리트는 기회를 틈타 자리를 피했다. 알베르트는 침묵했다. 그럼에도 불구하고 이 배우가 내뱉은 화살들은 그 과녁을 정확히 쓰러뜨렸고, 그래서 올렉은 광에 갇힌 채, 더욱 위험한 처지에 놓이고 말았다. 엉뚱하고 이해할 수 없는 이 결정 하나로 분위기 전체가 침울하게 가라앉았다…….(나는 이런 결정이 누구를 겨냥하는지, 어떤 용도로 쓰이게 될지 알고 있었다.) 올렉의 상처는 매일 저녁 씻고 새로 붕대를 감아주어야 했다. 이 일은 의학을 조금 아는 프레데릭이 맡았고, 매번 카롤이 그를 거들었다. 헤니아도 램프를 들고 두 사람을 따라나서곤 했다. 카롤과 헤니아가 이 일에 끼어든 건 위험하고도 의미심장했다. 생각해 보라. 누워 있는 올렉을 빙 둘러싼 세 사람. 이들은 각자 올렉을 들여다보는 자신을 정당화할 무엇인가를 손에 들었다. 프레데릭은 약솜을, 카롤은 대야와 알코올 병을, 헤니아는 램프를. 하지만 올렉의 상처 난 허벅지 위로 얼굴을 기울이는 순간부터 이 세 사람은 자신들이 손에 쥔 물건들을 잊어버렸다. 말하자면 램프 불빛 아래 모여 올렉을 향해 몸을 기울인 이들의 행동은 아무 목적 없는, 무상의 행동이 되곤 했다. 그런 다음에는 알베르트가 혼자서 광에 들어가 문을 닫고 올렉을 심문했다. 이것저것 질문이 이어졌다. 때로는 달래면서, 때로는 을러대며. 그러나 주눅이 들어 잔뜩 웅크린 소년을 어찌해 볼 도리는 없었다. 이 어린 시골뜨기의 우둔함도 한몫 거들었다. 소년은 지치지도 않고 똑같은 말을 반복했다. 아멜리아가 자신에게 달려들었고, 물어뜯기 시작했고, 그러니 자신이 뭘 어떻게 할 수 있었겠는가? 소년은 알베르트가 던지는 질문에 점차 익숙해졌고, 따라서 대답하는 일에도 익숙해졌다.

"마님은 사정없이 저를 물었어요. 보세요. 여기 그 자국이 한두 군데가 아니잖아요."

이 지긋지긋한 심문으로 진을 뺀 알베르트가 마치 오랜 병을 앓은 사람처럼 휘청거리며 되돌아오면, 헤니아가 그의 곁으로 가서 앉곤 했다. 말없이, 다소곳한 아내처럼…….(그사이 카롤은 식탁을 차리거나 전쟁 전의 모습을 담은 삽화들을 뒤적거렸다.) 그러면 나는 그녀를 훔쳐보면서 '카롤과 함께 있는' 그녀를 보려고 했다. 하지만 그때마다 나는 내 눈을 믿을 수 없었다. 바로 얼마 전 그토록 나를 흥분시켰던 것들을 이제는 전혀 찾아볼 수 없었기 때문이다. 아니, 그것들은 더 이상 나를 흥분시키지 않았다. 나는 멍청한 괴물이 된 내 상상력을 비난했다. 헤니아와 카

롤 사이에는 아무것도 없었다. 정말이지 아무것도! 헤니아
는 알베르트하고만 함께였다. 그런데 알베르트와 함께할
때면 그녀는 얼마나 탐욕스러운지! 채워질 줄 모르는 그
식욕, 그 맹렬한 욕망! 그녀는 격심한 허기에 차서 알베르
트 곁으로 다가앉곤 했다. 마치 성인 남자가 예쁜 계집아
이에게 접근하듯이! 이 비유가 점잖지 못한 건 알지만 그
렇다고 그녀가 음란하다는 뜻은 아니다. 나는 다만 헤니아
가 억제할 수 없는 욕망으로 알베르트의 영혼을 공략하고
있었다는 말을 하고 싶을 뿐이다. 알베르트의 신념, 그의
명예 의식, 책임감, 체면, 그리고 이런 것들에 동반되는
모든 고통들이 그녀가 탐내는 대상이었다. 헤니아는 알베
르트의 성숙을 너무나 갈망한 나머지, 멋들어진 그의 콧수
염보다도 듬성듬성 자리를 내보이기 시작한 탈모증에 더
큰 유혹을 느낄 정도였다. 물론 그녀의 이런 갈망은 몸에
익은 수동성으로 포장된 것이었다. 다만 다정하게, 알베르
트에게 바싹 붙어 앉아 그의 성숙을 빨아들이고 있었을
뿐. 또한 그녀는 자신을 쓰다듬는 그의 손길을, 그 신경질
적이고 예민한, 남자의, 어른의 손을 온순하게 참아냈다.
타인의 성숙함에 의지해서 자신 역시 (비록 조숙하다 한들
아무런 경험도 없는 그녀로서는 이해하기 힘든) 이 극적인 죽
음에 대해 진지해질 수 있기를 소망하면서. 빌어먹을 계집
아이 같으니! 카롤과 어울려 예쁘장한 짓이나 하고 있을
것이지(하려고만 들면 얼마든지 잘할 텐데.) 저 변호사 녀석
에게 들러붙어 애지중지 다듬은 그 추한 몰골이나 더듬고
있다니! 알베르트는 헤니아의 다정한 태도에 감동해서 그

녀를 부드럽게 쓰다듬고 있었다. 램프 불빛 아래에서……. 이렇게 며칠이 지났다. 어느 오후 히폴리트가 말했다. 이 저택에 또 다른 손님이 올 거라고…… "시에미안 씨가 우리를 방문할 거야." 나지막한 목소리로 이 사실을 알리면서 히폴리트는 자신의 손톱을 한참 들여다보았다.

그런 다음 내리깐 눈의 눈꺼풀을 완강히 닫아버렸다.

히폴리트의 말을 듣고 나서도 우리는 되묻지 않았다. 그게 어쩌면 신중치 못한 행동일 수도 있었기 때문이다. 그의 목소리에서 묻어나는 음울한 체념의 기색에서 우리는 그가 진실을 숨길 생각조차 없다는 걸 눈치 챘다. 다가올 이 '방문' 뒤편 어둑한 그늘에 그물 하나가 펼쳐져 있었다. 지하운동 조직이라는 그물. 이 그물은 우리 모두를, 서로 등을 돌려세워 친친 옭아맸다. 누구도 자신에게 허용된 것 이외의 말을 할 수 없었고, 그 나머지 말들도 무겁게 짓누르는 침묵으로, 불확실한 추측들로 바뀌었다. 이미 며칠 전부터 우리 사이에 어렴풋이 스며들어, 루다에서 겪은 비극적인 사건으로 생겨난 서로 간의 공감대를 교란하고 있던 그 은밀한 위협이 한층 뚜렷하게 다가왔다. 이제 지난 사건들의 부담스러운 모호함 대신 당장에 닥친 위험한 미래가 엄청난 무게로 우리를 압박했다. 그날 저녁, 비가 오고 있었다. 가느다란 빗줄기가 안개처럼 퍼지며 뼛속으로 파고드는, 밤새도록 추적추적 내릴 듯한 비였다. 현관 앞에 마차 한 대가 와서 섰다. 이어서 빠끔 열린 대기실 문 사이로 히폴리트와 한 남자의 모습이 보였다. 망토를 걸친 남자는 키가 컸고 손에 모자를 들고 있었다. 히폴리트가 램프를 손에 들고 그를 안내했다. 두 사람은 계단을 통해 침실이 준비된 2층으로 올라갔다. 열린 문틈으로 맞바람이 들이쳤다. 히폴리트가 하마터면 램프를 떨어뜨릴 뻔했다. 문이 세차게 닫혔다. 나는 방금 지나간 남자를 알아보았다. 그렇다, 비록 그 남자는 나를 전혀 모를 테지만, 나는 그 남자를 알고 있었다. 이 조용한 집 안이 별안간 나를 집어삼킬 함정처럼 느껴졌다. 어떻게 잊을 수가 있겠는가. 그 남자는 지하 항독운동 조직의 핵심 요원이었다. 그러니까 독일군이 눈에 불을 켜고 찾고 있는 조직 지도자들 가운데 한 명……. 틀림없었다. 바로 그 사람이었다. 그리고 그 인물이 여기에 왔다는 사실은 우리들 사이에 예측할 수 없는 일이 끼어들었다는 걸 의미했다. 사실 우리는 그의 손아귀에 붙들린 셈이 아닌가. 즉 그가 어떤 대담한 짓을 저지른다면 그건 그 자신만의 문제가 아니었다. 그는 자신을 우리에게 노출함으로써 우리를 위험으로 내몰고 있었다. 그는 우리를 어떤 불길한 사건 속으로 이끌고 들어갈 수 있는 인물이었다. 만약 그가 우리에게 무엇인가 요구해 온다고 할 때 우리로서는 그것을 거절하기가 불가능했다. 우리는 민족이라는 이름으로 묶여 있었기 때문이다. 우리는 동지이자 전우였다. 공통의 대의를 위해 서로가 서로에게 수단이 되는, 서로가 서로를 무자비하게 이용할 수 있는, 얼음처럼 차가운 동포애.

이 남자, 같은 편이면서도 동시에 지극히 위험한 이방인인 그가 방금 전, 열린 문틈을 통해 내 눈앞에 나타났다가 사라졌다. 무시무시한 유령처럼. 그리고 별안간 모든 것이

오그라들어 수수께끼 속에 파묻혔다. 나는 이 인물이 우리에게 몰고 올 위험이 어떤 종류의 것인지 알고 있었다. 그렇지만 삼류 소설에서 빌려 온 잡동사니 고물, 젊은 시절 한때 품었던 들뜬 꿈들의 뒤늦은 발현인 이 모든 무대 장치—행동, 대독 저항, 지도자 동지, 지하운동 조직—에 대한 희미한 혐오감이 내 속을 뒤집어놓는 걸 어쩌지는 못했다. 우리에게 맡겨진 이 연극 공연을 망쳐놓기 위해 나는 무슨 짓이든 하고 싶었다. 이 방법도 저 방법도 결국 다 마땅찮기는 했지만 말이다. 내게 있어 민족과 그것에 따라붙는 일체의 것들, 낭만주의의 이 부산물들은 결코 마실 수 없는, 날 괴롭히기 위해 조제된 혼합 음료였다. 그렇지만 입맛 까다롭게 굴 수는 없는 노릇, 운명이 제공한 것들을 거절하기란 불가능했다. 그 '지도자'가 저녁 식사를 하기 위해 내려왔을 때 나는 그와 첫인사를 나눴다. 군인, 기병 장교 같은 인상을 주는—실제로 그는 장교였다—사람이었다. 동쪽 지방, 아마도 우크라이나 출신이 아닐까 싶었다. 나이는 마흔이 넘었고, 얼굴은 짧게 들여 깎은 숱 많은 턱수염 때문에 어두워 보였다. 호리호리한 체구, 세련된 몸가짐에다가 사람을 잡아끄는 매력도 있었다. 그는 식탁에 둘러앉은 모든 사람에게 인사를 건넸고—그러니 그가 이 집을 방문한 게 이번이 처음은 아니라는 이야기였다—히폴리트의 부인과 헤니아에게는 허리를 굽혀 손에 입을 맞추었다. "그 소식은 저도 들었습니다. 정말 끔찍한 일이지요! 그런데 두 분 선생께서는 바르샤바에서 오셨습니까……?" 만찬 도중에 그는 이따금씩 눈을 감고 있었는데, 그 모습이 몇 시간째 지루한 기차에 몸을 싣고 있는 여행자처럼 보였다. 식탁 거의 끝자리가 그에게 주어졌다. 이 집에서 그는 분명 가축 사육사 따위 하급 기술자 행세를 하고 있을 것이기 때문이었다. 집 안에는 하인들의 눈도 있었기 때문에 신중을 기해야 했다. 식탁에 둘러앉은 사람들이야 물론 돌아가는 사정을 뻔히 알았지만, 몇 마디 시들한 대화나 주고받을 뿐 무거운 분위기를 벗어나지 못했다. 그런데 식탁 끝, 그러니까 바로 카롤이 앉아 있는 자리에서 범상치 않은 일들이 일어나고 있었다. 우리의 (젊은) 카롤은 그 방문객이 식탁에 앉은 순간부터 군대식의 복종과 졸병다운 열의에 들뜨기 시작한 것이다. 그 자리에 충성심에 취한 병사가 느닷없이 출현했다. 코앞에 널린 죽음과 대면한 채 긴장감으로 날이 선 파르티잔, 음모에 가담한 비밀 조직원. 언제라도 명령에 따를 태세를 갖춘, 민첩하고 유능한 행동 대원. 이 소년이 거친 두 손과 힘센 두 팔로 품어 안은 어떤 조용한, 살기 띤 힘이 느껴졌다. 게다가 그 식탁에서 이런 변화를 보인 사람은 카롤만이 아니었다. 카롤에게 감염된 것이었을까? 조금 전까지 그 자리에 너저분하게 깔려 있던 그 볼썽사나운 낭만주의의 찌꺼기들이 마술처럼 사라져버리고, 대신 정신적 연대감이 우리 모두를 묶어놓고 있었다. 단결이 힘이고 진리라는 그 확신. 전투를 앞에 두고 명령을 기다리는 일개 분대병들처럼 우리는 식탁에서 대기했다. 대독 저항운동, 전투, 적……. 이런 단어들이 별안간 매일의 삶보다 훨씬 생생한 진실을 띠고 다가와서 신선한 바람처럼 실내를 한 바퀴 휘

감아 돌았다. 그때부터 헤니아와 카롤의 신분 차이, 그 고통스러운 불균형은 잊혀졌다. 우리는 모두 전우였으므로. 하지만 이런 식의 연대란 얼마나 불순한가! 솔직히 말하자면 이것 역시 불쾌한, 잘라 말해서 불결한 것이었다. 우리끼리 하는 이야기지만, 사실 우리 성인들을 이런 전투에 데려다 놓으면 다소 우스꽝스럽고 봐주기 힘든 모양새가 되지 않는가? 마치 그럴 나이가 지난 노인네가 잠자리 일을 치르느라 기를 쓰는 꼴처럼. 비썩 마른 프레데릭, 피둥피둥 부풀어 오른 히폴리트, 곧 쓰러지기 직전인 그의 아내를 생각해 보라. 영락없이 그렇지 않은가? 식탁에 둘러앉은 우리 전투 분대는 서툰 예비역 분대였고, 우리의 결속이라는 것은 어중이떠중이들이 뭉친 것이었다. 전투와 열광을 향한 우리의 연대에는 우울과 혐오가 깊이 배어 있었다.

어쨌거나 아직도 열광과 연대라는 것이 가능하다니, 나는 이런 사실에 순간순간이나마 감탄했고, 그런 와중에도 수시로 헤니아와 카롤을 향해 소리치고 싶었다. 아, 어서 떠나라, 우리와 함께 어울리려고 하지 마. 우리의 이 진흙탕에서 달아나라. 이 우스꽝스러운 연극에서 벗어나란 말이야! 그러나 그들은(그렇다, 헤니아 역시도) 내 말에 전혀 귀 기울이지 않았다. 그들은 우리, 어른들에게 찰싹 달라붙어 자기 자신을 내맡기고 있었다. 그들은 우리에게 복종했다. 지도자의 손짓 한 번에 우리를 위해, 우리와 함께, 무엇이든 할 준비가 되어 있었다. 저녁 식사 내내 이런 상황은 계속되었다. 적어도 내 눈에는 그렇게 비쳤다. 그런데 이렇게 느낀 것은 나인가 프레데릭인가?

　서로 다른 세대 간의 이러한 신비한 '교감'……. 그러니까 젊은이가 어떤 방식으로든, 어떤 통로로든 갑자기 성숙에 접근하게 되고, 또 그 반대의 경우가 성립하게 되는 것은 아마도 인류의 가장 불가해한, 또한 가장 복합적인 신비 가운데 하나일 것이다. 지금 경우에는 그 방문객, 군 장교인 그가 이 신비를 푸는 열쇠였다. 군 장교인 덕분에 병사, 특히 젊은 병사와 쉽게 통했던 것이다. 이 사실은 잠시 후 분명히 확인할 수 있었다. 식사가 끝나자 프레데릭은 시에미안에게 살해범을 보여주겠다며 자신이 광으로 안내하겠다고 제안했다. 물론 나는 프레데릭이 아무런 속셈 없이 이런 제안을 했다고는 결코 믿지 않았다. 나는 알고 있었다. 카롤이 그 장교에게 충성을 맹세한 순간부터 프레데릭은, 역시 젊은이이면서 살인자인 올렉이 광에 갇혀 있다는 사실에 한층 더, 도저히 참을 수 없을 만큼, 조바심을 내고 있었다는 것을. 우리―시에미안, 프레데릭, 나, 헤니아, 그리고 카롤―는 램프를 들고 광으로 갔다. 창문을 쇠창살로 막아놓은 광 안, 깔아놓은 짚단 위에 올렉이―잠이 든 채―누워 있었다. 우리가 둘러싸고 들여다보자 그는 움찔하더니 손을 들어 눈을 가렸다. 영락없는 아이의 행동이었다. 카롤이 램프를 치켜들어 그를 비췄다. 시에미안이 카롤에게 소년을 깨우지 말라는 손짓을 했다. 시에미안은 올렉을 아멜리아의 살해범을 바라보는 눈으로 보고 있었다. 하지만 카롤이 램프를 들어 올렉을 비춘 방식은 살인자를 확인시킬 때의 방식이 아닌, 어떤 다른 방식이었다. 마치 자신의 대장에게 그를 선보이고 싶다는 듯한. 그렇다, 카롤은 그를 어린 살인범으로서가 아닌, 어린 병사로서, 동지로서 비추었다. 입대를 위해 신체검사를 받는 신참으로서…… 그때 헤니아는 카롤 뒤에서 그가 올렉을 이런 방식으로 비추는 것을 바라보고 있었다. 병사 카롤이 장교를 위해 또 다른 병사를 비추고 있는 이 장면, 이것은 내게 특별한 인상으로 다가왔다. 그 어느 것보다 주목할 만한…… 그러니까 이것은 한 병사가 다른 병사에게 보내는 따뜻하고 우정 어린 몸짓이자, 또한 상대를 먹잇감으로 던져버리는 잔인한 몸짓 아닌가. 게다가 어느 성년 인간을 위해 한 소년이 다른 소년에게 빛을 들이댔다는 사실은, 비록 그 당장에 이유를 설명할 수 있었던 건 아니지만, 무척 의미심장하게 여겨졌다.

창문이 쇠창살로 막힌 이 광 안에서 우리는 목격했다. 램프를 둘러싸고, 그 램프 불빛 속에서 이루어지는 세 젊은 존재의 소리 없는 폭발을. 그리고 그들의 조용한 폭발은 무엇인가 새로운 것, 우리 어른은 알지 못하는, 소박하면서도 열렬한 것을 자유롭게 풀어놓았다. 시에미안이 방심한 듯한 눈길로 이 세 사람을 훑었다. 흘깃, 아주 짧게 스치는 눈길이었지만, 그것만으로도 이 인물이 지금 눈앞에서 일어나고 있는 현상을 전혀 이해하지 못하는 건 아님을 확인하기에는 충분했다.

9

네 개의 작은 섬 이야기를 한 적이 있었던가? 그 작은 섬들은 수로에서 연못으로 이어지는 지점, 푸른색 개구리밥으로 뒤덮인 물길 사이에 떠 있었고, 이 작은 섬들을 연결하는 다리들이 수로 위로 걸려 있었다. 개암나무, 고광나무, 측백나무들이 뒤엉킨 덤불 숲 사이로 빠져서 정원 제일 바깥 경계까지 뻗어 나간 산책로 하나가 이 섬들이 있는 늪을 한 바퀴 감아 도는 덕분에 나는 신발을 적시지 않고도 섬들을 둘러보곤 했다. 어느 날 이 산책로로 접어든 나는 고인 물 위에 떠 있는 섬들 가운데 하나가 나머지 셋과 다르다는 느낌을 선명하게 받았다. 어떻게? 어째서? 비록 순간적으로 스쳐 지나간 인상이긴 했지만 그걸 무시할 수는 없었다. 그러기에는 이 정원이 우리가 벌이고 있는 유희에 너무나 깊숙이 참여하고 있었기 때문이다. 하지만…… 아니, 아무것도 아냐. 나는 중얼거렸다. 여기저기 흩어진 나무들이 가지 높이 붙은 잎사귀들을 펄럭일 뿐, 그 섬에 살아 있는 건 아무것도 없었다. 찌는 듯 무더운 날, 새참 무렵이었다. 군데군데 남아 있는 초록색 물웅덩이 몇 개를 제외하고는 물이 거의 말라버린 수로의 진흙 바닥이 햇볕 아래서 번들거렸다. 수로 양편으로 갈대가 빽빽했다. 문득 누군가 앞서 지나간 듯한 발자국들이 눈에 띄었다. 우리의 놀이에서 그런 이상한 흔적들은 즉시 조사해 보아야만 할 것들이었다. 나는 섬으로 올라갔다. 작은 섬은 열기에 짓눌려 헐떡이고 있었다. 빽빽이 우거진 잡초

174

와 사방에 바글대는 개미들. 그런데 저편으로 나무 몇 그루가 멋진 그늘을 드리우고 있는 게 보였다. 나는 덤불을 헤치고 그쪽으로 다가갔다. 잠깐…… 아, 이럴 수가!

거기에 벤치 하나가 있었고, 그 벤치에 그녀가 앉아 있었다. 그런데 앉아 있는 그녀의 다리 모습이 엉뚱했다. 다리 한편은 그대로 둔 채 다른 편만 옷을 무릎 위까지 걷어 올려 맨살을 드러내고 있었던 것이다. 그녀의 발아래 풀밭에 누워 있는 그의 모습도 기묘하기는 마찬가지였다. 그도 역시 한쪽 바짓단만 무릎 위까지 걷어 올리고 있었다. 옆에 놓아둔 신발 안에 함께 벗어놓은 양말이 비죽이 보였다. 그녀의 얼굴과 눈은 그를 비껴 딴 곳을 향하고 있었다. 그 역시 그녀를 보고 있지 않았다. 무성한 풀 속에 파묻혀 팔을 머리 위로 얹고 있었으니까. 평소 두 사람의 자연스러운 리듬과는 얼마나 어울리지 않는 장면인가! 뻣뻣하게 굳은, 기이한 그 모습……. 그 장면이 그렇게까지 어색해 보이지만 않았더라도 그처럼 낯 뜨거운 느낌을 받지는 않았을 것이다. 숨이 턱턱 막히는, 간간이 물속으로 뛰어드는 개구리 소리만 들려올 뿐 모든 움직임이 멎어버린 그 축축한 열기 속에서 두 사람 모두 한쪽 다리만, 땀에 젖어 번들거리는 맨살로, 드러내놓고 있다니! 한 다리만 맨살을 드러낸 그, 그리고 한 다리만 맨살인 그녀! 어쩌면 두 사람은 물속에 들어갔다가 나온 것일지도 모른다……. 아니, 이건 뭔가 다른 일이야, 그렇게 쉽게만 설명할 수 없는…… 다리 하나만 맨살을 드러낸 그, 그리고 다리 하나만 맨살인 그녀! 그녀의 다리가 움직였다. 그녀가 자신의 다리를 앞으로 죽 뻗어 그의 다리 위에 올려놓은 것이다. 그게 전부였다.

　나는 바라보고 있었다. 별안간 나 자신의 어리석음에 화가 솟구쳐 올랐다. 저 두 사람 사이에 '아무 일도 없다'고 믿었다니, 겉모습만을 보고 그렇게 믿어버리다니, 아, 나는——그리고 나와 더불어 프레데릭은——어쩌면 그리도 순진할 수 있었는지! 그렇지 않다는 증거가 여기 내 눈앞에, 마치 몽둥이로 후려치듯이 노골적으로 펼쳐지고 있지 않은가. 그러니까 바로 여기서 저 두 사람이 만나왔다는 말이지, 바로 이 섬에서……. 만족감의 크나큰, 소리 없는 외침이 그 장소에서 새어 나왔다. 그러는 동안 두 사람의 접촉은 움직임 없이, 작은 소리 하나 내지 않고, 단 한 번의 눈길도 나누지 않고(사실 두 사람은 시선을 서로 다른 곳에 두고 있었다.) 계속되었다. 그는 한쪽 다리를 맨살 그대로 드러내놓고, 그녀도 한쪽 다리를 맨살 그대로 드러내놓고.

　멋지군……. 하지만…… 아니다, 이건 있을 수 없는 일이다. 이 모든 장면에는 뭔가 분명 꾸며낸 듯한 것이 있다. 이해할 수 없는, 부자연스럽게 뒤틀린 어떤 것……. 어째서 두 사람은 저토록, 마치 모든 운명이 결정 난 사람들처럼, 아무 움직임 없이 멈춰 있는 걸까? 저들의 놀이에 감도는 이 냉랭한 한기는 무엇일까? 한순간 내 머릿속에 참으로 어처구니없는 생각 하나가 스쳐갔다. '이럴 수밖에 없어, 다른 모습이 아니라 바로 이런 모습이기 때문에 저둘 사이에 뭔가가 있다는 거야, 이렇기 때문에 더 믿을 수 있지, 만약 저들이…….' 터무니없는 생각이었다. 곧 또 다른 생각이 떠올랐다. '저들은 지금 내게 보란 듯 뽐내고 있는 거야, 이건 전부 웃기는 연극이라고! 무슨 조화인지는 몰라도 두 사람은 내가 이리로 지나갈 것을 미리 알고 있었던 게 틀림없어. 그래서 의도적으로 저런 모습을 꾸며 내는 거야. 나를 위해서. 틀림없어. 저건 모두 나를 위한 거야. 내가 자신들에 대해 꿈꾸고 있는 것 그대로, 수치스러운 내 상상들 그대로 연출해 보이는 행동! 그래, 저건 나를 위한 거야, 내게 보여주려는, 나를 위한 행동이야!' 이런 생각에 고무된 나는 몸을 숨기고 있던 잡초 덤불에서 빠져나와 그들에게 다가갔다. 신중성은 집어치우고. 그때였다, 그림이 드디어 완성된 것은. 프레데릭이 거기 앉아 있었다. 소나무 그늘, 마른 솔잎 더미 위에. 그렇다면…… 이 모든 건 프레데릭을 위한 게 아닌가!

나는 멈춰 섰다……. 나를 본 프레데릭이 그들에게 말했다.

"한 번 더 해야겠군."

그 순간 나는, 비록 여전히 혼란을 가라앉히지 못한 상태였지만, 그들의 젊은, 음탕한, 타락한 숨결을 느끼고 몸이 뻣뻣이 굳어버리는 것 같았다. 그들은 여전히 움직임이 없었다. 그들의 싱싱한 젊음은 차갑게 얼어붙어 있었다.

프레데릭이 내게 가까이 왔다. 상냥한 표정을 지으면서.
"아, 비톨트 씨, 어떻게 지내십니까?(어느 모로 보더라도 불필요한 인사였다. 우리는 한 시간쯤 전에 헤어졌던 것이다.) 저 두 사람이 펼치는 무언극을 보셨습니까?(그는 내게 두 사람을 소개하듯 팔을 멋지게 벌려 보였다.) 어땠습니까? 나

쁘지 않았죠? 그렇죠? 하, 하, 하!(이 웃음소리 역시 불필요한 군더더기였으나, 무척 요란했다.) 꿩 대신 닭이라고, 그렇지 않습니까…… . 내가 연출에는 솜씨가 없다는 걸 아시지요? 예전에 배우 생활은 좀 했습니다만, 나의 이런 자잘한 개인사야 잘 모르시겠지요?"

그는 내 팔을 잡고 지극히 연극적인 몸짓을 해 보이며 나무들 사이 빈 터를 한 바퀴 돌았다. 남은 두 사람은 아무 말 없이 우리를 지켜보았다. "시나리오 한 편을 구상해 보았지요…… . 영화 시나리오인데…… . 하지만 몇몇 장면은 너무 대담한지라, 좀 더 손을 봐야 합니다. 실제 인물들에게 연기를 시켜서 시험해 볼 필요가 있다는 말이죠."

"오늘은 그만 하자. 이제 옷을 바로 입어도 좋아."

이렇게 말한 그는 두 사람에게 더 이상 눈길을 주지 않고 나를 다리 위로 데려갔다. 자기가 생각하고 있는 것들을 높은 목소리로, 수다스럽게 떠들어대면서. 그의 말에 따르면, 희곡 작품이나 시나리오를 쓸 때 일반적으로 '연기자에 대해서는 고려하지 않는' 법이지만, 이런 방식은 이제 낡은 것이었다. 우선 이 방법 저 방법으로 연기자들을 '조합'해 본 다음 가장 어울리는 조합을 택해서 작품을 써나가야 한다고 그는 주장했다. 그가 생각하기에 연극의 특성이란 '사람들 속에 잠재해 있는 것을 그들 각자가 가진 가능성들을 활용해서 바깥으로 끌어내는 것'이었다. 또 연기자는 '가상의 인물이 되어볼', 자기 자신이 아닌 어떤 사람인 척할 필요가 없다고 했다. 오히려 그 반대로 작품 속의 인물이 연기자에게 맞춰 구상되어, 마치 맞춤 양복처

럼 연기자에게 '딱 맞아떨어져야' 한다는 것이다. 그가 웃
음 띤 얼굴로 말했다. "비슷하게나마 이렇게 될 수는 없을
까 하고 저 두 사람을 데리고 실험해 보고 있었던 겁니다.
저 아이들에게는 수고의 대가로 선물을 주겠다고 약속했지
요. 사실 이건 무척 고된 작업이거든요. 아무것도 하지 않
고 지내려니 이 전원 생활도 지루해지려는 참이었는데…….
그러니 건강을 위해서라도 무슨 일인가 시작해야 하지 않
겠습니까, 비톨트 씨, 단지 건강을 위해서라도 말입니다!
물론 나는 이런 종류의 일거리에 대해 사방에 떠들고 싶지
는 않습니다. 왜냐하면 히폴리트 씨 내외분에게는, 모르긴
해도, 이 일이 다소 무모해 보일지도 모르거든요. 나 자신
공연히 쑥덕공론에 오르내리게 되는 건 바라지 않는다는
말이죠……." 그는 목소리를 높여 쉴 새 없이 떠들어댔다.
나는 그의 옆에서 땅바닥만 쳐다보고 있었지만, 막 알아차
린 어떤 일이 반짝이는 쇠못이 되어 두개골에 쑤셔 박히는
느낌을 떨어버릴 수 없었다. 그가 하는 말도 간신히 알아
들을 정도였다. 아, 이 교활한 인간! 여우! 프레데릭은 시
나리오라는 구실을 붙여서 헤니아와 카롤에게 할 일을, 해
야 할 역할을 마련해 준 것이다……! 파렴치하고 음란한
역할을! 나는 도착적인 욕망에 달아올랐고 그러면서도 더
러운 질투에 사로잡혀 자제심을 잃고 있었다. 상상들이 탁
탁 튀는 불꽃처럼 내 눈앞에서 어지럽게 반짝였다. 그건
어떤 차가운, 흥분 없는 음탕함, 그러니까 말괄량이 계집
아이의 순진한——악마적인——음탕함에 대한 상상이었다.
그렇다, 계집아이의 음탕함! 정말이지 이 소녀는, 약혼자

까지 둔 이 착하고 정숙한 아가씨는 수풀 속에 몸을 숨긴 채 이런 종류의 짓거리를 벌이고 있었던 것이다. '작은 선물'을 준다는 약속에 그만 넘어가서는…….

"아주 흥미로운 연극 실험이었습니다. 아주 재미있었어요." 내가 대답했다. "분명 선생은 이 실험에서 뭔가를 얻어냈겠군요!" 이렇게 덧붙인 다음 나는 재빨리 그에게서 벗어났다. 이 일에 대해 곰곰이 생각해 보고 싶었다. 조금 전 내가 목격한 음탕한 장면이 단지 그 두 소년 소녀만의 작품이라고 할 수는 없었다. 프레데릭은 내가 기대했던 것보다 훨씬 유능한 솜씨를 보여주었다. 그는 당당하게, 망설이지 않고, 정면으로 나서서, 꿋꿋하게 자신의 계획을 밀고 나갔던 것이다. 그것도 나, 군더더기인 나 몰래, 자기 자신의 쾌락을 위해서! 돌아가는 사정에는 아랑곳없이, 심지어는 아멜리아의 죽음에 대해 그 자신이 알베르트에게 늘어놓았던 그 비감한 일장 연설조차 무시해 버린 채, 그는 행동에 뛰어들었다. 그렇다면 이렇게 해서 일을 상당히 진척시킨 걸까? 과연 그는 어느 선까지 갈 수 있을까……? 그가 이 일을 어느 정도까지 밀고 나갈 것인가 하는 건 특히 미묘한 문제였다. 나 자신도 이미 여기 말려 들어가 있는 만큼 더욱 신경이 쓰였다. 더럭 겁이 났다. 다시 저녁을 맞았다. 미처 모르는 사이, 빛은 엷어지고 어두운 색조가 점점 짙어졌다. 별안간 사방에 검은 구멍과 모서리가 늘어났다. 점차 밀려온 밤이 구석구석 빈 곳부터 두텁게 채워가고 있었다. 나무들 뒤로 해가 완전히 모습을 감췄다. 나는 현관 앞 층계에 책 한 권을 놓고 온 기억이 나서

책을 가지러 갔다……. 다시 집어 든 책 속에서 편지 한 통이 떨어졌다. 겉봉투에는 아무 이름도 적혀 있지 않았다. 봉투를 열고 편지를 꺼냈다. 연필로 휘갈겨 쓴 글씨였다.

드릴 말씀이 있어서 이렇게 편지를 씁니다. 나는 이번 일을 혼자 하고 싶지 않습니다.

혼자서는, 예를 들어 자신이 이성을 잃지 않았다는 걸 확인할 길이 전혀 없습니다. 하지만 둘이라면 사정이 다르지요. 둘이라면 일종의 보증, 객관적인 보증이 생기니까요. 둘이라면 미친 짓은 안 할 게 아닙니까.

미친 짓을 하게 될까 봐 두려운 건 아닙니다. 나는 이성을 잃을 수 없는 사람입니다. 비록 그러기를 원한다 해도 말입니다. 내게 있어 광기란 절대로 불가능한 일이지요. 내 자신이 광기의 해독제 같은 인간이니까요. 내가 피하고 싶은 것은 또 다른, 아마도 좀 더 위험한 상황인데, 그러니까 가능성들의 증가라는 일종의 비정상적인 상황입니다. 우리가 우리 자신에게 유일하게 허용되어 있는 길에서 벗어나게 될 경우 그런 상황은 위험이 되거든요. 무슨 말인지 이해하시겠습니까? 더 자세히 설명할 여유는 없군요. 만약 내가 다른 행성——달밖에 더 있겠습니까만——에 가는 경우가 생긴다면 그때도 역시 누군가와 동행할 겁니다. 만일을 생각해서, 상대방에게 나를 비춰 보면서 내가 인간이라는 사실을 잊지 않기 위해 말입니다.

앞으로도 뭔가 알려드릴 게 있으면 편지를 쓰겠습니다. 이건 우리만의 비밀로 합시다. 그러니 이 편지를 읽은 후엔

불태워버리고, 그 누구한테도, 나한테조차도 이에 대해 다시 언급하지 말기 바랍니다. 마치 아무 일도 없었던 것처럼 말입니다. 성가시게 일을 벌여봤자 좋을 게 뭐겠습니까? 우리나 피차 신경이 곤두설 뿐이지요. 뭐든 밖으로 드러내는 건 피하는 게 좋습니다.

요컨대 섬에서 있었던 그 일을 선생이 목격하게 된 게 다행이라는 생각입니다. 눈도 한 쌍만 있는 것보다는 두 쌍 있는 게 더 나은 법이니까요. 하지만 내가 쓸데없는 수고만 한 게 아닌가 싶습니다. 이 희극은 그 두 사람을 흥분시키지 못했고, 두 사람을 서로에게 더 가까이 접근시키지도 못했습니다. 그들은 마치 배우들처럼 냉담하게 연기를 하고 있었습니다. 내게 보이기 위해, 내 지시에 따라서……. 그러니 그들에게 자극을 준 건 바로 나 자신이라는 말이 되죠! 이렇게 운이 없다니! 당신도 그들의 모습을 보셨으니 사정이 어떤지 아실 겁니다. 하지만 염려 마십시오. 어떻게든 두 사람을 달아오르게 할 작정이니까요.

선생은 이미 보셨으니 이제는 알베르트를 이 공연에 초대할 차례입니다. 그가 이 장면을 보도록 해야지요! 알베르트에게 가서 이렇게 말하세요. 1)내가 산책을 하는 도중에 섬에서 카롤과 헤니아가 만나는 광경을 우연히 목격했다. 2)내가 본 것을 당신에게 알려야겠다는 생각을 했다. 3)두 사람은 내가 자신들을 목격했다는 걸 모른다. 이렇게 해서 내일 알베르트를 이 공연에 데리고 오십시오. 중요한 건 알베르트가 그들을 보게 될 때 내가 있다는 사실을 알아차려서는 안 된다는 겁니다. 그러기 위해 세밀한 계획을 세워보겠습니다. 그런 다음 다시 편지로 알려드리지요. 선생은 내가 계획한 대로 따르기만 하면 됩니다. 네, 그럼요! 이건 아주 중요한 일입니다! 내일이 되면, 그가 알게 되기를! 보게 되기를!

내가 구상하는 것이 무엇인지 궁금하십니까? 그런 것은 없습니다. 나는 장력에 끌린 입자들이 그리는 역선(力線)입니다. 이해하시겠습니까? 다시 말해 욕망이 움직이는 궤적이라는 말이지요. 나는 지금 알베르트가 두 사람을 보고, 또 그 두 사람이 그런 사실을 알아차리게 만들려 하고 있습니다. 그 두 사람을 죄의식으로 묶어놓으려는 것이지요. 다음 일은 그때 가서 생각할 겁니다.

내가 말한 대로 하세요. 내게 답장을 보내지는 마십시오. 내가 쓰는 편지는 매번 대문 가까운 담 위에 올려놓겠습니다. 벽돌 한 장으로 편지를 눌러둘 테니 알아차릴 수 있을 겁니다. 편지는 읽는 대로 태워버리세요.

그런데, 두 번째 과제인 올렉 말입니다. 이번 일에서 그 아이에게는 무슨 역할을 맡길 수 있을까요? 어떻게, 어떤 줄거리로 그 애를 두 사람과 함께 엮을 수 있을까요? 그래야 이 콘서트도 구색이 맞고, 또 그에게도 노래를 시킬 수 있을 텐데요. 그를 이 콘서트에 끌어들여야 한다는 건 확실한데, 도무지 좋은 생각이 떠오르지 않습니다. 점차 이 문제도 윤곽이 잡히겠지요. 결국에는 그 아이를 저 두 사람의 다리에 붙들어 매게 될 겁니다. 지금으로서는 하여간 앞으로 나아가야 합니다. 과감하게! 내가 지금 쓴 그대로 실천하시기 바랍니다.

편지를 잡은 손끝이 타는 듯이 화끈거렸다. 나는 방 안을 이리저리 거닐기 시작했다. 도저히 진정할 수 없었다. 결국 편지를 가지고 밖으로 나왔다. 반쯤 졸음에 잠긴 무감각한 대지. 어둠 속으로 스며드는 산 능선들. 밤이 짙어지면서 언제나 그렇듯 모든 사물들이 한층 긴장감을 띠고 있었다. 예상한 대로의 익숙한 풍경. 그러나 조금 전 읽은 편지는 이 모든 풍경 바깥으로 나를 몰아냈다. 그렇다, 나는 세상에서 떨어져 나와 혼잣말로 묻고 있었다. 어떻게 하지, 어떻게 하지…… 어떻게 해야 할까? 알베르트에게 가서, 알베르트에게 가서…… 안 돼, 안 될 일이야, 절대 그럴 수는 없어, 난 결코 그 짓은 못해. 두려움이 밀려왔다. 뿌연 성운처럼 모호하던 욕망이 눈앞에서 어떤 구체적인 행동으로, 그러니까 내 호주머니 속에 든 그 명료한 요구 사항으로 형체를 갖춰가고 있었다. 그런데 만약 프레데릭이 어쩌다가 정신이 돌아버린 거라면? 그는 나를 끌어들여 자신이 저지르는 미친 짓의 보증인으로 삼으려는 게 아닌가? 이건 그자와의 관계를 끊을 수 있는 마지막 기회다…… 내 머릿속에는 지극히 단순한 해결책 하나가 떠오르고 있었다. 알베르트, 히폴리트와 더불어 의논할 수 있을 해결책…… 그들에게 이렇게 말하는 나 자신이 이미 눈에 선했다. 할 말이 있는데, 좀 골치 아픈 이야기야…… 프레데릭이 걱정이군. 요즘 그 사람이 정신적인 장애를 겪고 있지 않나 싶어…… 얼마 전부터 그를 줄곧 지켜봤는데 말이야…… 알다시피 우리는 이런저런 일들을 겪었잖아. 그러면서 그가 나와 함께 있는 경우가 많았으니, 놀랄 일도 아니지……. 어쨌건 주의를 기울일 필요가 있네. 내 느낌에는 일종의 편집증인 듯싶은데, 색정적인 망상이랄까, 헤니아와 카롤이 그 망상의 주인공들이지……. 나는 생각했다. 이렇게 내 입에서 나올 한마디 한마디는 프레데릭을 정상적인 인간들의 공동체 바깥으로 추방해서 정신병자로 만들어버릴 것이다. 그리고 이 모든 일들은 프레데릭 모르게 진행되어, 그는 점차 우리의 신중한 보살핌을, 그리고 마찬가지로 신중한 감시를 받게 될 것이다. 그 자신은 이런 일에 대해 아무것도 모를 것이고, 결국 그는——아무것도 모른다는 건 자기 자신을 방어할 수 없다는 의미이므로——지금의 악마에서 점차 광인으로 변해 갈 것이다. 그러면 끝이다. 그동안 나는 안정을 되찾게 될 것이고…… 모든 걸 계산해 볼 때 아직 늦은 건 아니었다. 나는 그때까지 내 명예를 위태롭게 할 만한 일은 아무것도 저지르지 않은 상황이었다. 그리고 이제 이 편지가 프레데릭과 내가 공모 관계라는 걸 드러낼 최초의 물증이었다. 편지를 잡고 있던 손가락에 불이 붙은 듯한 통증을 느꼈던 것도 그런 이유가 아닐까. 그러므로 뭔가 결단을 내려야 했다. 다시 저택 쪽으로 방향을 틀었다. 머리 위로 우거진 나무들, 어둠 속에서 어지럽게 뒤엉킨 잎사귀들이 현실의 것이 아닌 듯한 빛 무리로 둘러싸여 있었다. 나는 굳은 결심을 했다. 프레데릭을 의심할 데 없는 정신 이상 상태로 몰아가자. 그래서 더 이상 위험한 일을 꾸미지 못하게 해야 한다. 저택 대문에 이르자 담 위의 벽돌 한 장이 문득 눈에 들어왔다. 놓인 모습이 어쩐지 다르게 느껴지는 벽돌이었다. 그

밑에는 새로운 편지가 나를 기다리고 있었다.

지렁이! 바로 지렁이입니다! 무슨 말인지 아실 겁니다!
선생도 그때 분명 나와 똑같이 느꼈을 테니!

그 지렁이, 알베르트가 바로 그 지렁이가 되는 겁니다.
두 사람은 지렁이를 발로 뭉개면서 하나가 되었습니다. 그
들은 알베르트에 대해서도 하나가 될 겁니다. 알베르트를
짓밟으면서 말입니다.

두 사람은 자신들이 하나로 얶이기를 원치 않는다…….
그럴까요? 그들은 그걸 바라지 않는 걸까요? 조금 기다려보
세요. 잠시 후에 그들에게 알베르트라는 푹신한 침대를 마
련해 주면 그들은 그 침대 위에서 서로 껴안고 뒹굴게 될
겁니다.

알베르트를 반드시 이 일에 끌어들여야 합니다. 우선 그
가 두 사람을 목격하도록 만들어야지요. 그 후의 일은 다음
번 편지에서 말씀드리겠습니다.

나는 그 편지를 갖고 내 방으로 올라왔다. 한 번 더 읽
어볼 필요도 없었다. 부끄러운 일이지만 거기 적힌 내용은
마치 내가 그걸 직접 쓰기나 한 것처럼 익숙한 것이었다.
그렇다, 알베르트는 두 사람이 함께 짓밟을 지렁이가 되어
야 했다. 그는 두 사람에게 지을 죄를 제공해서 둘을 죄인
으로 만들어야 했다. 그래서 그들을 뜨거운 밤으로 밀어
넣어야 했다. 그렇다면 실제로 장애물은 무엇일까? 무엇
때문에 두 사람은 함께 얶이지 않으려는 걸까? 아, 나는

186

알 것 같았다.(아니다, 알 수 없었다, 그건 잡힐 듯하면서도 잡을 수 없는 것이었다.) 젊은 그 무엇, 어른들은 짐작할 수 없는 그것……. 그건 아마도 일종의 절제, 어떤 도덕심, 두 사람이 지키고자 하는 어떤 법칙, 금지였다……. 그러므로 프레데릭의 생각은 분명 옳았다. 두 사람은 알베르트를 함께 짓밟고 그의 몸 위에서 뒹굴면서부터 이런 모든 구속들을 거침없이 벗어던지게 될 것이다. 그들이 알베르트에게 보여주고자 연인이 되는 순간…… 그들은 진짜 연인이 되는 것이다. 우리, 나이가 너무 들어버린 우리에게는 이것이 그들에게 색정적으로 접근할 수 있는 유일한 방법이었다……. 그러니 그들을 이 죄악으로 밀어 넣어야 한다! 그들이 우리와 더불어 죄악에 몸을 담그게 되면, 그때는 기대할 수 있다. 우리와 그들이 뒤섞이게 되리라고. 그들과 우리가 한 몸이 되는 것이다! 이런 이치를 나는 이해했다. 또한 이 죄악으로 인해 그들이 추악해지는 게 아니라는 걸, 그들의 젊음, 그 싱싱함은, 비록 죄의 빛깔을 띠게 될지라도, 우리의 시든 손에 이끌려 타락으로 인도될지라도, 그리하여 우리와 뒤섞여 혼탁해질지라도, 그 죄악으로 인해 오히려 더욱 풍요하고 충만해지리라는 것도 나는 알고 있었다. 아무렴! 나는 알고 있었다! 온순하게 말 잘 듣는, 그저 귀엽기만 한 젊음 따위가 무슨 재미가 있는가! 중요한 건 그런 젊음을 재료로 또 다른 젊음, 우리 어른들과 비극적으로 얽힌 젊음을 제조해 내는 일이었다.

열광! 이런 생각으로 나는 열광했다. 어떻게 그렇지 않을 수 있겠는가? 나는 이미 온갖 아름다움과는 무관한, 반짝이는 유혹의 그물을 쳐보는 일 따윈 엄두도 내지 못할 나이였다. 매력 없는, 누군가를 매혹하기란 어려운, 자연의 본성과는 거리가 먼 나이…… 아, 비록 감탄할 능력은 여전히 갖고 있다 해도, 나는 모르지 않았다, 내 감탄은 더 이상 누군가를 감탄하게 할 수 없다는 사실을…… 이제 내게 허용된 삶이란 두들겨 맞은 개, 비루먹은 개 꼴로 살아가는 삶 그 이상이 아니었다. 바로 이런 나이에, 성적 타락의 대가로라도 새삼 자신을 꽃피울 기회, 젊음으로 돌아갈 기회가 온다면, 추함이 여전히 아름다움에 의해 이용되고 흡수될 가능성이 보인다면, 그렇다면…… 이건 모든 장애물들을 무용지물로 만드는, 저항할 수 없는 유혹이었다! 그렇지, 열광, 아니, 그보다는 광기, 숨이 막혀오는…… 하지만 한편으로 생각해 보면, 이건 안 될 말이었다. 당치도 않아! 파렴치한 짓이야! 이건 너무 내밀한, 단지 나 자신에게나 절실한 문제야. 사람들 눈에는 그저 기이하게나 비칠 뿐이겠지. 프레데릭은 자신의 생각을 관철시키기 위해서라면 그 어떤 과격한 수단이든 동원할 수 있는 인간이야. 그런 극단론자와 더불어 지금 내 앞에 열린 이 악마적인 길에 발을 들여놓게 되면, 결국 다시는 돌아올 수 없는 먼 곳으로 가게 될 것이다.

게다가 마치 메피스토펠레스라도 된 양, 알베르트의 사랑을 파탄 낸다? 안 될 말! 이런 어리석고 비열한 망상이라니! 그런 짓을 한다고? 내가? 절대로 안 돼, 절대로 그럴 수 없어! 그렇다면 어떻게 한다? 이대로 뒤로 물러나 히폴리트와 알베르트에게 가는 거야. 그러고는 그들에게 이 일을 일러바치는 거지. 하나의 병적인 증후, 임상적인 사례로 만들어서. 그렇게 해서 그 악마를 정신병자로, 이 지옥을 병원으로 바꾸어놓으면 돼⋯⋯. 그러면서 나는 이미 발걸음을 옮겨놓고 있었다. 그들에게 가서 이야기하자. 이 순간에도 프레데릭이 저지르고 있을 그 죄악을 완전히 뿌리 뽑아야 해. 이 순간에도? 어디서? 문득 궁금했다. 지금 프레데릭은 뭘 하고 있을까? 그러자 마치 눌러놓았던 용수철이 튀어 오르듯, 한 가지 생각이 솟구쳤다. 이 순간에도 그는 나 몰래 무언가 꾸미고 있을 것이라는. 이런 생각이 나를 저택 바깥으로 잡아끌었다. 개들이 나를 향해 짖어댔다. 아무도 눈에 띄지 않았다. 단지 음울하게 버티고 서 있는 저택밖에는. 부엌 창문에 불이 켜져 있었다. 시에미안이 묵고 있는 2층 방에도 역시 불이 켜져 있었다.(그때서야 내가 그를 잠시 잊고 있었다는 걸 깨달았다.) 그렇게 나는 나무 사이에 몸을 숨긴 채, 멀어진 밤하늘에 별안간 당황하면서, 저택 앞에 서 있었다. 사실 나는 망설이고 있었다. 몸이 떨려왔다. 좀 떨어진 자리, 저택 대문 옆 담장에 벽돌 하나가 어긋나 있는 것이 눈에 들어왔기 때문이다. 나는 그리로 다가갔다. 마치 주어진 의무를 치르듯이, 나는 그리로 다가갔다. 그러고는 주위를 둘러보았다⋯⋯. 혹시 그가 어딘가 수풀 속에 숨어서 나를 살피고 있는 게 아닐까? 벽돌 밑에 새 편지가 있었다. 또다시 긴 글이 이어졌다.

선생은 이미 모든 걸 분명하게 이해하고 계시죠?

대단치는 않지만 나도 이미 몇 가지 점을 파악했습니다.

1) 수수께끼: 어째서 그들은 서로 어울리려 들지 않을까……? 어째서일까? 그 이유를 선생은 아십니까?

나는 압니다. 그렇게 되면 그들로서는 감당하기 힘들만큼 충만해지기 때문이죠. 둘이 합쳐지면 너무 완전해진다는 겁니다.

한편에 '가득 차 있음'이 있고, 그 반대편에는 아직 채워지지 않은 상태가 있습니다! 이렇게 완성되지 않은 것, 아직 비어 있는 것, 바로 여기에 모든 걸 풀 열쇠가 있는 겁니다!

저런! 네가 바로 가득 차 있음이로구나! 하지만 너, 가득 차 있음보다 아직 비어 있음이 훨씬 아름답지. 그래서 나는 이 편지를 빌려 너, 충만함의 우월성을 정식으로 부인하는 바이다.

2) 수수께끼: 어째서 그들은 우리를 자신들의 기차놀이에 붙여준 것일까? 이렇게 우리와 기꺼이 놀아주는 까닭은 무얼까?

그건 그들이 우리를 통해서 함께 어울리려 하기 때문입니다. 우리와 함께, 또한 알베르트와 함께 어울리려 한다는 말입니다. 그렇습니다, 친애하는, 참으로 친애하는 비톨트 씨, 그들은 우리와 더불어 그러기를 바란다는 거죠. 그들은 우리를 통해서만 우리와 어울릴 수 있습니다. 바로 이런 이유 때문에 그들은 우리에게 그처럼 고분고분, 상냥하게 대해 주는 겁니다.

정말이지 놀랍지 않습니까? 우리와 어울리기 위해 우리

를 필요로 하다니!

3) 지금 위험한 게 무언지 아십니까? 그건 내가 지금 지력이나 정신력에서 최고조에 도달해 있고, 또한 경박한, 서투른 손에 떼밀려 나가고 있다는 겁니다. 맙소사! 그 손이 여전히 나를 떼밀고 있어요. 이 두 손은 천천히, 가볍게, 표면을 스치며 나를 어떤 것 속으로 이끌고 들어가는데, 나는 그것을 지성과 영혼을 동원해서 끝까지 파헤쳐야만 하거든요. 이 경박한 두 손이, 경박하게도, 지금 이 술잔을 내 앞에 내밀었고, 나는 이것을 마지막 한 방울까지 비워내야 한다는 말이지요…….

나는 늘 알고 있었습니다. 내게 위험이 닥치리라는 걸. 나는 열여섯 살이라는 십자가에 못 박힌 그리스도입니다. 안녕! 우리 골고다 언덕에서 다시 만납시다. 건투를!

이 그칠 줄 모르는 능변! 나는 다시 방 안으로 들어와 앉았다. 램프가 타오르고 있었다. 그를 배신할 것인가? 사람들의 손에 넘겨버릴 것인가? 하지만 그러려면 동시에 나 자신을 배신하고 죄인의 처지로 밀어 넣어야 했다!

나 자신 역시 말이다!

그 혼자서 이 모든 걸 꾸며낸 건 아니었다. 나 역시 이 일에 함께 손을 담그고 있었다. 나 자신이 미친 사람으로 통하게 되어도 괜찮은가? 그것을 맛볼 유일한 가능성을 이대로 저버릴 것인가? 그런데 그것이라니? 그게 대체 무엇인가? 저녁 식사를 알리는 종이 울렸다. 나는 식당으로 내려갔다. 매일 저녁 그랬던 것처럼 우리는 식탁을 가운데 두고 둘러앉았고, 또 여느 날과 같은 이야기가 화제에 올랐다. 전쟁, 독일군, 시골 생활과 근심거리들. 하지만 나는 그런 문제들이 나와 아주 멀리 있는 것처럼, 한마디로 말해 나와는 더 이상 관계없는 것처럼 느껴졌다.

프레데릭, 그도 역시 여느 때와 같은 자리에 앉아 있었다. 그는 치즈 라비올리를 입속으로 우겨넣으면서 여러 전선에 대한 전황 분석을 늘어놓았다. 심지어 몇 번이나 내 쪽으로 얼굴을 돌려 내 생각을 묻기까지 했다.

10

알베르트를 우리 계획에 끌어들이는 일은 프로그램대로 정확히 진행되었으며, 그 과정에서 예기치 못한 사태 같은 건 전혀 일어나지 않았다.

나는 그에게 "당신한테 보여주고 싶은 것이 있소."라고 말했고, 수로 위, 미리 정해 놓은 지점으로 데려갔다. 거기서 바라보면 나무들 사이로 빈터가 보였다. 그쪽의 수로에는 어느 정도 물이 차 있었다. 이것도 미리 신경 쓴 점이었는데, 알베르트가 섬으로 건너가서 프레데릭이 거기 있다는 걸 알아차리는 일이 생겨서는 안 되기 때문이었다.

나는 문제의 장면을 알베르트에게 손가락으로 가리켜 보였다. 프레데릭이 자신의 명예를 걸고 연출한 바로 그 장면을.

카롤은 나무 아래, 헤니아는 카롤 뒤에 자리 잡고 있었다. 두 사람 다 고개를 쳐들고 나무 위의 무언가를, 아마도 새 한 마리를 바라보는 중이었다. 카롤이 손을 들었다. 그러자 헤니아도 손을 들었다.

두 사람의 손이 그들의 머리 위에서 '무의식적으로' 스쳤다. 바로 그 순간 그들은 자신들의 손을 세찬 몸짓으로 아래로 떨어뜨렸다. 잠시 후 두 사람은 서로의 손을 조심스레 다시 맞잡았다. 그러더니 갑자기 함께 쓰러졌다. 누가 먼저 상대방을 쓰러뜨렸는지는 분명치 않았다. 일단 두 사람이 함께 쓰러졌으니 그렇게 만든 건 두 사람의 손이었다고 할 수밖에.

두 사람은 쓰러졌고, 그렇게 한동안 나란히 누워 있었다……. 그리고 곧 몸을 일으켜 다시 섰다. 마치 무얼 해야 좋을지 모르는 사람들처럼. 헤니아가 느린 걸음으로 그 자리를 떠났다. 카롤이 그녀의 뒤를 따랐다. 그렇게 두 사람은 개암나무 숲 속으로 모습을 감췄다.

간결하게 다듬어진 아주 세련된 장면이었다. 서로 손을 맞잡는다는 그 소박한 행동이 뒤이어 가해진 충격, 바닥에 함께 쓰러진다는 갑작스러운 충격으로 인해 복잡한 의미를 부여받고 있지 않은가. 자연스러운 본성이 별안간 경련을 일으키면서 정상 상태로부터 지극히 난폭하게 비껴 나왔고, 그래서 한순간 두 사람은, 바라보는 우리의 눈에, 그들 자신이 통제할 수 없는 어떤 근본적 추진력으로 조종되는 꼭두각시 인형처럼 비쳤다. 하지만 이 장면은 순식간에 지나가 버렸다. 그리고 다시 몸을 일으켜 조용히, 침착하게 그 자리를 떠나는 두 사람의 모습은 그들이 이미 이러한 일에 익숙한 게 아닌가 하는 추측을 불러일으켰다…….
이런 모습이 이번이 처음이 아닐 거라는, 둘은 이렇게 함
께 쓰러진 일이 자주 있었을 거라는 추측.

수로에서는 물비린내가 피어올랐다. 개구리들은 웅크린
채 꼼짝도 하지 않았다. 눅눅한 습기로 숨이 턱턱 막혀왔
다. 5시였다. 정원은 어느 구석이나 축 늘어져 있었다. 무
더운 날이었다.

"저를 여기 왜 데려오셨습니까?"

돌아오는 길에 알베르트가 던진 말이었다.

나는 대답했다.

"그게 내 의무라고 생각했소."

그는 잠깐 생각에 잠기는 듯싶더니 이렇게 말했다.

"제가 감사드려야겠군요."

우리 앞에는 저택이 이미 모습을 드러내고 있었다. 알베
르트가 덧붙였다. "지금 본 일이 중요할 수도 있다는 생각
은 들지 않습니다만…… 어쨌거나 제게 알려주신 데 대해
서는 감사드립니다……. 헤니아에게 이야기해 보지요."

이 말이 전부였다. 알베르트는 자기 방으로 올라갔다.
나는 혼자 남았다. 마술이 멈춰버린 듯 실망감이 밀려왔
다. 매번 무언가 이루어지긴 하지만 사실 그 성과란 늘 당
혹스럽고 모호하며, 애초의 계획이 지녔던 원대함과 순수
는 바래고 마는 법이다. 해야 할 일을 하고 나자, 해산 후
의, 말 그대로 텅 빈 몸처럼—"이제 뭘 해야 하지?"—
갑자기 나 자신이 불필요한 존재로 느껴졌다. 밤이 오고
있었다. 또다시 밤이 오고 있었다. 나는 밖으로 나갔다.

고개를 숙인 채 밀밭 둑을 따라 걸으며 바람을 쐬었다. 발밑에 소박하고 온순하며 말없는 대지가 놓여 있었다. 돌아오는 길에 나는 담장 벽돌을 흘깃 살펴보았다. 하지만 밤이슬에 축축하게 젖은 벽돌뿐, 편지는 없었다. 저택까지 좁은 산책로가 이어져 있었다. 프레데릭이 불길하게 도사리고 있을 저 음모의 온상 안으로 뚫고 들어갈 용기가 나지 않았다. 산책로 위에 멈춰 섰다. 그러나 그 순간, 서로 껴안은 카롤과 헤니아의 몸, 그들의 조숙하고 활기 넘치는 피, 그들의 은밀한 애무에서 발산되는 열기가 날름거리는 불꽃처럼 내게 쏟아져 내렸다. 나는 현관문을 밀치고 집 안으로 뛰어 들어갔다. 이루어야 할 내 꿈이 거기 있었으므로…… 나는 뛰어 들어갔다. 그런데 거기엔 예상치 못한 일이 나를 기다리고 있었다. 허를 찌르듯 종종 느닷없이 닥치는 그런 일이.

히폴리트, 프레데릭, 알베르트가 서재에 모여 있었다. 그들이 나를 불렀다.

그들이 모인 이유가 섬에서의 일들과 연관이 있을 거라고 지레 짐작한 나는 신중해졌다. 하지만 그들에게 가까이 다가간 순간 이건 뭔가 다른 문제라는 예감이 들었다. 히폴리트가 자신의 책상 너머에 음울한 낯빛으로 앉아 있었다. 그가 나를 보더니 눈꺼풀을 추켜올렸다. 알베르트가 방 안을 이리저리 서성거렸다. 프레데릭은 소파에 거의 드러눕듯 몸을 길게 늘여서 앉아 있었다. 잠시 침묵이 흘렀다. 알베르트가 입을 열었다.

"비톨트 씨께도 말씀드려야 합니다."

"그들이 시에미안을 제거하려고 하네." 히폴리트가 얼버무리듯 말꼬리를 흐렸다.

처음에는 전혀 이해할 수 없었지만, 곧 무슨 일인지 알게 되면서부터 나는 새로운 상황에 발을 들여놓고 있었다. 애국적 모의라는 요란한 바람이 또 한 번 불어오는 것이 느껴졌다. 히폴리트 역시 나와 같은 걸 느끼고 있음이 틀림없었다. 그의 목소리가 쉬어 있었다. 어느 정도 경멸감이 배어든, 차가움이 느껴지는 목소리였다. 히폴리트의 이야기로는, 지난밤 시에미안이 '바르샤바에서 온 사람들'과 만났다고 했다. 회담의 목적은 시에미안이 이 지방에서 전개하기로 되어 있는 교란 작전의 세부 계획을 수립하는 것이었다. 하지만 회담 중간에 이야기가 이상하게 되어버렸는데 ── 히폴리트는 "희한한 일이지, 안 그런가."라며 빈정거렸다 ── 아무래도 시에미안이 더 이상 일에 관여하지 않겠노라고 말한 것 같았다. 어떻든 간에 그 자신은 이런 종류의 일에 신물이 났으며, 이 비밀 모의에서 완전히 몸을 빼서 '집으로 돌아가겠다'고 했다는 것이다.

히폴리트가 전해 준 이야기를 옮겨보면, 바르샤바에서 온 사람들은 "정말 희한한 일이군!"이라고 소리쳤고 이어서 시에미안을 윽박지르기 시작했다. 결국 시에미안은 신경이 곤두선 상태에서 그들에게, 자신은 할 수 있는 일을 다 했고, 더 이상은 할 수 없다고 ── '이젠 그럴 용기가 없다'고 '용기는 두려움으로 바뀌었다'고 ── 선언했다. "날 그냥 내버려 둬요. 가슴속에서 무언가가 부서졌습니다. 지금 내 속에는 두려움이 웅크리고 있어요. 나도 어떻게 해

야 좋을지 모르겠습니다." 그러고는 계속해서 말하기를,
자신은 더 이상 무엇을 할 수 없음을 느낀다고, 이런 상황
에서 자신에게 무슨 일이든 맡긴다는 건 극히 신중치 못한
일이 될 거라고, 이건 진심으로 하는 이야기이며, 그만 쉬
고 싶다고 했다. 그들은 격분했다. "이거 너무하는군!" 성
난 말들을 격렬하게 주고받은 끝에 그들은 처음에는 어렴
풋이, 그러나 점차 뚜렷하게, 어떤 의심을 품기에 이르렀
다. 그것은 시에미안이 온전치 못한 정신이거나 심상찮은
신경 쇠약 상태에 있다는 의심이었다. 이어서 그들은 시에
미안이 알고 있는 모종의 비밀이 더 이상 안전하지 않다는
데, 그가 앞으로도 침묵을 지킬 거라고는 더 이상 기대할
수 없다는 데 생각이 미쳤고, 걷잡을 수 없는 불안감에 사
로잡혔다. 그들이 예상한 '그럴 경우……'는 몇 가지 특별
한 사정들로 인해 대지진과 맞먹는 재해, 대재앙으로 비쳤
다. 이렇게 해서 그들은 극도의 긴장과 고민을 거쳐, 마치
한 발의 총성 같은, 두려움에 질린, 그리고 두려움을 불러
일으키는 결정을 내렸다. 그를 죽여야 한다는, 그를 제거
해야 한다는 결정. 히포가 들려준 이야기에 따르면 그들은
즉시 시에미안의 방으로 따라 올라가서 그의 '살가죽에 구
멍을 내려' 했다는 것이다. 그러나 히포는 이 집에 있는
다른 사람들의 안전을 존중한다는 의미에서 이 결정에 대
해 납득시켜야 할 필요성을 역설했고, 그들로부터 다음 날
밤까지의 유예 시간을 얻어냈다. 그들은 스물네 시간만 기
다려주겠다고 했을 뿐, 그 이상 지체할 수는 없다고 했다.
그들은 시에미안이 자신들의 계획을 눈치 채고 도주하지

않을까 우려하고 있었다. 포부르나는 시에미안을 처치하기에 가장 적절한 장소였다. 시에미안이 이곳에 온 것 자체가 엄중한 비밀이어서 그를 찾으러 올 사람이 없을 것이기 때문이었다. 이런 모든 걸 고려해서 결국 그날 밤 그들이 그를 '처치하기' 위해 다시 오기로 되어 있었다.

적과 침입자에 맞선다는 우리 투쟁의 진실이 낡은 멜로드라마에서 끌어낸 것 같은 이런 우스꽝스러운, 지독히도 부끄러운 차림새로, 거기다가 피와 죽음, 진짜 죽음이라는 얼룩을 묻히고서 그 모습을 드러내고 있었다. 무엇 때문에 이래야 하는 건지! 나는 좀 더 알아보려고—이 새로운 상황에 좀 더 익숙해지려고—질문을 던졌다. "지금 시에미안은 뭘 하고 있지?" 히폴리트가 대답했다.

"위층 자기 방에 있어. 문을 잠가놓고 틀어박혀 있지. 나더러 자기 집까지 타고 갈 말을 내달라더군. 하지만 말을 내줄 수는 없는 노릇이지."

그러고는 혼잣말로 중얼거렸다. "그렇지만 말을 내줄 수는 없는 노릇이라고."

히폴리트가 그렇게 할 수 없다는 건 분명했지만, 그렇더라도 이런 처리 방식에 찬성할 수는 없었다. 이런 식으로 누군가를 느닷없이, 재판도 하지 않은 상태로, 아무 절차도 밟지 않고, 기소장 한 장 없이 죽이다니, 그럴 수는 없는 법 아닌가! 하지만 이 문제는 우리가 상관할 일이 아니었다. 우리는 머지않아 닥칠 불행한 사태를 감수해야 할 사람들로서 이야기를 나누었다. 그리 적절한 질문이 아니라는 건 알았지만 그래도 나는 물었다. 어떻게 할 생각이냐고. 대답이 돌아왔다. 거의 모욕적이라고 할 수 있을, 한 대 휘갈기는 듯한 대답이. "무슨 생각을 하고 있는 건가? 우리가 할 게 뭐가 있겠어! 그저 명령에 따르기만 하면 되지!"

이렇게 대꾸하는 히폴리트의 어조에서 이제 우리의 관계가 완전히 달라졌음이 뚜렷이 느껴졌다. 나는 더 이상 그의 손님이 아니었다. 나는 그들과 함께 특수 임무를 띠고 이 상황에 내동댕이쳐진 신세였다. 이 가혹한, 잔인한 상황은 시에미안만이 아니라 우리 역시 얽어매고 있었다. 시에미안이 우리에게 대체 무슨 짓을 했다는 건가! 그런데도 별안간, 이런 사태가 오리라 예상도 못해 본 상황에서, 우리는 목숨을 걸고 그를 죽여야만 하는 것이다!

"당장은 해야 할 일이 없어. 그 사람들은 밤 12시 30분에 다시 오기로 되어 있네. 집지기는 오스트로비에츠로 보내두었어. 급한 심부름이 있다고 했지. 오늘 밤에는 개들을 묶어놓을 생각이야. 그들이 오면 나는 시에미안의 방까지만 안내할 거야. 나머지 일은 그들이 알아서 하겠지. 그 사람들한테 단 한 가지 조건을 내걸었네. 절대 소리를 내서는 안 된다는 것. 혹시 비명이라도 새어 나오면 온 집안 사람들이 깰 염려가 있으니까. 시체는 어디에든 감춰버리면 돼……. 장소는 이미 생각해 두었는데, 곳간이 좋겠지. 내일 아침 우리 가운데 한 사람이 시에미안을 역까지 배웅하는 시늉을 하는 거야. 그러면 모든 일이 끝나는 거지. 감쪽같이. 그 사람들이 소리 내지 않고 움직여주기만 한다면, 뒤처리야 손쉬운 일이지. 의심을 사게 될 염려는 전혀 없다고."

프레데릭이 물었다. "창고 뒤에 있는 낡은 곳간을 말씀하시는 겁니까?"

한 사람의 음모가이자 행동 대원으로서 던지는 지극히 구체적인 질문이었다. 마치 군대에 징집된 술주정꾼처럼 이런 방식으로라도 이 사건에 동원된 그를 보자, 모든 불행한 정황에도 불구하고 나는 일종의 위안을 느꼈다. 시기가 이런 만큼 저자도 이제부터는 술 한 방울 입에 대지 않으리라 기대해도 좋지 않을까? 새로 맞닥뜨린 이 일이 별안간, 그때까지 우리를 사로잡고 있던 일보다 훨씬 건전하고 유익한 것처럼 보였다. 안도감. 그러나 잠시였다.

저녁 식사를 마치자마자(며칠 전부터 '몸이 불편한' 시에 미안은 내려오지 않고 자신의 방에서 따로 식사를 했다.) 나는 대문으로 나갔다. 벽돌 밑에 편지가 한 장 끼워져 있었다.

사정이 복잡하게 되었습니다. 이번 일로 느닷없이 발등을 찍힌 격이군요.

인내심을 가져야지요. 절대 내색해서는 안 됩니다. 그리고 기다립시다.

일이 어떻게 되어가는지 지켜봅시다. 만약 상황이 시끄럽게 되어서 이곳을 떠나야 한다면, 예를 들어 우리는 바르샤바로 돌아가고, 설상가상으로 그 두 아이는 어딘가 다른 곳으로 보내진다면 모든 걸 망치는 거지요.

그러나 아마 그렇게 되지는 않을 겁니다.

그 연륜 깊은 창조자에 대해 알아둘 필요가 있습니다.

설마 내가 말하는 게 저 낡은 하느님 아버지라고 생각하지는 않으시겠지요. 바로 자연이라는 오래된 원리 말입니다. 자연이 지금처럼 무언가 예기치 못한 걸 가지고 우리의 옆구리를 치면, 거기에 저항할 게 아니라 기꺼이 몸을 굽혀야 합니다. 그렇다고 우리가 원하는 걸 내심 포기해서는 안 되지요. 특히 필요한 건 그걸 끝끝내 응시하고 있는 일입니다. 그래야 자연도 알 게 아닙니까. 우리에게도 '우리의 목표'가 있다는 사실을. 자연은 처음 우리에게 참견할 때는 늘 분명하고 단호해 보이지만, 얼마 지나면 마치 갑자기 흥미를 잃어버린 듯 감시가 느슨해지곤 하지요. 그때가 되면 우리는 자연의 어떤 너그러움을 기대하면서 은근슬쩍 우리자신의 일로 되돌아오면 됩니다…… 당부합니다. 내가 하는 대로 따라서 행동해 주시기 바랍니다. 움직이는 방향이 서로 어긋나서는 곤란하지 않겠습니까. 다시 연락하겠습니다. 이 편지는 반드시 불태워버리십시오.

이런 편지라니……! 앞서 받은 편지들과 마찬가지로 이것 역시 미치광이가 쓴 것이었다. 하지만 그의 광증을 나는 너무나 잘 이해할 수 있었다. 이 미친 편지의 한 구절한 구절이 내 머리에 선명하게 들어와 박혔다. 그가 자연에 대해 구사하는 전략이란 바로 내가 선택한 것이기도 했으므로! 그가 자신의 목적에서 눈을 떼지 않고 있다는 건 분명했다. 이 편지는 그가 포기할 의사가 없음을, 그 자신이 세운 계획을 끝까지 밀고 나갈 것임을 보여주고 있었다. 비록 겉으로는 순응하는 듯한 태도를 내비치고 있었어도,

실제로 여기 담겨 있는 건 저항하라는, 고집스럽게 버티라는 선동이었다. 그렇다면 이 편지가 말을 건네고 있는 대상은 내가 아니라 사실은 자연이 아닌가. 우리는 포기할 의사가 없음을 자연을 향해 선언하는 편지. 나는 단지 전달자, 우체통에 불과하지 않은가. 불현듯 프레데릭의 숨겨진 의도에 생각이 미쳤다. 그는 나를 향해 말하고 행동하는 것처럼 보였지만, 실제로는 보이지 않는 힘들과 지칠 줄 모르는 대화를 이어가고 있었던 것이다. 진실이 거짓을 조장하고 거짓이 진실을 조명하는 교활한 대화를. 내게 자연 몰래 움직이자는 말을 늘어놓은 이 편지를 통해 그는 사실 자연을 향해 말을 걸고 있었다. 아마 그는 이런 전략으로 자연의 공격을 누그러뜨릴 수 있으리라고, 어쩌면 그것을 속여 넘길 수도 있으리라고 믿는 것 같았다. 우리는 다가올 일을 기다리며 남은 밤 시간을 보냈다. 때때로 누군가 슬쩍 시계를 쳐다보곤 했다. 램프 불빛이 넓은 식당 안을 가스스로 밝히고 있었다. 헤니아는 여느 때처럼 알베르트 옆에 붙어 앉았다. 알베르트는 매일 밤 그랬던 대로 팔을 둘러 헤니아의 어깨를 감싸 안았다. 나는 '그 섬'이 헤니아에 대한 그의 태도에 아무런 변화도 가져오지 못했다는 사실을 눈치 챘다. 알베르트는 흔들림 없는 모습이었다. 나는 이 인물이 시에미안에게 닥칠 비극에 대해 과연 어느 정도나 관심을 갖고 있을지가 궁금했다. 그는 카롤이 커다란 궤짝들을 이리저리 옮겨놓고 정돈하느라 요란한 소리를 내고 있는데도 무심한 것 같았다. 히폴리트의 아내는 바느질을 했다.(그녀 역시 '아이들'과 마찬가지로 이 비밀에 끼어

들지 못했다.) 프레데릭은 두 다리를 길게 뻗은 채 두 팔은 의자 팔걸이에 걸치고 앉아 있었다. 히폴리트는 자신의 의자에서 꼼짝도 않고 생각에 잠긴 듯했다. 우리 세 사람은 긴장하고 있었고, 그 긴장이 이윽고 피로감이 되어 각자를 짓누르기 시작했다.

우리, 성년 남자들은 시에미안이라는, 갑자기 떠맡겨진 이 비밀스러운 임무에 의해 한데 묶여 이 방 안에서 동떨어진 무리를 이루었다. 헤니아가 소리를 높였다. "그 상자들로 뭘 하려는 거야, 카롤?" "참견하지 마!" 카롤이 대꾸했다. 두 사람의 목소리가 방 안에 텅 빈 울림을 만들어냈다. 단지 그뿐, 둘의 목소리는 아무 의미도 부여받지 못하고 흩어져 버렸다.

11시경 두 사람은 자러 올라갔다. 히폴리트의 아내도 함께 자리에서 일어났다. 남아 있는 우리 성년 남자들은 바삐 움직이기 시작했다. 히폴리트가 곡괭이와 큰 자루, 밧줄을 꺼내왔다. 프레데릭은 만일에 대비해서 총을 손질했고, 나와 알베르트는 저택 주위를 한 바퀴 돌았다. 저택의 창문은 각각 이미 불이 꺼진 뒤였다. 단 하나 2층 시에미안의 방 창문에서만 얇은 커튼 너머로 희미한, 겁에 질린 불빛이 번져 나왔다. 두려움으로 너울대는 빛 무리. 별안간 출현해서 그의 용기를 두려움으로 만들어버렸다는 그것은 대체 무엇일까? 무슨 일이 일어났기에 그가 하루하루 이렇게도 약해져 버린 걸까? 대독 저항군의 한 지도자가 겁쟁이가 되어버리다니! 쉽게 믿을 수 없는 일 아닌가! 문득 이 저택에 두 가지 형태의 광기가 들어앉아 서로 겨루고 있다는 생각이 들었다. 2층에 틀어박힌 시에미안이라는 광기와 1층에 도사리고 (자연과 유희를 벌이고) 있는 프레데릭이라는 광기. 둘 모두 각자 자신의 방향으로, 꼼짝없이 내몰린 사람처럼, 끝을 향해 치닫고 있었다. 순찰을 마치고 다시 집 안으로 들어섰을 때 나는 터져 나오는 웃음을 가까스로 삼켜야 했다. 히폴리트가 부엌칼 두 개를 들고 무척이나 진지한 태도로 웅크리고 있었다. 날이 잘 드는지 살펴보는 것이었다. 맙소사! 살인자의 역할을 떠맡아 목을 딸 준비를 하고 있는 이 비대한 사내. 그건 영락없는 어릿광대의 모습이었다. 불현듯 우리가 놓인 우스꽝스러운 상황이 한눈에 들어왔다. 우리들, 교양 있는, 성숙한 어른들이 이 살인 모의에 어설프게 엮여서 우왕좌왕하고 있었다. 아마추어 극단의 공연 같은, 위기감을 자아내기보다는 차라리 희극적인 이 모든 부산스러운 준비들. 게다가 이건 전부 *만일의 경우에 대비한* 것일 뿐, 이걸로 무언가가 결정될 수도 있다는 심각성이란 애초부터 빠져 있는, 하면 좋고 안 해도 상관없는 행동들이었다. 하지만 그와 동시에 나는 느끼고 있었다. 히폴리트가 들여다보고 있는 번들거리는 칼날에는 돌이킬 수 없는 어떤 것이 스며 있다는 사실. 그러니까 주사위는 이미 던져졌다는 것, 칼은 이미 빼들었다는 것!

올렉…… 프레데릭 역시 그 순간 올렉을 떠올리고 있다는 걸 칼날을 뚫어지게 바라보는 그의 눈에서 확인할 수 있었다. 올렉…… 여기, 우리들 가운데 놓여 있는, 아멜리아의 가슴을 파고들었던 것과 동일한 모양의…… 그러니까 그 칼과 거의 같은 칼 한 자루……. 이 칼은 올렉의 모습과 얽히면서 그때 그 일을 우리 앞으로 불쑥 내밀었다. 그 순간 그 자리에서, 우리 머리 위에 잠시 정지해 있던 그 범죄가 또다시 시작된다는 일종의 표식. 그 칼이 일깨우는 심상치 않은 유사성, 흥미로운 반복! 그리고 또 한 사람, 마찬가지로 못 박힌 듯한 눈길로 그 칼을 응시하는 알베르트. 이렇게 두 사람, 프레데릭과 알베르트 모두가 홀린 듯, 각자 자신의 생각에 빠져 칼을 바라보고 있었다. 하지만 특수 임무를 수행 중인 행동 대원들답게 두 사람은 자신의 감정을 드러내지 않았다. 우리는 계속해서 준비했고, 그리고 기다렸다.

느닷없이 떠맡겨진 이 임무는 차질 없이, 성공적으로 수행되어야만 했다. 하지만 우리는 벌써부터 피곤을 느끼고 있었다. 역사의 이 지긋지긋한 멜로드라마가 지겨웠고 맑은 공기가 그리웠다. 시간이 자정을 넘어서자 히폴리트는 발소리를 죽이고 저택을 나서서 A. K. 요원들과 만나기로 약속된 장소로 갔다. 알베르트는 2층으로 올라가 시에미안의 방문 가까이 붙어 서서 감시했다. 나는 프레데릭과 1층에 남아 있었다. 그와 단둘만 있다는 것이 그처럼 부담스러웠던 적은 없었다. 그가 내게 무엇인가 할 이야기가 있다는 걸 나는 알았다. 그러나 우리는 말소리를 내서는 안 되는 상황이었다. 그가 입을 꾹 다물었다. 사실 이야기를 나눈다 해도 엿들을 사람은 없었지만, 우리는 낯선 사람들처럼 서로 외면했다. 바로 이런 신중성 때문에 아무 일도, 아무 소리도 없는 그 상황조차 어떤 수수께끼 같은, 설명할 수는 없지만 집요한 제3의 존재처럼 느껴졌다. 내 앞에 벽을 둘러친 듯한, 접근할 수 없는——하지만 익숙한, 다시 말해 공범자인——그의 얼굴이 있었다. 그렇게 우리는 나란히, 그냥 있다는 것 외에는 다른 의미 없이, 거기 있었다. 그게 전부였다. 곧 무거운 발소리가 들려왔다. 히폴리트가 숨을 헐떡이며 집으로 돌아오고 있었다. 그는 혼자였다. 무슨 일이 생긴 걸까? 복잡하게 뒤엉킬 일이 아직도 더 있단 말인가! 뭔가가 제대로 안 돌아가고 있었다. 뭔가가 어긋난 것이다. 순간 등줄기를 타고 흐르는 두려움. 오기로 한 사람들이 약속 장소에 오지 않았다고 했다. 대신 거기에는 다른 사람이 왔고, 그도 곧장 떠났다는 것이다. "시에미안을 처리하는 일은……." 히폴리트가 말했다. "어쩔 도리 없이 우리가 직접 해야겠어. 그들이 이 일을 맡을 수 없게 되었어. 이곳을 급히 떠났거든. 시에미안을 제거하라는 명령을 전달받았네."

히폴리트가 전하는 말 속에는 번복할 수 없는 결정이 담겨 있었다. 이건 명령이다. 그 어떤 이유로도 시에미안을 놓아줄 수는 없다. 특히 지금처럼 여러 사람의 생명이 걸린 경우, 그런 위험을 무릅쓸 권리는 없다. 명령을 문서화해서 전달하진 못하지만 그건 그럴 시간이 없기 때문이며, 또 지금은 전반적으로 시간이 부족한 상황이다. 어쩔 도리가 없다. 그를 없애야만 한다! 이 임무를 당신들에게 맡긴다. 이것이 우리로서는 알 수 없는 어떤 극도로 긴장된 상황에서 내려진 그 명령이었다. 공포에 질려 그것 역시 난폭해져 버린 명령. 이 명령을 의심해 볼 수도 있었다. 하지만 그렇게 한다면 다음에 일어날 수 있는, 어쩌면 재앙이 될 수도 있을 모든 결과에 대한 책임을 우리가 져야 한다는 말이었다. 게다가 타당한 이유도 없는 상태에서 명령 자체에 의문을 제기해 보는 그런 미봉책을 쓸 수도 없었다. 이 명령에 우리가 저항한다면 그건 곧──행동에 나설 준비를 빈틈없이 갖추려고 지금까지 우리가 아무리 분주하게 움직였다 해도──빠져나갈 구멍을 찾는 것에 불과했다. 이런 조건하에서 우리는 약한 모습을 드러낼 여유조차 없었다. 그러므로 만약 히폴리트가 그 자리에서 우리를 시에미안의 방으로 데리고 간다면 분명 우리는, 우리 자신을 위해서라도, 지체 없이 그를 처치했을 것이다. 그렇지만 일이 이처럼 예상치 못하게 돌아간 탓에, 우리는 명령의 수행을 다음 날 밤까지 미룰 수 있는 구실을 하나 얻었다. 역할을 나누어 맡고 준비를 갖추고 알리바이를 마련해야 하므로 실제 행동은 다음 날로 연기할 수밖에 없다는 건 분명하지 않은가, 하는 구실⋯⋯. 그리하여 우선 내가 새벽까지 시에미안의 방을 감시할 임무를 떠맡았고, 이어서 새벽녘에 알베르트와 교대하기로 했다. 우리는 교양 있는, 성숙한 인물들답게 밤 인사를 나누었다. 먼저 히폴리트가 램프를 들고 자신의 방으로 자러 들어갔고 남은 세 사람은 여전히 계단에 서 있을 때였다. 사람 윤곽 하나가 침실들 사이 어두운 복도에서 슬그머니 나타났다. 알베르트가 주머니에서 손전등을 꺼내들어 그 윤곽을 비추었다. 흰 빛줄기 속에서 모습을 드러낸 사람은 잠옷 차림의 카롤이었다.

"어디에 있었던 거야? 밤중에 돌아다니면서 뭘 하는 거지?" 긴장으로 곤두선 신경을 주체하지 못하고 알베르트가 소리를 질렀다.

"욕실에 있었어요."

그럴 수도 있는 일이었다. 그러므로 만약 지금처럼 그 자신이 손전등을 비춰서 어둠 속에서 이 소년을 끌어낸 상황만 아니었더라면, 알베르트는 분명 그렇게 거친 소리를 내지는 않았을 것이다. 하지만 그는 카롤을 빛 속으로 끌어냈고, 신음 소리 같은, 높게 갈라지는, 천박하기까지 한 소리를 내질렀다. 알베르트의 그런 반응은 프레데릭과 나를 흠칫 놀라게 했다. 카롤도 알베르트 못지않게 야비하고 공격적인 어조로 되쏘았다.

"뭘 어쩌라는 거예요?"

카롤은 곧장이라도 덤벼들 태세였다. 알베르트가 손전등을 껐다. "미안하다. 정말이야. 어두운데 무슨 소리가 들렸거든. 그냥 무슨 일인지 알고 싶었어."

알베르트는 서둘러 우리에게 인사를 하고 어둠 속으로 사라졌다.

나는 시에미안의 방문이 열리는지 감시하기 위해 구태여 내 방에서 나와 있을 필요가 없었다. 우리의 방은 붙어 있었다. 그의 방에서는 아무런 소리도 들리지 않았지만 불빛은 계속해서 새어 나왔다. 나는 혹시라도 잠이 들까 싶어 아예 자리에 눕지 않기로 했다. 탁자 앞에 앉은 내 머릿속에서 나 자신 어떻게 손쓸 수도 없고 미처 이해하지도 못한 사건들이 여전히 빠르게 요동쳤다. 사실 물질로서의 사물들이 펼쳐지는 층위 너머로는, 소용돌이치는 수면 위로 반짝이는 태양의 반사광들과도 같은 뉘앙스와 의미들로 구성된 신비한 세계가 전개되고 있지 않은가. 나는 그렇게 빛의 물결 같은 명상에 잠겨 한 시간 넘게 앉아 있었다. 누군가 내 방문 틈으로 밀어 넣은 종이쪽지를 보기 전까지.

조금 전 알베르트와 카롤 사이에(A-K라고 씁시다.) 있었던 놀라운 사건에 대한 이야기입니다. 선생도 보셨습니까, 그 대단한 분노를? K가 하마터면 A를 칠 뻔했지요!

그들은 이미 A가 자신들의 그 장면을 보았다는 걸 알고 있습니다. 그렇게 화를 낸 건 그 때문입니다.

그들은 이미 알고 있습니다. 내가 그들에게 알려주었거든요. 나는 그들에게 이렇게 말했습니다. 알베르트가 섬에서 너희들의 모습을 우연히 목격했고, 그 이야기를 선생에게 했다고. 또 나는 선생에게서 그 말을 들었다고. 그러니까 알베르트가 정원으로 산책을 나왔다가 우연하게 그들의 모습을 발견한 걸로 해두었습니다.(내가 거기 함께 있었다는 것까지는 모른다고 했습니다.)

짐작하시겠지만 두 사람은 내 이야기를 듣고 웃었습니다. 다시 말해 그들이 '함께' 웃었다는 겁니다. 왜냐하면 내가 그 이야기를 둘이 함께 있는 자리에서 두 사람 모두에게 했고, 그 둘은 자신들이 이렇게 함께 묶인 것을 알고 웃는 것 외에 달리 어쩔 수 없었기 때문이지요……. 그러니까 둘이 '함께'였고, 또 그 앞에서 내가 지켜보고 있었기 때문이라는 것! 이제 A를 대하는 그들의 역할은 웃는 얼굴을 한 사형 집행인으로 고정되었습니다. 물론 두 사람은 함께

인 한에서, 서로 짝을 이루는 한에서, 한 쌍인 한에서 A를 학대할 수 있습니다. 사실 선생도 저녁 식사 때마다 확인하지 않으십니까. 헤니아로서의 헤니아, 그러니까 혼자일 때 그녀는 자신의 약혼자에게 충실합니다. 하지만 카롤과 헤니아 이 두 사람이 함께일 때 이들은 알베르트를 향해 조소를 터뜨릴 수 있는 겁니다.

이제 칼에 대한 이야기를 해봅시다.

이 칼을 통해 S(시에미안)-S¹(스쿠지악)이라는 새로운 관계가 만들어집니다.

그리고 이 관계에 알베르트가 아멜리아의 살해 사건을 매개로 해서 개입함으로써 또 하나의 관계(SS¹-A)가 형성되지요.

그런데 이와 동시에 A와 KH(카롤과 헤니아)가 이미 이어져 있지 않습니까.(A-KH) 다시 말해서 (KH)-(SS¹)의 관계가 성립한다는 것이지요.

이 놀라운 화학식! 모든 게 연결되어 있다는 말입니다! 이 연관 관계는 아직 그리 분명하게 드러나지는 않았지만, 이제부터는 이런 방향으로 움직여 가는 어떤 동향이 있다는 것을 보게 될 겁니다……. 그리고 생각해 보세요. 나는 어떻게 해야 이 놀이에 스쿠지악을 끼워 넣을 수 있을지 몰랐는데, 그가 스스로 여기 끼어들었단 말입니다. 바로 이 칼을 매개로 해서요! 하지만 조심해야 합니다. 이들 중에 누구도 겁을 먹게 해서는 안 됩니다. 강요하지 말고…… 다그치지 말고…… 다만 일이 흘러가는 대로 쫓아가기만 하면 됩니다. 마치 아무 일도 없었던 것처럼. 그러면서 기회가

생길 때마다 민첩하게 움직여 우리 목표에 가까이 다가가면
되는 것이지요.

히폴리트 씨의 비밀 활동에 협력할 필요가 있습니다. 그
러나 우리가 이 일에 참여하는 데 어떤 다른 목적이 있다는
걸 드러내서는 안 됩니다. 대독 저항군 활동이라는 이 거국
적 투쟁, 폴란드-독일이라는 이 딜레마에 전적으로 뛰어든
것처럼 행동하십시오. 마치 이것만이 문제라는 태도로…….
그러면서 사실은 헤니아와 카롤을 함께 묶는 일에 매진하자는
것이지요.

하지만 의심을 사서는 안 됩니다. 절대 드러나지 않게,
쉿! 한마디라도 밖으로 흘리지 마십시오. 그 누구에게도 안
됩니다. 우리 사이에서도 이 이야기는 꺼내지 맙시다. 무엇
보다 중요한 건 그들이 눈치 채지 못해야 한다는 겁니다.
일이 저절로 무르익도록……. 쉿!

비록 우리의 계획이 음탕한 본능을 주체하지 못해서 벌
이는 비열한 수작처럼 보일지 모르지만, 그래도 이 일을 끝
까지 밀고 나가기 위해 필요한 건 용기와 인내입니다. 우리
가 전심전력으로 이 일에 매달리는 한 이는 더 이상 수치스
러운 짓이 아닐 것입니다. 우리는 적극적으로 나아가야 합
니다. 포기하는 순간 우리가 하는 일은 음란한 짓이 되고
말 테니까요. 용기를 잃지 마십시오. 비밀 엄수! 되돌아올
길은 없습니다.

삼가 건투를 빕니다. 이 편지는 불태워버리세요, 아셨죠!

"이 편지는 불태워버리세요, 아셨죠."라고 그는 명령하

고 있었다. 그러나 그 전에 이미 그는 이렇게 써놓았다.
"헤니아와 카롤을 함께 묶는 일에 매진하자." 그렇다면 이
건 누구에게 보내는 글인가? 나인가? 아니면 자연인가?

누군가 방문을 두드렸다.

"들어오세요."

알베르트가 문을 슬며시 열며 들어왔다.

"잠시 이야기를 나눌 수 있을까요?"

나는 몸을 일으켜 그에게 의자를 내주었다. 그가 앉았고
대신 나는 침대에 몸을 걸쳤다.

"죄송합니다. 피곤하시리라는 거 알아요. 하지만 선생님
과 이야기를 나누기 전에는 잠을 못 이룰 것 같아서 이렇
게 왔습니다. 앞서 했던 이야기들과는 다른 내용입니다.
지금 할 말은 좀 더 솔직한 것이지요. 선생님께서 절 책망
하지 않으셨으면 합니다. 제가 무엇 때문에 왔는지 짐작하
실 겁니다……. 그러니까 그 섬에서 봤던 일 말입니다."

"아무래도 내가 도울 수 있을 일은 아닌 것 같은데…….
나는 그저……."

"압니다. 알아요. 말을 끊어서 죄송합니다. 선생님께서
이 일에 대해 아는 게 없다는 걸 모르진 않지만, 그래도
어떻게 생각하시는지 듣고 싶습니다. 도무지 머리가 뒤죽
박죽이 되어 갈피를 잡을 수 없거든요. 어떻게 생각하세
요. 네? 어떻게 생각하시죠?"

"내 생각 말인가요? 내가 뭐라고 말해 주기를 바랍니까?
당신을 데려가 그 장면을 보게 한 건 그게 내 의무라고 생
각했기 때문이었어요……."

"당연한 말씀이죠. 그 점에 대해서는 깊이 감사드립니다. 정말 감사드려요. 하지만 저는 또한 선생님이 그 일에 대해 어떻게 생각하시는지도 알고 싶은 거죠. 제 생각에는 별일 아닌 듯합니다만. 뭐, 상관없는 일 아닌가요. 두 사람은 어릴 때부터 알고 지내온 사이니까…… 어릴 적의 행동들이 둘 사이에 다른 무엇보다 더 많이 남아 있겠죠……. 게다가 아직은 그럴 나이잖아요! 아마도 한때 두 사람 사이에 어떤 친밀한 감정이 오간 것 같습니다만……. 분명 그랬겠지요……. 아직 아이티를 벗지 못한 이런 행동들을 하다 보면, 그러니까 서로 건드리고 쓰다듬고, 이렇게 친밀하게 굴다 보면 금세 어떤 이상한 형태가 되곤 하죠. 그렇게 생각하지 않으세요? 그런데 두 사람은 아직도 때때로 그 섬에 가곤 하죠. 거기 있다 보면 이제 막 눈뜬 일종의 관능이 고개를 들 수 있겠죠. 다음으로 생각할 수 있는 건 눈이 착각을 일으켰을 경우인데요. 그럴 수도 있는 것이, 그들과 우리 사이의 거리는 꽤 멀었고, 중간에 수풀이 가로막고 있었거든요. 저는 헤니아가 저에 대해 갖고 있는 감정을 의심하지 않습니다. 제게는 그럴 권리가 없어요. 또 그럴 이유도 없지요. 저는 그녀가 절 사랑한다는 걸 압니다. 더구나 어떻게 우리의 사랑을 그런…… 어린애 장난들과 비교할 수 있겠습니까? 정말 우스꽝스러운 일 아닙니까!"

나는 바로 맞은편에 앉은 그의 몸뚱이를 보고 있었다. 너무 활짝 핀 그 몸뚱이! 그는 실내복 차림이었다. 애지중지 공들여 다듬은 그 희끄무레한 육체! 말끔하게 단장해서 실내복으로 휘감은 그 육체를 그는 마치 여행 가방을 들고 오듯이 그 자리에 끌고 와 있었다. 그 몸뚱이! 살 냄새가 물씬 나는 그 몸뚱이에 비위가 상한 나는 조롱을 담은 눈으로 그를 쳐다보았다. 그리고 가차 없이, 거의 야유를 퍼붓듯, 그를 조롱했다. 동정심 같은 건 손톱만큼도 느낄 수 없었다. 그 몸뚱이!

"제 말을 믿든 믿지 않으시든 간에, 저는 그 일에 대해서는 신경 쓰지 않는다고 확실히 말씀드릴 수 있습니다만…… 단지…… 한 가지가 마음에 걸립니다. 꼭 그렇다는 건 아니지만, 글쎄요, 제가 아무래도 헛것을 본 것이겠지요……. 그 때문에 선생님과 이야기해 보고 싶었던 겁니다. 어느 정도는…… 사실 같지 않게 들릴 수도 있기에 미리 양해를 구합니다. 솔직히 저는 이 말을 어떻게 꺼내야 할지도 모르겠습니다. 두 사람이 하고 있었던 행동…… 선생님도 아시지요, 갑자기 쓰러져서는 다시 몸을 일으키던 그 행동 말입니다. 선생님도 저와 같은 생각이실 테지만, 그건…… 아주 특이한 장면이었습니다. 보통은 그런 방식으로 움직이는 경우는 없거든요!"

알베르트는 말을 끊더니 침을 삼켰고, 침을 삼키면서도 부끄러워했다.

"그럴 수는 없어요. 보통의 행동이라면 그럴 수 없다는 말이죠. 무슨 말이냐 하면, 두 사람이 입을 맞출 수도 있고……. 하지만 이건 정상적인 행동이지요. 예를 들어 카롤이 헤니아를 바닥에 쓰러뜨릴 수도 있고……. 이것도 정상적인 행동입니다. 설령 내가 보는 앞에서 그가 그녀의 몸을 차지했다 할지라도 정상적인 행동이라는 겁니다……. 이런 모든 가정들보다도 나를 더욱 혼란스럽게 하는 건 아마도…… 그러니까 그 이상한…… 그들이 보여준 그 이상한 몸짓들이거든요."

알베르트가 내 손을 잡고, 눈을 똑바로 들이댔다. 구역질이 치밀어 올랐다. 나는 그를 증오하기 시작했다.

"솔직히 말씀해 주세요. 제가 잘못 생각하고 있는 건가요? 아마도 제가 잘못 본 것일까요? 이렇게 생각하는 제가 오히려 이상한 건가요? 잘 모르겠습니다. 제발 말씀해 주세요."

그의 몸뚱이!

나는 혈관 밑에서 팔딱이는, 무자비한 악의를 능란하게 숨기며 말했다. 거의 아무 말도 아닌, 타는 불꽃에 기름을 퍼붓는 것 외에 다른 의미는 없는 몇 마디 말을. "내가 알 거라고요……? 사실…… 어느 정도는……."

"이번 일을 얼마나 심각하게 생각해야 할지 저는 전혀 모르겠어요. 그냥 넘겨서는 안 되는 건가요? 그렇다면 어느 정도까지 그런 거죠? 우선 한 가지만 말씀해 주세요. 그러니까 선생님이 보기에는 그와 그녀가……."

"그와 그녀가…… 뭔가요?"

"외람된 말이지만, 저는 지금 성적 매력이라는 걸 생각하고 있습니다. 사람들이 섹스어필이라고 부르는 것 말입니다. 제가 처음으로 두 사람이 함께 있는 걸 보았을 때…… 일 년 전의 일입니다만…… 그때 저는 곧장 그걸 알아차렸습니다. 섹스어필, 말하자면 서로 끌어당기는 힘이지요. 그와 그녀가, 성적으로, 서로를 끌어당기는 힘. 하지만 그때까지만 해도 제가 헤니아와 결혼하리라고 생각하지 못했죠. 그 후에 헤니아를 사랑하게 되면서부터는 그 문제를 뒷전으로 밀어놓았습니다. 섹스어필 따위는 내 사랑에 대면 별것 아닌 게 된 거죠. 더구나 카롤하고 비교한다는 건……. 저는 더 이상 그것에 신경 쓰지 않았습니다. 정말이지 유치한 일이라고 생각했는데! 이제 와서야……."

알베르트는 깊은 한숨을 내쉬었다.

"이제 전 겁이 납니다. 두 사람이…… 어쩌면 제가 상상할 수 있는 것 이상의 관계일지도 모른다는 생각이 들거든요."

그가 의자에서 벌떡 일어났다.

"그들은 땅바닥에 쓰러졌습니다……. 쓰러져야만 하는 사정이 아닌데도 그랬습니다. 또 곧장 몸을 일으켰죠. 마찬가지로 어색한 행동이었습니다. 그러고는 서로 떨어져서 그 자리를 떠났습니다. 이 상황도 꼭 그래야만 했던 건 아닌데 말입니다. 이런 행동들은 무엇을 의미하는 걸까요? 여기에 뭐가 감춰져 있는 거죠? 보통은 그런 방식으로 그짓을 하지는 않는다는 말입니다!"

그는 다시 의자에 주저앉았다.

"네? 뭘까요? 그게 대체 뭘까요?"

그가 나를 쳐다보았다.

"이런 상상으로 제 머릿속이 얼마나 어지러운지 짐작도 못하실 겁니다! 뭐든 말씀해 보세요! 무슨 말씀이든 해보시란 말입니다! 도와주세요. 저 혼자서 떠맡기엔 너무 버거운 문제라고요!" 알베르트가 나를 향해 입가에 엷은 미소를 띠어 보였다. "저를 나무라지 마세요."

　문제를 '혼자서 떠맡기'는 싫단 말이지……. 그렇다면 알베르트 역시 나와 한패가 되고 싶어 하는 게 아닌가. 정말이지 나는 인기 있는 몸이었다! 그러나 그는 프레데릭과는 달리, 자신의 미친 생각에 동의하지 말아달라고 간청하고 있었다. 그는 내가 자신의 말에 반박해 주기를, 그래서 이 모든 상상들을 어처구니없는 망상으로 돌려주기를 가슴 두근거리면서 기다리고 있었던 것이다. 그를 진정시키는 건 내게 달린 문제였다. 그의 몸뚱이! 만약 그가 자신의 영혼으로 내게 말을 걸어왔더라면! 하지만 그는 자신의 몸뚱이로 내게 의지하고 있었다! 그리고 그것에 화답하는 나의 놀라운 경쾌함! 그를 지옥에 밀어 넣기 위해 나는 특별히 애쓸 필요조차 없었다. 조금 전에 그랬던 것처럼 단지 몇 마디 모호한 말을 흘리는 것만으로 충분할 테니. "사실…… 그럴 수도 있지요……. 솔직히 말하지만…… 아무래도……." 나는 중얼거렸고, 그가 대답했다.

　"그녀는 저를 사랑합니다. 전 알아요. 확신할 수 있어요. 그녀는 절 사랑한단 말입니다!"

　그는 기를 쓰고 자신을 방어했다.

　"그녀가 당신을 사랑한다고? 물론 그렇겠지요. 하지만 당신은 알아차리지 않았습니까? 그들 두 사람 사이에 사랑은 있어도 좋고 없어도 좋다는 것을. 헤니아에게 사랑이란 당신과 있을 때 필요한 것이지, 카롤과 있을 때는 상관없는 것이거든요."

그의 몸뚱이!

알베르트는 한참 동안 말이 없었다. 나 역시 조용히 앉아 있었다. 침묵이 우리 두 사람을 죄어왔다. 문득 프레데릭이 생각났다. 그는 잠들었을까? 시에미안은 뭘 하고 있을까? 그리고 올렉, 그 아이는? 자고 있을까? 이 집 전체가 덜그럭거렸다. 모서리마다 잡아맨 수많은 말들이 제각각의 방향으로 이 집을 끌어당기는 것 같았다.

알베르트가 가까스로 미소를 지어냈다.

"힘들군요. 정말로. 어머니를 잃은 지 얼마 되지도 않았는데, 지금은 또……."

그는 뭔가 생각하는 얼굴이었다.

"이렇게 밤중에 찾아와 성가시게 해드린 것에 대해 뭐라고 사과드려야 할지 모르겠습니다. 혼자서는 견디기 힘들었습니다. 허락해 주신다면 한 가지만 더 말씀드리고 싶습니다만. 무슨 말이냐 하면, 저는 때때로 놀라곤 합니다. 그녀가…… 제게 어떤 감정을 느낀다는 사실이 놀라운 거죠. 그녀를 향한 제 자신의 감정은 이것과는 별개의 문제입니다. 저는 그녀에게 사랑을 느낍니다. 그녀는 사랑받을 만한 사람이니까요.

하지만 그녀는 제게서 무엇을 사랑할 수 있었을까요? 그녀에게 주는 저의 사랑일까요? 아니, 단지 그것만은 아닙니다. 그녀는 그녀 자신을 향한 저의 사랑만이 아니라 저 또한 사랑하고 있습니다. 하지만 왜일까요? 제게서 그녀는 무엇을 사랑하는 걸까요? 선생님 눈에는 제가 어떤 사람인지 잘 들어올 겁니다. 저는 제 자신에 대해 아무런 환상도 품고 있지 않습니다. 저는 제 자신이 무척이나 못마땅합니다. 그래서 그녀가 제게서 어떤 장점을 발견할 수 있었다는 것을 정말이지 이해하지 못하겠습니다. 고백컨대, 심지어 기분이 언짢아질 정도입니다. 제가 그녀에게서 뭔가 불평할 거리를 기어이 찾는다면 그건 바로…… 저를 그렇게 열렬한 애정으로 대해 준다는 것이지요. 이 말을 어떻게 생각하실지 모르지만, 더없이 뜨거운 사랑에 취해 있는 순간, 바로 그런 뜨거운 도취 때문에, 그러니까 그녀가 제게 그렇게 거침없이 빠져 든다는 것 때문에 저는 그녀를 원망하는 마음이 되곤 합니다. 그래서 저는 그녀와 함께 있으면서 한번도 편안한 기분이 될 수 없었습니다. 늘 어떤 특별한 호의, 어떤 양보를 얻어내는 느낌이었죠. 그런 손쉬운 쾌감, 자연의 이 놀라운 은총을 누리면서, 심지어 제가 파렴치한 인간이라는 생각까지 해야만 했습니다. 그래요. 하지만 그녀가 저를 사랑한다는 건 틀림없습니다. 그건 의심할 수 없는 사실입니다. 제가 그런 사랑을 받을 자격이 있건 없건, 제게 보여준 열정이 특별 배려이건 아니건, 그녀의 사랑은 분명한 사실입니다."

"그녀는 당신을 사랑하고 있어요. 그건 의심할 바 없는 일이지요."

"잠깐! 선생님이 무슨 말씀을 하려는지 압니다. 사랑을 넘어, 어떤 다른 영역에서 또 다른 이야기가 펼쳐지고 있다는 말씀이죠. 옳은 말씀입니다! 바로 그것 때문에 제가 이렇게까지…… 야비하고 부도덕한 모습을, 특히 갈 데까지 간 잔인한 모습을 보이고 있지 않습니까. 대체 어쩌다가 이 지경이 되었는지 모르겠습니다. 만약 그녀가 어떤 다른 남자와 마음이 맞아 저를 속이고 있다면……."

잠시 말을 끊고 있던 그가 별안간 달라진 목소리로 중얼거렸다. "내 약혼녀가 어떤…… 어떤…… 작자와 잤다고?" 그러고는 나를 바라보며 물었다.

"이 말이 대체 무슨 의미죠? 그렇다면 저는 어떻게 해야 합니까? 제가 무얼 해야만 하는 겁니까?"

"그녀가…… 함께 잤단 말이죠." 그는 한 번 더 중얼거렸다. "그것도 기이한…… 독특한…… 지금까지 본 적 없는 방식으로……. 이런 상상이 저를 흔들어놓습니다. 마치 뼛속을 후벼 파듯이. 왜냐하면 선생님도 아시겠지만 저는 그런 욕구에 무감각한 사람은 아니거든요. 저는 그런 걸 잘 이해합니다……. 네, 그래요. 하지만 저는 우리가 보았던 장면을 근거로 해서 그들 사이에 가능한 '모든 것'을 머릿속으로 재구성해 보았습니다. 그들이 서로 간에 나누었을 모든 행동을 말입니다. 그러자…… 에로티시즘이라는 관점에서 볼 때 참으로 뛰어난 장면이 만들어지더군요. 그래서 감탄하는 심정으로 생각했지요. 그 두 사람은 어떻게 그런 자세를 생각해 낼 수 있었을까, 라고. 마치 꿈같은 장면이잖아요! 누가 그것을 생각해 냈을까요? 카롤이? 아니면 헤니아가? 만약 그녀가 생각해 낸 거라면, 그녀는 정말이지 멋진 예술가 아닌가요!"

그는 잠시 쉬었다가 다시 말을 이어갔다.

"제가 무슨 생각을 하는지 아십니까? 제가 보기에 그녀는 결코 카롤을 사랑한 적이 없습니다. 그리고 그 점이 제게는 두 사람이 함께 잤다는 사실보다 훨씬 끔찍한 일입니다. 이런 생각을 한다는 게 제가 온전한 정신이 아니라는 걸 단적으로 보여주죠. 그렇죠? 하지만 말입니다. 어떻게 설명을 해야 할지……. 만약 두 사람이 함께 잤다면, 그 문제에 대해서 적어도 저는 대처할 방법을 찾을 수 있습니다. 반면에 두 사람이 사랑하는 게 아니라면…… 저는 아무것도 할 수 없는 데다가…… 또한 그녀가 이제는 그를 사랑하게 되었는지, 늘 의심해야 하지 않습니까. 그녀가 그를 지금까지는 사랑하지 않았다는 바로 그 이유 때문에 말입니다. 이런 고민이란 게 결국 그 두 사람이 보여준 모든 몸짓이나 행동이 여느 것과 다르기 때문이 아니겠습니까! 네, 달라요! 다르다고요!"

아하! 알베르트는 가장 중요한 사실을 모르고 있었다. 자신이 섬에서 보았던 장면이 프레데릭을 *위해*, 프레데릭 *에 의해* 연출되었다는 것, 그러니까 그 장면은 헤니아와 카롤 두 사람, 그리고 프레데릭이 합작해서 만들어낸 일종의 잡종 생산품이라는 사실을. 알베르트는 고민을 털어놓는 상대인 내가 자신의 박해자들, 지금 자신을 파멸로 몰아가는 일당들과 연결되어 있다는 사실을 조금도 눈치 채지 못하고 있었다. 알베르트를 이렇게 아무것도 모르는 상태로 내버려 두는 기쁨이란! 비록 내가 그 일당과 한편은 아니지만(한편이 되기에는 헤니아와 카롤이 너무 어리지 않은가.) 그 둘보다는 차라리 이자에게 동료 의식을 갖고 있고 따라서 알베르트를 파괴하면서 나 자신 역시 파괴되고 있었지만, 그럼에도 불구하고 이자를 속여 넘기는 이 만족감이란! 도대체 이 특별한 경쾌함은 어디서 오는 걸까!

"이건 전쟁입니다." 알베르트가 말했다. "이건 전쟁이에요. 하지만 무엇 때문에 제가 코흘리개들과 맞서 싸워야 하는 거죠? 철부지 한 놈은 제 어머니를 죽였고, 또 다른 꼬마 녀석은……. 이건 너무하잖아요. 참고 넘어갈 일이 아닙니다. 정말이지 이건 지나쳐요. 제가 어떻게 할 생각인지 짐작하십니까?"

내가 아무 대답도 하지 않자 그는 말을 또박또박 끊어 다시 물었다.

"앞으로의 제 행동 방침이 무엇인지 알고 싶으십니까?"

"말해 보세요."

"저는 조금도 물러서지 않을 겁니다."

"아, 그래요?"

"누구든 헤니아를 유혹한다면, 혹은 저를 유혹한다면 용납하지 않을 겁니다."

"그건 무슨 의미죠?"

"저는 제 행복을 방어하고 지킬 줄 압니다. 저는 헤니아를 사랑하고, 헤니아는 저를 사랑합니다. 이 점이 가장 중요하죠. 나머지는 어떻게 되든 좋습니다. 다른 건 전혀 중요하지 않아요. 사랑 이외의 것은 문제 삼지 않을 생각입니다. 저는 그럴 수 있습니다. 솔직히 저는 신을 믿지 않습니다. 어머니는 신자였지만 저는 아니거든요. 하지만 저는 신이 존재하기를 바랍니다. 그리고 신이 존재하기를 기원하는 사람이 신의 존재를 확신하는 사람보다 많지요. 비록 신이 존재하기를 바라는 입장이긴 하지만 그렇더라도 역시 스스로 올곧기를 바랄 수 있고, 이 올곧음을, 자신의 도덕성을 보여줄 수 있습니다. 저는 헤니아를 잘 타이르겠습니다. 이 일에 대해 아직 그녀에게 이야기하지는 않았지만, 내일은 이야기하려 합니다. 그래서 그녀를 바른 길로 돌아오게 해야지요."

"그녀에게 뭐라고 말할 생각인데요?"

"저는 올바른 말을 할 것이고, 그래서 그녀 역시 올바르게 행동하도록 만들 겁니다. 그녀에게 제가 얼마나 그녀를 존중하고 있는지 보여주어야지요. 그녀를 존중함으로써 그녀 역시 저를 존중하게 만들겠습니다. 그렇게 해서 그녀가 저를 사랑하지 않을 수 없도록, 제게 충실하지 않을 수 없도록 만들 겁니다. 저는 내심 믿고 있습니다. 상대에 대한 존경심, 배려가 서로가 지니는 의무감의 바탕이 된다는 것을. 또한 그 풋내기에게도 지극히 예절 바른 태도를 취하려 합니다. 조금 전만 해도 저는 그 아이에게 격분하고 있었지만, 이제부터 그런 일은 없을 겁니다."

"당신은 그러니까…… 진지하게 행동할 생각이군요, 그렇죠?"

"제가 하려던 말이 바로 그겁니다. 진지하게! 그래서 그 두 사람도 다시 진지한 태도로 돌아오게 만들겠습니다."

"그래요, 그런데 '진지하다'는 건 '중요하다'는 단어를 떠올리게 하지요. 어떤 사람이 진지하다고 할 때 그건 그가 가장 중요한 것에만 관심을 쏟는다는 의미거든요. 그리고 가장 중요한 것이란…… 그건 대체 뭘 말하는 거죠? 당신에게는 어떤 것이 가장 중요할지 몰라도, 그 두 사람에게는 다른 어떤 것이 가장 중요할 수 있잖아요. 각자의 견해에 따라, 각자의 기준에 따라, 가장 중요한 것도 달라지는 법이죠."

"어째서 그렇단 말입니까? 저는 진지하지만, 그들은 그렇지 않습니다. 그들이 어떻게 진지할 수 있단 말입니까? 그들이 한 모든 행동이 유치한 불장난일 뿐인데요."

"그런데…… 그들에게는…… 이 어린애 장난이 그 어떤 것보다도 더 중요하다면?"

"뭐라고요? 제게 중요한 것이 그들에게도 중요한 것이어야 합니다. 그들이 고작 뭘 알겠습니까? 제가 그들보다는 아는 게 더 많습니다. 저는 그들을 잘 다룰 수 있어요! 저는 그들보다 더 중요한 사람입니다. 이건 선생님도 부인하지 못하실 겁니다. 저의 양식과 이성은 존중받아 마땅하지 않나요!"

"잠깐만. 나는 당신이 자신이 지닌 삶의 원칙들에 근거해서 스스로를 중요한 사람이라고 생각하는 줄 알았는데……. 하지만 지금 보니까, 당신 자신이 더 중요한 사람이기 때문에, 그러니까 한 개인으로 놓고 볼 때 남자로서, 성숙한 어른으로서 그들보다 더 중요한 사람이고, 그렇기 때문에 자신이 지닌 삶의 원칙들이 더 중요하다는 말이로군."

"그 말도 맞고 저 말도 맞아요!" 알베르트가 소리쳤다. "어차피 같은 말이 아닙니까! 벌써 1시군요. 한 번 더 사과드립니다. 이렇게 늦은 시각에 제 말을 들어주셔서……. 정말 감사합니다."

알베르트가 방을 나갔다. 나는 터져 나오는 웃음을 참을 수가 없었다. "자, 이렇게 해서 저 친구가 낚싯바늘을 덥석 물었군! 그렇다면 이제 마구 퍼덕거리게 되겠지. 물 밖으로 건져 올린 물고기처럼!"

"우리의 매력적인 한 쌍이 이처럼 멋지게 그를 속여 넘겼구나!"

"그는 괴로울 것이다. 과연 괴로워할까? 물론 괴롭겠지. 하지만 그건 피둥피둥한 고통이야. 감칠맛이라고는 없는, 밋밋한 고통……."

아름다움은 다른 편의 것이었다. 그래서 나 역시 '다른 편'에 가담하고 있었다. 그들에게서 발산되는 모든 것은 사람을 잡아끄는, 매혹적인…… 관능적인 무엇을 가지고 있었으므로……. 반면 이 친구의 몸뚱이는!

알베르트는 도덕을 옹호하는 척하면서 사실은 그 두 사람을 거만하게 밀어붙이려 하고 있을 뿐이었다. 이 멍청한 송아지는 그 둘을 억누르려 하고 있었다. 그는 두 사람에게 자신의 도덕을, 단지 그것이 '자신의 것'이라는 이유만으로 강요하려 했다. 그것이 더 무겁고, 더 나이 먹었고, 더 다듬어진 것…… 성년의 도덕이라는 이유만으로 말이다.

둔한 녀석! 그가 혐오스러웠다. 그런데…… 내게도 그와 같은 면이 있지 않은가? 나, 그러니까 한 성숙한 인간인……. 머릿속에 이런 생각이 스치는 순간 누군가 다시 방문을 두드렸다. 분명 알베르트일 거라고, 뭔가 잊은 말이 있나 보다 짐작하면서 문을 연 순간, 시에미안, 그였다! 나는 그의 얼굴에 대고 헛기침을 하고 말았다. 내심 그를 만나고 싶다는 마음은 있었지만, 그가 이렇게 제 발로 오다니!

"폐를 끼쳐 죄송합니다. 하지만 목소리가 들리기에 아직 주무시지 않는다는 걸 알았습니다. 실례지만 물 한 잔 청해도 되겠습니까?"

그는 내게서 얼굴을 돌린 채 내가 건네준 물을 천천히, 조금씩 나눠 마셨다. 타이를 풀고 깃의 단추를 끌러 헤친, 구겨진 셔츠 차림이었다. 머리카락은 포마드를 발라 넘기긴 했지만 군데군데 비죽이 솟구쳐 있었다. 내 시선이 헝클어진 그의 머리카락에 머무는 동안 그가 또 한 번 손가락으로 자신의 머리카락을 들쑤셨다. 물을 다 마신 다음에도 그는 자기 방으로 돌아갈 생각이 없는 것 같았다. 방 한가운데 서서는 머리카락을 이리저리 넘기고만 있었다.

"벽지 무늬가 재미있군! 믿을 수 없을 만큼 교묘한 무늬야." 여전히 그 자리에서 꼼짝도 하지 않은 채 그가 중얼거렸다. 마치 방 안에 혼자 있는 것 같은 태도였다. 나는 일부러 입을 다물었다. 그가 나직이 말했다. 그러나 내게 건네는 말은 아니었다.

"도움이 필요해."

"어떻게 하면 내가 도움을 드릴 수 있을까요?"

"내가 극도로 흥분해 있다는 걸 아시죠?" 그가 무심한 어조로, 마치 딴사람 이야기를 하는 듯이 말했다.

"무슨 말씀인지, 잘 모르겠군요……."

"하지만 당신은 분명 알고 있을 거요!" 시에미안이 웃었다. "당신은 내가 어떤 사람이라는 걸 알고 있죠. 그리고 지금은 완전히 맥을 못 추는 신세라는 것도 알 겁니다."

그는 머리카락을 쥐어뜯으며 내 대답을 기다렸다. 초조한 빛은 없었다. 오히려 뭔가 생각에 잠긴 듯한, 혹은 자꾸 달아나는 생각을 애써 모으려는 듯한 표정이었다. 나는 그가 내게서 알고 싶어 하는 걸 말해 주기로 마음먹었다. 일이 어떻게 돌아가는지 '알고' 있다고 대답했던 것이다.

"당신은 인정이 있는 사람이군요……. 난 내 방에 더 이상 들어앉아 있을 수가 없었어요……. 이 옆방에…… 갇혀서……." 그가 손가락으로 자기 방 쪽을 가리켰다. "어떻게 설명해야 할까. 그래서 누군가와 이야기를 해야겠다고 생각했죠. 당신이 있는 이 방으로 올 작정을 한 겁니다. 당신은 날 이해할 수 있을 것 같았고, 또 바로 옆방인 데다가…… 난 더 이상 혼자 버틸 수가 없습니다. 내가 감당하기엔 너무 힘들어요. 여기 좀 있어도 되겠습니까?"

그가 의자에 앉았다. 마치 중병을 앓고 난 사람 같은 조심스러운 태도였다. 아직 사지를 놀리는 것이 불편해서 조금이라도 움직여야 할 때마다 동작의 세세한 절차를 미리 그려봐야만 하는 듯한 몸짓. "말씀해 주실 수 있겠습니까? 지금 이 집 안에서 나를 해치려는 음모가 진행되고 있지요?" 그가 물었다.

"왜 그렇게 생각하십니까?" 내가 말을 되받았다.

그는 짐짓 과장된 웃음을 터뜨렸다. 그러고는 덧붙이기를, "이거 실례했습니다. 솔직한 설명을 듣고 싶었는데……. 하지만 우선, 내가 여기 무슨 이유로, 어떤 생각으로 왔는지 이야기할 필요가 있군요. 나 자신에 대해 좀 말씀드려야겠습니다. 들어보세요! 당신은 틀림없이 다른 데서 내 이야기를 들으셨을 테니, 더욱더 내 말을 들으셔야 합니다. 내가 대담하고 위험한 인물이라고들 그랬을 테지요……. 그래요……. 하지만 얼마 전부터, 그리 오래전은 아닙니다만, 무언가가 더 이상 제대로 돌아가지 않더군요……. 겁이 났습니다. 명치 언저리에 희미한 통증을 느끼곤 했죠. 바로 일주일 전 일입니다. 램프를 켜놓고 조용히 앉아 있었습니다. 갑자기 이런 의문이 떠올랐어요. '어째서 너는 지금까지 매번 성공해 온 걸까? 만약 내일이라도 뭔가 일이 어긋나서 네가 체포된다면?'"

"자신에게 그런 질문들을 던져본 게 분명 그날이 처음은 아니겠지요?"

"물론입니다! 자주 해보던 생각들이죠. 하지만 이번에는 느낌이 아주 불편했습니다. 또 다른 생각 하나가 곧장 꼬리를 물고 떠올랐는데 뭐냐 하면, 이런 질문은 머리에 담지도 말아야 한다, 이런 걸 자꾸 생각하다 보면 아무래도 마음이 약해져서 쓸데없이 잡념만 쌓인다, 그러다 보면 자칫 불운을 불러들일 수 있다, 라는 거였지요. 그래서 이런 생각을 하지 말자고 다짐하는 순간, 글쎄, 나도 어쩔 도리가 없었어요. 생각하지 말자는 생각에 완전히 사로잡히고 말았거든요. 도저히 그 생각을 떨어낼 수가 없어요. 그게 아예 머릿속에 단단히 뿌리박힌 겁니다. 그래서 이젠 오직 그 생각, 생각하지 말자는 생각밖에는 안 합니다. 그러다 보니 무엇인가가 삐걱거리기 시작했는데도, 나는 그걸 생각해서는 안 됩니다. 생각하다 보면 그 일을 분명 망치게 될 거라는 강박에 쫓기거든요. 뭔가가 어긋났지만 그걸 생각해서는 안 되고, 생각하지 않고 있으니 일이 제대로 돌아갈 리 없고……. 어떻게 생각하십니까? 나는 완전히 망가진 거죠? 끝장난 겁니다."

"신경이 예민해진 거겠죠."

"신경 문제가 아니에요. 뭔지 아시겠습니까? 대담성이 비겁함으로 바뀌어버린 겁니다. 바로 그거예요. 어쩔 수 없는 일입니다."

시에미안이 담배를 꺼내 불을 붙여 물고는, 연기를 한 모금 깊숙이 빨아들였다가 다시 내뿜었다. "선생, 삼 주 전만 해도 나는 삶의 어떤 목적을 가지고 있었어요. 내게 주어진 임무, 투쟁, 달성해야 할 목표들…… 이런 것들이 내 삶을 채우고 있었죠. 하지만 지금은 아무것도 없습니다. 모든 게 별안간 바닥에 풀썩 떨어져 버렸어요. 이런 비유가 어떨지 모르겠지만, 벗은 속옷처럼 말입니다. 이제 나는 단 한 가지 일밖에 생각하지 않습니다. 부디 내게 아무 일도 일어나지 않았으면 좋겠다는 생각이죠. 그러므로 선생, 나는 정신이 올바릅니다! 자기 자신이 잘못될까 봐 겁을 내는 인간이라면 제정신이라는 말이 아닙니까! 내 정신이 말짱하다는 것. 가장 고통스러운 건 바로 이 점입니다. 그런데 대체 나더러 어쩌란 말입니까. 내가 이곳에 온 게 닷새 전의 일입니다. 여길 떠날 수 있게 말을 내달라고 했는데, 거절당했습니다. 당신들은 나를 죄수처럼 가둬두고 있죠. 날 어떻게 하려는 겁니까? 난 이 작은 방에서 죽을 지경입니다……. 대체 어쩌라는 거죠?"

"진정하세요. 흥분했군요."

"나를 죽일 생각입니까?"

"상상이 지나칩니다."

"그것도 모를 만큼 바보는 아닙니다. 나는 약해졌어
요……. 불행을 꼽으라면 내가 겁내고 있다는 사실을 들켰
다는 점이죠. 그들은 알고 있습니다. 내가 두려움이 없는
한 그들은 나를 두려워하지 않죠. 하지만 이제 겁쟁이가
되면서부터 나는 위험인물이 되었어요. 이해합니다. 더 이
상 나를 믿을 수 없을 거라는 사실을. 그러나 나는 지금
한 인간으로서 당신에게 이야기하고 있습니다. 조금 전 나
는 결심했었습니다. 자, 일어나서 그에게 가라, 가서 인간
대 인간으로 이야기하라, 이게 내게 주어진 마지막 기회
다, 라고. 그래서 곧장 당신에게로 온 겁니다. 사실 나 같
은 처지에 있는 사람은 선택의 여지가 없으니까요. 그런데
이건 순환 논법이군요. 내가 당신들을 두려워하기 때문에
당신들은 나를 두려워하고, 당신들이 나를 두려워하기 때
문에 나는 당신들을 두려워하고. 뭔가 획기적 결단을 내리
지 않으면 난 이 궁지에서 벗어날 수 없어요. 그래서 서로
모르는 처지인데도 불구하고 이렇게 한밤중에 당신의 방문
을 두드리게 된 겁니다. 당신은 지성인이고, 작가입니다.
내 입장을 이해해 주십시오. 나를 도와줘요. 여기서 빠져
나갈 수 있게 해주십시오."

"내가 뭘 할 수 있죠?"

"내가 떠날 수 있도록, 이 일에서 몸을 뺄 수 있도록
그들을 설득해 주십시오. 내가 바라는 건 그것뿐입니다.
이 일에서 빠져나와서, 가는 것. 나는 내 발로 걸어서 가

겠습니다. 하지만 당신들은 벌판 중간쯤에서 나를 따라잡을지도 모르지요. 그리고 거기서…… 그들을 설득해 주십시오. 나를 그냥 보내주라고. 그들에게 말해 줘요. 난 이제 그 누구도 죽이지 않을 거고, 이젠 신물을 내고 있고, 더 이상은 못할 거라고. 난 조용히 살고 싶습니다. 조용히. 일단 이 일에서 벗어나기만 하면 모든 게 다 잘될 겁니다. 선생, 간절히 부탁합니다. 제발 그들에게 말해 줘요. 난 더 이상은 못한다고……. 아니면 내가 도망갈 수 있게 도와줘요. 당신은 내 말을 들어줄 거라고 믿습니다. 설마 모두로부터 외면당할 리야 없겠지요. 나를 도와주십시오. 내 곤경을 외면하지 말아요. 우리는 서로 모르는 처지이지만 나는 당신을 택했습니다. 당신한테 도움을 청하러 왔습니다. 당신들은 내가 위험하지 않다는 이유로 날 죽이려 하지만, 도대체 왜 그래야 합니까? 난 회복할 가망이 없어요, 선생! 난 끝났습니다. 끝났어요!"

이렇게 말하고는 몸을 떨기 시작한 이 남자……. 나는 예상치 못한 암초에 부딪혔다. 뭐라고 말해야 할까? 여전히 알베르트에게 정신이 팔려 있는 내 앞에서 구질구질한 말을 쏟아내며 ——지겨워, 이제 그만, 그만—— 연민을 구걸하는 이 남자. 나는 오도 가도 못할 궁지에 빠지고 말았다는 걸 순식간에 알아차렸다. 이 남자가 자신의 가련한 생명을 위해 지금 내 앞에 와서 몸을 떪으로써 그의 죽음은 이제 생생한 현실감을 띠기 시작했고, 그런 이상 나는 그의 청을 외면할 수 없었다. 그는 내게 와서 자신을 맡겼고, 그럼으로써 나와의 거리를 줄여버렸다. 가까이 있는 것은 크게 확대되어 보이는 법인 만큼, 이제 그의 생명과 죽음은 내 앞에 엄청난 무게로 펼쳐지고 있었다. 하지만 다른 한편으로 그는 이렇게 내 방에 나타남으로써, 그래서 나를 알베르트로부터 떼어놓음으로써, 그 대의, 그러니까 히폴리트의 지휘 아래 우리가 공동으로 움직여야 할 그 투쟁으로 나를 되돌려놓았다. 이 경우 시에미안은 투쟁의 목표물일 뿐이었고, 이렇게 목표물이 된 이상 그는 하나의 인간으로 인정받지 못했다. 나는 그에게도 그럴 만한 이유가 있다는 사실을 인정해서는 안 되었고, 그와 마음을 터서는 안 되었고, 심지어 그에게 솔직히 이야기해서도 안 되었다. 나는 그로부터 거리를 유지해야 했고, 그가 내게 가까이 다가오도록, 어떤 책략을 쓰도록 내버려 둬서는 안 되었다⋯⋯. 잠시 동안 내 정신은 저항했다. 마치 넘을 수 없는 장애물에 부딪힌 말처럼⋯⋯. 왜냐하면 그는 한 인간으로서의 내게 호소했고, 내게 인간으로서 접근하려고 했지만, 내게는 그를 한 인간으로 대접할 권리가 없었기 때문이다. 내가 그에게 뭐라고 말할 수 있을까? 가장 중요한 건 그가 더 이상 내게 접근하지 못하도록, 내 마음속에서 벌어지고 있는 혼란을 그가 눈치 채지 못하도록 하는 일이었다. 나는 말했다.

"선생, 지금은 전쟁 중입니다. 나라를 빼앗겼어요. 이런 상황인데 투쟁에서 발을 뺀다는 건 우리에겐 허용되지 않는 사치입니다. 우리들 각자는 다른 사람들이 대열을 이탈하지 못하도록 감시해야 합니다. 당신도 잘 알지 않습니까."

"그러니까 당신 말은…… 나와 더 이상 이야기하고 싶지 않다는 겁니까?"

그는 잠시 말을 끊고 기다렸다. 우리 둘 사이를 점점 더 멀리 벌려놓고 있는 그 침묵을 음미하기라도 하듯이. 그러다가 다시 입을 열었다.

"혹시 당신은 바지를 잃어버린 적이 있습니까?"

또다시 나는 대답하지 않았다. 그와의 거리를 한층 벌리면서. "선생," 하고 그가 참을성 있게 말했다. "나는 바지를 잃어버렸습니다……. 바지가 없어요……. 아랫도리를 벌거숭이로 내놓고 있죠. 벌레처럼, 아무것도 못 걸치고. 우리 솔직히 말해 봅시다. 나는 한밤중에 당신을 찾아왔습니다. 일면식도 없는 당신을 말입니다. 우리 서로 허세 없이, 한번 이야기해 볼 수는 없을까요? 어떻습니까?"

그는 조용히 내 대답을 기다렸다. 나는 아무 말도 하지 않았다.

"당신이 날 어떻게 생각하는가 하는 것에는 관심 없습니다." 하고 그가 초연한 어조로 덧붙였다. "하지만 난 당신을 선택했습니다. 당신은 날 구해 주든가 아니면 죽이든가 하겠지요. 어떤 역할이 더 마음에 드십니까?"

나는 거짓말을 했다. 말하는 나 자신도 듣는 그도 그것이 거짓이란 걸 잘 아는, 그런 명백한 거짓말. 이 말을 함으로써 이제 그를 인간의 지위에서 돌이킬 수 없이 쫓아내게 될 그런 거짓말. "나는 잘 모릅니다. 당신을 위협하고 있다는 일이 정확히 어떤 건지. 지금 선생은 일을 너무 확대해서 생각하고 있습니다. 신경이 예민해진 거죠."

내 입에서 나온 대답은 둘 사이에 말이 더 이상 오고 갈여지를 빼앗아버렸다. 그는 굳은 듯 입을 다물었다. 자리에서 그만 일어서겠다는 기색도 없이 꼼짝 않고 앉아 있었다. 퇴로가 막히자 모든 걸 포기하고 주저앉은 사람처럼. 내 말이 타격이 컸나 보군. 나는 생각했다. 이제 몇 시간이고 저렇게 있을 수도 있겠는데. 움직여야 할 이유도 없으니까 말이야. 자신의 죽음의 무게로 나까지 짓누르면서…… 저 자리에 그냥 앉아 있을 거야. 나는 어떻게 해야좋을지 몰랐다. 앞에 그가 있다 한들 그는 내게 그 어떤도움도 줄 수 없었다. 나는 그의 청을 거절했고, 그를 인간의 반열에서 밀쳐냈기 때문이다. 그는 내 맞은편에 있었지만 나는 혼자였다……. 나는 그를 내 마음대로 처분할수 있지만, 그러나 우리 사이에는 단지 무관심, 차가운 적의만 놓여 있을 뿐. 나는 그가 낯설었고 혐오스러웠다. 한마리 개, 말, 암탉, 심지어 한 마리 구더기라 할지라도 이남자, 이미 익을 대로 익은, 지쳐빠진, 자신이 지나온 삶의 이력 전부를 이마에 새기고 있는 이 성년의 남자보다는내게서 더 큰 동정심을 자아냈을 것이다. 이미 익어버린인간은 이미 익어버린 인간들을 싫어하는 법이므로! 인간에게 있어—물론 내가 여기서 말하는 건 살아온 나날들을자신의 이마에 새긴 이미 나이 든 인간이다—또 다른 인간보다 더 혐오를 불러일으키는 것은 없다. 그는 내 마음을 전혀 흔들지 못했다. 전혀! 그는 나를 매혹하지 못했다. 그는 내게 즐거움을 줄 수 없었다! 그는 내게 알베르트가 그랬듯, 그리고 그보다 한층 더, 불쾌감을 느끼게 했다. 그는 내가 그를 불쾌하게 만들듯이 나를 불쾌하게 했고, 그래서 우리는 적의에 찬 두 마리 사슴처럼 자칫 서로의 뿔을 맞부딪칠 지경이었다. 나는 내 자신이 무기력하고 쇠약한 만큼 더욱더 그를 혐오했다. 무력감은 적의를 부채질할 뿐이었다. 앞서 찾아왔던 알베르트, 지금은 시에미안, 이 역겨운 두 존재! 그리고 나는 이들과 함께 있어야 하는 것이다! 한 성숙한 인간이 다른 성숙한 인간에게 참을 수 있는 존재가 되려면, 포기라는 방법밖에는 없다. 즉 자기 자신을 포기하고 다른 것 ─ 명예, 미덕, 조국, 투쟁 ─을 구현해야 하는 것이다……. 그러나 단지 하나의 인간일 뿐 다른 것을 구현하지 못한 성년이라면…… 얼마나 끔찍한가!

그런데 시에미안은 나를 선택했다. 그는 나를 찾아왔고, 이제 갈 생각은 아예 접은 채, 미동도 않고 내 앞에 앉아 있다. 나는 헛기침을 했다. 그러면서 상황이 점점 더 어려워지고 있다는 걸 알아차렸다. 이 남자의 죽음이 ─비록 혐오스러운 것이기는 했지만─내 앞에 냉혹하게 버티고 있었다. 마치 피할 수 없는 암초처럼.

나는 오직 한 가지만을 바랐다. 그가 일어나서 가주기를. 지금의 문제에 대해서는 나중에 충분히 생각해 볼 수 있을 것이다. 하지만 우선 그 전에 그가 이 방을 나가는 게 필요하다. 어째서 나는 그에게 도와주겠다고 이야기하지 않고 있는가? 그런 약속이야 아무래도 상관없는 일 아닌가. 언제든 나는 이 약속을 술책 혹은 전략으로 바꿔버릴 수 있는데, 그러니까 마음이 바뀌어 그를 죽여야겠다

싶을 경우 히폴리트에게 넘겨버릴 수 있을 텐데 말이다. 우리의 투쟁을 위해, 우리 패거리의 이익을 위해 그의 신뢰를 얻은 다음에 그를 내 마음대로 조종할 수도 있다. 그리고 그를 처치해야겠다는 결심이 설 경우엔……. 그런데 여하튼 죽이기로 결정된 사람에게 무엇 때문에 거짓말을 망설이고 있는 걸까?

"들어보세요. 가장 먼저 해야 할 일은 선생의 신경증 증세를 다스리는 일입니다. 이게 가장 중요한 일이에요. 내일 식당으로 내려와서 우리와 함께 점심 식사를 합시다. 거기서 사람들한테 말하세요. 신경증 발작을 일으켰었지만 이제는 회복되었다고, 점점 더 좋아지고 있다고. 그런 척이라도 해야 합니다. 나는 당신이 떠날 수 있도록 히폴리트에게 말해서 필요한 걸 주선해 보겠습니다. 그러니 이제 당신의 방으로 돌아가세요. 여기에 계속 있으면 누군가 당신을 불시에 덮칠지도 모르지 않습니까……."

이렇게 말하면서도 나는 자신이 무슨 말을 하는지 전혀 모르고 있었다. 내가 하는 이 말이 진실일까 거짓일까? 도와달라는 그의 요청을 들어준 걸까 아니면 거절한 걸까? 나는 생각했다. 나중엔 알게 되겠지. 하여간 지금은 그를 자신의 방으로 보내는 일이 중요하다! 시에미안이 몸을 일으켰다. 나는 그의 얼굴을 살폈다. 모든 희망이 빠져나간 표정이었다. 아주 작은 떨림조차도 감지할 수 없는, 이미 죽은 사람 같은 모습. 그는 감사의 인사를, 그런 눈길조차도 건네지 않았다. 외면하는 그의 눈은 이미 알고 있었다. 자신이 할 일은 더 이상 없다는 사실을, 이제 자신에게 남은 일이란 그냥 있는 것, 있어온 그대로 이 구질구질하고 나약한 존재를 계속 끌어가는 것이라는 사실을. 하지만 이런 존재를 제거하는 일은 한층 역겨운 일이 될 것이다. 그는 자신의 존재를 가지고 나를 협박하고 있었다……. 아, 이 모든 것이 카롤과는 얼마나 다른가!

카롤!

시에미안이 방을 나가자 나는 프레데릭에게 편지를 쓰기 시작했다. 일종의 보고서를 작성하듯이, 나는 그에게 조금 전 나를 찾아왔던 두 사람과의 대화 내용을 알렸다. 또한 이 편지는 하나의 증거물이기도 했다. 나는 편지에서 그와 나의 연대 행동에 분명히 찬성한다는 사실을 밝혔다. 문서를 통한 지지의 표명. 이렇게 해서 프레데릭과 나의 공모는 성사되었다.

11

다음 날 시에미안은 점심 식사에 모습을 드러냈다.

나는 늦잠을 잤다. 그래서 식당으로 내려갔을 때는 사람들이 모두 식탁에 둘러앉아 있었다. 시에미안이 나타난 것도 바로 그때였다. 새로 면도한 얼굴과 포마드를 발라 단정히 넘긴 머리카락으로, 향수 냄새를 풍기면서. 게다가 웃옷 호주머니에는 장식 손수건까지 꽂은 차림새였다. 한 시체의 출현. 사실 우리는 꼬박 하루 전부터 이자를 죽이고 있던 중이 아니었던가? 그렇지만 이 시체는 기병 장교처럼 세련되고 활기 있는 몸짓으로 이 집 안주인의 손에 입을 맞추었고, 식탁에 앉은 사람들 모두에게 인사를 보냈다. 그러고는 "몸이 불편해서 지금까지는 방에 틀어박혀 있었는데 이제는 회복되는 것 같다."고 설명하기 시작했다. 그는 말했다. 자신의 상태는 한결 좋아졌으며, "식구들이 모두 여기 모여 있는 동안" 혼자 방에 틀어박혀 있으려니 갑갑해서 곰팡이가 슬 지경이었다고. 히폴리트가 몸소 일어나 그를 위해 의자를 당겨놓았다. 그의 앞에 식기 한 벌이 더 차려졌고, 우리는 그를 향해 다시금 변함없이 친절한 말을 건넸다. 그는 도착하던 날 저녁처럼 거만하고 위압적인 태도로 식탁에 자리를 잡았다. 수프가 나왔다. 시에미안이 보드카 한 잔을 청했다. 그는 이 식탁에 앉아 있기 위해 엄청난 노력을 기울이고 있음이 틀림없었다. 말하고 먹고 마시는 그의 행동에서 시체의 냉기와 뻣뻣함이 느껴졌다. 무감각하게 죽어 있다가 두려움 때문에 가까스로 기력을 짜내 움직이는 모습. "아직 그다지 입맛이 당기지 않아서, 하지만…… 수프나 조금……. 괜찮다면 보드카 한 잔을 더 청해도 될까요?"

은밀한 격정이 교차하고 억제할 수 없는 흥분이 고개를 내미는, 상반된 의미들이 뒤엉킨 식사였다. 마치 이미 인쇄된 종이 위에 새로 쓴 글 같은……! 알베르트는 늘 그렇듯 헤니아 옆 자리를 차지하고 있었다. 두 사람 모두 고상해진 얼굴을 하고서 서로에게 지극히 세심한 배려를 과시하고 있는 것으로 봐서, 분명 그는 그녀에게 그 이야기를 했고 그녀를 "자신의 고상한 심성으로 설복시킨" 것이 틀림없었다. 프레데릭도 늘 그랬던 대로 줄기차게 떠들면서 친절을 과시했지만, 그러나 그가 시에미안으로 인해 뒷자리로 밀려나 있다는 건 눈에 금방 들어왔다. 그만큼 시에미안의 존재는 그 식탁 앞에서 부지불식간에 강력히 자리 잡기 시작했다. 오히려 우리는 그가 처음 식당에 나타났을 때보다도 한층 더 복종심에 부풀어 올라, 그의 사소한 요구 사항마저도 일종의 심리적 긴장감을 가지고 받아들이고 있었다. 그로서는 자신의 그런 요구를 부탁처럼 표출하고 있었지만, 그게 우리의 귀에는 마치 명령처럼 들렸던 것이다. 지금 시에미안이 발산하는 예전 그대로의 우월감, 그러나 왠지 시체 냄새 나는 그 우월감이 사실은 이 남자의 절망과 공포라는 사실을 알고 있는 나는 눈앞의 광경을 우스꽝스러운 익살극을 보듯이 바라보고 있었다. 처음에 그는 자신의 처지를 활기 넘치는 군인, 다소 저돌적인 카자흐스탄 기병 장교의 예절로 덮어 숨기려 했다. 그러나 곧 그의 암담함이, 더불어 차가운 무관심 역시도 그의 피부에 난 모든 땀구멍을 통해 스며 나오기 시작했다. 무기력에서 비롯된 이 무관심은 내가 전날 이미 그에게서 목격했던 그것이었다. 그의 몰골은 한눈에 보기에도 침울하고 추했다. 두려움에 쫓긴 끝에 그는 우리들 앞에서 예전의 시에미안을 연기하고 있었다. 이제는 존재하지 않는, 그 자신이 우리보다 더욱 두려워하고 있을, 더 이상 그 자신에게 맞지 않는 시에미안, 말하자면 명령을 내리고 사람을 이용하며 서로 죽이도록 하는 일에 익숙한, '위험한' 시에미안 말이다. 하지만 그런 중에도 그는 느꼈을 것이다. 자기 안의 어떤 참을 수 없는 모순이 고개를 드는 것을. 그가 친근함을 섞어 발음하는 "소금 좀 건네주시겠습니까……. 네, 감사합니다!"라는 말은 어쩌면 양순하고 온유하게 들리기도 했지만, 거기서는 공격성이, 타인의 존재에 대한 무시가 배어 나왔다. 따라서 시에미안도 눈치 채고 있었다. 자신이 느끼는 공포가 다른 사람들에게는 오히려 두려움을 주는 어떤 것이 되고 있음을. 내가 아는 대로라면 분명 프레데릭은 이런 식으로 증폭되는 불안과 두려움에 쉽게 휘말려 들어가는 사람이었다. 그러나 시에미안이 벌이던 유희는 만약 카롤이 없었다면, 식탁 한끝에 앉아 시에미안의 우월성에 복종하며 자기 자신을 볼모로 바치고 있던 이 소년만 아니었다면 그렇게까지 긴장을 자아내지는 않았을지도 모른다.

물론 카롤은 자신의 수프를 먹었고, 자신의 빵에 버터를 발랐다. 그러나 시에미안은, 도착하던 날 밤에 그랬던 것과 마찬가지로, 순식간에 이 소년 위에 자신의 왕국을 건설했다. 카롤은 또다시 대장의 지배하에 들어갔다. 소년의 손은 군인의 절도를 표현했고 군대식의 효율성을 가지고 움직였다. 아직 완성되지 않은 그의 존재가 신뢰감을 가지고 대장에게 스스로를 맡겼다. 스스로를 맡기고 또 바쳤다. 카롤이 음식을 입에 넣는 것은 대장에게 충성하기 위해서였다. 카롤이 빵에 버터를 바르는 것은 대장의 허락을 받았기 때문이었다. 짧게 깎은, 이마 위에서 몇 가닥 가볍게 흔들리는 그의 머리카락에 의해서 소년은 단번에 시에미안 앞에 고개를 숙였다. 이렇게 되는 데 지시나 명령은 필요하지 않았다. 마치 다른 색깔의 조명을 받게 되면 달라 보이는 것처럼 그도 이렇게 바뀌어버렸다. 아마도 시에미안은 이 현상을 곧바로 이해하지는 못했을 것이다. 하지만 그와 소년 사이에는 조금씩 특별한 관계가 성립되었고, 그리하여 당당함이 덧씌워진 그의 공격적이고 음침한 위세는(이제 이건 더 이상 예전의 것을 흉내 내는 게 아니었다.) 카롤을 과녁으로 삼아 이 소년에게 그 난폭함을 쏟아내기 시작했다. 알베르트도 그 자리에 있었다. 헤니아 옆에 앉은 마음껏 고상한 알베르트…… 정의감에 찬, 사랑과 미덕을 강요하는 알베르트……가 그 자리에서 지켜보고 있었다. 대장에게서 소년에게로, 소년에게서 대장에게로 옮겨 다니는 모종의 영향력을.

알베르트는 어렴풋하게나마 느끼고 있었을 것이다. 대장과 소년 사이에 맺어진 이 연대, 모든 것을 향한 적의로 채워진 이 연대 관계는 무엇보다 자신이 옹호하는, 그리고 자신을 방어해 주는 존중의 미덕을 위협하고 있다는 점을. 사실 카롤과 시에미안 사이에서 태어나고 있는 것은 다름 아닌 경멸, 특히 죽음에 대한 경멸이었다. 이 소년이 자신의 몸과 마음을 영원히 자신의 대장에게 바친 것은 이 대장이라는 인물이 죽는 일도 죽이는 일도 두려워하지 않기 때문이 아닌가? 바로 이런 것이 이 인물로 하여금 다른 사람들을 지배하도록 해주는 것이 아닌가? 삶과 죽음에 대한 이 경멸은 이어서 경시와 폄하의 범람을 초래한다. 미성년 카롤이 지닌 경멸의 능력은 그의 대장의 거만하고 음울한 무기력과 어울렸다. 이 두 사람은 서로가——한 사람은 소

년이기 때문에, 다른 한 사람은 대장이기 때문에——고통이
나 죽음을 두려워하지 않는다는 걸 확인하고 있었다. 그
상황은 인공적으로 주어진 요소들로 빚어진 것인 만큼 위
태롭기 짝이 없었다. 인공적으로 유발된 현상들이란 늘 과
도한, 어딘가 절제되지 않은 면을 노출하지 않는가. 사실
시에미안의 경우만 보더라도 두려움으로 인해, 그리고 죽
음을 피하고자 하는 욕망에 의해 오로지 옛 시절의 영광스
러운 지도자 동지의 역할을 연기하는 데만 몰두하고 있었
고, 또한 이 역할이 비록 미성년자 카롤에게는 진실로서
받아들여지고 있었다 해도 시에미안 그 자신에게는 숨 막
히고 끔찍한 것이었다. 분명 프레데릭은 그 세 사람(시에미
안, 카롤, 알베르트) 사이의 긴장감이 급격히 고조되어 가는
것을, 그리하여 곧이어 어떤 폭발이 있으리라는 것을 민감
하게 눈치 채고 있었을 것이다.(나는 그렇다고 확신한다.)
그러는 동안 헤니아는 묵묵히 자기 앞에 놓인 음식만을 뒤
적였다.

시에미안도 음식을 입 안에 넣었다. 자신도 다른 사람들
처럼 무언가를 먹을 힘이 있다는 걸 보여주려는 것처럼.
또한 그는 슬라브족다운 자신의 매력도 과시하려고 애썼
다. 이 매력은 비록 죽은 사람 같은 냉기로 인해 변질된
상태이기는 했지만, 카롤과 만나면서부터 순식간에 폭력과
피의 냄새를 풍겼다. 한편 프레데릭은 몸 전체가 눈이 되
고 귀가 되어 그 상황을 주시했다. 문득 카롤이 물 컵을
건네달라고 청했다. 헤니아가 식탁 위의 물 컵을 들어 카
롤에게 내밀었다. 물 컵이 헤니아의 손에서 카롤의 손으로

건네지는 그 동작이 조금 길게 느껴졌다. 헤니아가 내민 손을 뒤로 빼지 않고 잠시 머뭇거리고 있었던 것일까? 어쩌면 정말로 그랬을 수도 있고 아닐 수도 있다. 그런데 정말로 그녀가 그랬다면? 이 무의미한 가정이 몽둥이처럼 알베르트를 후려쳤다. 알베르트의 얼굴이 잿빛으로 변했다. 프레데릭은 무심함을 가장한 눈길로 이런 세 사람을 샅샅이 탐색하고 있었다.

스튜 요리가 나왔다. 시에미안은 한마디도 하지 않았다. 그의 얼굴은 준비해 온 상냥함이 이젠 동이 났다는 듯, 지금부터는 불쾌감을 주게 되더라도 어쩔 수 없다는 듯, 자기 앞에는 벌써부터 혐오의 문이 활짝 열려 있었다는 듯 점점 더 일그러지고 있었다. 그에게서 냉기가 풍겼다. 헤니아가 포크를 만지작거리기 시작했다. 카롤이 자신의 포크로 헤니아의 포크를 건드렸다. 확실하다고 단언할 수는 없겠지만 카롤이 포크로 장난을 치다가 우연히 헤니아의 것을 건드린 듯했다. 그러나 과연 우연이었을까? 알베르트의 얼굴이 다시 잿빛으로 변했다. 물론 우연일 수도 있었고, 아니더라도 어쨌거나 그냥 넘겨버릴 수 있을 만큼 지극히 사소한 일이었다. 하지만 한편으로 생각해 보면…… 사실, 이런 일이 지극히 사소한 것인 덕분에 카롤과 헤니아는 이 순진하고 가벼운, 단순한 장난을 즐길 수 있는 것이 아닌가. 그런 덕분에 (이 소녀)는 행실을 비난받을 걱정 없이, 자기 약혼자의 코앞에서 (이 소년)과 이런 식으로 서로 치근덕거릴 수 있는 게 아닌가…… 말하자면 바로 이 가벼움이 두 사람을 유혹했던 것이 아닌가.(실제로는 두 사람의 그 미세한 손동작이 알베르트를 사정없이 후려쳤다.) 아마도 두 사람은 이 장난이 그 자체로는 하찮지만 알베르트에게는 재앙과도 같다는 점 때문에 그것의 유혹에 저항하지 못했던 게 아닐까? 마침내 시에미안이 자기 앞에 놓인 스튜를 다 먹어치웠다. 만약 정말로 카롤이 재미 삼아 알베르트를 자극하고 있었던 거라면, 그것도 무의식적으로 그랬던 거라면, 이 장난 때문에 시에미안을 향한 소년의 충성이 훼손되었다고 볼 이유는 전혀 없었다. 왜냐하면 그는 죽을 준비가 되어 있는, 말하자면 경박하고 맹목적인 병사로서 이 장난을 수행하고 있었기 때문이다. 그런데 내가 보기에 이 장면에는 무엇인가 기묘하게 과장된, 인공적인 것이 있었다. 포크 두 개를 가지고 마치 연인 사이의 희롱 같은 기색을 슬쩍 내보였던 이 유희는 영락없이 '연극적'이었다. 이건 두 사람이 섬에서 벌였던 그 연극을 연장한 것임이 틀림없다는 생각이 들었다. 그러니까 그 식탁에서 나는 꾸며낸 대장과 꾸며낸 사랑이라는 두 종류의 속임수 사이에 끼어 있었던 것이다. 하지만 이 속임수들은 그 어떤 실제 상황보다도 훨씬 더 팽팽한 긴장감을 자아내는 것들이었다.

식사가 끝났다. 모두들 자리에서 일어났다.

시에미안이 카롤에게 몇 걸음 다가갔다.

"어이, 친구."

시에미안이 카롤을 불렀다.

"네?"

카롤이 기쁨으로 달아올라 대답했다.

이 군인은 히폴리트를 향해 옅은 색 눈을 돌렸다. 거부감을 주는 차가운 태도였다.

"잠시 이야기를 나누고 싶습니다만."

시에미안은 입술을 거의 움직이지 않고 말했다.

나는 그들이 이야기를 나누는 자리에 함께 있고 싶었다. 그러나 시에미안은 단 한마디 말로 내가 끼어드는 것을 막았다.

"선생은 말고요……."

어째서 나를 밀어내는 것일까? 게다가 명령조가 아닌가? 그는 어젯밤 나와 함께 나눴던 대화를 잊었단 말인가? 그러나 나는 그가 원하는 대로 베란다에 그냥 있기로 했다. 시에미안은 히폴리트와 함께 정원으로 나갔다. 알베르트 옆에 꼭 붙어 있던 헤니아는 다시 다소곳하고 정숙해진 태도로 그의 팔짱까지 끼었다. 그 모습만 보면 둘 사이에 아무런 일도 없는 것처럼 보일 정도였다. 그러나 그녀가 알베르트의 팔짱을 끼는 순간, 열린 문 가까이 서 있던 카롤은 문에 손을 올렸다. (알베르트의 팔 위에 걸친 헤니아의 손과 문에 걸친 카롤의 손이 내 눈앞에서 겹쳐졌다.) 알베르트가 자신의 약혼녀에게 말했다. "나가서 좀 걸을까요?" 두 사람은 산책로를 따라 저만치 걸어갔고 카롤은 우리와 함께 남아 있었다. 마치 은근히 걸어오는 음란한 장난처럼. 프레데릭이 알베르트와 헤니아, 그리고 카롤을 지켜보고 있다가 기어이 한마디 중얼거렸다. "아니, 이럴 수가!" 나는 그의 말에 지나가는 웃음으로, 오직 그만 알아차릴 수 있는 웃음으로 맞장구를 쳤다.

십오 분가량 지나서 다시 들어온 히폴리트가 우리를 서재로 불러들였다.

"그를 처치해야겠어. 바로 오늘 밤에 말이야."라고 그가 말했다. "그가 세게 나오더군."

그러고는 몸을 소파에 깊숙이 묻고는 혼잣말처럼 되풀이했다. "세게 나오더란 말이야." 이렇게 말하는 그의 눈꺼풀이 육감적으로 부들부들 떨렸다.

시에미안이 말을 내달라고 또다시 요구했지만, 이번에는 더 이상 간청하는 태도가 아니었던 것 같았다. 그의 입에서 나온 말들 때문에 히폴리트는 아직도 화를 누그러뜨리지 못하고 있었다. "그자는 불한당이야! 살인자라고! 말을 내어달라고 하더군. 그래서 내가 대답했지. 오늘은 힘들고 어쩌면 내일은 가능할 것 같다고……. 그랬더니 그가 내 손을 움켜잡고 조이더군. 두 손으로 내 손을 잡아 쥐고 꽉 조이더라고, 진짜 살인자처럼 말이지……. 그러고는 내게 말했어. 만약 내일 정각 10시까지 말을 준비해 놓지 않으면……이라고. 이렇게 세게 나오더란 말이야!" 히폴리트는 겁을 내고 있었다. "오늘 밤에는 처치해야 해. 내일까지 가게 되면 그자에게 말을 내주지 않을 수가 없거든."

그러고는 나지막이 덧붙였다.

"내주지 않을 수가 없단 말이야."

나로서는 뜻밖이었다. 아마도 시에미안은 지난밤 우리가 나눈 대화에서 자신이 하기로 합의한 역할을 더 이상 못하고 있는 모양이었다. 차분하게 히폴리트의 마음을 누그러뜨리려 하기는커녕 윽박지르고 나오다니……. 점심 식탁 앞에서 다시금 깨어난 옛 시에미안, 그 위험한 시에미안이 이제 그를 점령해서 휘두르고 있음이 틀림없었다. 그래서 잔인성을 드러내며 당당한 어조로 위협하고 요구할 수 있었을 것이다……. (이건 시에미안도 스스로 통제할 수 없는 태도였다. 누구보다 자신이 이런 걸 두려워하면서도 말이다.) 말하자면 그는 다시 위험한 인간이 되어 있었다. 하지만 적어도 나는 지난밤 내 방에서와 같은 전적인 책임감을 느끼지는 않았다. 이미 프레데릭에게 보낸 편지를 통해 그에게도 이 일을 떠안기지 않았는가.

히폴리트가 몸을 일으켰다. "자, 그러면 어떻게 한다? 우선 누가 그 일을 맡을지부터 정해야겠군." 그는 성냥개비 네 개를 꺼내 그중 하나를 분질렀다. 나는 프레데릭을 쳐다보았다. 지난밤에 내가 시에미안과 나눴던 대화를 이 자리에서 털어놓아야 할지에 대해 그가 어떤 식으로든 눈치를 주기를 기대했던 것이다. 프레데릭은 극도로 창백해져서는 뭔가 말을 할 듯 망설이고 있었다.

"잠깐, 실례입니다만, 내 생각에는……."

"뭐죠?" 히폴리트가 물었다.

"이 일이 말입니다." 프레데릭이 히폴리트의 눈을 피하며 짧게 물었다. "그러니까 그를 죽인다, 이거죠?"

"그렇죠. 지시를 받지 않았습니까?"

"그를 죽―인―다?" 프레데릭이 되풀이했다. 그의 눈은 마치 주위에 아무도 없는 것처럼 허공에 가서 박혔다. 그는 자신의 입에서 나온 이 말과 혼자 대면하고 있었다. 그 자리에 오직 자신과 죽―인―다라는 말만 있는 것처럼. 납빛으로 창백해진 그 안색이 그가 무언가 심상치 않은 생각을 하고 있음을 엿보게 했다. 말하자면 그는 *죽인다는 게 뭘 의미하는지* 아는 사람이었다. 그는——바로 그 순간만은——영혼의 밑바닥까지 알고 있었다.

"내 생각에…… 이 문제는 말입니다……. 아니에요……." 프레데릭은 중얼거리면서 손가락을 젖혔다가 눕혔다가 마주 잡고 이리저리 비틀어댔다. 그러더니 갑자기 알베르트 쪽으로 몸을 돌렸다.

나는 프레데릭의 창백한 얼굴을 보며 내 짐작을 확인했다. 이미 그가 말을 시작하기 전부터 나는 확실히 알고 있었다. 그가 절대 단념하지 않으리라는 사실을. 그는 계속해서 헤니아와 카롤의 곁을 맴돌면서 최대한 이들에게 가까이 다가가기 위해 끝없이 일을 꾸밀 거라는 사실을. 그런데 지금 이 태도는 대체 뭘 어쩌자는 걸까? 잠시 겁이 나기라도 한 걸까? 아니면 이것 역시 계산해 둔 행동일까?

"우리가 정 그래야 한다면 해야겠지요. 그렇더라도 당신은 안 됩니다." 프레데릭이 알베르트에게 대놓고 말했다.

"저 말입니까?"

"당신이 어떻게 이 일을 하겠다는 겁니까……? 손에 칼을 들겠다고요? 이건 칼을 써야 할 일이란 말입니다. 권총은 안 돼요. 소리가 나거든요. 그런데 당신 모친께서 그런 일을 당하신 게 바로 며칠 전인데…… 역시 칼로 말입니다. 그런 당신이……? 할 수 있겠습니까? 모친이 그렇게 되셨고, 게다가 당신은 가톨릭 신자가 아닙니까. 그런데 어떻게 이 일을 하겠다는 거죠?"

요령 없이 더듬고 있긴 했지만 팽팽한 긴장감이 느껴지는 말이었다. 마치 도발이나 하듯이 알베르트를 똑바로 쳐다보며 '당신은 안 돼.'라고 선언하는 그의 표정이 입에서 흘러나오는 말 한마디 한마디를 한층 생생하게 울리게 했다. 틀림없이 그는 '자신이 무슨 말을 하는지 알고 있었다.' 그는 '죽인다'라는 말의 의미를 알고 있었고, 그 무게를 더 이상 견딜 수 없다는 듯이 헐떡이고 있었다……. 그런 그의 모습만큼은 연기나 계산이 아니었다. 그 순간 그는 정말 겁에 질려 있었다.

"발을 빼고 싶으신 거요?" 히폴리트가 냉랭한 목소리로 물었다.

대답 대신 프레데릭은 얼빠진 표정으로 웃어 보였다.

알베르트는 못 먹을 것을 억지로 입 안에 밀어 넣어야만 하는 사람처럼 침을 삼켰다. 그때까지 그는 나처럼 이 문제를 군대식으로 생각하고 있었음이 틀림없다. 그러니까 사람을 죽인다는 것은 언제든 일어나는 수많은 죽음에 하나를 더 보태는 일로서, 고약하긴 하지만 따져보면 흔히 있는, 불가피하기까지 한 일이라고 말이다. 하지만 지금 그의 눈앞에는 그 무수한 익명의 죽음 가운데 별도로 떼어낸 죽음 하나가 이름표를 붙이고, 말하자면 그 자신이 직접 가담해야 하는 심각하고 끔찍한 행위로서 던져져 있는 것이다. 알베르트의 얼굴 역시 창백해졌다. 게다가 그의 어머니의 일이 있었다. 그리고 이번에도 칼이다! 자신의 어머니를 죽인 바로 그 흉기인 칼이다! 그 자신도 자기 어머니의 몸에서 빼낸 그 칼로 사람을 죽이게 될 것이다. 그도 어머니의 육체에 가해졌던 것과 같은 방식으로 시에미 안의 몸통을 향해 그 칼을 쑤셔 넣게 될 것이다……. 찌푸린 그의 이마 위로 주름살들이 몰려들었다. 어머니를 생각하고 있는 걸까? 아니면 생각이 별안간 헤니아에게로 옮겨간 것일까? 어쨌거나 그 순간 알베르트로 하여금 어떤 방식으로든 마음을 정하게 한 사람은 헤니아였지 그의 어머니가 아니었다. 그는 칼을 손에 든 자신의 모습을 그려보았다. 자신이 스쿠지악이 했던 역할을 맡아서 누군가의 몸에 칼을 박는다……. 하지만 그렇게 되면 헤니아와 카롤, 이 둘의 연대를 앞으로 어떻게 이겨낼 것인가? 헤니아가 카롤의 품에 안긴다 한들 자신이 두 사람을 비난하고 나설 명분이 없어지지 않는가? 미성년 카롤의 품에 안긴 미성년 헤니아, 뻔뻔하고 추잡하게도 소년과 사통한 헤니아에 대해 자신의 우월성을 내세울 방법이 없어지지 않는가……? 그 자신이 시에미안을 죽일 경우, 그러니까 스쿠지악이 했던 역할을 맡을 경우, 자신은 또 한 명의 스쿠지악이 되어 바닥으로 굴러 떨어질 뿐이다. 그렇게 되면 저 미성년자들의 공세에 무엇으로 대항한단 말인가? 더구나 프레데릭은 누군가를 죽인다는 것이 결코 칭찬받을 수 없는 행위라는 걸 상기시키고 있다. 그러니 이제 그가 칼을 든다는 건 스스로를 죽이는 행위이다. 그 칼끝은 알베르트 자신의 존엄을, 그의 명예를, 그의 미덕을, 그가 어머니를 놓고 스쿠지악과 겨룰 수 있을, 헤니아를 놓고 카롤과 겨룰 수 있을 모든 명분을 겨누고 있는 것이다.

여기에 생각이 미친 알베르트는 히폴리트를 향해 더듬거

리며 말했다.

"저는…… 못 해요. 저는 못 하겠어요……."

이런 반응이 나올 걸 미리 짐작하고 있었는지 프레데릭은 의기양양해져서 이번에는 내게 물었다.

"그럼 선생은 어떻습니까? 선생이 그를 처치하시겠습니까?"

아니, 뭐라고? 이제 보니 이자는 술수를 부리고 있는 게 아닌가? 두려움을 부추겨서 우리로 하여금 이 일을 거절하도록 만드는 게 그의 속셈이었다. 믿기 어렵지만, 조금 전 그가 보여준 겁에 질린 표정, 창백한 안색, 움찔움찔 떠는 몸짓, 그리고 이마에 내비친 식은땀까지도 결국은 이 젊은 무릎들, 젊은 손을 향해 그가 씩씩거리며 몰아댄 말에 불과했다……. 그는 색정적인 욕심을 채우기 위해 자신의 두려움을 이용하고 있었던 것이다. 더할 수 없는 파렴치, 비열함의 극치가 아닌가! 있을 수 없는, 결코 용서할 수 없는 일이었다. 그는 마치 스스로 말이 된 양 날뛰고 있었다! 하지만 그 와중에 그의 세찬 호흡과 박동이 내게 옮겨 왔는지, 나도 그와 함께 씩씩거리며 달려 나가야 할 것 같은 조급증에 사로잡혔다. 게다가 나도 물론 죽이는 일에 나설 마음은 없었다. 나는 그 일에서 몸을 뺄 수 있어 다행스러운 기분이 들었다. 대의를 위해 헌신하라는 집단 행동 강령은 이미 물 건너간 문제였다. 시에미안을 없애는 일을 맡을 수 있겠느냐고 물어오는 프레데릭을 향해 나는 못한다고 대답했다.

"일이 돌아가는 꼴이라니, 그야말로 가관이군!" 히폴리트의 입에서 거친 말이 터져 나왔다. "됐어, 됐다고! 내가 하지. 당신들 손을 빌릴 것 없이 내가 하겠소."

"당신이?" 프레데릭이 말을 받았다. "정말 당신이 그 일을 하겠단 말입니까?"

"내가 하겠소."

"안 됩니다."

"왜 안 된다는 거요?"

"글쎄, 안 돼요."

"이보시오, 선생." 히폴리트가 말했다. "생각 좀 해보시오. 비겁하게 굴 수는 없어요. 의무감을 가져야 해요. 이건 의무란 말이오, 선생! 우리는 지금 특별 임무 수행 중이라고요."

"의무감 때문에 죄 없는 사람을 죽이겠단 말입니까?"

"이건 명령이오. 우리는 명령을 받았단 말이오. 이 일은 말입니다, 선생, 우리가 반드시 성공시켜야 하는 작전이오. 나는 내게 주어진 임무를 저버릴 생각은 없어요. 당신들도 맡은 일을 해야만 합니다. 반드시 해야 해요! 이건 우리한테 주어진 책임이라고요! 대체 어쩌자는 거요? 그를 살려서 보내주자는 이야기요?"

"그럴 수는 없지요." 하고 프레데릭은 히폴리트의 말에 수긍하는 태도를 보였다. "나도 압니다⋯⋯."

히폴리트의 눈이 둥그레졌다. 그는 프레데릭의 입에서 '네, 그를 살려 보냅시다.'라는 말이 나오리라 예상하고 있었던 것이다. 내심 그러기를 기대하고 있었을까? 히폴리트의 속마음이야 그랬다 치더라도, 프레데릭의 대답은 어쨌든 그 기대를 단번에 잘라버리는 것이었다.

"그렇다면 어떻게 하자는 겁니까?"

"나도 알아요……. 이건 반드시 해야 할 일이고…… 의무라는 걸……. 그렇게 하라는 명령을 받았다는 걸……. 안 할 수야 없는 노릇이지요……. 하지만 당신은…… 당신은 안 됩니다……. 하여간 당신은 그를 죽일 수 없을 겁니다……. 당신은 안 돼요! 당신은 할 수 없단 말입니다! 글쎄, 안 돼요……."

프레데릭이 조심스럽게, 은근하게, 낮은 목소리로 건네오는 "글쎄, 안 돼요."라는 말과 마주치자 앞으로 나섰던 히폴리트도 결국 주저앉았다. "글쎄, 안 돼요."라는 이 한마디는 죽인다는 게 무엇을 의미하는지 알기 때문에 나올 수 있는 말이었다. 그리고 그 순간 죽이는 일에 대한 이 새삼스러운 자각이 기세등등하게 히폴리트를 짓눌러 왔다. 둥그레진 히폴리트의 눈이 뒤룩뒤룩 부풀어 오른 그의 몸통 속에서 마치 창밖을 염탐하듯이 우리를 둘러보았다. '무조건' 시에미안을 처치해야 한다는 주장은 우리 세 사람에 의해 차례로 거부되고 난 다음부터는 더 이상 고려할 거리도 아니었다. 그를 죽이겠다는 생각은 우리의 두려움이 덧씌워져 혐오스러운 것이 되고 말았다. 그러자 히폴리트도 이젠 더 이상 주어진 상황만을 붙들고 있을 수는 없었다. 원래부터 그는 생각이 깊은 편이 아니었고, 그리 명민하지도 않았다. 하지만 그도 하나의 사회 계층, 일종의 엘리트층에 속해 있는 사람이었다. 그래서 같은 계층인 우리가 살인을 심각하게 보는 태도를 밀고 나가자 그 역시 순전히 동류의식 때문에라도 심각해지지 않을 수 없었다. 어떤 상황에서는 자기 마음대로 남들보다 '덜 심각하' 거나 혹은 '덜 명민할' 수가 없는 법이다. 왜냐하면 사교적인 관점에서 볼 때 그렇게 되면 신망이 떨어지기 때문이다. 이렇게 같은 무리끼리 함께 어울려 살아야 한다는 관습 때문에 히폴리트는 심각해질 수밖에 없었다. 즉 '죽인다' 라는 말의 의미를 그 자리에 있던 우리들 나머지와 더불어 밑바닥까지 들추어 보고, 그래서 그 행위를, 우리들이 그랬듯이, 추악하고 끔찍한 것으로 여길 수밖에 없었다. 그도 우리들처럼 자신이 그 일을 할 수 없다고 느꼈다. 이 두 손으로 누군가의 목숨을 끊어놓는다고? 아니, 아니, 절대 그럴 수는 없어! 하지만 이럴 경우, 남아 있는 길이란 '죽이지 않는' 방법뿐인데, '죽이지 않는' 다는 것은 의무를 저버리는 일, 다시 말해 배신을 뜻했다. 자기 힘으로 감당하기 힘든 이 일들을 앞에 두고 히폴리트는 팔을 뻗어 도움을 청했다. 그는 끔찍한 두 개의 악몽 사이에 끼어 있었고, 그 악몽 가운데 하나는 이제 곧 그 자신의 상황이 될 순간이었다.

"그렇다면 어떻게 하면 좋겠소?"

프레데릭이 대답했다.

"이 일을 카롤에게 맡깁시다."

카롤이라고! 바로 이것이었다. 프레데릭이 줄기차게 노리고 있던 것은. 늙은 여우 같은 놈! 이 교활한 인간이 말처럼 씩씩거리며 돌진해 온 목표물은 카롤이었던 것이다.

"카롤에게요?"

"네, 그 아이에게 이 일을 맡깁시다. 그 애를 불러서 시키기만 하면 됩니다."

프레데릭은 세상에서 이보다 더 쉬운 일이 있겠냐는 듯이 말하고 있었다. 어려움은 요술처럼 사라지고 없었다. 마치 카롤에게 무슨 심부름을 시켜 오스트로비에츠에 다녀오게 하자는 듯한 태도였다. 이유는 미처 알 수 없었지만, 갑작스럽게 편안해진 프레데릭의 말투는 일을 마치 당연한 것처럼 만들어놓고 있었다. 히폴리트가 망설였다.

"뭐라고요? 그러니까 선생 말은……."

"그럼 누가 하겠습니까? 우리는 그 짓을 할 수 없어요. 이건 우리가 할 수 없는 일입니다……. 하지만 어쨌든 그 자를 처치해야만 하는 게 아닙니까! 카롤에게 하라고 하세요. 하라고 시키면 그 아이는 할 겁니다. 그 아이한테야 그건 문제도 아니거든요. 그 애가 안 할 이유가 없지 않습니까? 그렇게 하라고 시키세요."

"내가 하라고 하면, 그 아이는 하기야 하겠지요……. 하지만…… 어떻게 그 아이에게…… 시킨다는 말입니까? 이건 우리 일인데……. 안 그래요?"

알베르트가 신경질적인 어투로 프레데릭의 말에 끼어들었다.

"선생님은 이 일이 얼마나 위험한지 생각지 않으신 것 같습니다……. 이건 우리한테 맡겨진 일이에요. 카롤한테 떠넘길 수는 없어요. 그를 위험에 빠뜨릴 수는 없단 말입니다. 그래서는 안 돼요."

"위험은 우리가 떠맡으면 됩니다. 만약 이 일이 들통 나서 사람들이 알게 될 경우에는 우리가 나서서 한 일이라고 말하면 되지 않습니까. 요컨대 문제가 될 게 뭡니까? 어쨌든 누군가는 손에 피를 묻혀야만 해요! 그리고 카롤은 우리 중의 그 누구보다도 이런 종류의 일을 쉽게 해치울 거란 말이죠."

"하지만 말씀드리고 싶은 건 우리에겐 이런 일에 그를 이용할 권리가 없다는 점입니다……. 그 아이가 열여섯 살밖에 안 되었다는 게 구실이 될 수는 없어요. 그 반대로…… 그렇기 때문에 그 애를 이 일에 끌어들여서는 안 되는 겁니다……. 자기 일을 어린애한테 대신 시킬 수는 없어요."

알베르트는 겁을 내고 있었다. 자기 자신은 결코 저지를 수 없는 살인을, 카롤이 아직 어리다는, 어린애에 불과하다는 사실을 이용해서 그에게 시킨다는 건…… 이건 옳지 못한 일이었다. 그러므로 그렇게 되면 이 소년에 대해 알베르트 자신이 지니고 있는 도덕적 정당성이 약화될 것이다……. 안 될 말이었다. 자신이 이 소년 앞에서 그렇게 수그러들 수는 없는 노릇 아닌가! 알베르트는 방을 가로질러 왔다 갔다 하기 시작했다. 그러고는 "이건 부도덕한 일이에요."라고 거칠게 소리치고는, 방금 머릿속에 떠올린 이 은밀한 계산에 스스로 부끄러워져서 얼굴을 붉혔다. 반면에 히폴리트는 프레데릭의 이 제안에 조금씩 마음이 기울어가는 중이었다.

"아마도, 이것저것 따져볼 때…… 사실, 그게 가장 간단한 방법이긴 하지요……. 우리의 임무를 회피하는 건 아니니까. 다만 손을 더럽히지 않으려는 것뿐이니까……. 이 일이 우리가 할 짓이 아니긴 해요. 이건 그 아이한테 딱 맞는 일이죠."

이렇게 말해 놓고 히폴리트는 마치 요술처럼 안정을 되찾았다. 이 문제를 해결할 단 한 가지 자연스러운 방법을 마침내 찾아냈던 것이다. 그는 이 방법이 사물의 이치에 들어맞는다는 사실을 인정하고는 내심 불안하던 마음을 진정시켰다. 어쨌건 그는 의무를 회피하는 게 아니지 않은가. 그는 지시를 내릴 것이고, 카롤은 그 지시를 수행할 것이므로. 그리고 각자는 자기가 맡은 일을 하면 되는 게 아닌가.

히폴리트는 조용하고 차분한 어조를 회복했다. 귀족 나리의 자리로 다시금 돌아온 것이다.

"내가 그 생각을 미처 못했군요. 하여간 좋은 생각입니다!"

그 순간 알베르트와 히폴리트 두 사람을 나란히 놓고 본 장면은 아주 흥미로운 것이었다. 동일한 생각에 의해 한 사람은 수치심으로 어쩔 줄 모르는데, 다른 한 사람은 오히려 위엄을 회복하고 있었으니 말이다. '미성년자를 나쁜 목적에 이용하려는' 이 계획으로 한 사람은 당당하게 부풀어 올랐고 다른 한 사람은 치욕 속으로 빠져 들었다. 한 사람은 별안간 남자인지조차 의심스러울 정도로 수그러들었고, 다른 한 사람은 남자다움을 한층 요란스레 과시하고 있었다. 그런데 프레데릭은…… 얼마나 놀라운 재능인가! 결국 그는 카롤을 이 일에 끌어들이는 데 성공한 것이다.

이제 일은 옆길로 슬쩍 빠져 들어 이 소년 쪽을 향해 달려 나가고 있었다……. 그러자 우리가 모의해 온 그 죽음이 별안간 뜨겁게 달아오르며 빛을 발했다. 거기에는 카롤뿐 아니라 헤니아까지, 그들의 서로 얽힌 팔다리가 있었다. 두 사람의 미성숙한 관능, 서툴고 거친, 금지된 그 관능이 꽃송이가 되어, 이 모의의 끝에 자리 잡고 있을 그 시신을 장식했다. 나는 열기가 내게로 밀려드는 걸 느꼈다. 한 사람을 죽여야 하는 이 일이 이제 사랑의 모험이 되어 있었던 것이다. 예정된 살인, 우리가 그것에 대해 느끼는 두려움, 혐오감, 우리는 그 일을 결코 해내지 못할 거라는 자각, 이 모든 것은 카롤의 젊은, 너무나 젊은 손이 헤니아를 움켜잡게 하기 위해 치밀하게 마련된 장치였다……. 그리고 이제 나는 살해 모의가 아닌 황홀한 탐험에, 두 젊은 육체, 그 서툴고 미숙한 육체의 탐험에 뛰어들어 허우적댔다. 욕망으로 몸이 달아올랐다.

하지만 이와 동시에 여기에는 어떤 잔인한 아이러니가 숨어 있었다. 그것은 일종의 패배감 같은 것이었다. 왜냐하면 우리 어른들이 이 어린애에게 도움을 구해야 했으므로. 오직 이 어린애만이 우리가 도저히 해낼 수 없는 일을 해낼 수 있을 것이므로. 그렇다면 지금 눈앞에 걸린 이 살인은 나무 꼭대기에, 우리 가운데 가장 몸무게가 가벼운 사람만이 기어 올라갈 수 있는 가늘고 낭창낭창한 나뭇가지에 열린 버찌 열매인 걸까……? 그렇다! 가벼움이다! 돌연 모든 것이 이 가벼움 쪽을 향하고 있었다. 우리 어른들, 프레데릭, 나, 히폴리트가 몸을 돌려 이 소년을 향해 선 것이다. 마치 어떤 비밀스러운, 자유를 빚어내는 연금술을 들여다보듯이.

별안간 알베르트가 입을 열어 자신도 우리들의 계획에 동의하겠다고 말했다. 사실 일은 이미 결정이 난 상태였으므로 만약 그가 거부했더라면 그는 우리 사이에서 외톨이가 되어야만 했을 것이다. 한편 알베르트 자신은 뭔가 잘못 예상하고 있는 게 분명했다. 자신이 믿는 가톨릭의 교리에 사로잡힌 나머지 착각을 일으킨 것이다. 그는 생각했다. 자신이 살인자가 되었을 때 헤니아가 자신을 혐오하게 될 거라고 걱정했듯이, 이제 살인자가 된 카롤은 그녀에게 끔찍한 존재일 수밖에 없으리라고. 그러나 이건 그가 꽃에 코를 갖다 대고 향기를 음미하는 대신 영혼을 킁킁거리기만 하는 데서 비롯된 착각이었다. 그는 죄악이 추하고 미덕은 아름답다는 말을 과신하고 있었다. 이 범죄가 카롤의 육체를 빌려 행해질 경우 어떤 심미적인 향취를 지닐 수 있다는 사실을, 그리고 그건 자신이 그 일을 저질렀을 때의 맛과는 다를 거라는 사실을 그는 잊고 있었다. 이런 착각에 의해 그는 우리의 계획에 동의했다. 게다가 그 자신 개울물을 흐리는 미꾸라지 꼴이 되는 걸, 그래서 지금처럼 불확실한 상황에서 완전히 따돌림 당하는 걸 바라지 않는 이상, 그에겐 달리 어떻게 해볼 방도가 없었다.

혹시라도 알베르트가 마음을 바꿀까 봐 조급해진 프레데릭은 곧장 카롤을 부르러 나섰다. 나도 프레데릭을 따라갔다. 카롤은 집 안에 없었다. 헤니아가 세탁장에서 빨래를 개고 있었다. 우리는 한층 더 조바심이 났다. 카롤은 어디에 있는 걸까? 프레데릭과 나는 여기저기 기웃거리며 그를 찾았다. 열에 들뜬 채, 마치 낯선 사람들처럼 말 한마디 서로 나누지 않고.

카롤은 마구간에서 말들을 돌보고 있었다. 우리가 부르자 그가 웃으며 다가왔다. 그때 그의 얼굴에 떠오르던 웃음을 나는 지금도 또렷이 기억한다. 사실 나는 손짓으로 그를 부르는 순간에도, 우리가 계획하고 있는 일이 얼마나 잔인한 것인지를 곱씹고 있었다. 이 소년은 시에미안을 숭배하지 않는가? 그자에게 이미 몸과 마음을 바치지 않았던가? 그런데 어떻게 그자를 죽이라고 이 아이의 등을 떠밀수 있단 말인가? 하지만 카롤의 그 웃음은 우리를 단번에 또 다른 세계로, 모든 것이 순조롭고 우호적인 세계로 옮겨놓고 말았다. 이 아이는 이미 자신의 매력이 무엇인지를, 즉 우리가 자신에게 무언가를 바란다면 그건 다름 아닌 자신의 젊음이라는 걸 알고 있었다. 우리를 향해 다가오는 그의 태도가 어딘가 놀리는 듯이, 우리의 장난에 기꺼이 맞장구를 쳐줄 준비가 되어 있다는 듯이 보였던 건 그 때문이었다. 또한 거기에는 우리 두 사람에 대한 아무런 경계심도 들어 있지 않았다. 그런 그의 모습에 우리는 안도했다. 그런데 이상한 건 그가 보여준 가벼운 웃음이 뒤이어 벌어질 잔혹한 사건의 근사한 서곡처럼 느껴진 일이었다.

"시에미안이 우리를 배신했어."라고 프레데릭이 간단히 설명했다. "증거도 있어."

"아하!" 카롤이 짧게 대답했다.

"되도록 빨리, 그러니까 오늘 밤에 당장 그자를 처치해야 해. 네가 이 일을 맡을 수 있겠니?"

"제가요?"

"겁나니?"

"아뇨."

카롤은 말의 뱃대끈이 주렁주렁 걸린 가로대 옆에 서 있었다. 그는 자신이 시에미안에게 품고 있는 충성심을 전혀 드러내지 않았다. 그자를 죽여야 한다는 걸 안 순간부터 카롤은 말수가 적어졌다. 맡아야 할 일에 어느 정도 수치심을 느끼는 듯 보이기도 했다. 그는 거북이처럼 자신의 단단한 등껍질 속에 몸을 움츠렸다. 그가 이 계획에 반발해서 뻗대고 나서지는 않을 것 같았다. 나는 생각했다. 카롤에게는 시에미안을 죽이는 일이나 시에미안의 명령에 따라 다른 누군가를 죽이는 일이나 거의 마찬가지일 거라고. 그를 시에미안과 이어주는 것은 죽음이고, 그런 이상 그 죽음이 어떤 것이든 상관없는 일이 아니겠냐고. 그는 시에미안에 대해 맹목적 복종심으로 뭉친 병사였지만, 또한 우리의 명령에 따라 시에미안에게 등을 돌렸을 때도 역시 복종심으로 뭉친 병사였다. 시에미안에 대한 그의 맹목적 충성은 즉시로, 두말없이, 이 대장을 죽일 능력으로 바뀌어 있었다. 그의 얼굴에 당황한 기색은 없었다.

그렇지만 이 (소년)이 우리에게 던지는 모호한 시선이 마음을 불안하게 했다. 그것은 은밀히 이렇게 물어오는 것 같았다. 지금 두 분이 관심을 두고 있는 게 시에미안 씨를 죽이는 일인가요, 아니면 나를 어떻게 해보는 일인가요?

하지만 신중해진 소년은 여전히 입을 꾹 다물고 있었다.

　카롤을 설득하는 일이 너무 쉽게 끝나(우리는 어떤 다른 차원으로 이끌려 들어간 기분이었다.) 다소 어리둥절해진 우리는 그를 데리고 히폴리트에게 갔다. 히폴리트는 카롤에게 세세한 지시를 덧붙였다. 밤이 되면 일을 시작하되, 칼을 사용하고, 무엇보다 소리 없이 해치워야 한다는 것이었다. 이제 완전히 안정을 되찾은 히폴리트는 장교 같은 어조로 명령을 내렸다. 원래의 자기 자리로 돌아가 있었던 것이다.

　"그런데 만약 그자가 자기 방문을 꼭 닫아걸고 열어주지 않으면 어쩌지? 아무래도 그럴 것 같은데."

　"하여간 방문을 열게 할 방법을 찾아봐야죠."

　카롤이 일어나 방을 나갔다.

　그가 이렇게 나가버리자 나는 화가 치밀어 올랐다. 이 어린애가 가버렸다. 어디로? 자신의 세계로? 그런데 그의 세계라는 게 무엇인가? 사람을 이처럼 쉽게 죽일 수 있는 만큼이나 죽는 일 역시 쉬울 그 세계란? 지금 우리가 카롤에게서 본 것은 복종심, 자신이 얼마든지 상황에 맞춰 행동할 수 있다는 걸 입증하고자 하는 열성이었다. 그래서 그는 우리의 제안을 마치 우편물을 받아들듯이 받아들였고, 그러고는 흠잡을 데 없는 태도로, 조용히, 온순하게 방을 나간 것이다……. 문득, 그가 틀림없이 그녀, 헤니아에게로 갔을 거라는 생각이 들었다. 조금 전 우리가 건네준 칼, 다시 말해 사람을 죽이라는 지시를 자랑스럽게 두 손에 받쳐 들고 말이다. 그렇다! 헤니아를 보러 간 것이다. 손에 칼을 든 소년, 암살자 소년이 됨으로써 이제 그는 그 어느 때보다도 확실히 헤니아를 정복하고 소유할 수 있게 되지 않았는가. 우리는 당장 방에서 뛰어나가 카롤의 뒤를 밟고 싶었지만, 히폴리트가 뭔가 이야기를 시작했기 때문에 잠시 서재에 붙잡혀 있어야만 했다. 얼마 후 우리는 헤니아와 카롤을 찾기 위해 곧장 정원을 향해 달려 나갔다. 그런데 홀을 가로지를 때 식당 쪽에서 알베르트의 소리가 들려왔다. 그의 목소리는 숨이 가쁜 듯 툭툭 끊기고 있었다. 이건 그곳에서 무슨 일인가 벌어지고 있다는 의미 아닌가! 우리는 발길을 돌렸다. 섬에서의 일과 비슷한 장면이 펼쳐지고 있었다. 알베르트가 헤니아 옆에 서 있는 게 보였다. 분명 이들 사이에 무슨 일인가가 막 벌어지고 난 다음이었다.

카롤은 식탁 옆에, 그러니까 헤니아와 알베르트로부터 좀 떨어진 자리에 서 있었다.

우리가 들어서는 걸 보고 알베르트가 말했다.

"제가 방금 헤니아에게 손을 좀 댔습니다."

그러고는 식당을 나가버렸다.

알베르트가 나가자 헤니아가 소리쳤다.

"아주 세게 때렸어요!"

"아주 세게 때렸어요." 하고 카롤이 한 번 더 강조했다.

두 사람은 웃음을 터뜨렸다. 그건 비웃음이었다. 하지만 그다지 요란스러운 조롱은 아니었다. 그저 조금 비웃어주는 것일 뿐. 그런데 이 둘의 비웃음은 얼마나 경쾌한가! 더군다나 '아주 세게 때렸다'는 것이 놀림거리였다. 두 사람은 그걸 즐기고 있었다.

"알베르트가 무엇 때문에 화가 났는데?" 프레데릭이 물었다. "그가 왜 그랬는데?"

"뭘 바라시는데요?" 헤니아가 대꾸하면서 눈을 가늘게 뜨고 우스꽝스럽게, 지극히 아양스럽게, 눈꺼풀을 깜박거렸다. 그 눈짓으로 우리는 곧장 이 일이 카롤 때문이라는 걸 알아차렸다. 놀라운 건 헤니아가 눈짓으로조차 카롤 쪽을 가리키려 하지 않았다는 사실이다. 그녀는 그럴 필요가 없다는 걸, 이 상황에서 자신은 그냥 아양스러운 표정만 지으면 된다는 걸 잘 알고 있었다. 말하자면 그녀는 자신이 카롤과 '연관 지어질' 경우에만 우리를 자극할 수 있다는 사실을 알고 있었다. 이처럼 쉽게 서로의 생각들을 꿰뚫고 있다니! 카롤과 헤니아가 우리의 환심을 사려고 하는 게 눈에 보였다. 두 사람은 남몰래 재미있어 죽겠다는 표정을 짓고 있는 어린 여우들이었다. 틀림없이 둘은 우리가 감탄의 눈길로 자신들을 바라본다는 걸 또렷이 의식하고 있었다.

알베르트가 잠시 자제심을 잃었으리라는 건 분명했다. 이 둘은 알 듯 모를 듯한 눈길을 주고받으며, 마치 우연히 스친 것처럼 서로를 쓰다듬었을 것이다. 아, 어린애다운 이 도발들이란! 프레데릭이 헤니아에게 불쑥 물었다.

"카롤이 네게 무슨 이야기를 했니?"

"어떤 이야기요?"

"그러니까 오늘 밤…… 시에미안 씨를……."

프레데릭이 손을 들어 목을 자르는 시늉을 해 보였다.

만약 그가 이 행동에 그처럼 심각한 의미를 부여하고 있지 않았더라면 꽤 익살맞게 보였을 법한 몸짓이었다. 그러나 프레데릭의 익살은 진지함 때문에 날아오르지 못했다. 그가 의자에 앉았다. 헤니아는 아무것도 모르고 있었다. 카롤이 아직 이야기하지 않은 것이다. 카롤이 헤니아에게 오늘 밤 계획하고 있는 일을 간단히 이야기했다. 그리고 그 일을 떠맡은 사람이 자신이라는 것도 말했다. 별로 대수롭지 않다는 듯한 말투로. (말을 하면서도 자기 말에 귀 기울인 카롤까지 포함해서) 이 두 사람은——어떻게 표현해야 좋을까——저항 없이 들었다. 사실 그들은 다른 방식으로 대응할 방법이 없었다. 왜냐하면 계속해서 우리의 환심을 사야 했으므로. 그러니 이 계획을 마지못해서라도 그냥 받아들일 수밖에. 두 사람이 보인 유일한 저항을 찾는다면 카롤이 말을 마쳤을 때 헤니아가 한마디도 하지 않았다는 점이었다. 이건 카롤도 마찬가지였다. 두 사람은 똑같이 입을 다물고 있었다. 의미를 정확히 짐작하기 어려운 침묵이었다. 하지만 이 (소년)은 식탁에 팔꿈치를 괴고 어두운 표정을 지었다. 헤니아의 얼굴 역시 어두워졌다.

프레데릭이 설명했다. "단 하나 어려운 점이 있다면 시에미안이 문을 안 열어줄지도 모른다는 거야. 그자는 지금 겁을 먹고 있거든. 그러니까 너희 둘이 함께 가는 게 좋겠어. 헤니아, 네가 방문을 두드리고 무슨 구실이든 대도록 해. 너라면 그가 문을 열 거야. 너까지 경계할 생각은 미처 못할 테니까. 무슨 구실이 좋을까. 이를테면 전해 줄 편지를 가져왔다고 하면 되겠지. 그래서 그가 문을 열면

카롤을 들여보내면 돼……. 이게 제일 좋은 방법일 것 같은데…… 너희들 생각은 어때?'

뭔가를 요구하기보다 그저 '가벼운' 제안을 하는 듯한 태도였다. 그리고 이런 프레데릭의 태도는 적절했다. 사실 프레데릭이 제안한 이 작전은 그다지 미덥지 못했기 때문이다. 시에미안이 아무 의심 없이 헤니아에게 문을 열어줄 거라는 건 전혀 확신할 수 없는 일이었다. 게다가 프레데릭은 은연중에 이 제안의 진짜 의도를 노출하고 있었다. 이 일에 헤니아를…… 두 사람을 함께 끌어들이려는 의도 말이다……. 그러니까 섬에서 연출했던 장면처럼 이것도 프레데릭이 이미 기획하고 있던 것이었다. 나를 감탄하게 한 것은 그가 이런 계략을 생각해 냈다는 사실보다 그가 이걸 실행에 옮기는 방식이었다. 그는 헤니아를 이용해서 시에미안의 방문을 열게 하자는 그 계획을 마치 그 순간에 막 생각해 낸 것처럼 꾸며댔다. 이 두 사람이 마침 우리 쪽으로, 우리와 한패가 되려는 쪽으로 기울어 있는 순간, 간단히 말해 두 사람 다 우리의 환심을 사고 싶어 몸이 달아 있던 그 기회를 놓치지 않고 말이다. 프레데릭은 그 순간 자신에게 '호의적으로 작용할 두 사람의 의지', 그러니까 너무 까다롭게 굴어서 그를 실망하게 만들고 싶지 않다는 두 사람의 바람을 계산에 넣고 있었다. 그래서 프레데릭은 또다시 '느슨한', 전혀 위험해 보이지 않는 함정을 쳐놓고 기다렸다. 카롤이 이미 걸려든 것과 같은 자연스러운 함정을. 그가 바라는 것은 단 하나, 두 사람이 그 지렁이를 '함께' 짓밟아 으깨는 일이었다……. 이런 생각이 들자 그가 꾸미고 있는 이 일의 색정적인 성격, 그 관능, 어지러운 육욕의 열기가 또렷하게 눈에 들어왔다. 잠시 동안이었지만, 이 일의 두 가지 얼굴이 눈앞에서 서로 겨루고 있었다. 사실 프레데릭이 한 제안은 지극히 추악하고 위험한 것이었다……. (그건 이 소녀를, 이 소녀까지, 죄악에, 그 범죄에 끌어들이려는 계획 아닌가?) 하지만 한편으로 생각해 보면 이번 일은 그만큼이나 매력적인, '흥분을 불러일으키는' 것이었다. 두 사람이 '함께' 그 범죄를 저지르게 하려는 것이었으니까…….

이 일의 추악함과 매력, 두 가지 성격 중 어느 쪽이 더 강할까? 나는 머릿속으로 이런 질문을 던져보았다. 카롤과 헤니아는 프레데릭의 제안에 곧장 대답하지 못하고 잠시 머뭇거리고 있었다. 눈앞에 있는 두 사람의 모습을 지켜보자니 확실히 알 것 같았다. 이 둘은 *서로에게* 속해 있으면서도 애정 없는, 다시 말해 지극히 메마른 사이라는 것을. 하지만 자신들에게 감탄하는 우리를 보면서 이들은 혼란을 느끼게 되었고, 또 서로에게 도취할 것을 우리가 암암리에 요구해 오자 이들은 고분고분해졌다. 이들은 우리가 자신들에게서 발견해 낸 아름다움을 더 이상 거스를 수 없게 되었다. 그런데 사실 이렇게 고분고분한 태도를 취하는 것이 이들 자신의 마음에도 들었다. 원래 이들은 복종이 어울리는 나이가 아닌가? 또한 이런 복종은 미성년의 나이에는 '저절로 그렇게 하게 되는' 행동들, 미성년을 미성년답게 해주는 행동들 중의 하나였다. 이런 행동들이란 도취하고 열광하게 만드는 위력을 지닌 것들이어서 그 행동들의 객관적인, 뚜렷한 의미란 증발해 버리곤 한다. 두 사람에게 중요한 것은 시에미안도 아니고, 자신들의 손으로 그에게 떠안겨야 할 죽음도 아니었다. 이들의 관심은 오직 자신들에 대한 것이었다. 그렇기 때문에 이 (소녀)는 기꺼이 이렇게 대답했다.

"안 할 이유가 없잖아요? 괜찮은 방법인걸요."

갑자기 카롤이 웃었다. 조금 우둔해 보이는 웃음이었다.

"성공하면 괜찮은 방법이 되는 거고, 성공 못하면 괜찮지 못한 게 되는 거고."

카롤로서는 지금 같은 순간 이런 식으로 우둔해질 필요가 있겠다는 생각이 들었다. 카롤이 말했다.

"좋아. 넌 문을 두드린 다음에 뒤로 빠져. 그럼 내가 그를 해치울 테니. 일이야 잘 해낼 수 있지만, 그거야 우선 그가 방문을 열고 난 다음의 이야기지."

헤니아가 웃었다. "걱정 마, 나한테는 방문을 열어줄 거야."

이렇게 대꾸하는 순간 헤니아 역시 좀 멍청해 보였다.

"지금 이 계획은 두말할 것도 없이 우리끼리만 알고 있어야 하는 거야." 프레데릭이 말했다.

"절대 입 밖에 내서는 안 돼!"

이 말 한마디로 모두가 입을 다물었다. 사실 이런 종류의 대화를 계속 끌고 나갈 수는 없는 노릇이었다. 나는 베란다로 나갔다가 다시 정원으로 발걸음을 옮겼다. 바깥 공기를 좀 쐬고 싶었다. 모든 일이 너무 빠르게 달려 나가서 나로서는 어지럼증이 돌 정도였다. 햇살이 어느새 약해져

있었다. 정원의 색채들이 차분히 가라앉았다. 눈을 찌를
듯 선명하던 녹색과 붉은색도 둔탁해졌다. 이제는 쉬고 싶
은 사물의 색채들이 그늘을 하나씩 덮어쓰고는 밤이 오기
를 기다리고 있었다. 이제 다가올 밤……. 그것은 자신의
검은 자락 안에 뭔가를 숨긴 채 가까이 오고 있었다. 무엇
을……? 바로 몸통이 으깨진 지렁이 한 마리를……. 하지
만 오늘 밤 지렁이 역할을 떠안게 될 사람은 시에미안이지
알베르트가 아니었다. 이번 일을 그대로 밀고 나가도 좋을
지 나는 몹시 혼란스러웠다. 가슴속에서 별안간 음울한 열
정의 불길이 솟구쳤다가 또 번번이 분노가, 좌절감까지 밀
려들면서 온몸의 힘이 빠져나가곤 했다. 요컨대 이 모든
일이 마치 꿈처럼, 되는대로 벌이는 놀이처럼, 너무나 현
실감 없이 풀려나가고 있었다. 그렇다. 이 일은 여전히 하
나의 놀이에 불과했다. 이건 우리가 한바탕 펼치는 '열정
과의 유희'였던 것이다. 정원 한 귀퉁이 덤불 속에서 나는
생각이 온통 뒤죽박죽되어 서성였다……. 그때 문득 내 쪽
으로 성큼성큼 다가오고 있는 알베르트의 모습이 눈에 들
어왔다.

　"제 말 좀 들어보세요! 선생님께 설명을 드리고 싶습니
다! 정말이지 그녀를 때릴 생각은 없었습니다. 하지만 그
녀가 나한테 더러운 짓을 하는 걸 어떻게 합니까. 그건 정
말 추잡한 짓거리였단 말입니다!"

　"그녀가 대체 뭘 어쨌기에?"

　"저한테 더러운 짓을 했어요! 비록 사소한 행동이었다고
는 해도 아주 지독했단 말입니다……. 네, 그렇고말고

요……. 작은 것이지만 도저히 그냥 넘어갈 수 없는 짓이었습니다. 그녀하고 제가 식당에서 이야기를 하고 있었는데, 그가 거기로 들어왔어요. 그 애인 놈 말입니다. 저는 즉시로 알아차렸죠. 그녀가 나한테 이야기하는 척하면서 그놈에게 말을 걸고 있다는 걸.”

“그녀가 카롤에게 말을 걸었다고요?”

“예, 그놈한테. 물론 직접 말을 건넸다는 뜻이 아니라…… 그러니까…… 말이 아닌 모든 것으로. 그녀의 모든 게 그놈에게 쏠려 가 있더라는 거죠. 저한테 이야기하는 척하면서, 그놈을 끌어들여서는 엉겨 붙더라고요. 제 눈앞에서요. 그것도 저한테 이야기하는 중에. 무슨 말인지 이해하시겠어요? 말하자면…… 어떻게 설명해야 할까……. 이쪽을 향해 말을 하는데도 제 눈엔 그녀가 그놈에게 가서 달라붙어 있는 걸로 보이더란 겁니다. 아예 그놈한테 홀랑 다 내주고 있더라고요! 마치 전 그 자리에 있지도 않은 것처럼! 그래서 그녀의 뺨을 한 대 올려붙였습니다. 이제 저는 어떻게 해야 되는 겁니까? 말씀 좀 해주세요. 이제 제가 뭘 할 수 있죠?”

“일이 잘 풀릴 수도 있지. 그렇잖아요?”

“하지만 제가 그녀를 때렸다고요! 분명히 말씀드렸잖아요. 그녀를 때렸다고! 이젠 모든 게 끝이에요. 끝장난 일이라고요. 그녀를 때렸단 말입니다! 제가 대체 어떻게 그럴 수 있었는지 모르겠어요……. 제가 그런 행동을 할 수 있었던 이유가 뭔지, 선생님은 아세요? 제 생각에는 만약 제가 그 계획…… 시에미안을 제거하는 일을 그에게 맡기

자는 계획에 동의하지 않았더라면…… 아마 저는 그녀를 때리지 않았을 겁니다."

"어째서?"

알베르트가 쏘는 듯한 시선을 내게 던졌다.

"왜냐하면 저는 이제 떳떳하지 못하게 되었거든요. 카롤을 정정당당하게 대할 수가 없거든요. 이번 일에서 제가 해야 할 몫을 그가 대신 떠맡도록 놓아두었거든요. 저는 이제 분별력을 잃어버렸어요. 뭐가 옳고 그른지도 못 가린단 말입니다. 그녀에게 손을 댄 것도 그 때문입니다. 제가 고통을 떠안아봤자 더 이상 아무런 의미가 없기 때문에 때린 겁니다. 그녀는 이제 존중받을 자격이 없어요. 이미 더럽혀진걸요. 그래서 때린 겁니다. 제가 때렸다고요. 때렸어요……. 그리고 카롤은, 그놈은 그냥 한 대 때리는 걸로 끝낼 수 없습니다. 그놈은 죽여버릴 거예요!"

"대체 무슨 소리를 하는 겁니까?"

"그를 죽일 겁니다. 주저할 것도 없죠……. 뭐가 문제란 말입니까! 그런…… 하찮은 녀석 하나 죽이는 것쯤이야 별일 아니잖아요? 지렁이 한 마리를 밟아 죽이는 셈 치죠! 그보다 더 대수로울 것도 없어요! 하지만 말입니다, 한편 생각해 보면, 그런 하찮은 녀석을 죽인다는 게…… 얼마나 남부끄러운 일입니까! 그야말로 수치죠! 그 녀석이 어른이라면 차라리 쉽죠. 하지만 어린애를 죽이다니, 도저히 못할 짓이에요! 서로 죽고 죽이는 일은 어른들끼리나 할 일이란 말입니다! 그러니 만약 헤니아를 목 졸라 죽인다면……. 그럴 수도 있다고 잠시 생각해 보자는 겁니다. 걱정 마세요! 그냥 해보는 말이니까요. 다 농담일 뿐이에요. 그 두 사람이 저를 놀림거리로 삼고 있는데, 저라고 즐기지 못할 이유가 없지 않습니까? 주여, 그들이 저를 이 끔찍한 농담 속으로 밀어 넣었으니, 저를 구원하소서! 주여, 주여, 오직 당신만이 이 몸을 구할 수 있나이다! 대체 제가 무슨 말을 하려던 거죠? 아, 그렇지, 제가 죽여야만 해요……. 시에미안을 죽이는 건 제가 해야 할 일이에요……. 아직도 시간이 늦지 않았으니, 제가 그 일을 해야겠어요. 빨리 가봐야겠군……. 그 코흘리개한테서 그 일을 되찾아 와야 해……. 제가 할 일을 그 녀석에게 떠넘기는 한, 저는 고개를 떳떳이 들 수 없단 말입니다!"

알베르트는 생각에 잠긴 듯 말을 이어갔다.

"너무 늦었어요. 선생님들이 저를 꼼짝도 못하게 만들었지요. 이제 어떻게 해야 그 아이에게서 이 일을 되찾아 온단 말입니까? 제가 이 일에 집착하는 건 의무감 때문이 아닙니다. 단지 제가 해야 할 일을 그 아이에게 넘겨주지 않으려는 것뿐이에요. 제가 혜니아에 대해 확보하고 있는 도덕적인 우월성을 잃지 않으려는 것이죠. 저의 도덕성…… 그녀를 차지하는 데 있어서만은 그것이 쓸모가 있을 테니까요!"

알베르트는 무력감이 배어든 몸짓으로 두 팔을 벌렸다.

"제가 뭘 할 수 있을지 잘 모르겠습니다. 할 수 있는 일이 아무것도 없는 게 아닐까 두려워요."

그러고는 몇 마디 의미심장한 말을 중얼거렸는데, 다음과 같은 것들이었다.

"저는 벌거숭이가 됐습니다! 벌거벗겨진 느낌이라고요! 주여! 그들이 저를 이 꼴로 만들었어요! 제가 벌거벗어도 될 나이는 더 이상 아니지요! 벌거숭이라는 건 어린애들한테나 어울린단 말입니다!"

그러고는 이렇게 덧붙였다.

"헤니아한테 속고 있는 건 단지 저뿐만이 아닙니다. 그녀는 모든 사람을 속이고 있어요. 꼭 누구를 말하는 게 아니라 하여간 전부를 말입니다. 사실 그녀가 한 남자와 뭘 어떻게 하면서 절 속이는 건 아니거든요. 그녀가 적어도 여자이기는 한가요? 아, 무슨 말인가 하면, 그녀는 자신이 아직도 여자가 아니라는 걸 이용하고 있다는 거죠."

"그 두 사람은 자신들이 지닌 어떤 특별함을, 그 나이 또래만이 가진 어떤 독-특-함을 이용하고 있어요. 저로서는 그런 독특한 게 있다는 걸 지금까지 생각조차 못해 봤죠……."

그는 또 이렇게 말했다.

"제가 궁금한 게 한 가지 있습니다. 대체 그들은 어디서 그런 걸 배워 왔느냐는 것이죠. 이미 말씀드린 적이 있지만, 그들 스스로 생각해 냈을 리가 없거든요. 섬에서 있었던 장면. 조금 전에 제가 보는 앞에서 둘이 벌인 장면…… 이런 식으로 끊임없이 사람을 자극하고 있는데…… 너무 어색해요. 무슨 말인지 이해하시겠어요? 그들이 이걸 생각해 냈을 리는 없어요. 왜냐하면 너무 부자연스럽거든요. 그렇다면 어디서 배웠을까요? 책에서? 그럴까요?"

*

어둠이 차츰 밀려와 낮게 깔리면서 사방이 흐릿해지고 있었다. 나무 꼭대기 가지 뒤로는 여전히 깃털 같은, 맑게 갠 하늘이 펼쳐져 있었지만, 나무 둥치 쪽은 이미 윤곽이 지워져 잘 보이지 않았다. 나는 담 있는 곳으로 가서 벽돌 밑을 살펴보았다. 편지 한 장이 있었다.

선생은 시에미안에게 가서 다음과 같이 말하세요.

오늘 밤, 선생과 헤니아가 그를 데리고 밖으로 나가면 카롤이 말들을 준비해 놓고 기다리고 있을 거라고 말입니다. 밤중에 모든 준비가 끝나면 헤니아가 그의 방문을 두드릴 거라고 하세요. 그는 선생의 말을 믿을 겁니다. 그는 카롤이 자신에게 반했다는 걸 알고 있어요. 그리고 헤니아가 카롤에게 붙잡혀 있다는 것도! 그는 선생의 말을 금방 믿을 겁니다. 그가 방문을 열게 만드는 데는 이것이 가장 좋은 방법입니다. 아주 중요한 일입니다. 잊지 말고 이대로 해야 합니다.

명심하세요. 이제는 돌이킬 방법이 없습니다. 뒷걸음질 치는 순간 우리를 기다리는 건 치욕밖에 없어요.

그리고 스쿠지악은? 이번 일에서 그가 맡은 역할은 뭐죠? 네? 이게 아주 어려운 문제이군요. 그를 따로 떼어놓을 수는 없어요. 이번 일은 이 세 사람이 함께 해야 한단 말입니다……. 그런데 어떤 방법이 있을까요?

잠깐! 약을 너무 강하게 쓰지는 마세요. 이 일은 부드럽

게, 뭐든 덧나지 않도록 살살 달래가면서 해야 합니다. 쓸
데없이 우리를 노출해서 위험해질 필요는 없죠. 지금까지는
잘해 왔습니다. 하지만 행운을 과신해서는 안 됩니다. 조심
하세요. 아주 신중해져야 합니다!

*

나는 시에미안의 방문을 두드렸다.

나라는 걸 확인한 시에미안이 방문을 열었다. 하지만 곧
장 침대로 다시 돌아가 파묻혔다. 언제부터 이렇게 누워
있었던 걸까? 그는 양말만 신고 있었다. 공들여 왁스 칠을
한 그의 승마용 장화가 담배꽁초들이 여기저기 잔뜩 흩어
져 있는 마룻바닥 위에서 반짝였다. 침대 속에서 그는 줄
담배를 피우고 있었다. 길고 가느다란 손이 끊임없이 담배
를 입으로 가져갔다. 손가락에 낀 반지가 눈에 들어왔다.
나와 대화를 나누고 싶은 마음이 없는 게 분명했다. 그는
등을 똑바로 대고 누워 천장을 뚫어지게 보고 있었다. 나
는 미리 알려줄 게 있어서 왔다고 입을 열었다. 헛된 희망
을 품지 말라고, 히폴리트는 당신에게 말을 내주지 않을
거라고 말했다.

시에미안은 대꾸하지 않았다.

"내일도 모레도 기다려보았자 소용없습니다. 게다가 당
신이 우려하는 대로 이 집에서 살아서 나갈 수 없을지도
몰라요. 그럴 가능성이 아주 많죠."

여전히 대답이 없었다.

"그래서 나는 당신이 도망칠 다른 계획 하나를 가지고 왔습니다."

침묵.

"당신을 돕고 싶어요."

그는 대답하지 않았다.

그는 나무 둥치처럼 꼼짝도 하지 않고 있었다. 나는 그가 겁을 먹은 거라고 생각했다. 하지만 그건 아니었다. 그를 붙잡고 있었던 건 두려움이 아니라 분노였다. 걷잡을 수 없는 분노. 그는 광포한 분노에 사로잡혀 누워 있었다. 단지 그랬다. 증오에 차서 누워 있었다. 그 분노는 자신의 약점을 나에게 간파당했기 때문이었다. 나는 그의 약점을 알고 있었고 이 사실에 그는 분노했다.

나는 그에게 내가 가지고 온 계획을 말했다. 헤니아가 방문을 두드릴 것이고, 이어서 내가 그녀와 함께 그를 집 밖으로 안내할 거라는 사실을 알려주었다.

"풋⋯⋯."

"돈은 좀 있어요?"

"있어요."

"잘됐군요. 준비하고 기다리세요. 자정이 지나면 곧장 움직일 겁니다."

"풋⋯⋯."

"빈정거려 봤자 당신이 원하는 걸 얻는 데는 도움이 안 될 텐데."

"풋⋯⋯."

"좀 고상하게 구는 게 좋지 않겠소. 이제라도 우리가 마음을 바꿔버릴지 모르지 않습니까?"

"풋······."

나는 더 이상 말을 덧붙이지 않았다. 그는 자신을 돕겠다는 우리의 제안을 받아들였고, 우리의 계획에 따르는 데 동의했다. 그러면서도 고맙다는 말은 한마디도 하지 않고 있었다. 침대에 길게 누운 그의 근육질 몸에서는 여전히 완력이 느껴졌다. 그는 지배자였다. 절대적인 지배자. 그러나 이제는 더 이상 아무것도 유린할 수 없었다. 그는 이미 끝난 사람이었다. 그는 내가 이 사실을 안다는 걸 알고 있었다. 얼마 전까지만 해도 이 인물은 그 누구의 도움도 청할 필요가 없었다. 그는 위협적이었고, 폭력을 통해 자신의 뜻을 관철시키곤 했다. 지금 그는 내 앞에 누워 있었다. 여전히 공격성과 광포함을 드러내며, 하지만 발톱이 모두 뽑힌 채. 이제 그는 다른 사람의 동정을 구걸해야 하는 처지였다······. 또한 그는 알고 있었다. 자신이 다른 사람에게 불러일으키는 반감, 자신의 무력화된 남성다움이 주는 불쾌감을. 그래서 그는 양말을 신은 발을 끌어올려 자신의 넓적다리를 긁었고, 그런 다음 아예 한쪽 다리를 쳐들고 발가락을 꼼지락거렸다. 마치 방 안에 오직 자기 자신밖에 없다는 듯한 행동이었다. 그 행동을 통해 시에미안은 말하고 있었다. 내가 자신을 좋아하든 좋아하지 않든 상관없다고, 어쨌거나 자신은 나를 좋아하지 않는다고, 그 자신은 지금 혐오감을 주체할 수 없어서 구토를 할 지경이라고······. 그건 나 역시 그랬다. 나는 방을 나왔다. 남성이라는 족속 특유의 이 추잡함이 마치 독한 담배 연기처럼 속을 메슥거리게 했다. 식당에서 히폴리트와 마주쳤다. 그를 보자 또다시 구토증이 일었다. 하마터면 토할 뻔했다. 그렇다. 아마도 그 자리에서 토했을 것이다. 속에서 치미는 내 반감에 잔털 한 올이, 우리의 손등에 난, 그러니까 시에미안의 손등, 히폴리트의 손등, 내 손등에 무수히 난 그 잔털 한 올이 더해졌어도 말이다. 그 순간 나는 눈앞에 보이는 그 어떤 성인 남자의 모습도 참을 수 없이 역겨웠다.

이 집안에 있는 성인 남자 다섯 명이 떠올랐다. 히폴리트, 시에미안, 알베르트, 프레데릭, 그리고 나……. 혐오감이 밀려왔다. 동물 세계에서 그 어떤 것의 모습도 이렇게 추하지는 않았다. 우리의 난잡함, 추잡함에 있어서는 개도, 말도 이만큼 따라올 수 없었다. 아! 아! 서른이 넘으면 인간들은 흉하게 시들어간다. *세상의 모든 아름다움은 그들, 젊은이들로부터 나온다.* 한 사람의 성숙한 남자인 나는 내 동료인 성숙한 남자들 옆에서 편안함을 얻지 못했다. 나는 그들이 역겨웠기 때문이다. 이들은 성숙과 미성숙을 나눠놓은 가름대 건너편 쪽으로 나를 밀어내고 있었다.

*

히폴리트의 아내는 베란다에 나와 있었다.

"모두들 어디로 간 거죠?" 하고 그녀가 물었다. "아무도 없어요."

"글쎄요……. 저는 2층에 있었습니다만."

"그럼 헤니아는요? 헤니아도 못 보셨어요?"

"그 아인 아마도 온실에 있을지 모르겠군요."

그녀의 손가락이 습관적으로 춤을 추었다. "혹시 그렇게 느끼셨을지 모르겠는데…… 알베르트가 신경이 아주 날카로운 것 같았어요. 그리고 기운도 없어 보였고. 헤니아와의 일이 잘 안 되는 걸까요? 뭔가 틀어진 일이 있는 것 같은데. 걱정되기 시작하네요. 알베르트와 이야기를 해봐야겠어요……. 아니면 헤니아하고라도……. 글쎄요……. 아, 어쩌죠……."

그녀는 불안해하고 있었다.

"전 아는 바가 없습니다만, 알베르트가 기운이 없어 보이는 건…… 얼마 전에 모친을 잃었으니 당연한 게 아닐까요?"

"그의 어머니 일 때문이라고 생각하세요?"

"그럼요! 어머니의 빈자리가 얼마나 크겠어요."

"그렇죠? 제 생각도 그래요. 가엾게도 어머니를 잃었으니. 알베르트한테 헤니아가 있다 해도 그의 어머니 자리를 다 채워줄 수야 있겠어요? 어머니란 그 누구도 대신할 수 없는 자리잖아요! 정말이지 어머니란!" 히폴리트의 아내는 자신의 긴 손가락을 마구 떨어댔다. 조금 전의 말은 그녀를 진정시키는 데 큰 효과가 있었다. '어머니'라는 단어는 위력이 대단해서 '헤니아'라는 이름의 의미조차 완전히 날려버린 듯 했다. 마치 그 말이 성스러움 그 자체인 양……! 어머니라고! 그녀 역시 어머니 아닌가? 그리고 그녀가 어머니인 한, 그녀를 가리켜 있으나 없으나 마찬가지인 사람이라고 누가 감히 말할 수 있겠는가?

단지 어머니이기만 한, 어머니인 것 외에는 아무것도 아닌 이 시효 지난 존재는 마찬가지로 시효 지난 과거에 잠겨 허우적대는 눈으로 나를 바라보았다. 그러고는 어머니에 대한 경건한 숭배에 취해 멀어져 갔다. 나는 그녀가 우리 일에 전혀 방해가 되지 않는다는 걸 알고 있었다. 그 무엇이기 이전에 우선 어머니이기 때문에, 그녀가 현재 해낼 수 있는 일이란 아무것도 없었기 때문이다. 그녀가 저편으로 사라져가는 동안 그녀의 낡은 젖가슴이 춤을 추었다.

*

밤이 점점 다가왔다. 집 안에 램프 불이 하나 둘씩 켜졌고, 덧문이 닫혔고, 식탁에 저녁 식사를 위한 식기가 차려졌다. 내가 느끼는 어떤 종류의 거북함도 차츰 강해지고 있었다. 나는 한자리에 가만히 있지 못하고 이리저리 서성거렸다. 프레데릭과 내가 저지른 배반은 시간이 갈수록 더욱더 어리석은 짓으로 비쳤다. 따져보면 우리는 (한 소년과 한 소녀를 함께 엮기 위해) 의무를 배반한 게 아닌가. 어린 애들에게 다가가기 위해 성숙한 어른다움, 말하자면 남자다움을 저버린 게 아닌가. 나는 집 안 여기저기를 오가다가 거실 안으로 힐끔 시선을 던졌다. 어두컴컴한 실내 긴 의자에 알베르트가 앉아 있는 게 보였다. 나도 안으로 들어가 소파에 걸터앉았다. 그 자리는 알베르트가 앉은 긴 의자로부터 좀 떨어져서 맞은편 벽을 등진 위치였다. 뚜렷한 계획이 서 있었던 건 아니었다. 내 머릿속은 여전히 뒤엉켜 있었고, 그러면서도 다만 되든 안 되든 한번 시도나 해보자는 마음이었다. 끝까지 애를 써보면 내가 그에게 느끼는 이 반감을 어쩌면 극복할 수도, 그래서 그의 성숙한 정신과 만날 수도 있지 않겠는가. 하지만 내 몸이 그 자리에, 알베르트의 몸과 그처럼 가까운 거리에 위치하고 있다는 사실만으로도 내가 느끼는 반감은 더욱 선명해졌고, 더구나 알베르트 역시 내게 반감을 품고 있음을 감지하자 혐오감은 끝없이 커지기만 했다. 이렇게 그와 내가 서로에게 느끼는 반감은 그것 때문에 서로를 한층 더 혐오하게 만들었다. 나는 알고 있었다. 이런 상황에서는 우리 가운데 누구라도 미덕, 이성, 헌신, 영웅적 기상, 관용 등의 정신적 사치를 부려볼 계제가 못 된다는 것을. 물론 이 정신적 사치들은 여전히 우리의 손이 닿는 곳에 있었고, 우리는 각자 이런 정신적 사치들을 잠재된 형태로 지니고 있다가 드러낼 수도 있었다. 그러니 그 순간 우리가 서로에 대해 느끼는 혐오감이 너무나 강력했을지언정, 그것을 억지로라도 극복해 볼 수 없었을까? 억지로! 자기 자신에게 폭력을 써서! 강제로! 사실 우리가 성숙한 인간이라고 할 때 그건 그냥 그렇다는 의미가 아니다. 성숙한 인간은 다른 성숙한 인간에게 다가가기 위해 스스로에 대한 강제가 필요하다. 왜냐하면 성숙한 인간은 지배하는 자이기 때문이다. 성숙한 인간은 자신이 타인의 마음에 드는지, 자신이 호감을 주는지에는 관심이 없다. 그는 오직 자기 자신의 즐거움만을 추구할 뿐이다. 자신이 즐거움을 느끼는가 여부에 따라 어떤 것이 아름답고 어떤 것이 추한지가 결정된다. 그 자신, 오직 그 자신만을 위해서! 성숙한 인간은 자기 자신만을 위해 존재하며, 그 어떤 다른 사람을 위해 존재하는 법이 없다.

　나는 알베르트와 내가 스스로를 강제해서라도 각자의 혐오감을 억누를 수 있기를 바랐다…… 하지만 지금 같은 상황에서는 나도, 알베르트도 무력했다. 왜냐하면 우리는 우리 자신이 아니었고, 우리 자신을 위해 존재하는 게 아니었기 때문이다. 우리는 우리와는 다른 감수성, 즉 젊음에 붙잡혀 있었고, 이런 상태가 우리를 점점 추하게 만들고 있었다. 하지만 만약 지금 내가 이 거실에서, 단 한순간만이라도, 그, 알베르트를 위해 존재하는 데 성공한다면, 그리고 그는 나를 위해 존재하는 데 성공한다면, 만약 우리가 성숙한 인간을 위한 성숙한 인간일 수 있다면! 그렇게 된다면 덕분에 우리의 남성다움은 얼마나 증대될 것인가! 우리는 서로를 강제해서 이 남성다움을 고양시켜야 한다. 이러한 것이 그때 내가 어떤 가망 없는, 나 자신도 의식 못하는 희망을 좇아 한사코 붙잡고 있었던 계산이다. 왜냐하면 강제란 성숙한 인간의 본질로서 무엇보다 우선 남성다움 속에서, 성숙한 인간들 사이에서 태어나야 하는 것이므로…… 그렇게 되면 아마도 내가 그의 옆에 있는 것만으로도 우리가 온전히 닫힌회로 속에 자리 잡기에 충분할 것이다…… 나는 어둠이 우리의 아킬레스건인 육체를 서로의 시선으로부터 숨겨주고 있다는 사실에 상당한 기대를 걸고 있었다. 나는 생각했다. 그의 모습이 잘 보이지 않는다는 걸 이용하면 우리는 어쩌면 연대를 맺을 수 있을 거라고, 우리의 자리를 확고히 할 수 있을 거라고, 그래서 충분히 위세 있게 성숙한 인간이 됨으로써 우리 자신에 의해 혐오의 대상이 되는 일을 면할 수 있을 거라고. 사실 누구라도 스스로를 혐오하는 일은 없다. 그러니 우리는 단지 우리 자신이기만 하면 더 이상 혐오의 대상이 되지 않을 수 있는 것이다! 나는 이렇게 되기를, 솔직히 말해 이미 절망적인 심정으로, 바라고 있었다. 하지만 알베르트는 움직이지 않았다. 나 역시 움직이지 않았다……. 우리는 시작할 수가 없었다. 이야깃거리가 주어지지 않으면 우리는 무엇을 어떻게 시작해야 좋을지 모르는 것이다.

별안간 헤니아가 거실로 들어왔다.

그녀는 미처 나를 보지 못하고 알베르트에게 다가갔다. 그러고는 말없이 그의 옆에 앉았다. 그와 화해하려고 온 것 같았다. (얼굴을 잘 볼 수는 없었지만) 그녀가 다정한 태도를 취하고 있는 건 분명했다. 상냥하고 온순하게, 순종하듯, 아마도 무방비로. 자포자기한 것처럼. 무슨 일이 있는 걸까? 혹시…… 카롤한테 싫증이 난 것일까……. 겁이 나서 또다시 뒷걸음질 치려는 걸까, 그래서 자기 약혼자에게 매달려 보려는 걸까? 어쨌거나 그녀는 얌전히, 한마디 말없이, 알베르트의 눈치를 살피며 그의 곁에 앉았다. 그녀의 태도는 이렇게 말하는 듯했다. '당신 처분에 따르겠어요. 이제 우리 일은 당신 마음대로 하세요.' 알베르트는 꼼짝도 하지 않았다. 손가락 하나 움직이지 않고 굳은 듯 앉아 있었다.

단단히 웅크린 개구리 알베르트. 지금 그의 마음속에 부글거리는 게 무엇일지 생각해 보았다. 자존심? 질투? 원한? 아니면 그저 희미한 죄의식일까? 그 때문에 자신이 어떤 태도를 취해야 할지 결정을 못하고 있는 걸까? 나는 알베르트를 향해 소리치고 싶었다. 하다못해 그녀를 껴안기라도 하라고, 네 손을 그녀에게 얹으라고, 우리가 위험을 피하려면 네가 그래 줘야 한다고! 이건 우리가 저 무서운 죄를 피할 수 있을 마지막 기회라고! 그녀에게 얹혀질 알베르트의 손은 남성적인 위엄을 되찾을 것이고, 그렇게 되면 나는 단숨에 자리를 박차고 달려가 내 손을 그들에게 얹을 것이다. 그렇게 되면 구원을 얻을 수 있다. 제발! 지금 이 거실에서 한 번의 강제가, 이 극복의 의지가 실현되기를! 하지만 허사였다. 그런 시도는 이뤄지지 않았다. 시간이 흘러갔다. 알베르트는 꼼짝도 하지 않았다. 이건 자살 행위나 마찬가지였다. 끝장이었다. 끝장. 모든 게 끝난 것이다. 헤니아가 몸을 일으켜 자리를 떴다. 나도 뒤따라 나왔다.

*

저녁 식사가 시작되었다. 이 집 안주인을 의식해서 우리는 식탁 앞에서 내내 사소한 이야기만 주고받았다. 식사가 끝난 후에도 나는 특별히 해야 할 일을 찾지 못하고 있었다. 누군가를 살해하는 일을 몇 시간 앞두고 있을 경우라면 이것저것 준비할 일이 많으리라 생각하기 쉬울 것이다. 하지만 그 누구도 뭔가를 하는 기색은 없었다. 모두들 눈에 띄지 않는 곳으로 뿔뿔이 흩어져 들어갔다……. 아마도 예정되어 있는 그 행동이 지극히 은밀하고 위험한 탓이었을 것이다. 프레데릭은 뭘 하고 있을까? 어디에 있는 걸까? 그 역시 어디론가 사라져서 보이지 않았다. 그가 보이지 않는다는 사실에 나는 갑자기 불안해졌다. 마치 누군가가 내 눈을 수건으로 가리기라도 한 듯이 사방이 캄캄해지면서 내가 있는 곳조차 분간 못할 지경이었다. 그를 빨리 내 눈앞에 데려다 놓아야만 했다. 나는 그를 찾아 정원으로 나섰다. 비가 올 것 같았다. 후텁지근한 대기에 물기가 배어 있었다. 별 하나 없는 어두운 밤하늘에 먹구름이 두텁게 내려 덮인 걸 느낄 수 있었다. 간간이 부는 바람이 정원을 한 바퀴 휘젓고 다시 빠져나갔다. 나는 거의 더듬다시피 발걸음을 옮겨 어림짐작에 산책로인 듯한 곳으로 접어들었다. 어떤 대담함이 무의식적으로 두 다리를 번갈아 떼어놓게 했다. 여기저기 보이는 나무와 덤불의 친숙한 윤곽만으로도 이 세상 모든 게 제자리에 있다는 걸, 내가 걷고 있는 곳이 짐작한 대로 산책로라는 걸 확인할 수 있었다. 그와 동시에 나는 깨달았다. 세상이 이처럼 변함없으리라고는 나 자신이 전혀 기대하지 않고 있었다는 사실을, 이런 평온함이 차라리 의아스럽기까지 하다는 사실을……. 정원이 이 어둠에 잠겨 온통 뒤죽박죽이 되어 있다 해도 나는 전혀 놀라지 않았을 것이다. 이런 생각을 하는 순간 어지럼증이 밀려왔다. 나는 높은 파도 꼭대기에 올라탄 조각배처럼 비틀거렸다. 나의 두 발은 이미 땅을 딛는 감각을 잃어버리고 있었다. 프레데릭은 보이지 않았

다. 산책로를 따라 작은 섬들이 있는 곳까지 가면서 나는
일종의 착란에 빠져 있었다. 길가의 나무와 덤불이 뭔가
다른 어떤 것의 환영처럼 덮쳐 오곤 했다. 프레데릭은 어
디 있을까? 프레데릭은? 나는 초조하게 그를 찾았다. 그가
없이는 모든 일이 불완전했다. 그는 어디에 숨었을까? 대
체 무엇을 하고 있는 걸까? 나는 다시 저택 쪽으로 방향을
틀었다. 집 안에서 한 번 더 그를 찾아보려 했다. 주방 쪽
으로 질러가는 덤불에서 나는 그와 맞닥뜨렸다. 그는 나를
보자 불량기 있는 소년처럼 휘파람을 불었다. 나를 만난
게 그리 달갑지 않은 눈치였다. 다소 겸연쩍어 하는 것 같
았다.

"여기서 뭘 하고 있는 겁니까?" 내가 물었다.

"생각을 좀 쥐어짜고 있었죠."

"무슨 생각인데요?"

"저거요."

프레데릭은 스쿠지악이 갇혀 있는 광의 쇠창살 달린 창
문을 손가락으로 가리켰다. 그러면서 왼손에 쥐고 있던 무
언가를 손바닥 위로 슬쩍 쳐올렸다가 다시 받았다. 광의
열쇠였다. "이제야 말씀드리는 건데," 프레데릭이 말소리
를 낮출 생각도 없다는 듯 여유 있는 태도로 말을 꺼냈다.
"이제부터는 편지 같은 걸 주고받지 않아도 됩니다. 무슨
말이냐 하면…… 이 자연은 이제 우리 계획을 방해할 힘이
없거든요. 일이 너무 멀리까지 나가버렸단 겁니다. 상황은
이미 완전히 무르익었어요……. 자연을 고려에 넣을 필요가
없다는 거죠……!" 이렇게 말하는 프레데릭의 목소리에는

평소와 다른 이상한 떨림이 있었다. 뭔가 아주 특별한 것이 그로부터 발산되는 느낌이었다. 순진함? 성스러움? 순수함? 어쨌든 그가 더 이상 두려워하고 있지 않다는 건 분명했다. 그는 나뭇가지 하나를 꺾어 땅바닥에 내던졌다. 예전 같았으면 그 행동 하나를 하는 데 세 번은 망설였을 것이다. 던질 것인가, 말 것인가…….

"이 열쇠를 내가 갖고 나온 이유는," 하고 프레데릭이 말을 이었다. "문제의 해법을 어떻게든 짜내볼까 싶어서였죠. 그러니까…… 스쿠지악 문제 말입니다."

"그래서요? 해법을 찾아냈습니까?"

"찾았죠."

"나도 좀 들어볼 수 있을까요?"

"아직은 아닙니다…… 지금은 곤란해요……. 때가 되면 말해 드리겠습니다. 아니에요. 지금 말하지요. 보세요!"

어두워서 미처 보이지 않던 그의 다른 편 손이 내 코앞으로 불쑥 나왔다. 손에는 칼이 들려 있었다. 큰 부엌칼이었다. "이걸로 어쩌자는 겁니까!" 나는 놀라기도 하고 불쾌하기도 해서 소리쳤다. 별안간, 그리고 처음으로, 나는 확실히 알 수 있었다. 내가 미치광이를 상대하고 있다는 사실을.

"더 좋은 방법이 안 떠오릅니다." 그가 좀 당황한 듯이 말했다. "하지만 이것도 괜찮은 방법이에요. 저쪽에서 아이가 어른을 죽이면 이쪽에서는 어른이 아이를 죽인다는 거죠. 무슨 뜻인지 아시겠습니까? 일은 자체 내에서 한 바퀴 돌아서 끝나는 겁니다. 닫힌회로처럼. 이걸로 스쿠지악, 헤니아, 그리고 카롤 이 셋을 한데 묶을 수 있어요. 이 칼로 말입니다. 나는 전부터 알고 있었어요. 이 셋을 연결하는 끈이란 바로 피와 칼이라는 사실을. 물론 이 일은 동시에 행해져야 합니다." 하고 그가 말을 덧붙였다. "카롤이 시에미안의 몸속에 칼을 찔러 넣는 순간, 나도 올렉의 몸에 칼을 박아 넣어야 한다는 거죠……. 아아!"

맙소사! 이런 미친 생각을 하다니! 그 소년을 죽이겠다고……? 하지만 다른 관점에서 생각해 보면 이 정신 나간 계획은 지금의 경우에 적절하게 들어맞는, 타당한 해결법이었다. 이 미치광이는 괜찮은 생각을 해낸 것이다. 그의 계획은 실현 가능한 것이었고, 세 아이의 연결점을 만들 수 있을, 그래서 '이 셋을 하나의 전체로 묶어놓을' 방법이었다. 이 일이 피로 뒤덮일수록, 더 끔찍한 형상을 연출할수록, 세 아이를 잇는 관계는 더욱 선명해질 것이다……. 아직도 갈 데까지 간 것은 아니라는 듯, 미치광이들의 밀실에서 튀어나온 이 어처구니없는, 퇴행적이고 난폭한 발상, 지식인의 머리가 짜낸 이 혐오스러운 계획은 마치 덤불진 꽃무더기처럼 어떤 어지럽고 자극적인, 성스러운 향기를 피워 올리고 있었다. 그랬다! 진실을 말하자면 프레데릭의 이 계획은 숭고한 것이었다. 나는 감탄했다. 이건 다른 차원에서, 즉 '그들의' 차원에서 봐야 할 일이었다. 이건 홍건한 피로써 젊음과 죽음에 강렬한 색을 입히자는 것이었다. 칼을 이용해서 (그 두 소년과 그 소녀를) 하나로 묶자는 것이었다. 어쨌거나 우리가 그들에게 좀 잔인해진다 한들 뭐가 문제인가. 아니, 그들이 좀 잔인해

진다 한들 뭐가 문제인가. 잔인성이란 음식의 톡 쏘는 소스처럼 그들의 입맛을 돋우는 게 아닌가!

어두워서 보이지 않는 정원 가운데 프레데릭이 한 그루 일그러진 형상의 나무처럼 버티고 서 있었다. 이 미치광이 주위의 모든 것이 ― 축축하고 음울한 ― 매력으로 가득 차부풀어 올랐다. 나는 깊은숨을 들이쉬었다. 신선한 공기가 필요했다. 조금 전까지만 해도 쓰라린 경이로움, 고통스러운 매혹이 나를 휩싸고 있었다. 그런데 이제 또 한 번 모든 것이 다시금 젊어졌고, 관능을 되찾았다. 심지어 우리들조차 젊고 관능적으로 느껴졌다! 하지만…… 아니었다. 그럴 수는 없었다. 나는 그의 계획에 동의할 수 없었다. 그건 있을 수 없는 일이었다. 이자는 분명 지켜야 할 선을 넘어가 있었다. 소년이 갇혀 있는 광으로 가서 그를 죽이자고? 이건 절대로 안 될 일이었다. 절대로, 절대로 안 돼……. 프레데릭이 웃었다.

"진정하세요. 나는 다만 이런 유쾌하지 않은 계획을 제안했을 때 그래도 선생이 받아들일지 확인해 보고 싶었던 겁니다. 정말 끔찍한 생각이지요! 물론입니다. 절대 그럴 수는 없어요! 그냥 한번 상상해 본 겁니다……. 스쿠지악을 어떻게 끌어들여야 좋을지 생각이 꽉 막히다 보니 가슴이 답답해서 말입니다. 정말 그렇게 한다면 그야말로 잔학한 짓이죠!"

잔학한 짓. 분명 그랬다. 프레데릭 자신의 입으로 그 사실을 시인하는 순간 내게도 이 계획의 잔인성이 식탁 한가운데 놓인 구운 고기처럼 분명히 보였다. 이 끔찍한 계획에 내가 일순간이나마 홀렸었다는 사실에 나는 당황했다. 우리는 저택으로 돌아왔다.

12

그 다음 일은 이야기할 게 별로 남아 있지 않다. 사실 모든 일이 아주 순조롭게, 시간이 지날수록 한층 매끄럽게 굴러가서 끝맺음되었다. 그 끝이…… 솔직히 털어놓건대, 우리의 예상을 뛰어넘는 것이었지만 말이다. 또한 그 수월함이란! 어깨를 짓누르던 어떤 어려운 일이 때로 그처럼 어처구니없이 쉽게 풀리기도 한다는 생각에 나는 웃음이 터져 나올 것 같았다.

내게 다시 주어진 임무는 시에미안의 방을 감시하는 것이었다. 나는 내 방 침대에 똑바로 누워서, 깍지 낀 두 손으로 뒷목을 받친 채 귀를 세우고 있었다. 밤이 깊어갔다. 겉보기에는 모두들 잠이 든 듯, 집 안에서는 아무 기척도 들리지 않았다. 나는 젊은 살인자 한 쌍이 삐걱거리는 나무 계단을 밟으며 올라오기를 기다렸다. 하지만 아직은 너무 일렀다. 발소리가 나려면 넉넉히 십오 분은 더 있어야 했다. 조용했다. 안마당에서 히폴리트가 보초를 서고 있었다. 프레데릭은 1층 현관을 지켰다. 마침내 자정에서 정확히 삼십 분이 지나자 젊은 살인자 한 쌍이 내딛는 발밑에서 계단이 나직이 삐걱거리는 소리가 들려왔다. 분명 신발을 신지 않은 발소리였다. 맨발일까? 양말만 신은 걸까?

그 순간은 지금도 기억에 생생하다. 그들의 발이 계단을 밟는 소리가 또 한 번 희미하게 들렸다. 아주 조심스러운 걸음걸이었다. 무엇 때문에 저렇게 조심하는 걸까? 헤니아라면 아무 일도 없다는 듯이 계단을 디디고 올라오는 편이 훨씬 자연스러울 것이다. 카롤만 기척을 내지 않으면 되는 것이다. 그렇지만 이것이 그녀가 음모의 분위기에 휩쓸려 들어간 탓이라 해도 그리 놀랄 건 없었다……. 어쨌든 그들이 흥분해 있는 것은 분명했다. 나는 계단을 올라오는 두 사람의 모습을 바로 눈앞에서 보는 것 같았다. 그녀가 앞장서고 카롤이 그녀의 뒤에 붙어서 되도록 발소리를 내지 않으려 한 걸음 한 걸음 가만히 내딛고 있을 것이다. 쓰라린 아쉬움이 밀려들었다. 지금 저 두 사람이 함께 옮겨놓고 있는 발걸음이란 다른 어떤 것의 하찮은 대용품에 불과하지 않은가. 훨씬 간절하게 바랐던 또 다른 숨죽인 발걸음, 그러니까 카롤이 헤니아에게 접근하기 위해 살금살금 내딛는 걸음 말이다……. 하지만 생각을 바꿔보면 지금 저 발걸음이 겨냥하고 있는 것 ─ 시에미안이 아닌 시에미안의 주검 ─ 이 사랑보다 살 냄새를 덜 풍기는 것은 아니었다. 그것 역시 사랑만큼 죄악의 그림자가 어른거렸고, 열기를 띠고 있었다. 또한 저 발걸음 역시도 긴장으로 팽팽히 당겨져 있지 않은가. 아, 계단이 또 한 번 삐걱거렸다. 젊음이 다가오고 있었다! 무한한 쾌감이 번져왔다. 왜 아니겠는가? 그들이 떼어놓는 발걸음 아래서 끔찍한 성격의 한 행위가 다른 눈부신, 생기를 불어넣는 어떤 행위로 바뀌고 있는데……. 다만 한 가지 마음에 걸리는 점은, 살금살금 발끝을 세워 다가오고 있는 이 젊음의 종류였다. 이 젊음은 과연 순수한 것인가? 이것은 정말로 신선하고 단순하며 자연스러운, 순진한 젊음인가? 아니었다. 그것은 '어른들을 위한' 젊음이었다. 문밖의 저 소년과 소녀가 이 모험에 가담한 것은 순전히 우리를 위해서였다. 고분고분한 태도로, 우리의 환심을 사고, 우리와 가까워지기 위해……. 그리고 그 젊음을 '향해 뻗어 나간' 나의 성숙은 성숙을 '향해 내밀어진' 그들의 젊음과 시에미안의 몸뚱이 위에서 만나게 되어 있었다. 바로 이런 것이었다, 이 만남은!

하지만 저 두 사람이 우리와 공모해서, 우리의 사주를 받아, 우리를 위해 뭔가 하고자 하는 어떤 욕구에 의해 지금처럼 자신들을 내놓았고(그래서 발소리를 죽여 다가오고 있지 않은가!), 기꺼이 살인을 저지르려 하고 있다는 사실에는 행복을, 자부심(어떤 자부심인가?)을 북돋는 것이, 또한 무엇인가 독한 알코올같이 사람을 취하게 하는 것이 있었다. 그야말로 멋진 일 아닌가! 여기에는 더할 수 없이 매혹적인 아름다움이 있었다. 나는 침대에 누운 채, 지금 움직이고 있는 저 두 쌍의 다리에 영감을 불어넣은 사람이 우리, 즉 나와 프레데릭이라는 생각에 취해서, 말 그대로 기뻐 어쩔 줄 몰랐다. 그때 계단이 또 한 번, 이번에는 아주 가까운 곳에서 삐걱거렸다. 그러고는 아무 소리도 들리지 않았다. 조용했다. 나는 생각했다. 아마도 두 사람의 마음이 흔들리는 게 아닐까? 함께 발끝을 들고 걸음을 떼어놓다 보니 아마도 서로에 대한 유혹이 생겨 자신들의 목적은 저버리고, 지금 이 순간 서로를 향해 돌아서서 뜨겁게 포옹하고 있는 게 아닐까? 그렇다면 그들은 저 문밖의 어둠 속에서, 계단 위에서, 숨을 헐떡이며 모든 걸 잊어버렸을 것이고, 이제 서로의 금지된 육체를 발견하기 위해 가버릴 것이다! 불가능한 일은 아니었다. 하지만…… 하지만? 나무 계단은 또 한 번 삐걱거렸다. 그렇다, 그런 일은 일어나지 않았다. 그건 헛된 꿈이었고, 바뀐 것은 아무것도 없었다. 두 사람은 여전히 다가오고 있었다. 그러자 내 희망이 처음부터 가망 없는, 절대로 이루어질 수 없는 것처럼 여겨졌다. 애초에 그런 희망을 품는 것 자체가 잘못이었다. 그것은 그들, 너무 젊은 그 둘의 행동 방식과 맞지 않는 것이다. 그 두 사람은 너무 젊었다. 내 희망대로 움직이기에는 너무 젊었다! 그러므로 그들은 시에미안에게로 가서 그를 죽여야만 하는 것이다! 그래서 나는 생각했다.(계단 쪽에서 또다시 아무 소리도 들리지 않았기 때문이다.) 저 두 사람이 용기를 잃은 거라고, 어쩌면 그녀가 그의 손을 뒤로 잡아끌고 있을지 모른다고, 두 사람은 자기들이 하고자 하는 일의 엄청난 중요성을, 거기 덧붙은 온갖 의미를, '죽인다'는 말의 끔찍함을 별안간 알아차렸을지도 모른다고. 그렇다면 두 사람은 겁을 먹은 것일까? 아니다! 결코 그럴 리 없다! 이것 역시 있을 수 없는 일이다. 앞에서와 같은 이유로 그렇다. 그들이 이 일, 이 낭떠러지에 이끌린 것은 그들이 그것을 뛰어넘을 수 있었기 때문이다. 다시 말해 그들이 가볍게, 주저하지 않고 이 일을 향해 달려들 수 있었던 것은 그럼으로써 피로 얼룩진 이 일들을 어떤 다른 것으로 바꿔놓을 수 있었기 때문이다. 따라서 그들이 이 범죄를 떠맡은 것 자체로 이미 범죄는 증발하고 없었다. 그들은 죄를 저지름으로써 죄를 없애버린 것이다.

또 한 번 삐걱거리는 계단. 경이로웠다. 법에 어깃장 놓는 저 두 사람이. 경이로웠다. (소년─소녀에 의해 저질러지는) 저 망설임 없는, 은밀한 죄악이…… . 비밀스럽게 얽혀든 두 사람의 다리, 긴장으로 반쯤 벌어진 그들의 입술이 눈앞에 보이는 듯했다. 그들의 억제된, 가쁜 숨소리가 들리는 듯했다. 프레데릭이 생각났다. 아래층, 그가 보초를 서고 있는 현관 가까운 곳에서 똑같이 숨죽인 발소리가 들려온 것이다. 알베르트가 생각났다. 히폴리트와 그의 아내, 그리고 나처럼 침대에 누워 있을 시에미안이 생각났다. 그리고 나는 이때 묻지 않은 범죄, 젊은 손으로 저질러지는 이 죄악의 감칠맛을 즐기고 있었다…… . 그 순간 똑, 똑, 똑.

똑, 똑, 똑!

문을 두드리는 소리였다. 헤니아가 시에미안의 방문을 두드리고 있었다.

사실상 여기서 내 이야기는 끝났다. 결말은 너무…… 밋밋하고 또 너무…… 급작스럽고, 너무…… 가볍고 안이해서, 계속 이야기해 봤자 설득력 있게 들리지도 않을 것이다. 그러므로 지금부터는 실제로 일어난 일만 그대로 옮겨놓겠다.

문밖에서 헤니아가 말하는 소리가 들렸다. "저예요." 열쇠 구멍에서 열쇠가 돌아가는 소리가 났다. 문이 열렸다. 이어서 칼이 번득였을 것이고, 몸뚱이가 어딘가에 부딪는 둔탁한 소리. 시에미안의 몸뚱이가 복도에 길게 드러누웠을 게 분명했다. 나는 이 소년이 일을 확실하게 하기 위해 쓰러진 그 몸뚱이에 칼을 두어 번 더 쑤셔 넣었을 거라고 생각한다. 복도로 뛰어나갔다. 카롤은 이미 손전등을 켜 들고 있었다. 시에미안이 바닥에 엎어져 있는 게 눈에 들어왔다. 그의 몸뚱이를 뒤집어 보았더라면 바닥에 흥건하게 고인 피가 보였을 것이다.

"해치웠어요." 카롤이 말했다.

하지만 바닥에 쓰러진 얼굴, 손수건으로 기묘하게 동여매서 마치 치통을 앓는 것처럼 보이는 그 얼굴은 시에미안의 것이 아니었다……. 그건 바로 알베르트였다. 불과 몇 초 후, 우리는 그 사실을 알아차렸다.

알베르트가 시에미안 대신 바닥에 쓰러져 죽어 있었다. 하지만 시에미안 역시 이미 죽은 뒤였다. 다만 시에미안은 자기 침대에서 죽었다는 사실만이 달랐다. 그는 옆구리를 칼에 찔린 채 베개에 코를 박고 엎어져 있었다.

램프를 켰다. 방 안의 광경이 눈에 들어왔다. 나는 어떤 기이한 의혹에 사로잡혔다. 이것이…… 이런 장면이 전적으로 사실이라고는 믿어지지 않았다. 너무 간단했다. 모든 게 너무 쉽게 이루어진 것이다! 혼란스러웠다. 일이 이렇게 될 수는 없었다. 이건 마치 어느 착한 요정이 미리 마련해 둔 결말 같지 않은가. 저 두 사람에게 시에미안이 아닌 알베르트가 살해되다니! 별안간 나는 깨달았다. 실제로 무슨 일이 일어났었는지를. 알베르트는 저녁 식사를 마친 후 두 사람의 방 사이에 나 있는 샛문을 통해서 곧장 시에 미안의 방으로 들어갔을 것이다. 그러고는 시에미안을 죽인 다음 헤니아와 카롤이 오기를 기다려 방문을 열었을 것이다. 모든 상황을 갖춰놓은 뒤 두 사람이 자신을 죽이도록 한 것이다. 일을 보다 확실히 하기 위해 그는 불을 껐을 것이고 또 손수건으로 얼굴을 가렸을 것이다. 카롤이 자신을 금방 알아보지 못하게 해야 했으므로.

내 의식은 가증스럽도록 이중적이었다. 사실 비극적이고도 난폭한 이 두 주검, 그것의 피투성이 진상이란 너무 쉽게 휘어지는 나무에 열린 너무 무거운 열매가 아닌가! 이 두 주검——이 두 살인자의 연결이라니! 이건 마치 지극히 확고한 어떤 생각이 가벼움, 무책임에 의해 구멍이 뻥 뚫려버린 꼴이었다.

우리는 복도로 나왔다.

누군가 계단을 뛰어 올라오는 소리가 났다. 프레데릭이었다. 그가 알베르트의 시신을 보고 멈춰 섰다. 그러고는 손짓으로 우리에게 뭔가를 말하려 했다. 대체 뭘 이야기하려는 걸까? 그가 호주머니에서 칼 한 자루를 꺼내 잠시 동안 그대로 들고 있다가 바닥에 내던졌다……. 그 칼에는 피가 묻어 있었다.

"올렉입니다." 그가 말했다. "그래요, 올렉이에요."

프레데릭은 무죄였다! 무죄! 죄 없는 어떤 순진성이 그로부터 퍼져 나오고 있지 않은가! 나는 우리의 젊은 한 쌍을 바라보았다. 그들이 웃었다. 어떻게 해야 곤경에서 벗어날 수 있을지 난감할 때면 젊은이들이 번번이 웃듯이.
이어서 우리 네 사람 모두가 웃었다.

작가의 말

　일전에 한 폴란드 작가가 내게 편지로『포르노그라피아』
에 담긴 철학적 의미를 물어 온 적이 있다.
　나는 다음과 같이 대답했다.

　아주 단순하게 이야기해 봅시다. 알다시피 인간에게는
절대를 향한 갈망이 있습니다. 완전함, 충만함에 대한 갈
망. 말하자면 진실, 신, 총체적 성숙 등에 대한 갈망이지
요. 이 경우 인간에게 요청되는 건 모든 것을 파악하고 자
신의 가능성을 완전히 실현하는 일입니다.
　그런데『포르노그라피아』에서는 인간의 또 다른 갈망 하
나를 읽을 수 있습니다. 이것은 아마도 더욱 은밀한, 어떤
의미로는 법에 배치되기도 하는 것으로, 미완성, 불완전, 열
등함, 젊음 등에 대한 욕구입니다.
　『포르노그라피아』에서 이런 내용이 가장 분명히 드러나

는 대목은 교회 미사 장면입니다. 여기서 미사는 프레데릭의 의식이 팽팽하게 당겨진 결과 흔들리며 무너져 내리고, 그와 함께 신-절대 역시 붕괴되고 맙니다. 대신에 신이 무너진 이 암흑과 텅 빈 우주로부터 지상적·관능적 성격을 띤 새로운 숭배 대상 하나가 떠오르는데, 그것은 두 명의 미성년자, 그러나 서로를 끌어당기는 어떤 인력에 의해 닫힌회로를 형성하는 청춘의 두 존재입니다.

또 다른 중요 장면은 시에미안을 살해하기에 앞서 벌어지는 모의 장면입니다. 여기서 성년 즉 성숙한 인간들은 자신이 누군가를 죽일 수 없다는 사실을 자각하는데, 그것은 이들이 살인이라는 행위가 지닌 무게에 짓눌려 있기 때문입니다. 따라서 살인은 미성년자들에 의해 수행되어야만 할 텐데, 이때 살인은 무거움을 벗고 가벼움, 무책임성을 띠게 됩니다. 이런 방식을 통해서만 살인이 가능해지는 것이지요.

이런 이야기를 나는 이미 다른 데서도 했습니다. 바로 『일기』에서인데, 예를 들어 부에노스아이레스의 별장에 대해 쓴 대목(1955년)에는 다음과 같은 구절이 있습니다. "내가 보기에 젊음이란 삶의 가장 소중한 가치이다. 그러나 이 '가치'에는 악마의 발상임이 분명한 어떤 독특함이 있는데, 그것은 이 가치가 젊다는 그 사실로 인해 모든 가치보다 낮은 차원에 자리 잡는다는 점이다."

이 마지막 말("모든 가치보다 낮은 차원에")이 내가 현대의 그 어떤 실존주의 사상에도 뿌리내리지 못한 이유를 설명해 줍니다. 실존주의는 가치를 다시 만들어내고자 하지만, 나에게는 모든 가치들보다도 '가치 미달', '불충분',

'저개발'이 인간과 더 가까워 보입니다. "인간은 신이 되고자 한다."라는 경구는 실존주의가 품고 있는 향수를 잘 표현한다고 봅니다. 그러나 나는 여기에 맞서 또 다른 경구를 내세우고 싶습니다. 무척 모호하긴 하지만, "인간은 젊어지고자 한다."라는 것입니다.

나는 사람이 살아가면서 먹는 나이가 충만함과 충만하지 않음, 가치 있음과 가치에 미달함 사이에 벌어지는 변증법적 대결에서 수단이 된다고 생각합니다. 내가 젊음에 아주 중요하고 흥미로운 역할을 부여하는 것은 바로 이 때문입니다. 그리고 이런 이유로 내 소설 세계는 낮은 차원으로 내려간 것이지요. 마치 누군가가 정신의 목덜미를 잡아 가벼움, 즉 열등함 속으로 밀어 넣은 것처럼 말입니다.

하지만 철학이 내게는 별 의미가 없음을 잊지 마십시오. 그건 내 소관이 아니니까요. 내 목표는 다만 어떤 주제가 지니고 있는 몇 가지 가능성을 모색해 보는 것입니다. 나는 위에서 말한 대결에서 특별한 '아름다움들'을 찾고 있습니다.

*

위의 내용을 이해하시겠는가? 흔히 말하기를, 하나의 작품은 그 자체로 설명되며, 작가가 붙이는 해설은 군더더기라고 한다. 원칙적으로는 옳은 말이다. 그러나 오늘날의 예술은 그것에 접근하기가 늘 쉬운 건 아니다. 따라서 작가가 독자의 손을 잡고 나아가야 할 길을 제시해 주는 일도 때때로 유용하다.

우선 내가 누구인지, 어디에서 왔는지를 이야기해야 할
것 같다.

나는 아래 열거하는 작품들을 폴란드어로 썼다.

『바카카이』(단편집), 「부르고뉴의 공주 이본」(희곡), 『페
르디두르케』(소설), 「결혼」(희곡), 『대서양 횡단선』(소설),
『포르노그라피아』(소설), 그리고 『일기』(1953~1961년).

나는 1957년까지 거의 무명이었다. 아르헨티나로 건너간
한 사람의 이주민.

1957년 일시적인 자유화 운동의 영향으로 폴란드 정부는
내 작품들의 재출간을 허락했다. 이 기획이 예기치 않은,
빠른 성공을 거두자 얼마 후 내 책들은 또다시 금서가 되
었고, 내 이름을 언급하는 일도 금지되었다.(이런 일이 우
리들 몇몇 국가의 작가들이 자국의 국민들과 더불어 추고 있는
샤세크루아제[1]이다. 나처럼 정치와는 무관한 사람들조차도 이
런 상황에서 벗어나지 못하고 있다.)

『포르노그라피아』는 내 작품들 가운데 프랑스에서 두 번
째로 선보이는 것이다. 이 년 전 《레 레트르 누벨》이 소설
『페르디두르케』를 출간한 적이 있다.

---

1) 남녀가 번갈아 앞으로 뛰어나오는 동작.

『페르디두르케』는 아마도 내 소설 세계의 토대라고 해야 할 작품으로, 나와 내 작품들을 처음 알고자 할 때 가장 좋은 길잡이이다. 『페르디두르케』로부터 이십 년이 지나서 쓰인 『포르노그라피아』도 이 작품에서 뻗어 나온 것이다. 그러므로 먼저 『페르디두르케』에 대해 간략히 이야기할 필요가 있다.

『페르디두르케』는 남들로부터 아이 취급을 당하는 바람에 아이가 되고 마는 어느 신사의 괴상한 이야기이다. 이 소설은 인간의 미성숙을 폭로하고자 한다. 여기 그려진 인물은 불분명하고 중성적인 존재로서 어떤 행동들을 통해 스스로를 표현해야 하며, 그 결과 겉으로 ── 타인에게 ── 보여주는 모습이 자신의 내면보다 훨씬 명확하고 선명해진다. 바로 이 상황에서, 그의 감춰진 미성숙과 타인과 어울리기 위해 그가 쓴 가면 사이의 비극적인 불균형이 생겨난다. 그로서는 이 가면에 자신의 내면을 맞추는 수밖에 없다. 마치 겉으로 보여주는 자신이 실제 자기 자신인 것처럼 말이다.

따라서 다음과 같이 요약할 수 있는데, 즉 『페르디두르케』의 인간은 타인들에 의해 만들어지는 존재라는 것, 인간들은 서로에게 어떤 형식들, 혹은 우리가 '존재 방식'이라고 부르는 것을 부과함으로써, 서로를 만들어간다는 것이다.

『페르디두르케』가 출간된 해는 1937년으로서, 사르트르의 '타인의 시선' 이론이 나오기 전이다. 그러나 내 작품이 지닌 이런 면모가 보다 잘 이해되고 공감을 얻은 것은 사르트르가 제시한 개념들이 인기를 얻은 덕분이다.

하지만 『페르디두르케』는 여기서 멈추지 않고 또 다른, 좀 더 낯선 영역을 탐색하고 있다. '형식'이라는 단어와 '미성숙'이라는 단어를 연결시킨 것이다. 이 소설이 그려내는 인물은 형식에 의해 만들어진 인간이다. 이 말은 그가 겉으로부터 만들어졌다는 의미로서, 다시 말해 진정하지 않다는, 왜곡되었다는 뜻이다. 그가 한 인간이라는 말은 그가 결코 자기 자신이 아니라는 말과 같다.

그도 역시 형식을 끊임없이 만들어낸다. 벌이 꽃가루를 가지고 꿀을 만들듯이 지칠 줄 모르고 형식을 빚어내는 것이다.

그러나 또한 그는 자기 자신의 형식에 맞서 싸운다. 『페르디두르케』는 인간이 그 자신을 표현하는 방식과 벌이는 싸움, 형식이라는 프로크루스테스의 침대 위에서 인간이 겪는 고통에 대해 이야기하는 작품이다.

미성숙이란 원래부터 타고나거나 타인들에 의해 강요되는 것이지만 늘 그렇기만 한 건 아니다. 그 외에도 또 다른 미성숙이 있는데, 이것은 문화에 의해 조장된 것이다. 문화가 우리를 삼키고 짓누를 때, 즉 우리가 스스로의 힘으로 높은 차원에 이르는 데 실패할 때, 문화는 이 미성숙 쪽으로 우리를 내몬다. 우리는 온갖 '우월한' 형식에 의해 어린아이가 되는 것이다. 인간은 자신이 쓴 가면에 의해 고통받다가 마침내 스스로를 위해, 그 자신만을 위한 용도로, 은밀히, 일종의 하위문화를 만들어낸다. 그것은 문화라는 우월한 세계의 부스러기들로 구축된 어떤 세계, 즉

싸구려 잡동사니들과 조무래기 어린애들의 신화들, 자신도 미처 깨닫지 못한 열정들로 구성된 영역, 말하자면 보완적이고 보상적인 영역이다. 그리고 이 부수적인 세계에서 어떤 남부끄러운 시, 어떤 유해한 아름다움이 태어난다.

바로 이러한 지점에 『포르노그라피아』가 자리 잡고 있다. 이제 이 소설에 대해 이야기할 차례다.

*

그렇다, 『포르노그라피아』는 『페르디두르케』로부터 나왔다. 『포르노그라피아』의 세계는 『페르디두르케』의 세계가 유난히 흔들리고 삐걱거리는 경우이다. 여기서는 나이 어린 사람이 나이가 더 많은 사람을 만들고 있는 것이다. 사회적·문화적 관점에서 볼 때, 나이 많은 사람이 나이가 어린 사람에게 형식을 부과하는 경우가 모든 것이 순조롭게 돌아가는 상태이다. 하지만 연장자가 연하의 사람에게 종속되어 있다니, 얼마나 혼란스러운가! 여기서는 패륜과 수치가 배어 나온다. 그리고 사방에 깔려 있을 함정들이란! 그렇지만 젊음이란 생물학적으로 우월하고 육체적으로 더 아름다운 까닭에, 이미 죽음의 냄새를 맡은 성년들을 쉽사리 매혹하고 정복할 수 있다. 이런 면에서 볼 때 『포르노그라피아』는 『페르디두르케』보다 더 과감한 작품이다. 사실 『페르디두르케』는 무엇보다 풍자와 아이러니를 활용했고, 또 이런 유머란 대상과 거리를 두는 것이니 말이다. 『페르디두르케』를 쓸 당시 나는 내가 제시한 주제에 대해 대단한 자부심을 가지고 있었고, 그래서 오만하게 미성숙과 맞서서 싸웠다. 이런 점을 독자는 『페르디두르케』 속에서 읽을 수 있을 것이다. 하지만 그러면서도 한 가지, 아주 모호하긴 하지만, 어떤 기미를 알아채게 될 것이다. 즉 이 소설을 통해 미성숙에 대항하고 있는 작가가 분명 이 미성숙을 몹시도 사랑하고 있다는 사실을.

『포르노그라피아』에서 나는 해학이 주는 거리를 포기했다. 이 작품은 풍자가 아니라 한 편의 소설, 말하자면 고전적인 의미의 소설이다. 늙음을 이제 막 자각하기 시작한 두 신사와 미성년 한 쌍이 펼치는 소설. 관능적으로 형이상학적인 소설. 얼마나 수치스러운 이야기인가!

*

여기서 내가 『일기』에 썼던 글을 하나 더 옮겨놓고자 한다.

나의 정신적·미학적 목표들 가운데 하나는 보다 열린 태도로, 보다 감동적으로 젊음에 다가갈 방법을 찾아내는 것이다. 이를 통해 젊음이 성숙과 맺는 관계를 드러냄으로써, 젊음과 성숙이 서로를 보완하게끔 하고 싶다.

이 구절에서 페이지를 좀 더 넘기면 다음과 같은 글이 나온다.

색정을 띠지 않은 어떤 철학이 있다는 걸 나는 믿지 않는다. 성적인 면이 제거된 어떤 사상이 가능하다고는 생각할 수 없다.

헤겔의 『논리학』이나 칸트의 『순수이성비판』이 육체와 어느 정도 거리를 띄우고서야 쓰일 수 있었으리라는 건 분명하다. 그렇지만 순수한 의식이란, 설령 그것에 가까스로 도달한다 하더라도, 또다시 육체, 성(性), 에로스에 잠기고야 만다. 예술가가 할 일이란 철학을 마법에, 즉 매혹 속에, 아름다움에 빠뜨리는 일이다.

자신을 꽤나 과시하는 사람처럼 보일지도 모르나, 한 대목을 더 옮겨 적겠다.

그렇다면 『포르노그라피아』는 폴란드적 에로티시즘을 재현하려는 시도가 아니겠는가? 우리 폴란드의 운명과——억압과 예속, 내분과 갈등으로 점철된——폴란드 현대사에 한층 더 부합할 어떤 에로티시즘을 찾아내려는 시도, 의식과 육체를 가르는 모호한 경계들을 향해 내려가 보는 일이 아니겠는가?

*

세월이 갈수록 나는 무척 복잡해 보이는 주제들을 단순한, 순진하기까지 한 형식을 통해 제시하게 되었다. 『포르노그라피아』는 어느 정도 폴란드 '향촌 소설' 풍으로 쓰였다. 구닥다리 달구지로 '최신' 독설을 실어 나르는 셈이다.(고통스러운 외침은 당연한 일이지만 유행이 지났다.) 나는 문학이 더 대담해질수록, 그리고 쉽게 접근하기 어려워질수록 그것이 예전의 형식들, 즉 독자들에게 익숙한 평이한 형식들로 되돌아가야 한다고 생각한다.

『포르노그라피아』를 위해 귀중한 충고를 많이 해준 K. A. 젤렌스키는 이 작품이 지나치게 설명적이라고 평가했다. 그는 내게 조언하기를 몇 군데 작가의 흔적, 즉 내가 작품에 끼어들어 덧붙인 말들을 지우라고 했다. 동물들이 자기 발자국을 지우는 방식으로, 혹은 몇몇 화가들이 쓰는 덧칠 방식으로 말이다. 하지만 나는 독자와 나 사이에 쌓인 모든 오해들에 이미 지쳐 있다. 그런 까닭에 나는 독자들이 내 작품을 마음대로 해석할 여지를, 만약 할 수만 있었다면, 한층 더 줄였을 것이다.

1962년

비톨트 곰브로비치

작가 연보

1904년   8월 4일 폴란드 남부 마워시체의 귀족 가문에서 출생.

1927년   바르샤바 대학교에서 법학 석사 학위를 받음.

1928년   프랑스 파리에서 철학과 경제학을 공부.

1929년   집안의 뜻에 따라 바르샤바에서 변호사로 개업한 이후 틈틈이 작품 활동을 계속.

1933년   첫 번째 단편집 『미성숙한 시절의 회고록 Pamienik z okresu dojrzewania』 출간. 변호사업을 접고 창작에만 전념하기 시작.

1935년   첫 번째 희곡 「부르고뉴의 공주 이본 Iwona, księżniczka Burgunda」 상연.

1937년   첫 번째 장편소설 『페르디두르케 Ferdydurke』 출간.

1939년   아르헨티나에 대한 기사를 쓰기 위해 부에노스
         아이레스로 이주.
         2차 세계대전이 발발하고 폴란드가 침공당하자
         귀국을 포기하고 은행원으로 팔 년간 근무.
1946년   희곡「결혼 *Slub*」집필.
1947년   아르헨티나의 동료들과 함께『페르디두르케』의
         스페인어 번역에 착수.
1951년   잡지《쿨투라 *Kultura*》간행에 참여.
1957년   두 번째 장편소설 『대서양 횡단선 *Trans-*
         Atlantyk』출간.
         『대서양 횡단선』과『바카카이 *Bakakaj*』등 일부
         작품이 폴란드에서 출간되나 곧 금서로 묶여 30여
         년 동안 판금됨.
1958년   『페르디두르케』가 프랑스에서 출간.
1960년   세 번째 장편소설『포르노그라피아 *Pornografia*』
         출간.
1963년   포드 문화재단의 지원으로 아르헨티나를 떠나
         독일의 베를린에서 체류.
1964년   프랑스 남부의 방스로 이주.
1965년   네 번째 장편소설『코스모스 *Kosmos*』출간.
1967년   희곡「오페레타 *Operetka*」출간.
         『코스모스』로 '국제 문학상(International Prize for
         Literature)' 수상.
1968년   노벨 문학상 후보에 오름.
1969년   7월 24일 프랑스 방스에서 별세.

세계문학전집 **102**

포르노그라피아

1판 1쇄 펴냄 2004년 5월 15일
1판 30쇄 펴냄 2023년 3월 14일

지은이 비톨트 곰브로비치
옮긴이 임미경
발행인 박근섭, 박상준
펴낸곳 (주)민음사

출판등록 1966. 5. 19. (제 16-490호)
서울특별시 강남구 도산대로1길 62(신사동) 강남출판문화센터 5층 (우편번호 06027)
대표전화 02-515-2000 팩시밀리 02-515-2007
www.minumsa.com

한국어 판 ⓒ (주)민음사, 2004, 2023. Printed in Seoul, Korea

ISBN 978-89-374-6102-6 04800
ISBN 978-89-374-6000-5 (세트)

세계문학전집 목록

세계문학전집은 계속 간행됩니다.